ECHO PARK

Michael Connelly

ECHO PARK

roman

TRADUIT DE L'ANGLAIS (ÉTATS-UNIS)
PAR ROBERT PÉPIN

ÉDITIONS DE NOYELLES

Pour les paroles de la chanson
It's Just Work for Me, extraite de l'album *Chávez Ravine*
© 2005 by Ry Cooder, Hi-Lo Shag Music (BMI)
Avec l'aimable autorisation de Ry Cooder

Titre original : *Echo Park*
Éditeur original : LITTLE, BROWN
AND COMPANY, NY
© 2006 by Hieronymus, Inc.
ISBN original : 978-0-316-73495-0

Éditions de Noyelles
123, boulevard de Grenelle, Paris
www.franceloisirs.com

Une édition du Club France Loisirs, Paris
réalisée avec l'autorisation des Éditions du Seuil

ISBN : 978-2-298-00186-0

Pour Jane Wood – avec elle
Harry Bosch est toujours bien nourri et aimé.
Mille et mille mercis.

LA GRANDE TOUR
1993

C'était bien la voiture qu'ils cherchaient. La plaque d'immatriculation avait disparu, mais Harry Bosch reconnut le véhicule : Honda Accord 1987, couleur bordeaux, peinture depuis longtemps décolorée par le soleil. Remise au goût du jour en 92 avec l'autocollant vert pro-Clinton – mais même lui avait pâli. Il avait été confectionné avec de l'encre bon marché, ça n'était pas fait pour durer. A ce moment-là, l'élection était loin d'être jouée. Le véhicule était rangé dans un garage à une place si étroit que Bosch se demanda comment le conducteur arrivait à en sortir. Il comprit tout de suite qu'il allait devoir dire aux techniciens de la police scientifique de chercher des empreintes sur la carrosserie et sur le mur du garage. Ils se hérisseraient quand il le leur dirait, mais ne pas le faire le rendrait anxieux.

Le garage était équipé d'une porte basculante avec poignée en aluminium. Pas terrible pour les empreintes, mais ça aussi, il le leur ferait remarquer.

– Qui l'a trouvée ? demanda-t-il aux agents de la patrouille.

Ceux-ci venaient juste de tendre le ruban jaune à l'entrée du cul-de-sac formé par les garages individuels qui s'alignaient de part et d'autre de la chaussée et l'accès au complexe d'appartements de la Grande Tour.

– Le gérant, répondit le plus âgé des officiers. Le garage est rattaché à un appartement vide et devrait donc l'être lui aussi. Y a deux ou trois jours, le propriétaire l'ouvre pour y ranger des meubles et quelques affaires et tombe sur la voiture. Il se dit que c'est peut-être quelqu'un qui est venu voir un des locataires et laisse filer pendant quelques jours ; mais, l'engin ne décollant toujours pas de là, il commence à interroger ses locataires. Personne ne connaît cette voiture. Personne ne sait à qui elle appartient. Bref, il finit par nous appeler en se disant qu'il s'agit peut-être d'un véhicule volé, vu qu'il n'y a plus de plaques. Mon collègue et moi, on avait l'avis de recherche sur Gesto sur le pare-soleil, dès qu'on est arrivés on a compris.

Bosch acquiesça d'un signe de tête et s'approcha du garage. En respirant fort par le nez : cela faisait maintenant dix jours que Marie Gesto avait disparu. Si elle s'était trouvée dans le coffre, il l'aurait senti. Son coéquipier, Jerry Edgar, le rejoignit.

— Des trucs ? demanda-t-il.

— Je crois pas, non.

— Bon.

— Bon ?

— J'aime pas les trucs dans les coffres.

— Au moins on aurait une victime pour démarrer.

Plaisanteries et rien de plus. Bosch laissa courir son regard sur la voiture dans l'espoir d'y découvrir un indice qui pourrait les aider. Ne voyant rien, il sortit une paire de gants en latex de la poche de sa veste, les gonfla comme des ballons pour étirer le caoutchouc et les enfila. Puis il leva les bras en l'air tel le chirurgien qui arrive en salle d'opération et se tourna de côté de façon à pouvoir se faufiler dans le garage et arriver à la portière côté conducteur sans toucher ou déranger quoi que ce soit.

Il s'enfonça dans l'obscurité comme en glissant. Écarta des toiles d'araignée de son visage. Ressortit du garage à reculons et demanda au chef de la patrouille s'il pouvait lui emprunter la Maglite accrochée à son ceinturon. Une fois revenu dans le garage, il alluma la lampe torche et en fit glisser le faisceau par les vitres de la Honda. Ce fut la banquette arrière qu'il découvrit en premier. Les bottes de cheval et la bombe étaient posées dessus. A côté des bottes se trouvait un petit sac d'épicerie en plastique avec le logo du Mayfair Supermarket dessus. Pas moyen de voir ce qu'il y avait dedans, mais il comprit que ça leur donnerait une approche à laquelle ils n'avaient pas pensé.

Il avança. Sur le siège avant, il remarqua un petit tas de vêtements bien pliés posé sur une paire de chaussures de course. Il reconnut le blue-jean et le T-shirt à manches longues – la tenue que portait Marie Gesto la dernière fois que l'avaient vue des cavaliers qui se dirigeaient vers Beachwood Canyon. Sur le T-shirt étaient posés, et très soigneusement, des chaussettes, une petite culotte et un soutien-gorge. L'effroi lui flanqua un coup sourd dans la poitrine. Et ce n'était pas qu'il aurait vu dans ces vêtements la confirmation de la mort de Marie Gesto : au plus profond de lui-même il en avait déjà connaissance. Tout le monde le savait, même ses parents lorsqu'ils étaient passés à la télé pour supplier qu'on leur ramène leur fille saine et sauve. C'était d'ailleurs pour cela que l'affaire avait été enlevée au service des Personnes disparues et confiée aux Homicides d'Hollywood.

Non, c'étaient les vêtements qui lui posaient question. Le soin avec lequel on les avait pliés. Était-ce elle qui les avait pliés ainsi ? Elle ou celui qui lui avait ôté la vie ? C'étaient toujours les petites questions qui l'agaçaient, qui le remplissaient de crainte.

Après avoir examiné tout l'intérieur de la voiture à travers les vitres, Bosch ressortit très précautionneusement du garage.

– Des trucs ? demanda de nouveau Edgar.

– Ses habits, dit Bosch. Son équipement de cavalière. Peut-être un peu d'épicerie. Il y a un supermarché Mayfair en bas de Beachwood Canyon. Elle aurait très bien pu s'y arrêter en montant au haras.

Edgar hocha la tête : une autre piste à vérifier, un autre endroit où chercher des témoins.

Bosch s'éloigna de la porte basculante et regarda les appartements de la Grande Tour. Du plus pur style Hollywood. Il s'agissait d'un ensemble d'appartements construit dans le granite des collines qui s'élèvent derrière le Hollywood Bowl. De style bolidiste et tous reliés en leur centre par la structure élégante qui abritait l'ascenseur – soit la grande tour qui avait donné son nom à la rue et au complexe d'appartements. Bosch avait habité un moment dans ce quartier quand il était enfant. De chez lui dans Camrose Drive tout proche, l'été, il entendait les orchestres répéter dans le Bowl. En montant sur le toit, il pouvait voir les feux d'artifice du 4 Juillet et ceux qui marquaient la fin de la saison.

La nuit, les fenêtres de la Grande Tour étaient tout illuminées. Il voyait l'ascenseur passer devant elles en montant – quelqu'un qui rentrait chez lui. Enfant, il se disait qu'habiter un endroit où il faut prendre l'ascenseur pour rentrer chez soi devait être le summum du luxe.

– Où est le gérant? demanda-t-il à l'officier de la patrouille qui arborait deux galons sur ses manches.

– Il est remonté chez lui. Il a dit de prendre l'ascenseur jusqu'en haut. C'est la première porte de l'autre côté du passage.

– OK, on y va. Vous, vous attendez les premières constatations. Et vous ne laissez pas les types de la fourrière toucher à la voiture avant que les techniciens de la scientifique et les mécanos de la police y aient jeté un coup d'œil.

– C'est entendu.

L'ascenseur se réduisait à un petit cube qui tressauta sous leur poids lorsque, Edgar en ayant fait glisser la porte pour l'ouvrir, ils y entrèrent. La porte se refermant automatiquement, ils durent aussi tirer une porte intérieure de sécurité pour démarrer. Il n'y avait que deux boutons: 1 et 2. Bosch appuya sur le 2 et la cage partit d'un coup sec. L'espace était restreint, avec tout juste assez de place pour quatre personnes; au-delà, on commençait à sentir l'haleine du voisin.

– Que je te dise un truc, lança Edgar. Personne n'a de piano dans le coin, ça, c'est sûr.

– Géniale, la déduction, docteur Watson, lui renvoya Bosch.

Arrivés tout en haut, ils rouvrirent les portes et empruntèrent un passage en béton suspendu entre la tour et les appartements construits au flanc de la colline. Bosch se retourna et contempla une vue qui, au-delà de la tour, embrassait pratiquement tout Hollywood. Et en plus une petite brise soufflait de la montagne. Il leva la tête et découvrit un faucon à queue rousse qui planait au-dessus d'eux, comme s'il les observait.

– Nous y voilà, dit Edgar.

Bosch se retourna de nouveau et vit son coéquipier lui montrer un petit escalier qui conduisait à l'une des portes d'appartement. Sous la sonnette une plaque indiquait: GÉRANT. Avant même qu'ils y arrivent la porte fut ouverte par un maigre à barbe blanche. Celui-ci se présenta. Il s'appelait Milano Kay et gérait tout le complexe.

Bosch et Edgar lui montrèrent leurs badges et lui demandèrent s'ils pouvaient aller jeter un coup d'œil à l'appartement vide auquel était rattaché le garage où se trouvait la Honda. Kay leur montra le chemin.

Ils repassèrent devant la tour et prirent un autre passage qui les conduisit à une porte d'appartement. Kay se mit en devoir d'insérer la clé dans la serrure.

– Je connais cet endroit, dit Edgar. Le complexe et l'ascenseur… on les a bien vus au cinéma, non?

– C'est exact, répondit Kay. Et pas qu'une fois.

Rien de plus naturel, se dit Bosch. Un endroit aussi unique que celui-là ne pouvait échapper à l'attention de l'industrie locale.

Kay ouvrit la porte et fit signe à Bosch et à Edgar d'entrer les premiers. L'appartement était petit et vide. Il comprenait une salle de séjour, une cuisine avec un petit coin repas et une chambre avec salle de bains attenante. Du trente-cinq mètres carrés à tout casser et Bosch savait qu'avec les meubles ç'aurait eu l'air nettement plus petit. Mais l'essentiel, c'était la vue. Il y avait là un mur de fenêtres incurvées offrant le même panorama d'Hollywood que celui que l'on découvrait du passage conduisant à la tour. Une porte en verre s'ouvrait sur une véranda qui épousait la courbe du mur. Bosch passa dehors et s'aperçut qu'à cet endroit la vue était encore plus vaste. A travers le smog il découvrit jusqu'aux tours du centre-ville. La vue, il le savait, serait encore plus spectaculaire la nuit.

– Depuis combien de temps cet appartement est-il inoccupé? demanda-t-il.

– Cinq semaines, répondit Kay.

– Je ne vois pas de panneau À LOUER.

Bosch regarda le cul-de-sac et vit que les deux officiers de la patrouille attendaient les techniciens de la police scientifique et la remorqueuse. Ils se tenaient chacun d'un côté de la voiture de patrouille et, appuyés au capot du véhicule, se tournaient le dos. Leur partenariat ne semblait pas des plus florissants.

– Je ne mets jamais de panneaux, dit Kay. En général, on sait très vite qu'il y a un appartement vide. Beaucoup de gens ont envie de vivre ici. C'est de l'Hollywood tout craché. Sans parler du fait que j'ai commencé à le remettre en état… peinture et petites réparations. Je ne suis pas très pressé.

— Combien, le loyer ? voulut savoir Edgar.

— Mille dollars par mois.

Edgar poussa un sifflement. Bosch trouva lui aussi que ça faisait cher. Mais la vue lui rappela qu'il y aurait quelqu'un pour payer.

— Qui aurait pu savoir que le garage était vide ? demanda-t-il en revenant à ce qui l'occupait.

— Pas mal de gens. Les résidents, évidemment, et ces cinq dernières semaines j'ai montré l'appartement à plusieurs personnes qui semblaient intéressées. Et en général, je leur signale qu'il y a un garage avec. Quand je pars en vacances, il y a un locataire qui, disons… s'occupe de tout. Lui aussi a montré l'appartement.

— Le garage n'est pas fermé à clé ?

— Non. Il n'y a rien à y voler. Quand il le prendra, le nouveau locataire pourra décider d'y mettre un cadenas s'il le désire. Je lui laisse le choix, mais je le recommande toujours.

— Avez-vous gardé la trace des gens auxquels l'appartement a été montré ?

— Pas vraiment. Je dois avoir quelques numéros de téléphone de personnes qui ont appelé, mais ça ne sert à rien de garder des noms si les gens ne louent pas. Et comme vous pouvez le constater, je ne l'ai pas fait.

Bosch acquiesça d'un hochement de tête. La piste n'allait pas être facile à remonter. Beaucoup trop de gens savaient que le garage était vide, disponible et pas fermé à clé.

— Et l'ancien locataire ? reprit-il. Qu'est-ce qui lui est arrivé ?

— C'était une femme, en fait, répondit Kay. Elle a habité ici cinq ans. Elle essayait de percer comme actrice. Elle a fini par renoncer et repartir chez elle.

— L. A. ne fait pas de cadeaux. Et c'était où, chez elle ?

— Je lui ai renvoyé son dépôt de garantie à Austin, Texas.

Bosch acquiesça.

— Elle était seule ?

— Elle avait un petit ami qui venait la voir et restait souvent passer la nuit, mais je crois que ça s'est terminé avant qu'elle déménage.

— On va avoir besoin de cette adresse.

Kay acquiesça de la tête.

– Les policiers disent que la voiture appartient à une fille qui a disparu.

– Une jeune femme, oui, répondit Bosch.

Il glissa la main dans une poche intérieure de sa veste et en sortit une photo de Marie Gesto. Il la lui montra et lui demanda si c'était quelqu'un qui aurait pu visiter l'appartement. Kay lui répondit qu'il ne la reconnaissait pas.

– Vous ne l'avez pas vue à la télé ? lui demanda Edgar. Ça fait dix jours qu'elle a disparu et c'est passé aux infos.

– Je n'ai pas la télé, inspecteur.

Il n'avait pas la télé. Dans cette ville, ça en faisait un libre penseur, se dit Bosch.

– Y a eu aussi sa photo dans les journaux, insista Edgar.

– Je les lis de temps en temps, dit Kay. Je les ressors des bacs de recyclage en bas. En général, ils sont déjà vieux quand j'y jette un coup d'œil. Mais non, j'ai pas vu d'article sur elle.

– Elle a disparu il y a dix jours, dit Bosch. Soit mardi 9. Vous vous rappelez quelque chose sur ce jour-là ? Quelque chose d'inhabituel ?

Kay fit non de la tête.

– J'étais pas ici. J'étais en vacances en Italie.

Bosch sourit.

– J'adore l'Italie, dit-il. Où êtes-vous allé ?

Le visage de Kay s'illumina.

– Au lac de Côme et après, dans une petite ville dans les collines, à Asolo. C'est là qu'a vécu Robert Browning.

Bosch hocha la tête comme s'il connaissait ces endroits et savait qui était Robert Browning.

– On a de la compagnie, dit Edgar.

Bosch suivit le regard de son coéquipier et jeta un coup d'œil en bas, dans le cul-de-sac. Un camion de la télé avec un gros 9 peint sur le flanc et une antenne parabolique sur le toit venait de s'arrêter au ruban jaune. Un des flics de la patrouille se dirigeait vers lui.

Harry reporta son regard sur le gérant.

– Monsieur Kay, dit-il, il va falloir qu'on se revoie plus tard. Si vous pouvez, ce serait bien que vous retrouviez les numéros de téléphone ou les noms des gens qui sont venus visiter l'appartement ou qui vous ont appelé pour le faire. On aura aussi besoin de parler à la personne qui s'est occupée de tout pendant que vous étiez en Italie et d'avoir le nom de l'ancienne locataire qui est repartie au Texas et l'adresse où vous lui faites suivre son courrier.

– Pas de problème.

– On va aussi avoir besoin de parler au reste des locataires, histoire de savoir si l'un d'eux aurait vu quelqu'un mettre cette voiture dans le garage. On essaiera de ne pas être trop envahissants.

– Ça ne me gêne pas. Je vais voir ce que je peux retrouver côté numéros de téléphone.

Ils laissèrent Kay debout au milieu de la salle de séjour vide et regagnèrent l'ascenseur. Le cube d'acier tressauta de nouveau avant de redescendre doucement jusqu'en bas.

– Harry, dit Edgar, je savais pas que tu adorais l'Italie.

– Je n'y suis jamais allé.

Edgar acquiesça d'un signe de tête en comprenant qu'il ne s'était agi que d'une tactique pour faire parler Kay et avoir ainsi plus d'informations sur les alibis à consigner au dossier.

– Tu le trouves suspect? demanda-t-il.

– Pas vraiment. Je vérifie tout. Et si c'était lui, pourquoi aurait-il mis la voiture dans un garage de son immeuble? Et pourquoi nous appeler?

– Oui. Sauf qu'il est peut-être assez malin pour savoir qu'on le trouverait trop malin pour avoir fait ça. Tu vois ce que je veux dire? Et s'il essayait de nous avoir en finesse? Peut-être que la fille est venue visiter l'appartement et que ça s'est mal passé. Il planque le corps, mais il sait qu'il ne peut pas bouger la voiture parce qu'il pourrait se faire arrêter par les flics. Bref, il attend dix jours et il nous appelle, comme quoi ça serait peut-être une bagnole volée.

– Si c'est ça, tu ferais peut-être bien de vérifier son alibi en Italie, docteur Watson.

– Pourquoi faut-il toujours que je sois Watson? Pourquoi je pourrais pas être Holmes?

– Parce que Watson, c'est celui qui parle trop. Mais si tu y tiens, je peux commencer à t'appeler Holmes. Ça serait peut-être mieux.

– Qu'est-ce qui te tracasse, Harry?

Bosch repensa aux habits très proprement pliés sur le siège avant de la Honda. Et la pression se fit à nouveau sentir sur sa poitrine. C'était comme s'il avait le corps enveloppé de fils de fer et qu'on les serrait de plus en plus par-derrière.

– Ce qui me tracasse, c'est que cette affaire-là ne me plaît pas du tout.

– Du genre?

– Du genre que nous ne réussirons jamais à retrouver la victime. Et si nous ne la retrouvons pas, c'est lui que nous ne retrouverons pas.

– Lui, l'assassin?

L'ascenseur s'arrêta brutalement, tressauta une dernière fois et s'immobilisa enfin. Bosch fit glisser les portes. Au bout du petit tunnel qui conduisait au cul-de-sac et aux garages, il vit une femme qui tenait un micro et un homme avec une caméra de télé: on les attendait.

– Oui, dit-il. Lui, l'assassin.

Première partie

L'ASSASSIN
2006

I

L'appel arriva alors que, assis à leurs bureaux de l'unité des Affaires non résolues, Harry Bosch et sa coéquipière, Kiz Rider, finissaient la paperasse de l'affaire Matarese. La veille, ils avaient passé six heures enfermés dans une salle d'interrogatoire, à parler avec Victor Matarese de l'assassinat d'une prostituée, une certaine Charisse Witherspoon, en 1996. Un test ADN sur du sperme retrouvé dans la gorge de la victime et conservé dix ans durant avait donné une correspondance avec celui de Matarese. Son profil ADN avait été mis dans la banque de données du ministère de la Justice en 2002, suite à sa condamnation pour viol. Il avait fallu attendre quatre années de plus avant que, arrivés dans le service, Bosch et Rider rouvrent le dossier Witherspoon, ressortent la fiche ADN et l'envoient au labo de l'État pour comparaisons.

A l'origine, le dossier était parti du labo. Mais comme Charisse Witherspoon était une prostituée en activité, avoir une correspondance ADN ne garantissait pas une résolution automatique de l'affaire. L'ADN aurait pu provenir de quelqu'un qui était avec elle avant que son assassin n'arrive et ne s'acharne à la frapper sur la tête avec un taquet.

Résultat, il n'y avait pas que la science qui comptait dans cette affaire. Il y avait aussi la salle d'interrogatoire et ce qu'ils allaient pouvoir tirer de Matarese. A huit heures et demie du matin, ils l'avaient donc réveillé au centre de réadaptation où il avait été placé en résidence surveillée et l'avaient ramené à Parker Center. Les cinq premières heures d'interrogatoire s'étaient révélées épuisantes. Mais à la sixième, il avait fini par craquer et lâcher tout le morceau : oui, il reconnaissait avoir tué Witherspoon et avait même avoué trois meurtres de plus, tous de prostituées qu'il avait assassinées dans le sud de la Floride avant de venir à Los Angeles.

Lorsqu'il entendit qu'on l'appelait sur la une, Bosch se dit que c'était Miami. Mais ce n'était pas Miami.

— Bosch, dit-il après s'être emparé du téléphone.

— Freddy Olivas. Homicides, division Nord-Est. Je suis aux Archives où je cherche un dossier, mais on me dit que vous l'avez déjà sorti.

Bosch garda le silence un instant, le temps de se détacher de l'affaire Matarese. Il ne connaissait pas Olivas, mais son nom lui disait quelque chose. Simplement, il n'arrivait pas à le remettre. Côté sorties de dossiers, c'était son boulot de reprendre les vieilles affaires et de voir s'il n'y avait pas moyen de se servir des avancées en matière de médecine légale pour les résoudre. Rider et lui pouvaient avoir à tout moment jusqu'à vingt-cinq dossiers sortis des Archives.

— Des dossiers, j'en ai sorti beaucoup, répondit-il. Duquel parlez-vous?

— Du dossier Gesto. Marie Gesto. Ça remonte à 93.

Bosch ne répondit pas tout de suite. Il sentit son estomac se nouer. Ça le lui faisait chaque fois qu'il pensait à elle, même treize ans après les faits. Dans sa tête toujours resurgissait l'image de ces habits si proprement pliés sur le siège avant de la voiture.

— Oui, c'est moi qui l'ai. Qu'est-ce qui se passe?

Il remarqua que Rider levait le nez de son travail: son changement de ton ne lui avait pas échappé. Leurs bureaux se trouvaient dans un box. Ils les avaient poussés l'un contre l'autre de manière à être face à face quand ils travaillaient.

— C'est assez délicat, répondit Olivas. On ne fait que regarder. Ça a à voir avec une affaire en cours et le procureur voudrait juste y jeter un coup d'œil. Je peux passer le prendre?

— Vous avez un suspect, Olivas?

Celui-ci ne répondant pas, Bosch enchaîna sur une autre question:

— C'est qui, le procureur?

Toujours pas de réponse. Bosch décida de ne pas renoncer.

— Écoutez, Olivas, l'affaire n'est pas close. Je travaille dessus et j'ai un suspect. Vous voulez me parler, on parle. Si vous avez quelque chose qui tient la route, j'en suis. Autrement, je suis très occupé et je vous donne mon bonjour. D'accord?

Il était sur le point de raccrocher lorsque Olivas finit par parler. Toute trace d'amabilité avait disparu de sa voix.

— Bon... laissez-moi passer un coup de fil, l'As des as. Je vous rappelle tout de suite.

Il raccrocha sans même un au revoir. Bosch regarda Rider. Elle n'eut même pas besoin de lui poser la question.

— Marie Gesto, dit-il. Le district attorney veut le dossier.

— Cette affaire est à toi. Qui c'est qui t'appelait?

— Un type de la division Nord-Est. Freddy Olivas. Tu le connais? Elle hocha la tête.

— Je ne le connais pas, mais j'en ai entendu parler. C'est le grand patron dans l'affaire Raynard Waits. Tu sais...

Bosch le remit enfin. L'affaire Waits tenait la vedette. Olivas y voyait sans doute son ticket pour la gloire. La police de Los Angeles se composait de dix-neuf divisions géographiques, chacune avec son commissariat et son bureau des inspecteurs. Au niveau division, les brigades des Homicides étaient chargées des affaires les moins complexes, les postes qu'on y occupait étant considérés comme des marchepieds permettant d'accéder aux brigades de la prestigieuse division Vols et Homicides qui travaillait au quartier général de la police de Parker Center. C'était là que ça se passait. Et l'une de ces brigades n'était autre que l'unité des Affaires non résolues. Bosch savait que si l'intérêt d'Olivas pour le dossier Gesto avait ne serait-ce que des rapports très lointains avec l'affaire Waits, il ferait tout pour se protéger d'une intrusion de la brigade des Vols et Homicides.

— Il ne t'a pas dit ce qu'il avait sur le feu? demanda Rider.

— Pas encore. Mais il a sûrement quelque chose. Il n'a même pas voulu me dire avec quel procureur il travaillait.

— Ricochet.

— Quoi?

Elle répéta doucement.

— Rick O'Shea. C'est lui qui travaille sur l'affaire Waits. Je doute qu'Olivas ait quoi que ce soit de neuf. Ils viennent juste de terminer les audiences préliminaires et s'apprêtent à aller au procès.

Bosch garda le silence et envisagea toutes les possibilités. Richard

« Ricochet » O'Shea dirigeait la section des Poursuites exceptionnelles au bureau du district attorney. C'était un caïd et ce caïd était en passe de le devenir encore plus : le district attorney en place ayant fait savoir au printemps qu'il ne se représenterait pas, O'Shea comptait au nombre des rares procureurs et avocats hors sérail à avoir posé leur candidature pour le poste. C'était lui qui avait remporté le plus de voix aux primaires, sans avoir tout à fait la majorité. Les éliminatoires laissaient penser que l'élection serait difficile, mais O'Shea était toujours en tête. Il avait reçu l'appui du district attorney sortant, connaissait le Bureau comme sa poche et, qualité apparemment rare dans ce service depuis une dizaine d'années, il avait un palmarès enviable de procureur qui gagne les grosses affaires. Son adversaire avait nom Gabriel Williams. Si ce dernier avait certes été lui aussi procureur, il avait passé les deux dernières décennies à travailler dans le privé, où il s'était essentiellement investi dans les affaires de droits civiques. Il était noir alors qu'O'Shea était blanc. Il promettait de surveiller la police et de réformer les pratiques des agents du maintien de l'ordre dans le comté. Les membres du camp O'Shea faisaient certainement de leur mieux pour ridiculiser le programme et les qualités de Williams pour le poste de procureur en chef, mais il était clair que sa position d'outsider et son programme de réformes étaient susceptibles d'attirer beaucoup de suffrages. L'écart entre les deux candidats se resserrait.

Bosch savait ce qui se passait dans la course qui les opposait parce que cette année-là il avait suivi les élections locales avec un intérêt nouveau pour lui. C'était un certain Martin Maizel qu'il soutenait dans une campagne très disputée pour un poste d'adjoint au maire. Avec trois mandats derrière lui, Maizel représentait un district du West Side très éloigné de l'endroit où il vivait. On le considérait assez généralement comme un politique averti qui faisait de belles promesses, mais était lié à de gros intérêts financiers allant à l'encontre de son district. Cela n'avait pas empêché Bosch d'apporter une contribution généreuse à sa campagne et de souhaiter sa réélection. Il faut dire que son adversaire, Irvin R. Irving, était un ancien assistant du chef de police et que Bosch était prêt à faire tout ce qu'il pourrait pour le voir mordre la poussière. Comme Gabriel Williams, Irving promettait des réformes, la cible de ses discours de campagne étant invariablement la police de Los Angeles. Bosch s'était violemment heurté à lui à maintes reprises alors qu'il servait sous ses ordres et n'avait aucune envie de le voir siéger au conseil municipal.

Les articles et les tours d'horizon sur les élections qui paraissaient pratiquement tous les jours dans le *Times* avaient permis à Bosch d'être tout à fait au point non seulement sur la lutte qui opposait Maizel à Irving, mais sur d'autres encore. Il n'ignorait rien de la bagarre dans laquelle O'Shea s'était engagé. Le procureur était près de soutenir sa candidature à l'aide de publicités très médiatiques et de poursuites judiciaires destinées à montrer la valeur de son expérience. C'est ainsi qu'un mois plus tôt il s'était débrouillé pour que les audiences préliminaires du procès Raynard Waits fassent tous les jours la une des journaux et passent en premier sur les chaînes de radio et de télévision. Accusé d'un double meurtre, Raynard Waits avait été arrêté à Echo Park lors d'un contrôle routier de nuit. Les policiers avaient repéré des sacs poubelles sur le plancher de son van et du sang qui s'en écoulait. Une fouille ultérieure avait permis de trouver des membres appartenant à deux femmes. S'il était une affaire apparemment aussi évidente à saisir par un candidat au poste de procureur, c'était bien celle-là.

Le problème était que l'affaire avait cessé de faire la une. Waits ne pouvant plus échapper au procès après les audiences préliminaires et la peine de mort étant à la clé, le procès et le retour des unes de journaux devraient attendre encore des mois, soit bien après les élections. O'Shea ayant donc besoin de quelque chose de nouveau pour revenir sur le devant de la scène et ne pas perdre son élan, force était à Bosch de se demander ce que le candidat pouvait bien fabriquer avec l'affaire Gesto.

— Tu crois que Gesto pourrait avoir un lien avec Waits ? lui demanda Rider.

— Jamais entendu parler de ce Waits en 93, répondit Bosch. Ni non plus d'Echo Park.

Le téléphone se mettant à sonner, il décrocha tout de suite.

— Affaires non résolues, dit-il. Inspecteur Bosch à l'appareil. Que puis-je faire pour vous ?

— Olivas. Vous me montez le dossier au seizième étage à onze heures. Rencontre prévue avec Richard O'Shea. Vous êtes en piste, l'As des as.

— On y sera.

— Minute, minute! « On » ? C'est quoi, ces conneries ? C'est à vous seul que je parlais. Vous serez donc, et vous seul, au seizième étage avec le dossier.

— J'ai une coéquipière, Olivas. Elle sera avec moi.

Et il raccrocha sans un au revoir. Et regarda Rider en face de lui.

— On monte à onze heures, dit-il.

— Et Matarese?

— On trouvera.

Il réfléchit un instant, puis il se leva et gagna le meuble classeur fermé à clé derrière son bureau. Il en sortit le dossier Gesto et le rapporta à sa place. Depuis qu'un an auparavant il avait lâché la retraite pour reprendre le travail, il l'avait déjà ressorti trois fois des Archives. Et chaque fois il l'avait relu de bout en bout, avait passé des coups de fil, était allé voir des gens et avait parlé à quelques-unes des personnes dont, treize ans plus tôt, les noms avaient surgi dans l'enquête. Ce dossier, il l'avait travaillé sans qu'on le lui demande. Rider connaissait l'affaire et savait combien elle lui tenait à cœur. Elle lui donnait tout loisir d'y travailler quand ils n'avaient rien de pressant à faire.

Mais ces efforts n'avaient rien donné. Il n'y avait pas d'ADN, pas d'empreintes digitales, aucune piste indiquant où Gesto aurait pu se trouver – pour lui, il n'y avait toujours aucun doute qu'elle était morte –, et rien qui permette de coincer celui qui l'avait enlevée. Bosch n'avait cessé de chercher du côté du seul individu qui ait l'air d'un suspect, et jamais il n'était arrivé à quoi que ce soit. Il pouvait reconstituer l'itinéraire qu'avait suivi Gesto pour aller de son appartement au supermarché, mais ça s'arrêtait là. S'il savait enfin que sa voiture se trouvait dans un des garages de la Grande Tour, il n'avait aucun moyen de parvenir jusqu'à l'individu qui l'y avait garée.

Bosch avait pléthore d'affaires non résolues à son palmarès. On ne peut pas tout résoudre et personne, aux Homicides, ne l'aurait contesté. Il n'empêche: le dossier Gesto lui restait en travers de la gorge. Chaque fois qu'il lui consacrait, disons une semaine, il finissait par aller dans le mur et devait le remettre aux Archives en se disant qu'il avait fait tout ce qu'il était possible de faire. Mais cette auto-absolution ne durait jamais que quelques mois et ça recommençait: à un moment ou à un autre, il finissait par se retrouver au guichet des Archives à remplir à nouveau une fiche de sortie. Il ne pouvait tout simplement pas se résoudre à abandonner.

– Bosch! lança un des inspecteurs. Miami sur la deux.

Il n'avait même pas entendu sonner le téléphone.

– Je prends la communication, dit Rider. Tu as la tête ailleurs.

Elle décrocha pendant que Bosch rouvrait une fois de plus le dossier.

2

Bosch et Rider arrivèrent dix minutes en retard à cause de l'engorgement des ascenseurs. Bosch détestait se rendre au Criminal Courts Building[1] à cause de ça. Attendre et devoir se battre juste pour pouvoir y monter lui flanquait une angoisse dont il se serait bien passé.

A la réception du seizième étage, on leur ordonna d'attendre que quelqu'un les accompagne au bureau du district attorney. Deux ou trois minutes plus tard, un homme franchissait la porte et montrait du doigt la mallette de Bosch.

— Vous l'avez? demanda-t-il.

Bosch ne reconnut pas l'individu. Celui-ci était en costume gris et avait le teint foncé d'un Latino.

— Olivas?

— Oui. Vous avez apporté le dossier?

— Je l'ai apporté.

— Alors, vous venez, l'As des as.

Il repartit vers la porte qu'il venait de franchir. Rider fit mine de le suivre, mais Bosch lui posa la main sur le bras. Olivas se retourna et, s'apercevant que personne ne le suivait, s'arrêta.

— Alors, vous venez ou quoi?

Bosch fit un pas vers lui.

— Olivas, dit-il, soyons clairs sur un point avant de continuer. Vous m'appelez encore une fois l'As des as et je vous rentre le dossier dans le cul sans le sortir de la mallette.

Olivas leva les mains en l'air en signe de reddition.

---

1. Soit le tribunal des affaires criminelles *(NdT)*.

— Comme vous voudrez, dit-il.

Il tint la porte ouverte, Bosch et Rider le suivirent dans le vestibule intérieur. Ils prirent un long couloir et tournèrent deux fois à droite avant d'arriver au bureau d'O'Shea. Très spacieux, ce bureau, surtout pour un procureur. Les trois quarts du temps, ceux-ci devaient en partager un – se retrouvant parfois jusqu'à quatre dans le même. Et l'on tenait ses réunions dans des salles situées au bout de chaque couloir et très strictement réservées par tranches horaires. Celui d'O'Shea était assez large pour contenir un bureau de la taille d'un piano et un coin salon séparé. Diriger les Poursuites exceptionnelles avait manifestement quelques avantages. Être l'héritier présomptif du poste de district attorney aussi.

O'Shea se leva derrière son bureau pour les accueillir. La quarantaine, il portait beau et avait les cheveux d'un noir de jais. Petit, et ça, Bosch le savait bien qu'il ne l'ait jamais rencontré en personne. Il l'avait remarqué en regardant les reportages sur les préliminaires du procès Waits : les reporters qui se pressaient autour de lui dans les couloirs du palais étaient plus grands que l'homme auquel ils tendaient leurs micros. Personnellement, Bosch aimait bien les procureurs de petite taille : ils essayaient toujours de se venger de quelque chose et, d'habitude, c'était l'accusé qui finissait par payer.

Tout le monde s'assit, O'Shea derrière son bureau, Bosch et Rider dans des fauteuils en face de lui, Olivas à droite du bureau, dans un fauteuil derrière lequel se dressait une pile d'affiches «A fond avec Rick O'Shea» appuyée au mur.

— Merci d'être venus, dit O'Shea en regardant Bosch. Commençons donc par disperser certains nuages. Freddy me dit que vous avez démarré sur le mauvais pied.

— Je n'ai pas de problèmes avec Freddy, lui répliqua Bosch. De fait, je ne le connais pas assez pour l'appeler Freddy.

— Je ferais mieux de vous dire que toute répugnance de sa part à vous dire de quoi il est question vient de moi et que c'est dû à la nature même de ce que nous faisons. Bref, si vous êtes en colère, soyez-le contre moi.

— Mais je ne suis pas en colère, dit Bosch. Je suis tout heureux. Demandez donc à ma coéquipière ! Ça, c'est moi quand je suis heureux.

Rider acquiesça d'un signe de tête.

– Oui, dit-elle, il est heureux. Y a aucun doute.

– Eh bien, c'est parfait, dit O'Shea. Tout le monde est content. Et donc, passons aux choses sérieuses.

Il tendit le bras et posa la main sur un épais classeur accordéon posé ouvert sur le côté droit de son bureau. Bosch vit qu'il contenait plusieurs chemises individuelles munies de cavaliers bleus. Il était trop loin pour pouvoir lire les en-têtes – surtout sans mettre les lunettes de vue qu'il commençait d'emporter depuis peu partout avec lui.

– Êtes-vous au courant des poursuites engagées contre Raynard Waits ? demanda O'Shea.

Bosch et Rider acquiescèrent.

– Ça serait difficile de pas l'être, fit remarquer Bosch.

Ce fut au tour d'O'Shea d'acquiescer avec un petit sourire.

– Oui, nous les avons mises au premier plan pour la télé. Ce type est un vrai boucher. Le mal incarné. Dès le début, nous avons dit que nous demanderions la peine de mort.

– D'après ce que j'ai vu et entendu dire, il a tout ce qu'il faut pour, lança Rider d'un ton encourageant.

O'Shea hocha la tête d'un air sombre.

– C'est une des raisons pour lesquelles vous êtes ici, enchaîna-t-il. Avant de vous expliquer de quoi il retourne, permettez que je vous demande où vous en êtes dans votre enquête sur l'affaire Marie Gesto. Freddy me dit que vous avez ressorti trois fois le dossier des Archives rien que cette année. Il y aurait du neuf ?

Bosch s'éclaircit la voix après avoir décidé de donner avant de recevoir.

– On pourrait dire que cette affaire, je l'ai depuis treize ans, dit-il. C'est moi qui en ai hérité en 93 quand Marie Gesto a été portée disparue.

– Mais ça n'a rien donné.

Bosch fit signe que non de la tête.

– On n'avait pas de cadavre. On n'a retrouvé que sa voiture et ça ne suffisait pas. On n'a jamais attrapé qui que ce soit de plausible.

– Pas un seul suspect ?

– On a examiné des tas de gens, un type en particulier. Mais il n'y avait pas moyen d'établir les liens nécessaires et personne n'est jamais arrivé au statut de suspect déclaré. Après, j'ai pris ma retraite en 2002 et l'affaire a atterri aux Archives. Deux ou trois ans plus tard, je me suis aperçu que la retraite ne marchait pas comme je pensais et j'ai repris le travail. C'était l'année dernière.

Bosch n'avait pas jugé nécessaire de lui préciser que ce dossier, il l'avait photocopié et emporté chez lui avec quelques autres le jour où il avait renoncé à son écusson et pris la porte du commissariat en 2002. Copier ces dossiers étant une infraction au règlement, moins on le savait mieux ça valait.

— L'année dernière, j'ai sorti le dossier chaque fois que j'avais un peu de temps pour y travailler, reprit-il. Mais on n'a ni ADN ni traces papillaires. On n'a que les enquêtes de voisinage. J'ai reparlé avec tous les acteurs principaux, enfin… tous ceux que j'ai réussi à retrouver. On a toujours le type qui, pour moi, aurait pu coller, mais je n'ai jamais réussi à le prouver. Je lui ai parlé encore deux fois cette année et en lui mettant sacrément la pression.

— Et… ?

— Et rien.

— Qui est-ce ?

— Il s'appelle Anthony Garland. Grosse fortune de Hancock Park. Avez-vous entendu parler de Thomas Rex Garland ? Le magnat du pétrole ?

O'Shea acquiesça d'un signe de tête.

— Eh bien, T. Rex[1], comme on l'appelle, est le père d'Anthony.

— Et c'est quoi, le lien entre Anthony et Gesto ?

— Parler de lien serait un peu exagéré. La voiture de Marie Gesto a été retrouvée dans un garage à une place rattaché à un complexe d'appartements d'Hollywood. Et l'appartement auquel il était rattaché était vacant. A l'époque, nous pensions qu'il ne s'agissait pas d'une simple coïncidence si c'était là qu'avait terminé sa voiture. Pour nous, celui qui l'avait planquée à cet endroit savait que l'appartement était vide et que ça l'aiderait beaucoup de la cacher là.

— Bon, d'accord. C'était Marie ou le coup du garage que connaissait Anthony ?

---

1. Soit, à l'anglaise, «T-Rex», abréviation familière de *Tyrannosaurus Rex* *(NdT)*.

– Le coup du garage. C'était son ancienne copine qui avait habité l'appartement. Elle avait rompu avec lui, puis était repartie au Texas. Bref, il savait que l'appartement était vacant et le garage inoccupé.

– C'est un peu léger. C'est tout ce que vous aviez?

– A peu près, oui. Nous aussi, nous pensions que ça ne faisait pas le poids, mais quand on a sorti la photo de permis de conduire de l'ancienne petite amie, on s'est aperçus qu'elle et Marie se ressemblaient beaucoup. On a commencé à se dire que Marie lui avait peut-être servi de victime de remplacement. Il ne peut pas se venger de son ex parce qu'elle est repartie au Texas, il se rattrape sur elle.

– Vous êtes allés au Texas?

– Deux fois. On a parlé avec l'ex, elle nous a dit que la raison principale pour laquelle elle avait lâché Anthony était son mauvais caractère

– Il était violent avec elle?

– Elle nous a dit que non. Elle serait partie avant que c'en arrive là.

O'Shea se pencha en avant, les sourcils froncés en signe de doute.

– D'où Anthony Garland connaissait-il Marie? demanda-t-il.

– On ne sait pas. On n'est même pas sûrs qu'il la connaissait. Jusqu'à ce que son père fasse entrer en scène son avocat et qu'il arrête de nous parler, il a toujours nié la connaître.

– C'était quand… l'avocat, je veux dire?

– A ce moment-là et maintenant. Je suis revenu plusieurs fois sur Anthony cette année. Je lui ai mis la pression et il a repris des avocats. D'autres, cette fois. Ils ont réussi à m'interdire de le voir et ce, sur injonction d'un juge. Ils l'ont convaincu de m'intimer l'ordre de ne plus jamais le voir sans qu'il ait un avocat avec lui. Pour moi, c'est avec du fric qu'ils y sont arrivés. C'est comme ça que T. Rex Garland règle les problèmes.

O'Shea se renversa en arrière et hocha la tête d'un air pensif.

– Cet Anthony Garland a-t-il jamais été condamné avant ou après l'affaire Gesto?

– Non, il n'a pas de casier. Il n'a jamais été un membre très productif de la société… Pour autant que je sache, il vit sur ce que lui file son père. Il s'occupe de sa sécurité et de celle de ses entreprises.

Mais non, je n'ai jamais rien trouvé de criminel dans ses activités.

— Ne vous semblerait-il pas raisonnable de penser que quelqu'un qui enlève et assassine une jeune femme ait d'autres crimes à son actif? Ces trucs-là ne sont en général pas des aberrations, si?

— Non, si on s'en tient aux statistiques. Mais il y a toujours des exceptions à la règle. Sans parler du fric de Papa. L'argent arrange beaucoup de choses... sans parler de ce qu'il fait disparaître.

O'Shea hocha de nouveau la tête comme s'il découvrait le crime et les criminels pour la première fois. Il jouait mal la comédie.

— Et vous alliez faire quoi? demanda-t-il.

Bosch hocha la tête à son tour.

— Rien. J'ai renvoyé le dossier aux Archives et je pensais en rester là. Mais il y a une quinzaine de jours je suis redescendu aux Archives et je l'ai ressorti. Sans savoir ce que j'allais faire. Peut-être parler à des amis récents de Garland, histoire de voir s'il n'aurait pas mentionné Marie Gesto dans une conversation. Tout ce dont j'étais certain, c'était que je n'allais pas renoncer.

O'Shea s'éclaircissant la gorge, Bosch comprit qu'il allait enfin leur dire pourquoi ils étaient là.

— Le nom de Ray ou Raynard Waits a-t-il jamais surgi pendant toutes ces années d'enquête sur la disparition de Gesto?

Bosch le regarda un instant, l'estomac noué.

— Non, jamais. Il aurait dû?

O'Shea sortit une des chemises du classeur accordéon, l'ouvrit sur son bureau et en tira un document qui ressemblait à une lettre.

— Comme je l'ai déjà dit, nous allons demander la peine de mort pour Waits, lança-t-il. Pour moi, après les audiences préliminaires, il a compris la gravité de la situation. Il a fait appel pour l'affaire du contrôle routier: absence de motif vraisemblable[1]. Mais ça n'ira nulle part et il le sait aussi bien que son avocat. Même chose pour une défense du type aliénation mentale. Ce type est aussi calculateur et organisé que tous les tueurs que j'ai jamais poursuivis. Bref, voici ce qu'ils m'ont répondu la semaine dernière. Mais avant que je vous montre ce document, il faut que vous compreniez, et que vous

---

1. La législation américaine interdit toute interpellation sans cause vraisemblable (NdT).

me le fassiez savoir, qu'il s'agit d'une lettre d'avocat. Et donc, d'une offre de négociation. Et que quoi qu'il arrive, que nous décidions de poursuivre ou pas, les renseignements contenus dans ce document sont confidentiels. Bref, que si nous décidons d'ignorer cette demande, nous ne pourrons pas nous prévaloir d'un quelconque renseignement contenu dans cette lettre pour enquêter. Me comprenez-vous bien ?

Rider acquiesça d'un signe de tête. Bosch, lui, n'en fit rien.

– Inspecteur Bosch ? le pressa O'Shea.

– Je ferais peut-être mieux de ne pas voir cette lettre, répondit-il. Peut-être vaudrait-il mieux que je m'en aille.

– C'est vous qui ne vouliez pas donner le dossier à Freddy. Si cette affaire vous tient tellement à cœur, moi, je pense que vous devriez rester.

Bosch finit par acquiescer.

– Bon, d'accord, dit-il.

O'Shea leur glissant le document sur le bureau, Bosch et Rider se penchèrent ensemble pour le lire, Bosch commençant par déplier ses lunettes de vue et les chausser.

12 septembre 2006

Richard O'Shea, adjoint au district attorney
Bureau du district attorney du comté de Los Angeles
Bureau 16-11
210 West Temple Street
Los Angeles, CA 90012-3210

Réf. : État de Californie contre Raynard Waits

Cher M. O'Shea

Je vous écris cette lettre afin d'ouvrir la discussion sur une disposition de l'affaire ci-dessus référencée. Toutes les déclarations ayant trait, dans cette lettre et subséquemment, à cette discussion sont ici faites étant bien entendu qu'au titre de l'article du Code d'admissibilité des preuves de l'État de Californie n° 1153, de l'article du Code pénal de l'État de Californie n° 1192 alinéa 4 et du jugement en appel dans l'affaire État de

Californie contre Tanner, côte Cal., App. 3d 345, 350, 119 Cal. Retr. 407 (1975), elles ne sauraient être admises par un quelconque tribunal.

Je vous indique que M. Waits serait éventuellement prêt, aux conditions et selon les termes exposés ci-dessous, à partager avec vous et des enquêteurs de votre choix des informations relatives à neuf homicides, hormis les deux de l'affaire ci-dessus référencée, en échange de la promesse faite par l'État de Californie de ne pas demander la peine capitale pour la présente accusation de meurtre et de ne pas poursuivre M. Waits pour les homicides sur lesquels il vous communiquerait des renseignements.

En échange de cette coopération et des renseignements donnés par lui, vous devrez aussi accepter qu'aucune déclaration ou partie de déclaration faite par lui, pas plus que tout renseignement en provenant, ne puisse être retenue contre lui dans des poursuites au criminel; aucun renseignement dérivant de cet accord ne pourra être divulgué à une quelconque agence de maintien de l'ordre d'État ou fédéral tant que ces agences n'auront pas accepté, par l'intermédiaire de leurs représentants, d'être liées par les termes et les conditions de cet accord; aucune déclaration faite ou aucun renseignement fourni par M. Waits lors de ces séances ou discussions confidentielles ne pourra être utilisé contre lui lors du procès; outre qu'aucune piste d'enquête ne saurait être ouverte suite à ces révélations, il ne pourra être fait un quelconque usage des déclarations et des renseignements fournis par l'accusé.

Au cas où l'affaire ci-dessus référencée irait au procès, il va de soi que si M. Waits devait offrir un témoignage différent de l'une quelconque des déclarations ou de l'un quelconque des renseignements fournis pendant ces discussions, vous pourriez le mettre en accusation sur la validité de ces déclarations ou renseignements erronés.

Il me semble que les familles de huit victimes féminines et d'une masculine pourraient enfin tourner la page en prenant connaissance de ce qui aura pu transpirer concernant leurs êtres chers et, dans huit de ces cas, procéder à des cérémonies

religieuses et à des enterrements après que M. Waits aura
conduit vos enquêteurs sur les lieux où reposent pour l'instant
lesdites victimes. Il n'est pas impossible que ces familles trouvent aussi, qui sait, quelque réconfort à apprendre que
M. Waits purge actuellement une condamnation à vie sans
possibilité de libération conditionnelle.

M. Waits se propose de fournir des renseignements sur neuf
homicides connus et inconnus, commis entre les années 1992 et
2003. En gage de sa crédibilité et de sa bonne foi, il commence
par suggérer aux enquêteurs de reprendre l'affaire du meurtre de
Daniel Fitzpatrick, soixante-trois ans, qui fut brûlé vif dans sa
boutique de prêteur sur gages d'Hollywood Boulevard, le
30 avril 1992. Les dossiers leur révéleront que M. Fitzpatrick
était armé et se tenait derrière le rideau déroulant de son magasin lorsqu'il fut incendié par un agresseur faisant usage d'un briquet à gaz et d'essence à briquet. Le flacon d'essence à briquet
EasyLight a été laissé en position verticale devant le rideau de
sécurité. Ce renseignement n'a jamais été rendu public.

Il suggère en outre, et ce afin d'établir sa crédibilité et de prouver sa bonne foi, que le dossier d'enquête sur la disparition de
Marie Gesto en septembre 1993 soit lui aussi repris. Il leur
fera découvrir que si l'on ne sait toujours pas où se trouve
Mlle Gesto, sa voiture, elle, a été repérée par la police dans un
complexe d'appartements d'Hollywood dit de «la Grande
Tour». Dans ce véhicule se trouvaient les vêtements et la tenue
équestre de Mlle Gesto ainsi qu'un sac à provisions contenant
un paquet d'une livre de carottes. Mlle Gesto avait en effet
l'intention d'en nourrir les chevaux qu'elle pansait en échange
d'un temps de monte aux haras du Sunset Ranch de Beachwood Canyon. Là encore, ce renseignement n'a jamais été
rendu public.

Je propose qu'au cas où un accord serait obtenu, ce dernier
soit régi par le statut des exceptions aux lois de Californie
contre l'interdiction de tout plaider-coupable pour des crimes
et délits de première gravité dans la mesure où, en l'absence
de toute coopération de la part de M. Waits, il y a insuffisance
de preuves et de témoins pour prouver les allégations de l'État

de Californie dans ces neuf affaires d'homicide. Qui plus est, il est entendu que toute patience que montrerait l'État de Californie dans l'application de la peine de mort ne représenterait pas un changement substantiel de la sentence (Code pénal de Californie, article 1192, alinéa 7*a*).

Je vous serais reconnaissant de bien vouloir me contacter au plus vite de vos possibilités si la teneur de cette lettre vous agrée.

Respectueusement,

Maurice Swann, avocat
101 Broadway
Suite 2
Los Angeles, CA 900 13

Bosch se rendit compte qu'il avait lu presque entièrement la lettre sans reprendre son souffle. Il avala de l'air, mais cela ne défit en rien l'espèce d'étouffement glacé qui se formait dans sa poitrine.

– Vous n'allez quand même pas donner votre accord à ça, n'est-ce pas? dit-il.

O'Shea soutint un instant son regard avant de répondre.

– En fait, j'ai déjà entamé les négociations avec maître Swann. Il ne s'agissait là que de la première offre. J'ai beaucoup amélioré la position de l'État depuis que cette lettre m'est arrivée.

– Ce qui voudrait dire?

– Qu'il devra plaider toutes les affaires. Et que nous obtiendrons onze condamnations pour meurtre.

Et encore plus de unes dans les journaux et juste à temps pour les élections, songea Bosch, qui s'abstint néanmoins de le faire remarquer.

– Mais il en sort quand même libre, non? insista-t-il.

– Non, inspecteur, il n'en sort pas libre. Waits ne reverra jamais la lumière du jour. Vous êtes-vous déjà rendu à Pelican Bay, où on expédie les criminels sexuels? Il n'y a que le nom de l'établissement qui a l'air sympa.

– Bon, mais... pas de condamnation à mort. Ça, vous le lui donnez.

Olivas eut un petit sourire narquois, comme si Bosch ne comprenait vraiment rien.

– Oui, c'est ça qu'on lui donne, dit O'Shea. Ça et rien d'autre. Pas de peine capitale, mais il écope de perpète plus un jour.

Bosch hocha la tête, jeta un coup d'œil à Rider et revint sur O'Shea. Et garda le silence parce que, il le savait, la décision ne lui revenait pas.

– Mais avant d'accepter ce marché, reprit O'Shea, nous devons être absolument sûrs qu'il est bon pour les neuf. Waits n'est pas idiot. Il se pourrait très bien que tout cela ne soit qu'une astuce pour éviter l'aiguille, mais aussi que ce soit vrai. J'aimerais que vous vous joigniez tous les deux à Freddy pour le déterminer. Je passe les coups de fil et je vous lâche. Ce sera votre tâche.

Ni Bosch ni Rider ne réagirent. O'Shea enchaîna :

– Il est évident qu'il sait certaines choses sur les deux affaires citées dans la lettre. Freddy a déjà pu confirmer ses dires dans l'affaire Fitzpatrick. Celui-ci a bien été tué pendant les émeutes qui ont fait suite au verdict rendu dans l'affaire Rodney King... Brûlé vif derrière le rideau de sécurité de sa boutique de prêteur sur gages. Il était très lourdement armé, ce qui n'est pas clair étant donné la manière dont son assassin a pu s'approcher assez de lui pour l'enflammer. Le flacon d'EasyLight a bien été retrouvé à l'endroit qu'il dit, et en position verticale devant le rideau de sécurité.

«Nous n'avons pas encore pu vérifier ses dires pour l'affaire Gesto parce que c'est vous qui détenez le dossier, inspecteur Bosch. Mais vous avez déjà confirmé ses propos sur le garage. Ce qu'il dit sur les habits et les carottes est-il exact?

Bosch acquiesça à contrecœur.

– Pour la bagnole, tout le monde savait, dit-il. Les médias en ont parlé jusqu'à plus soif. Mais le paquet de carottes était notre atout maître. Personne ne connaissait ce détail en dehors de moi, de mon coéquipier à l'époque et du technicien des preuves qui a ouvert le sac. Ces carottes provenaient d'un supermarché Mayfair de Franklin Avenue, tout en bas de Beachwood Canyon. Il s'est avéré que Marie Gesto s'y arrêtait toujours en montant au haras. Elle en est ressortie avec ses carottes et très probablement aussi son assassin dans son sillage. Nous avons des témoins qui l'ont vue dans le magasin. Mais plus rien après ça. Jusqu'au jour où nous avons retrouvé sa voiture.

O'Shea acquiesça. Il leur montra la lettre qu'ils avaient toujours devant eux.

— Bref, ça semble intéressant, dit-il.

— Non, ça ne l'est pas, lui renvoya Bosch. Ne faites pas ça.

— Ne faites pas ça quoi?

— Ne passez pas ce marché.

— Pourquoi?

— Parce que si c'est bien lui qui a enlevé Marie Gesto et l'a tuée et qu'il a assassiné huit personnes de plus, qu'il les a peut-être même coupées en morceaux comme les deux pour lesquelles il s'est fait pincer, Waits est un type qu'on ne devrait pas laisser vivre, que ce soit en prison ou ailleurs. On l'attache, on lui balance le jus de Jésus et on l'expédie au trou où il devrait déjà être.

O'Shea hocha la tête comme si l'idée ne manquait pas de pertinence.

— Et tous les dossiers en cours? le contra-t-il. Écoutez... qu'il vive dans une chambre individuelle à Pelican Bay jusqu'à la fin de ses jours ne me plaît pas plus qu'à vous. Mais il est de notre responsabilité de résoudre ces affaires et de donner des réponses aux familles des victimes. Et, ne l'oubliez pas: nous avons annoncé que nous demandions la peine capitale. Ça ne signifie pas que ce soit automatique. Il faudra encore aller au procès, le gagner et ensuite obtenir que les jurés recommandent la mort. Vous savez, j'en suis sûr, qu'il y a beaucoup beaucoup de choses qui pourraient tourner de travers. Il suffit d'un juré pour bloquer un jury. Et empêcher que la peine de mort soit prononcée. Sans compter qu'il suffit aussi d'un juge un peu mou pour ignorer les recommandations des jurés.

Bosch garda le silence. Il savait comment fonctionnait le système, comment on pouvait le manipuler et comment rien n'y était jamais sûr. Il n'empêche, ça l'embêtait. Il savait aussi qu'une peine de perpétuité ne signifiait pas forcément que Waits resterait effectivement toute sa vie en prison. Tous les jours, des individus du type Charlie Manson ou Sirhan Sirhan pouvaient espérer en sortir. Rien ne durait éternellement, pas même la prison à vie.

— Et je ne parle même pas du facteur coût, enchaîna O'Shea. Waits n'a pas d'argent, mais Maury Swann a pris son affaire pour se faire de la pub. Si on va au procès, il sera fin prêt. Et Maury Swann, c'est un bon. Il faut s'attendre à ce que ses experts contredisent les nôtres, à ce que leurs analyses scientifiques annulent les nôtres... bref, à ce que le procès dure des mois et coûte une fortune au comté. Je sais bien que pour vous l'argent ne doit pas entrer en ligne de compte, mais c'est quand même une réalité. J'ai déjà le bureau du Budget sur le dos pour cette affaire. Cette offre pourrait être la meilleure façon, la meilleure et la plus sûre, d'empêcher définitivement ce type de faire du mal à quiconque.

– La meilleure façon ? répéta Bosch. Peut-être, mais certainement pas la plus droite, si vous voulez mon avis.

O'Shea s'empara d'un stylo et tapa légèrement sur le bureau avec avant de réagir.

– Inspecteur Bosch, dit-il enfin, pourquoi avez-vous sorti le dossier Gesto aussi souvent ?

Bosch sentit Rider se tourner vers lui et le regarder. Elle aussi le lui avait demandé plus d'une fois.

– Je vous l'ai déjà dit, répondit-il. Je l'ai sorti parce que c'est moi qui avais hérité de l'affaire. Ça m'agaçait qu'on n'ait jamais pu attraper quelqu'un.

– En d'autres termes, ça vous hantait.

Bosch acquiesça après une hésitation.

– Elle avait de la famille ? reprit O'Shea.

Bosch acquiesça de nouveau.

– Ses parents habitaient à Bakersfield. Ils rêvaient de tas de choses pour elle.

– Pensez à eux. Et pensez aux familles des autres. On ne peut pas leur dire que c'est Waits à moins d'en être sûrs et certains. Pour moi, tous ces gens veulent savoir et sont prêts à échanger ce savoir contre sa vie. Il vaut mieux qu'il plaide coupable dans toutes ces affaires plutôt que nous ne le coincions que dans deux.

Bosch ne répondit pas. Il avait enregistré l'objection. Il comprit que l'heure était venue de se mettre au travail. Rider le sentait, elle aussi.

– On dispose de combien de temps en gros ? demanda-t-elle.

– Je veux aller vite, répondit O'Shea. Si c'est du solide, je veux qu'on nettoie tout ça et qu'on en finisse.

– Qu'on en finisse avant les élections, c'est bien ça ? demanda Bosch.

En le regrettant aussitôt. Les lèvres d'O'Shea se serrèrent, du sang parut affluer autour de ses yeux, sous la peau.

– Inspecteur, dit-il, je vous l'accorde. Je me présente aux élections et résoudre onze meurtres et obtenir de belles condamnations aiderait certainement ma cause. Mais de là à ce que vous laissiez entendre que c'est ma seule et unique motivation… Tous les soirs, ces parents qui ont rêvé de tant de choses pour leur fille vont encore se coucher sans savoir où elle se trouve et ce qui lui est arrivé et, pour moi, c'est une douleur intolérable. Même au bout de treize ans. Voilà pourquoi je veux qu'on aille vite et bien. Pour le reste, vous pouvez garder vos spéculations pour vous.

– Très bien, c'est ce que je ferai, dit Bosch. Quand est-ce qu'on parle avec ce type?

O'Shea regarda Olivas, puis à nouveau Bosch.

– Eh bien… je crois qu'on devrait commencer par s'échanger nos dossiers. Il faut que vous soyez au courant pour Waits et j'aimerais que Freddy se familiarise avec l'affaire Gesto. Dès que ce sera fait, on organise une rencontre avec Maury Swann. On dit demain?

– Va pour demain, répondit Bosch. Swann assistera-t-il à l'interrogatoire?

O'Shea acquiesça d'un hochement de tête.

– Pour l'affaire Waits, Maury ira jusqu'au bout. Il exploitera tous les angles à fond, jusqu'à en tirer un bouquin, et une option cinéma probablement, avant même que ce soit terminé. Peut-être même sera-t-il invité à *Court TV*.

– Ouais, bon, dit Bosch. Pendant ce temps-là au moins il ne sera pas au tribunal.

– J'avais pas pensé à ça, dit O'Shea. Vous avez le dossier Gesto?

Bosch ouvrit sa mallette sur ses genoux et en sortit un classeur de dix centimètres d'épaisseur généralement connu sous le nom de *murder book*[1]. Il le tendit à O'Shea, qui se tourna vers Olivas et le lui donna.

– Et moi, je vous donne ceci en échange, dit O'Shea.

Il glissa le dossier dans le classeur accordéon et le lui tendit par-dessus le bureau.

---

1. Ou «livre du meurtre» *(NdT).*

— Bonne lecture! lança-t-il. Vous êtes sûr pour demain?

Bosch jeta un coup d'œil à Rider pour voir si elle y voyait une objection. Il leur restait encore une journée avant de devoir rendre le dossier Matarese au district attorney, mais le travail était pratiquement achevé et il savait que Rider pourrait s'occuper du reste. Celle-ci gardant le silence, il reporta son attention sur O'Shea.

— Nous serons prêts, dit-il.

— Bien. J'appelle Maury pour prendre rendez-vous.

— Où est Waits?

— Ici même, dans ce bâtiment, répondit O'Shea. Surveillance rapprochée.

— Bien, dit Rider.

— Et les sept autres? demanda Bosch.

— Quoi, « les sept autres »?

— Il n'y a pas de dossiers?

— La teneur de l'offre de Maury Swann laisse entendre qu'il s'agit de femmes qu'on n'a jamais retrouvées, voire qu'on n'a pas signalées comme disparues, répondit O'Shea. Waits est prêt à nous conduire à elles, mais nous ne pouvons rien faire comme travail de préparation.

Bosch hocha la tête.

— D'autres questions? demanda O'Shea en faisant comprendre que la réunion était terminée.

— On vous les fera connaître, dit Bosch.

— Je sais que je me répète, mais pour moi, c'est nécessaire, reprit O'Shea. Cette enquête est totalement confidentielle. Cette lettre est une offre qui fait partie d'une négociation de plaider-coupable. Rien de ce qui se trouve dans ce document ou de ce que Waits pourra nous dire ne pourra être retenu contre lui. Et si tout tombe à l'eau, vous ne pourrez pas davantage vous prévaloir de ces renseignements pour le poursuivre. Tout cela est-il bien clair?

Bosch garda le silence.

— Parfaitement clair, répondit Rider.

— Je n'ai obtenu qu'une exception à ces dispositions, continua O'Shea. Si jamais il ment, si jamais vous le prenez en train de mentir ou si jamais un renseignement qu'il vous donne pendant tout ce processus s'avère être un mensonge intentionnel, tous nos accords tombent et nous pouvons le poursuivre pour tout. Et ça, on le lui a bien fait comprendre.

Bosch acquiesça d'un signe de tête et se leva, Rider l'imitant aussitôt.

— Vous voulez que je passe quelques coups de fil pour vous libérer de toutes vos obligations? demanda O'Shea. Je peux mettre la pression si c'est nécessaire.

Rider lui fit signe que non.

— Je ne crois pas que ce sera nécessaire, dit-elle. Harry travaillait déjà sur le dossier. Ces sept femmes sont peut-être des inconnues, mais aux Archives il y a sûrement un dossier sur l'assassinat du prêteur sur gages. Tout ça tombe sous la juridiction de l'unité. Et notre superviseur, on peut s'en débrouiller.

— Dans ce cas… très bien. Dès que j'ai le rendez-vous, je vous appelle. En attendant, il y a tous mes numéros dans le dossier. Et ceux de Freddy aussi.

Bosch salua O'Shea et jeta un coup d'œil à Olivas avant de se tourner vers la porte.

— Inspecteurs…? lança O'Shea.

Bosch et Rider se retournèrent vers lui. Il s'était mis debout. Il voulait leur serrer la main.

— J'espère que vous êtes de mon côté sur ce coup-là, dit-il.

Bosch lui serra la main sans trop savoir s'il parlait de l'affaire ou de l'élection.

— Si Waits peut m'aider à ramener Marie Gesto à ses parents, alors oui, je suis de votre côté, dit-il.

Cela ne résumait pas fidèlement ses sentiments, mais lui permit de quitter le bureau.

3

De retour à l'unité des Affaires non résolues, ils passèrent au bureau de leur patron pour le mettre au courant des derniers développements de l'affaire. Abel Pratt était à trois semaines de la retraite après vingt-cinq ans de service. Il les écouta avec attention, mais sans plus. Posée sur un côté de son bureau se trouvait une pile de guides Fodor sur les Caraïbes. Pratt avait l'intention de rendre son tablier, de quitter la ville et de se trouver une île où aller vivre avec sa famille. C'était là un rêve habituel dans les forces de l'ordre : on s'extrait enfin des ténèbres dans lesquelles on a été plongé pendant si longtemps en faisant son boulot. En réalité, au bout d'à peu près six mois les îles devenaient assommantes.

Un inspecteur classe trois des Vols et Homicides, du nom de David Lambkin, devait prendre la tête de la brigade après le départ de Pratt. Expert en crimes sexuels connu dans tout le pays, il avait été choisi pour le poste dans la mesure où bon nombre des affaires non élucidées sur lesquelles travaillaient les membres de l'unité avaient des mobiles sexuels. Bosch attendait avec impatience le moment de travailler avec lui et aurait préféré le briefer plutôt que Pratt, mais ça ne correspondait pas au calendrier.

On faisait avec qui on avait et un des avantages à travailler avec Pratt était bien qu'il allait leur laisser la bride sur le cou jusqu'à son départ. Tout ce qu'il voulait, c'était éviter les vagues ou que des trucs lui pètent au nez. Il voulait vivre un dernier mois de calme et sans événements majeurs.

Comme les trois quarts des flics avec vingt-cinq ans de service, Pratt était une antiquité. Très vieille école. Il préférait la machine à écrire à l'ordinateur. A moitié enroulée dans son IBM Selectric se trouvait une lettre sur laquelle il travaillait lorsque Bosch et Rider étaient entrés dans son bureau. Bosch y avait jeté un bref coup d'œil en s'asseyant et s'était aperçu qu'elle était destinée à un casino des Bahamas. Pratt essayait de trouver un boulot dans la sécurité au paradis et cela en disait long sur ce qu'il avait en tête à ce moment-là.

Pratt les écouta, leur donna la permission de travailler avec O'Shea et ne s'anima vraiment que pour les mettre en garde contre l'avocat de Raynard Waits, Maury Swann.

— Que je vous dise, leur lança-t-il. Quoi que vous fassiez quand vous le rencontrerez, ne lui serrez pas la main.

— Pourquoi? voulut savoir Rider.

— J'ai traité une affaire avec lui un jour. Ça remonte à des années et des années. Une histoire de membre de gang accusé de meurtre. A chaque début de séance au tribunal, il faisait tout un cirque pour me serrer la main et après, celle du procureur. Il aurait sans doute serré aussi celle du juge s'il en avait eu l'occasion.

— Et alors?

— Et alors, après sa condamnation, le type a essayé d'obtenir une réduction de peine en dénonçant tous les autres mecs impliqués dans le meurtre. Et un des trucs qu'il m'a dits pendant le débriefing, c'est que pour lui, j'étais corrompu. Il m'a expliqué que, pendant le procès, Maury lui avait dit pouvoir nous acheter tous autant que nous étions. Moi, le procureur, tout le monde. Bref, le gangster lui a fait donner du liquide par sa copine et Maury lui a expliqué que chaque fois qu'il nous serrait la main, en fait il nous payait. Vous voyez le truc… il nous passait du fric de la main à la main. Et il y allait toujours d'une double poignée de main. Il vendait sa salade à son client et pendant ce temps-là il gardait le fric.

— Putain de Dieu! s'écria Rider. Et vous n'avez pas monté de dossier contre lui?

Pratt écarta cette idée d'un geste de la main.

— L'affaire était close et en plus ç'aurait été du style il-a-dit-qu'il-a-dit. Des conneries, quoi. On serait allés dans le mur, surtout avec ce Maury qui est un membre du barreau très en vue. Mais, depuis ce jour-là, j'ai entendu dire que Maury aimait beaucoup serrer des mains. Ce qui fait que quand vous serez dans cette pièce avec lui et Waits, ne la lui serrez pas.

Ils quittèrent le bureau de Pratt, qui souriait encore de son anecdote, et regagnèrent leur poste de travail. Ils s'étaient déjà réparti les tâches en revenant à pied du tribunal. Bosch se chargerait de Waits et Rider de Fitzpatrick. Et ils connaîtraient leurs dossiers par cœur lorsque le lendemain ils s'assiéraient en face de Waits dans la salle d'interrogatoire.

Étant donné que le dossier de Fitzpatrick contenait moins de documents à lire, ce serait aussi Rider qui bouclerait le classeur Matarese. Cela signifiait que Bosch avait maintenant quartier libre pour se plonger entièrement dans l'univers de Raynard Waits. Après avoir sorti le dossier Fitzpatrick pour Rider, il décida d'emporter le classeur accordéon d'O'Shea à la cafétéria. Il savait que, le coup de feu de midi tirant à sa fin, il pourrait étaler ses documents sur une table et travailler sans être dérangé par le téléphone et les bavardages incessants de la salle des inspecteurs. Il dut prendre une serviette pour nettoyer une table dans un coin avant de commencer au plus vite à étudier ses documents.

Le dossier Waits comprenait trois éléments. Le classeur du LAPD qu'avaient préparé Olivas et Ted Colbert, son coéquipier de la brigade des Homicides de la division Nord-Est, une chemise sur une arrestation précédente et le dossier d'accusation élaboré par O'Shea.

Bosch décida de commencer par le classeur et se familiarisa vite avec Raynard Waits et les détails de son arrestation. Le suspect était âgé de trente-deux ans et vivait dans un appartement en rez-de-chaussée de Sweetzer Avenue, à West Hollywood. Pas très grand, il mesurait un mètre soixante-dix et pesait soixante-cinq kilos. Il était le propriétaire et gérant d'une affaire à un seul employé – une société de nettoyage de vitres dans les quartiers résidentiels, la ClearView Residential Glass Cleaners. D'après les rapports, il avait attiré l'attention de deux policiers de patrouille – un bleu du nom d'Arnolfo Gonzalez et son officier instructeur, Ted Fennel –, le 11 mai à une heure cinquante du matin. Ces deux officiers étaient attachés à la Crime Response Team qui surveillait un quartier des collines d'Echo Park suite à une explosion de cambriolages pendant les matchs des Dodgers. Quoique en tenue, Gonzalez et Fennel se trouvaient dans une voiture banalisée près du croisement de Stadium Way et de Chavez Ravine Place. Bosch connaissait l'endroit. C'était à l'extrémité du Dodger Stadium, juste au-dessus de la zone d'Echo Park que surveillait la Crime Response Team. Il savait aussi que ces policiers suivaient une procédure standard : rester en dehors du périmètre cible et suivre tout véhicule ou individu qui avait l'air douteux ou déplacé dans un tel endroit.

D'après le rapport qu'ils avaient préparé, Gonzalez et Fennel avaient commencé à se demander pourquoi un van avec un logo ClearView Residential Glass Cleaners de chaque côté se baladait dans les rues à deux heures du matin. Ils l'avaient suivi de loin, Gonzalez prenant ses jumelles à vision nocturne pour voir le numéro d'immatriculation – et l'entrer ensuite dans le terminal mobile. Ils avaient préféré recourir à l'ordinateur de bord plutôt qu'à la radio au cas où le cambrioleur à l'œuvre dans le quartier aurait disposé d'un scanner. L'ordinateur leur avait renvoyé quelque chose qui ne collait pas. L'immatriculation était en effet celle d'une Ford Mustang avec adresse à Clairmont. Persuadé que la plaque du van était volée et qu'il avait donc un motif vraisemblable d'arrêter le véhicule, Fennel avait accéléré, enclenché la rampe de gyrophares et arrêté le van à Figueroa Terrace, près du croisement de Beaudry Avenue.

« Le chauffeur du véhicule avait l'air agité et s'est penché à la vitre pour parler avec l'officier Gonzalez, cette manœuvre étant destinée à empêcher l'officier de regarder ce qu'il y avait à l'intérieur du van, disait le rapport d'interpellation. L'officier Fennel s'est approché du véhicule par le côté passager et a braqué le faisceau de sa lampe torche sur l'intérieur du van. Sans avoir à y pénétrer, l'officier Fennel a remarqué ce qui semblait être plusieurs sacs en plastique noirs posés sur le plancher, devant le siège passager. Une substance qui donnait l'impression d'être du sang se répandait sur le plancher du van en s'écoulant de l'ouverture d'un sac fermé. »

Toujours d'après ce compte rendu, « à la question de savoir si c'était du sang qui coulait d'un des sacs, le conducteur a répondu qu'il s'était coupé plus tôt dans la journée lorsqu'une grande vitre s'était brisée. Il a ajouté qu'il s'était servi de plusieurs chiffons à nettoyer les vitres pour éponger le sang. Lorsqu'il lui a été demandé de montrer à quel endroit du corps il s'était coupé, il a souri et a soudain fait mine de vouloir remettre le contact. L'officier Gonzalez a tendu la main par la vitre afin de l'en empêcher. Après une courte lutte, le conducteur a été sorti du véhicule, allongé par terre et menotté. Il a ensuite été placé sur la banquette arrière de la voiture banalisée. L'officier Fennel a ouvert le van et inspecté le contenu des sacs. C'est à ce moment-là qu'en ouvrant le premier sac, il a découvert qu'il contenait des morceaux de corps humain. Les équipes d'investigation ont été immédiatement dépêchées sur les lieux ».

Grâce à son permis de conduire l'individu extrait du van avait été identifié comme étant un certain Raynard Waits. L'homme avait été incarcéré dans une cellule de la division Nord-Est tandis qu'on procédait à l'examen du van et des sacs poubelles en plastique trouvés à Figueroa Terrace, ces examens durant toute la nuit. Ce n'est qu'au moment où les inspecteurs Olivas et Colbert, l'équipe de service ce soir-là, avaient commencé leur enquête et analysé les décisions prises par Gonzalez et Fennel qu'on avait découvert que le bleu avait inscrit un mauvais numéro de plaque dans le terminal léger embarqué (il avait mis un F au lieu d'un E), obtenant de ce fait les renseignements afférents à la Mustang de Clairmont.

En termes de maintien de l'ordre, il ne s'agissait là que d'une erreur de bonne foi – en d'autres termes, le motif vraisemblable tenait toujours la route dans la mesure où les policiers avaient agi de bonne foi suite à leur erreur. Bosch se dit que ce devait être la raison de la procédure d'appel dont Rick O'Shea avait parlé plus tôt.

Il mit le classeur de côté, ouvrit le dossier d'accusation et en feuilleta rapidement les pages jusqu'au moment où il trouva une copie de l'appel en question. Il l'examina tout aussi rapidement et y trouva ce à quoi il s'attendait : Waits faisait valoir qu'entrer un mauvais numéro de plaque dans l'ordinateur était une pratique courante d'un LAPD qui avait recours à cette manœuvre chaque fois que des officiers de brigades spécialisées voulaient arrêter et fouiller un véhicule sans avoir un motif vraisemblable de le faire. Le juge d'une cour supérieure ayant déterminé que Gonzalez et Fennel avaient agi de bonne foi et que la fouille à laquelle ils avaient procédé était légale, Raynard Waits faisait appel de cette décision auprès de la cour d'appel du district.

Bosch revint au classeur. Que les policiers aient arrêté légalement ou illégalement le véhicule n'avait pas empêché l'enquête de progresser rapidement. Le lendemain de l'arrestation, Olivas et Colbert obtenaient dans le courant de la matinée un mandat de perquisition pour l'appartement de Sweetzer Avenue, où Waits vivait seul. La fouille et les examens pratiqués par les techniciens de la police scientifique – ils avaient duré quatre heures – avaient permis de trouver des cheveux et du sang humain dans les siphons du lavabo et de la baignoire de la salle de bains. Les techniciens avaient aussi découvert une trappe pratiquée dans le plancher et contenant plusieurs bijoux de femmes et de nombreux Polaroïd de jeunes femmes nues qui semblaient dormir ou être inconscientes – ou mortes. Dans un débarras se trouvait un congélateur vide, à l'exception de quelques poils pubiens qu'y avait repérés un technicien de scène de crime.

Pendant ce temps-là, les trois sacs en plastique trouvés dans le van avaient été transportés au bureau du coroner et ouverts. On y avait découvert des morceaux de corps de deux jeunes femmes, l'une et l'autre étranglées et démembrées de la même manière après la mort. Il avait été aussi remarqué que les fragments d'un des deux corps semblaient avoir été congelés, puis décongelés.

Si aucun instrument coupant n'avait été trouvé dans l'appartement ou dans le van, toutes les pièces à conviction rassemblées à cette occasion indiquaient clairement que, de fait, ce n'était pas sur un cambrioleur mais bel et bien sur un tueur en série que Gonzalez et Fennel étaient tombés. Et tout montrait qu'il y avait d'autres victimes. Les rapports versés au dossier détaillaient les efforts déployés pendant les semaines suivantes afin d'identifier les deux corps et les autres femmes représentées sur les Polaroïd retrouvés dans l'appartement. Et, bien sûr, Waits n'avait été d'aucune aide de ce côté-là, qui avait engagé les services de Maury Swann dès le matin de sa capture et décidé de garder le silence alors que le processus judiciaire se poursuivait et que Swann montait son attaque pour non-respect de la règle du motif vraisemblable dans l'interpellation du conducteur du van.

Seule une des deux victimes démembrées avait été identifiée. Ses empreintes digitales avaient donné une correspondance dans la base de données du fichier du FBI. Âgée de dix-sept ans, elle s'était enfuie de son domicile de Davenport, dans l'Iowa. Lindsey Mathers était partie deux mois avant d'être retrouvée dans le van de Waits, deux mois pendant lesquels ses parents n'avaient plus entendu parler d'elle. Avec des photos que leur avait fournies sa mère, les inspecteurs avaient réussi à retrouver sa trace à Los Angeles. Elle avait été reconnue par plusieurs conseillers jeunesse affectés à des foyers d'Hollywood. Elle avait eu recours à plusieurs noms d'emprunt pour ne pas être reconnue et renvoyée chez elle. Certains détails laissaient penser qu'elle s'était droguée et avait racolé sur la voie publique. Des traces de piqûres découvertes sur son corps au cours de l'autopsie semblaient indiquer qu'elle s'injectait de la drogue depuis longtemps et avait continué de le faire. Une analyse de sang pratiquée pendant cette même autopsie avait révélé la présence d'héroïne et de PCP dans son sang.

Au vu des Polaroïd des autres femmes qu'on leur montrait, les conseillers jeunesse des foyers qui avaient aidé à l'identification de Lindsey Mathers avaient pu donner plusieurs noms possibles pour trois de ces femmes. Toutes avaient suivi des parcours semblables à celui de Mathers. Toutes étaient des fugueuses qui se livraient très probablement à la prostitution pour pouvoir s'acheter de la drogue.

A tout cela, Bosch voyait bien que Waits était un prédateur qui traquait des jeunes femmes dont la disparition n'inquiéterait pas tout de suite, des marginales qui, inconnues de la société, ne feraient pas l'objet de recherches immédiates lorsqu'elles disparaîtraient.

Les Polaroïd retrouvés dans la cache de l'appartement de Waits étaient rangés dans des intercalaires en plastique, à raison de quatre par page. Les huit pages du dossier contenaient en tout de multiples photos de chaque femme. Selon un rapport d'analyse joint au dossier, les clichés étaient ceux de neuf femmes différentes – les deux dont on avait retrouvé les restes dans le van de Waits et sept inconnues. Bosch comprit que c'était probablement sur celles-ci que Waits se proposait de donner des renseignements, en plus de ses informations concernant le prêteur sur gages et Marie Gesto, mais cela ne l'empêcha pas d'étudier les photos dans l'espoir d'y découvrir le visage de cette dernière.

Elle n'y était pas. Les visages représentés sur les clichés étaient ceux de femmes dont la disparition n'avait pas fait autant de vagues que celle de Marie Gesto. Bosch se renversa sur sa chaise, ôta ses lunettes pour se reposer les yeux un instant et songea brusquement à l'un de ses premiers instructeurs aux Homicides, l'inspecteur Ray Vaughn. Celui-ci avait une sympathie particulière pour ce qu'il appelait les « zéros du meurtre », soit les victimes qui ne comptaient pas. Dès le début, il avait appris à Bosch que si dans la société toutes les victimes ne naissaient pas égales, pour un véritable inspecteur elles devaient l'être.

« Toutes étaient l'enfant de quelqu'un, lui avait-il dit. Elles comptent toutes. »

Bosch se frotta les yeux et songea à l'offre de Waits de résoudre neuf assassinats – ceux de Marie Gesto, de Daniel Fitzpatrick et de sept autres femmes qui n'avaient jamais intéressé personne. Il y avait quelque chose qui ne collait pas dans tout ça. Fitzpatrick était une anomalie de par sa qualité de mâle et parce que son assassinat ne semblait pas avoir un mobile sexuel. Bosch avait toujours cru que le meurtre de Marie Gesto était, lui, à mobile sexuel. C'est vrai aussi qu'elle ne comptait pas au nombre des victimes jetables. Sa mort avait fait beaucoup de bruit. Waits avait-il appris sa leçon ? Avait-il, après l'avoir tuée, affiné son art afin d'être sûr de ne plus jamais attirer l'attention de la police et des médias ? Bosch songea que c'était peut-être à cause de la pression qu'il avait mise sur l'affaire Gesto que Waits avait décidé de changer et de devenir un tueur plus habile et rusé. Si tel était le cas, il lui faudrait se débrouiller de cette culpabilité plus tard. Pour l'heure, il devait se concentrer sur ce qu'il avait sous les yeux.

Il remit ses lunettes et reprit le dossier. Les preuves amassées contre Waits étaient solides. Rien de tel que de se faire prendre en possession de morceaux de corps humains. Un vrai cauchemar pour la défense, un vrai rêve pour l'accusation. En quatre jours, le dossier avait franchi le cap de l'audience préliminaire sans encombre, le bureau du district attorney s'empressant de faire monter la mise par l'intermédiaire d'un O'Shea annonçant qu'il demanderait la peine de mort.

Bosch avait posé un bloc à côté du dossier afin d'y noter des questions à poser à O'Shea, Waits et aux autres. Le bloc était resté vierge pendant sa lecture du classeur et des dossiers de l'accusation. Il y inscrivit les deux seules questions qui lui étaient venues à l'esprit :

— Si Waits a effectivement tué Gesto, comment se fait-il qu'il n'y ait pas eu de photo d'elle dans son appartement ?

— Waits habitant à West Hollywood, que faisait-il à Echo Park ?

La première question s'expliquait facilement. Bosch savait que les tueurs évoluent. Suite à l'assassinat de Gesto, Waits pouvait très bien avoir compris qu'il avait besoin de preuves de son travail. Il n'était pas impossible que les photos aient commencé après le meurtre.

La deuxième question était plus troublante. Le dossier ne contenait rien qui y réponde. On pensait simplement que Waits était parti se débarrasser des cadavres, peut-être en les enterrant dans un parc aux alentours de Dodger Stadium. Aucun supplément d'enquête sur ce point n'était envisagé, ni même seulement nécessaire. Sauf pour Bosch. Echo Park se trouvait à au moins une demi-heure de route de l'appartement de Waits à West Hollywood. Cela faisait beaucoup de voiture quand on transporte des morceaux de cadavres dans des sacs. Sans compter que, beaucoup plus vaste et comportant bien plus d'endroits isolés et difficiles d'accès, Griffith Park se trouvait nettement plus près de l'appartement de West Hollywood et aurait mieux convenu à la tâche envisagée.

Pour Bosch, cela voulait dire que Waits avait une raison et une destination bien précises en tête en se rendant à Echo Park. Tout cela, la première enquête l'avait loupé ou écarté comme sans importance.

Il écrivit donc ces deux mots sur le bloc :

Profil psychologique ?

Il n'avait en effet été procédé à aucune étude psychologique de l'accusé et Bosch fut légèrement surpris de le constater. Peut-être était-ce – il le pensa – le résultat d'une décision stratégique prise par l'accusation. Il n'était pas impossible qu'O'Shea ait choisi de ne pas prendre cette voie à moins d'être sûr de savoir où elle conduisait. Il ne voulait pas laisser la porte ouverte à une défense du type aliénation mentale.

Il n'empêche, songea de nouveau Bosch, une étude psychologique aurait été utile pour comprendre l'accusé et ses crimes. On aurait dû en faire une. Que le sujet ait coopéré ou pas, un tel profil aurait pu aussi bien émerger de ses crimes mêmes que de ce qu'on avait appris en analysant son passé, son aspect, ce qu'on avait trouvé chez lui et les conversations qu'il avait eues avec les gens qu'il connaissait et pour lesquels il travaillait. Un tel profil aurait aussi offert à O'Shea une arme pour s'opposer à toute tentative de la défense de jouer la carte de la folie.

Maintenant il était trop tard. La division ne disposait que de quelques psychologues et il n'y aurait aucun moyen de faire faire quoi que ce soit avant l'interrogatoire de Waits le lendemain. Et envoyer une demande au FBI se traduirait par une attente de deux mois, au mieux.

Il lui vint brusquement une idée, mais il préféra y réfléchir encore un peu avant de passer à l'action. Il laissa ses deux questions de côté pour le moment et se leva pour aller reprendre du café. Il se servait d'une vraie tasse qu'il avait descendue de l'unité, les gobelets en polystyrène ne lui plaisant guère. Cette tasse lui avait été donnée par un célèbre producteur-scénariste de la télévision, un certain Stephen Cannell, qui avait passé quelque temps à l'unité pour se documenter sur un projet de film. Imprimé sur la tasse, on pouvait lire son conseil préféré en matière d'écriture : « Qu'est-ce que le vilain s'est mis en tête de faire ? » Bosch aimait bien : pour lui c'était une bonne question que tout véritable inspecteur devait lui aussi se poser.

Il regagna la table de la cafétéria et jeta un coup d'œil au dernier dossier. C'était le plus ancien et le moins gros des trois. Il oublia Echo Park et les profils psychologiques, se rassit et ouvrit la chemise. Elle contenait les rapports et enquêtes ayant trait à l'arrestation de Waits pour vagabondage en août 1992. C'était la seule fois où celui-ci s'était fait remarquer jusqu'au jour où, treize ans plus tard, il avait été arrêté avec des morceaux de corps humain dans son van.

D'après les rapports, Waits avait été arrêté dans le jardin d'une demeure de Fairfax District après qu'une voisine insomniaque avait par hasard jeté un coup d'œil à sa fenêtre alors qu'elle faisait les cent pas dans sa maison plongée dans le noir. Elle avait vu un homme regarder par les fenêtres arrière de la maison voisine. Elle avait aussitôt réveillé son mari qui dormait. Celui-ci était vite sorti de la maison, avait sauté sur l'inconnu et l'avait maîtrisé jusqu'à l'arrivée de la police. Trouvé en possession d'un tournevis, le maraudeur avait été accusé de vagabondage. Sans papiers d'identité, il avait dit s'appeler Robert Saxon au policier qui l'arrêtait. Et avait précisé n'être âgé que de dix-sept ans. Mais sa ruse tombant à l'eau, peu de temps après le jeune homme avait été reconnu grâce à une empreinte de pouce qui, prise au moment de son incarcération, avait donné une correspondance avec celle d'un permis de conduire délivré huit mois plus tôt à un certain Raynard Waits. Même date de naissance sur ce document à un détail près: âgé de vingt et un ans, Raynard Waits avait quatre ans de plus que l'homme qui disait s'appeler Robert Saxon.

Une fois identifié, Waits avait reconnu chercher une maison à cambrioler. Le rapport indiquait néanmoins que la fenêtre par laquelle il avait été vu en train de regarder était celle de la chambre d'une jeune fille de quinze ans. Waits avait échappé à des poursuites pour délit à caractère sexuel grâce à l'accord que son avocat, Mickey Haller, avait réussi à lui négocier. Toujours d'après le rapport, Waits avait été condamné à dix-huit mois de mise à l'épreuve et avait purgé sa peine avec zèle et sans le moindre problème.

Bosch se rendit compte que cet incident était comme un premier indice de ce qui devait se produire par la suite. Mais, trop encombrée et inefficace, la machine judiciaire avait été incapable de déceler le danger que représentait Waits. En travaillant sur les dates, Bosch comprit aussi qu'au moment même où, aux yeux de la justice, il s'acquittait parfaitement de sa mise à l'épreuve, Waits était en train de passer du stade de maraudeur à celui d'assassin. Marie Gesto avait été capturée avant qu'il ait fini son temps de probation.

– Ça avance?

Il releva la tête et ôta vite ses lunettes de façon à retrouver le sens des distances. Rider était descendue prendre un café. Elle aussi tenait une tasse marquée de l'inscription : « Qu'est-ce que le vilain s'est mis en tête de faire ? » Le scénariste avait donné une tasse à tous les membres de la brigade.

— J'ai presque fini, répondit Bosch. Et toi ?

— J'ai fini le boulot sur ce qu'O'Shea nous a donné. Et j'ai appelé les Scellés pour le carton Fitzpatrick.

— Y a quoi dedans ?

— Je ne sais pas trop, mais l'inventaire consigné au dossier parle de « documents de prêteur sur gages ». C'est pour ça que j'ai demandé qu'on me le sorte. En attendant, je vais finir le classeur Matarese et je l'aurai prêt pour demain. Selon le moment où on pourra parler à Waits, je le présenterai au début ou tout à la fin de la séance. T'as déjeuné ?

— Non, j'ai oublié. Des trucs dans le classeur Fitzpatrick ?

Rider tira la chaise en face de Bosch et s'assit.

— C'est la très éphémère Riot Crimes Task Force[1] qui s'est occupée de l'affaire. Tu te souviens d'eux ?

Il acquiesça d'un signe de tête.

— Taux d'élucidation dix pour cent, reprit-elle. En gros, tous ceux qui ont fait des trucs pendant ces trois jours s'en sont bien tirés, à moins de s'être fait prendre en photo comme le gamin qui a balancé une brique sur le chauffeur d'un camion pile au moment où un hélico de la télé le survolait.

Bosch se rappela que ces trois jours d'émeutes en 1992 s'étaient soldés par plus de cinquante morts, rares étant les affaires qu'on avait pu élucider, voire seulement expliquer. Mêlée générale et anarchie, voilà ce qu'avait vécu la ville. Il se revit en train de descendre Hollywood Boulevard en plein milieu de la chaussée alors que des bâtiments étaient en feu des deux côtés de la voie. Il n'aurait pas été étonné que l'un d'eux ait abrité la boutique de Fitzpatrick.

— C'était une tâche impossible, fit-il remarquer.

— Je sais, dit-elle. Monter des dossiers à partir de ce chaos… Cela dit, je vois bien qu'ils ne se sont pas vraiment attardés sur son cas.

---

1. Ou détachement spécial pour les crimes liés aux émeutes *(NdT)*.

Ils ont fait les premières constatations sous la protection d'un détachement du SWAT[1]. L'affaire a été vite attribuée à un acte de violence aveugle, alors qu'il y avait des indices qu'ils auraient dû analyser.

— Du genre ?

— Eh bien, pour commencer, le fait que Fitzpatrick avait l'air super réglo. Qu'il prenait les empreintes de pouce de tous les gens qui lui déposaient des trucs.

— Pour pouvoir se défendre d'avoir accepté des objets volés.

— Exactement... et combien de prêteurs sur gages qui faisaient ça volontairement connaissait-on à l'époque, hein ? Il tenait aussi un registre des clients indésirables... ceux qu'il jugeait *persona non grata* pour diverses raisons et ceux qui se plaignaient ou le menaçaient. Apparemment, il n'était pas rare qu'on revienne chez lui pour racheter tel ou tel objet qu'on y avait déposé et on découvrait alors qu'on avait dépassé le délai de garde et que l'objet avait été vendu. On se fâche, des fois même on menace, etc. La plupart de ces informations ont été données par un type qui travaillait pour lui à la boutique. Et qui n'était pas là le soir de l'incendie.

— Bon, mais... ils ont vérifié la liste des indésirables ?

— On dirait qu'ils étaient en train de le faire quand il s'est produit quelque chose. Ils se sont arrêtés et ont classé l'affaire comme un acte de violence aveugle en liaison avec les émeutes. Fitzpatrick est mort brûlé vif avec de l'essence à briquet. Et la moitié des magasins du boulevard qui ont été réduits en cendres ont été incendiés de la même façon. La division avait mis deux flics sur l'affaire. Le premier est en retraite et l'autre travaille à la division Pacifique. Il est sergent de patrouille, service de nuit. Je lui ai laissé un message.

Bosch comprit qu'il n'avait même pas besoin de demander si Raynard Waits figurait sur la liste. Ç'aurait été la première chose que Rider lui aurait signalée.

— Ce serait peut-être plus facile de joindre l'autre type, fit-il remarquer. Les mecs à la retraite ont toujours envie de causer.

— C'est une idée, dit-elle en hochant la tête.

---

1. Soit Special Weapons and Tactics, équivalent de notre Antigang (*NdT*).

— L'autre truc à savoir, c'est que Waits s'est servi d'un pseudonyme quand il s'est fait serrer pour vagabondage en 1992. Robert Saxon. Je sais que tu as cherché son nom sur la liste, mais il serait peut-être bon de voir aussi avec ce nom-là.

— Pigé.

— Écoute... Je sais que tu as déjà mis tout ça en route, mais aurais-tu le temps de me passer Waits au fichier AutoTrack dans la journée?

La répartition du travail dans leur équipe voulait que ce soit elle qui s'occupe des tâches à l'ordinateur. AutoTrack était une base de données qui permettait de retracer la vie d'un individu grâce à ses notes de gaz et d'électricité, ses connexions au câble, ses entrées aux Immatriculations de voitures et bien d'autres sources. C'était on ne peut plus utile lorsqu'on voulait plonger dans le passé d'un individu.

— Je devrais pouvoir, dit-elle.

— Je veux juste savoir où il a habité. Je n'arrive toujours pas à comprendre pourquoi il se trouvait à Echo Park et on dirait que personne d'autre ne s'est vraiment intéressé à la question.

— Pour moi, il y était pour y jeter les sacs.

— Oui, bon, ça on le sait. Mais pourquoi à Echo Park? Il habitait plus près de Griffith Park et ç'aurait été un meilleur endroit pour enterrer ou balancer des corps. Je sais pas... y a quelque chose qui manque ou qui ne cadre pas. Moi, je pense qu'il se rendait dans un endroit bien précis.

— Et s'il avait voulu jouer la distance? Tu sais bien... plus il était loin de chez lui, mieux ça valait...

Bosch fit oui de la tête, mais il n'était pas convaincu.

— Je pense aller y faire un tour, dit-il.

— Et quoi? Tu penses trouver l'endroit où il allait enterrer ses sacs? Tu me fais le coup de la voyante?

— Pas encore, non. Je veux juste voir si je pourrais pas sentir un peu mieux ce Waits avant qu'on commence à lui parler vraiment.

Prononcer ce nom lui fit faire la grimace et hocher la tête.

— Quoi? demanda Rider.

— Tu sais ce qu'on est en train de faire? On est en train d'aider ce type à rester en vie. Et ce mec-là, c'est quand même quelqu'un qui découpe des bonnes femmes en morceaux et qui les empile dans son congélateur jusqu'au moment où il n'y a plus de place et où il faut qu'il les jette comme des ordures. Oui, notre boulot, c'est ça : trouver un moyen de le laisser vivre.

Rider fronça les sourcils.

— Je sais ce que tu éprouves, Harry, mais faut que je te dise : je penche plutôt du côté O'Shea dans cette histoire. Pour moi, il vaut mieux que les familles sachent enfin ce qui s'est passé et que nous résolvions toutes ces affaires. C'est la même chose que pour ma sœur. On voulait savoir.

Rider était encore adolescente lorsque sa sœur avait été tuée dans un mitraillage effectué d'une voiture. L'affaire avait été élucidée et trois membres d'un gang expédiés en prison. C'était même la raison principale qui avait poussé Rider à entrer dans la police.

— C'est probablement la même chose pour toi et ta mère, reprit-elle.

Bosch leva la tête pour la regarder. Sa mère avait été assassinée lorsqu'il était enfant. Plus de trois décennies plus tard, il avait résolu l'affaire lui-même parce que lui aussi avait voulu savoir.

— Tu as raison, dit-il. Mais pour l'instant, ça ne me plaît pas trop, c'est tout.

— Pourquoi t'irais pas faire ton petit tour, histoire de t'éclaircir un peu les idées ? Je t'appelle si je trouve quelque chose sur Auto-Track.

— Bon, oui, je vais y aller.

Il commença à refermer les dossiers et à les ranger.

4

A l'ombre des tours du centre-ville et dans la pleine lumière des éclairages du Dodger Stadium, Echo Park était un des quartiers les plus anciens et les plus changeants de Los Angeles. Une décennie après l'autre, il avait été la destination de la sous-classe des immigrants, les Italiens ouvrant la marche, suivis par les Mexicains, les Chinois, les Cubains, les Ukrainiens et tous les autres. Dans la journée, se promener dans la grande artère de Sunset Boulevard pouvait exiger la maîtrise de cinq ou six langues, voire plus, pour pouvoir lire toutes les enseignes. La nuit, c'était le seul endroit de la ville où l'air pouvait être déchiré par le bruit d'une fusillade entre gangs, les hurlements des supporters assistant à un *home run* de base-ball et les aboiements des coyotes dans les collines – tout cela en même temps.

Echo Park était maintenant une des destinations préférées d'une autre catégorie de nouveaux venus – les jeunes branchés. Les mecs cool. Artistes, musiciens et écrivains, tout le monde y emménageait. Cafés et boutiques de frusques grand cru se pressaient à côté de *bodegas* et de stands de *mariscos*[1]. Plaines et flancs de collines sous le stade de base-ball, tout était en rénovation. L'endroit changeait de caractère L'immobilier grimpait, chassant les gangs et la classe ouvrière.

Bosch y avait habité un moment quand il était enfant. Bien des années auparavant, il y avait un bar à flics dans Sunset Boulevard, le Short Stop, mais les flics n'y étaient plus les bienvenus. L'établissement offrait maintenant les services d'un voiturier et servait ces messieurs et dames d'Hollywood. Pour Bosch, les environs d'Echo

---

1. « Fruits de mer » en espagnol *(NdT)*.

Park avaient disparu de son univers. Ce n'était plus un lieu où l'on se rend, mais un endroit qu'on traverse en voiture, un raccourci pour aller travailler au bureau du médecin légiste ou se divertir en assistant à un match des Dodgers.

Du centre-ville, il fila vite sur l'autoroute 101 vers le nord, puis, arrivé à Echo Park Road, il prit encore une fois vers le nord pour rejoindre le quartier où Raynard Waits avait été arrêté. En passant à Echo Park il aperçut la statue dite de la Dame du Lac qui surveillait les nénuphars, les mains en l'air, comme la victime d'un hold-up. Enfant, il avait vécu un peu avec sa mère dans les Sir Palmer Apartments de l'autre côté de la route en face du lac, mais les temps n'avaient pas été heureux pour elle ni pour lui, et ils avaient maintenant presque totalement disparu de sa mémoire. Il se rappelait vaguement la statue, mais ça n'allait pas plus loin.

Arrivé à Sunset Boulevard, il tourna à droite et le descendit jusqu'à Beaudry Avenue. De là il remonta la colline jusqu'à Figueroa Terrace et se rangea le long du trottoir, près du croisement où Waits s'était fait arrêter. On y trouvait encore deux ou trois bungalows construits dans les années 30 et 40, mais la plupart des maisons étaient du type construction en béton d'après guerre. Taille modeste, petits jardins clôturés et barreaux aux fenêtres. Les voitures garées dans les contre-allées n'étaient ni neuves ni clinquantes. C'était un quartier ouvrier qui, il le savait, devait être maintenant assez largement habité par des Latinos ou des Asiatiques. De l'arrière des bâtisses érigées à l'ouest on devait avoir une belle vue sur les tours du centre-ville et tout devant, en plein milieu, le bâtiment du ministère de l'Eau et de l'Électricité. Les maisons à l'est devaient, elles, avoir des petits jardins qui montaient dans les contreforts raboteux des collines. Et là, tout en haut de ces collines, on tombait sur les parkings les plus éloignés du stade de base-ball.

Il repensa au van de nettoyeur de vitres de Waits et se demanda encore une fois ce que le bonhomme pouvait bien fabriquer dans une rue de ce quartier. Ce n'était pas le genre d'endroit où il aurait pu avoir des clients. Ni le genre de rue où un véhicule commercial avait une raison de se trouver à deux heures du matin. Les deux policiers de la Crime Response Team avaient eu raison de le remarquer.

Bosch se rangea et serra le frein à main. Puis il descendit, regarda autour de lui et finit par s'appuyer à la voiture pour réfléchir aux questions qu'il se posait. Il ne comprenait toujours pas. Pourquoi Waits avait-il choisi cet endroit? Au bout d'un moment, il ouvrit son portable et appela sa coéquipière.

— Tu m'as passé Waits à l'AutoTrack? lui demanda-t-il.

— Je viens juste de finir. Où es-tu?

— A Echo Park. Tu n'as pas quelque chose sur lui dans le coin?

— Euh, non... je viens juste de regarder. Le plus à l'est qu'on le trouve est aux Montecito Apartments de Franklin Avenue.

S'il savait que Montecito n'était pas près d'Echo Park, il savait aussi que ce n'était pas très éloigné des appartements de la Grande Tour, où l'on avait retrouvé la voiture de Marie Gesto.

— Il y était quand? demanda-t-il.

— Après le meurtre de Gesto. Il y a emménagé voyons... en 1999 et en est parti l'année suivante. Il y est resté juste un an.

— Autre chose d'intéressant?

— Non, Harry. La routine. Ce type déménageait tous les un ou deux ans. Il ne devait pas aimer rester au même endroit.

— Bon, merci, Kiz.

— Tu reviendras au bureau?

— Tout à l'heure.

Il referma le portable et remonta dans sa voiture. Il reprit Figueroa Terrace jusqu'à Chavez Ravine Place et tomba sur un autre panneau de stop. A une époque, tout ce coin n'était connu que sous le nom de Chavez Ravine. C'était avant que la Ville ne vide tout le monde et ne passe au bulldozer tous les bungalows et taudis que les gens disaient être leurs foyers. De nombreux HLM devaient s'élever dans le ravin, avec terrains de jeu, écoles et allées marchandes censés ramener tous ceux qui étaient partis. Sauf que lorsque tout avait été déblayé, c'était un stade de base-ball qu'on avait construit à la place. Bosch se dit qu'aussi loin en arrière qu'on puisse remonter, Los Angeles trouvait toujours le moyen d'arnaquer son monde.

Depuis quelque temps Bosch écoutait le CD de Ry Cooder intitulé *Chávez Ravine*. Ce n'était pas du jazz, mais ça allait. En fait si, c'était du jazz, mais à sa manière. Il aimait bien la chanson «Pour moi, c'est juste du boulot». Lugubre à souhait, elle racontait l'histoire d'un conducteur de bulldozers qui va au ravin pour démolir les taudis des pauvres, mais refuse de se sentir coupable.

> *Quand tu conduis un bull*
> *Tu vas où on te dit...*

Il prit à gauche dans Chavez Ravine et quelques instants plus tard se retrouva à l'endroit de Stadium Way où Waits avait pour la première fois attiré l'attention de la patrouille de la Crime Response Team en descendant à Echo Park.

Au stop, il contempla le carrefour. C'était par Stadium Way que passaient les voitures qui allaient se garer dans les gigantesques parkings du stade. Pour arriver dans le quartier par cette voie, comme le rapport de police l'attestait, Waits avait dû venir du centre-ville, du stade ou du Pasadena Freeway. Ce n'était pas comme ça qu'il serait monté de son appartement de West Hollywood. Bosch réfléchit un moment, mais décida qu'il n'avait pas assez de renseignements pour en tirer une quelconque conclusion. Waits avait très bien pu traverser Echo Park en veillant à ne pas être suivi, puis avoir attiré l'attention de la Crime Response Team en faisant demi-tour pour rentrer.

Bosch se rendit brusquement compte qu'il ne savait pas grand-chose sur Waits et n'aima guère la perspective de devoir lui faire face dès le lendemain. Il ne se sentait pas prêt. Il songea de nouveau à l'idée qu'il avait eue plus tôt dans la journée et cette fois il n'hésita pas. Il ouvrit son portable et appela l'antenne du FBI de Westwood.

— Je cherche l'agent Rachel Walling, dit-il à l'opératrice. Je ne sais pas trop à quelle brigade elle est attachée.

— Une seconde, s'il vous plaît.

Pour l'opératrice, une seconde devait durer au moins une minute. Alors qu'il attendait, quelqu'un se mit à klaxonner derrière lui. Il traversa le carrefour, fit demi-tour et quitta la route pour se garer à l'ombre d'un eucalyptus. Pour finir, au bout de deux minutes ou presque, son appel fut transféré, puis, quelqu'un ayant décroché, une voix mâle se fit entendre :

— Tactique, lâcha-t-elle.

— Agent Walling, s'il vous plaît.

— Une seconde, s'il vous plaît.

— Ben voyons, dit Bosch après avoir entendu le déclic.

Mais cette fois le transfert fut rapide et il entendit la voix de Rachel Walling pour la première fois depuis un an. Il hésita tellement qu'elle faillit lui raccrocher au nez.

— Rachel, dit-il, c'est Harry Bosch.

Ce fut au tour de Rachel d'hésiter.

— Harry...

— Bon alors, ça veut dire quoi, « Tactique » ?

— C'est juste le nom de l'unité.

Il comprit. Elle n'avait pas répondu parce qu'on ne pouvait le faire que s'il y avait contact visuel et que la ligne était sans doute sur écoute quelque part.

— Pourquoi tu m'appelles, Harry ?

— Parce que j'ai besoin d'un service. Même que ton aide ne serait pas de trop.

— Mon aide pour quoi ? Je suis en plein milieu d'un truc.

— Bon, ben... c'est pas grave. Je me disais seulement... bon, écoute, t'inquiète pas, Rachel. C'est pas grand-chose. Je peux me débrouiller.

— T'es sûr ?

— Oui, oui, je suis sûr. Je te laisse retourner à ta Tactique, même si je sais pas ce que c'est. Prends bien soin de toi.

Il referma son portable et tenta de faire en sorte que la voix de Rachel et les souvenirs qu'elle faisait naître en lui ne le distraient pas de la tâche du moment. Il jeta un coup d'œil de l'autre côté du carrefour et se rendit compte qu'il devait se trouver au même endroit que Gonzalez et Fennel lorsqu'ils avaient repéré le van de Waits. Cachés par l'eucalyptus et les ombres de la nuit.

Il avait faim – il avait loupé le déjeuner. Il décida de passer de l'autre côté de l'autoroute, de gagner Chinatown et d'y acheter quelque chose à rapporter à la salle des inspecteurs. Il reprit la route et se demandait s'il devait appeler le bureau pour savoir si quelqu'un voulait quelque chose de précis au Chinese Friends lorsque son portable sonna. Il regarda l'écran, mais c'était un appel masqué. Il décrocha quand même.

— C'est moi, dit une voix.

– Rachel.

– Je voulais passer sur mon portable.

Puis ce fut le silence. Bosch comprit qu'il ne s'était pas trompé pour le fixe de l'unité Tactique.

– Comment vas-tu, Harry? reprit-elle.

– Bien.

– Et donc, tu as fait ce que tu avais dit. Tu es retourné chez les flics. J'ai lu un truc sur toi à propos de l'affaire dans la Vallée.

– Oui, c'est la première depuis mon retour. Rien qui sorte de l'ordinaire depuis ce moment-là. Jusqu'à ce truc sur lequel j'ai commencé à travailler.

– Et c'est pour ça que tu m'appelles.

Le ton qu'elle avait pris ne lui échappa pas. Ils ne s'étaient pas parlé depuis plus de douze mois. Et la dernière fois, ils ne l'avaient fait qu'à l'occasion d'une affaire pour laquelle leurs chemins se croisaient – il bossait comme privé avant de réintégrer la police, elle faisait tout son possible pour ressusciter sa carrière au Bureau. L'affaire avait ramené Bosch dans le giron des forces de l'ordre et Walling avait repris sa place à l'antenne FBI de Los Angeles. Si l'unité Tactique – et c'était quoi au juste? – était un mieux par rapport à son ancienne affectation dans le Dakota du Sud, il n'en savait rien. Ce qu'il savait, c'était qu'avant de déchoir et d'être virée de son boulot dans les réserves du Dakota, elle avait été profileuse à l'unité des Sciences du comportement de Quantico.

– Je t'ai appelée en me disant que tu ne serais peut-être pas fâchée de remettre tes anciens talents à contribution.

– Tu veux dire… comme profileuse?

– En quelque sorte. Demain, faut que j'affronte un type qui reconnaît être un tueur en série et je n'ai toujours aucune idée de ce qui le fait fonctionner. Il veut avouer neuf meurtres pour conclure un accord qui lui évitera l'aiguille. Je dois être sûr qu'il n'est pas en train de nous rouler. Il faut que j'arrive à savoir s'il dit la vérité avant de me retourner vers les familles, enfin… celles dont on a entendu parler… et de leur dire qu'on tient leur bonhomme.

Il attendit un instant qu'elle réagisse. Voyant qu'elle n'en faisait rien, il poursuivit:

– J'ai quelques crimes, deux ou trois scènes de crime et des analyses scientifiques. J'ai aussi des photos et l'inventaire de ce qu'il y avait dans son appartement. Cela dit, je ne le sens pas. Je t'ai appelée parce que je me demandais si je ne pourrais pas te montrer certains de ces trucs, tu vois… disons, pour que tu me donnes des idées sur l'art et la manière de le cuisiner.

Il y eut encore un long silence avant qu'elle réponde.

– Où es-tu, Harry? demanda-t-elle enfin.

– Là, maintenant? Je vais sur Chinatown pour y prendre du riz frit aux crevettes. Je n'ai pas déjeuné.

– Moi, je suis en ville. Je pourrais te retrouver. Moi non plus, je n'ai pas déjeuné.

– Tu sais où est le Chinese Friends?

– Évidemment. On se retrouve dans une demi-heure?

– Je commanderai avant que t'arrives.

Il referma son portable et sentit une joie qui ne lui venait pas seulement, il le savait bien, de l'idée que Rachel Walling allait peut-être l'aider dans l'affaire Waits. Leur dernière rencontre s'était mal terminée, mais la douleur cuisante qu'il en avait éprouvée s'était émoussée. Il lui restait surtout le souvenir de la nuit où ils avaient fait l'amour dans une chambre de motel de Las Vegas et où il avait cru avoir rencontré l'âme sœur.

Il consulta sa montre. Il avait encore du temps à tuer, même en commandant à l'avance. Arrivé à Chinatown, il se gara devant le restaurant et rouvrit son portable. Avant de donner le dossier Gesto à Olivas, il avait noté les noms et les numéros de téléphone dont il aurait peut-être besoin. Il appela les parents de Marie Gesto à Bakersfield. Son appel ne leur serait pas une surprise totale. Il avait pris l'habitude de leur passer un coup de fil chaque fois qu'il ressortait le dossier pour y jeter un coup d'œil. Il se disait que ça devait les réconforter un peu de savoir qu'il n'avait pas renoncé.

Ce fut la mère de la disparue qui décrocha.

– Irene, dit-il, c'est Harry Bosch.

– Ah!

Au début, il y avait toujours une note d'espoir et d'excitation dans la voix de celui ou de celle qui lui répondait.

– Non, toujours rien, répondit-il vite. J'ai juste une question à vous poser, à vous ou à Dan, si ça ne vous gêne pas.

– Bien sûr que non. Ça fait plaisir de vous entendre.

– Et j'aime bien entendre votre voix, moi aussi.

De fait, ça faisait presque dix ans qu'il n'avait pas revu Irene et Dan Gesto. Au bout de deux ans, ils avaient cessé de venir à Los Angeles dans l'espoir d'y retrouver leur fille, avaient rendu son appartement et étaient retournés chez eux. Après, c'était toujours Bosch qui avait appelé.

– Quelle est votre question, Harry?

– En fait, c'est plutôt un nom que je cherche. Vous rappelez-vous avoir jamais entendu Marie parler d'un certain Ray Waits? Ou alors Raynard Waits? Raynard est un prénom assez inhabituel. Vous pourriez vous rappeler.

Il entendit Irene retenir son souffle et comprit tout de suite qu'il avait commis une erreur. La nouvelle de l'arrestation récente de Waits et des audiences de tribunal qui avaient suivi était arrivée jusqu'aux médias de Bakersfield. Il aurait dû se douter qu'Irene n'en aurait rien raté. Elle ne pouvait que savoir ce dont Waits était accusé. Elle ne pouvait que savoir qu'on l'appelait maintenant l'« Ensacheur d'Echo Park».

– Irene?

Il l'entendit frémir – elle ne pouvait plus retenir son imagination.

– Madame Gesto... Irene... ce n'est pas ce que vous croyez. Je ne fais que vérifier des infos sur ce type. On dirait que vous avez entendu parler de lui aux nouvelles.

– Bien sûr. Toutes ces pauvres filles. Finir comme ça...

Il savait à quoi elle pensait, mais peut-être pas ce qu'elle éprouvait.

– Pouvez-vous repenser à avant que vous l'ayez vu aux infos. Ce nom... Vous rappelez-vous avoir jamais entendu votre fille le prononcer?

– Dieu merci, je ne me rappelle pas, non.

– Votre mari est-il là? Vous pourriez lui demander?

– Il n'est pas là, non. Il est encore au boulot.

Dan Gesto avait renoncé à tout pour se consacrer à la recherche de sa fille disparue. Au bout de deux ans, alors que moralement, physiquement et financièrement il ne lui restait plus rien, il était rentré à Bakersfield et avait repris du travail chez un concessionnaire

John Deere. Vendre des tracteurs et des outils aux paysans était ce qui le maintenait en vie.

– Pouvez-vous le lui demander quand il rentrera? Qu'il me rappelle si ce nom lui dit quelque chose.

– Oui, Harry.

– Encore une chose, Irene. Dans l'appartement de Marie, il y avait une grande baie vitrée dans la salle de séjour. Vous vous souvenez?

– Bien sûr. La première année où nous sommes descendus la voir à Noël au lieu qu'elle monte ici. On voulait qu'elle sente bien que ce n'était pas à sens unique. Dan avait installé l'arbre devant la baie et on pouvait en voir les lumières du haut en bas de la rue.

– Oui. Vous rappelez-vous si elle a jamais embauché un laveur de vitres pour la tenir propre?

Il y eut un long silence pendant qu'il attendait. C'était un trou béant dans l'enquête, un point qu'il aurait dû vérifier treize ans plus tôt, mais il n'y avait même pas pensé.

– Non, Harry, dit-elle, je ne me rappelle pas. Je suis désolée.

– Pas de problème, Irene. Ça ne fait rien. Vous rappelez-vous quand Dan et vous êtes rentrés à Bakersfield en rapportant tout ce qu'il y avait à l'appartement? demanda-t-il.

– Oui, dit-elle d'une voix étranglée.

Il comprit qu'elle pleurait et que le jour où ils étaient rentrés chez eux après deux années de recherches et d'attente, tous les deux avaient su que d'une façon ou d'une autre ils renonçaient à tout espoir de jamais revoir leur fille.

– Avez-vous tout gardé? Tous les documents, toutes les factures et tout ce qu'on vous a rendu quand on a eu fini?

Il savait que s'il y avait eu une facture de laveur de vitres, ç'aurait ouvert une piste qu'ils auraient remontée. Il fallait quand même qu'il le lui demande quand ce ne serait que pour avoir la confirmation que non, il n'y en avait pas, pour être sûr que rien n'était tombé entre les mailles du filet.

– Oui, nous avons tout gardé. C'est dans sa chambre. Nous avons une pièce avec toutes ses affaires dedans. Au cas où elle...

Reviendrait un jour. Il savait que leur espoir ne s'éteindrait que lorsque Marie serait enfin retrouvée – en quelque état que ce soit.

— Je comprends, dit-il. Irene, j'aurais besoin que vous alliez regarder dans cette boîte. Si vous pouvez... J'aimerais que vous y cherchiez une facture de laveur de vitres. Examinez les carnets de chèques et voyez si elle n'aurait pas payé les services d'un laveur de vitres. Cherchez une société du nom de ClearView Residential Glass Cleaners, ou une abréviation quelconque de cet intitulé. Et appelez-moi si vous trouvez quelque chose. D'accord, Irene? Vous avez de quoi écrire? Je crois avoir changé de numéro de portable depuis la dernière fois que je vous l'ai donné.

— OK, Harry, j'ai un stylo.

— Mon numéro est le 332 244 56 31. Merci, Irene. Je vais vous laisser. Faites mes amitiés à votre mari.

— Je le ferai. Comment va votre fille, Harry?

Il marqua une pause. Au fil des ans il leur avait tout dit de sa vie. C'était une façon de ne pas perdre le lien et de tenir la promesse qu'il leur avait faite de retrouver leur fille.

— Elle va bien. Elle est géniale.

— En quelle classe est-elle maintenant?

— En neuvième, mais je ne la vois pas beaucoup. Pour l'instant, elle vit à Hong Kong avec sa mère. J'y suis allé passer une semaine le mois dernier. Maintenant, ils ont un Disneyland là-bas.

Il se demanda pourquoi il avait ajouté ce détail.

— Ça doit être vraiment fort quand vous êtes avec elle.

— Oui. Et maintenant, elle m'envoie aussi des mails. Même qu'elle se débrouille mieux que moi de ce côté-là.

Il était gênant de parler de sa fille à une femme qui avait perdu la sienne et ne savait ni où ni pourquoi.

— J'espère qu'elle reviendra bientôt, dit Irene Gesto.

— Oui, moi aussi. Au revoir, Irene. Vous pouvez m'appeler sur mon portable quand vous voulez.

— Au revoir, Harry. Bonne chance.

Elle disait toujours «bonne chance» à la fin de chaque conversation. Il resta assis dans sa voiture et réfléchit à la contradiction qu'il y avait à vouloir que sa fille habite à Los Angeles avec lui. Il avait peur pour sa sécurité dans ce lieu si lointain où elle vivait maintenant. Il voulait être près d'elle pour pouvoir la protéger. Mais l'amener dans une ville où des jeunes filles disparaissaient sans laisser de traces ou terminaient dans des sacs poubelles constituait-il vraiment un mieux en termes de sécurité ? Tout au fond de lui-même, il savait qu'il ne faisait qu'être égoïste et qu'il ne pourrait jamais vraiment la protéger où qu'elle soit. Chacun devait trouver sa voie en ce monde. C'était la loi de Darwin qui prévalait et il ne pouvait espérer qu'une chose : que son chemin ne croise pas celui d'un type du genre Raynard Waits.

Il rassembla ses dossiers et sortit de la voiture.

5

Il ne vit le panneau FERMÉ qu'en arrivant à la porte du restaurant. A ce moment-là seulement il comprit que le Chinese Friends devait fermer l'après-midi, avant le coup de feu du dîner. Il rouvrit son portable pour téléphoner à Rachel Walling, mais se souvint qu'elle avait masqué son numéro en le rappelant. Il n'avait plus rien d'autre à faire que d'attendre, il acheta un numéro du *Times* à un distributeur sur le trottoir et le feuilleta en s'adossant à sa voiture.

Il survola rapidement les gros titres en se disant qu'il perdait son temps ou son élan en lisant le journal. La seule chose qu'il lut avec intérêt fut une brève où l'on annonçait que le candidat au poste de district attorney Gabriel Williams avait obtenu le soutien du South County Fellowship of Christian Churches[1]. Sans constituer une grande surprise cela avait son importance, dans la mesure où cela montrait que le vote des minorités irait à l'avocat des droits civils. L'article signalait aussi que Williams et O'Shea feraient une apparition le lendemain soir à un forum des candidats organisé par une autre association du South Side, celle des Citizens for Sensitive Leadership[2]. Les candidats ne se lanceraient pas dans un débat, mais feraient chacun un discours et répondraient aux questions du public. Les CSL n'annonceraient leur soutien à l'un ou à l'autre des candidats que plus tard. Feraient également une apparition à ce forum les candidats au poste d'adjoint au maire Irvin Irving et Martin Maizel.

Bosch abaissa son journal et rêva un instant d'aller au forum et d'y prendre Irving en embuscade en lui demandant comment ses

---

1. Ou Association des Églises chrétiennes du South County *(NdT)*.
2. Les Citoyens pour une bonne gouvernance *(NdT)*.

talents de grand combinard de la police le qualifiaient pour être élu à ce poste.

Il sortit de sa rêverie en voyant une voiture banalisée des autorités fédérales s'arrêter devant lui le long du trottoir. Il regarda Rachel Walling en descendre. Habillée de manière décontractée, elle portait un pantalon et un blazer noir et un chemisier couleur crème. Plus décontracté encore, ses cheveux bruns lui tombaient maintenant jusqu'aux épaules. Elle était resplendissante et Bosch revit leur nuit à Las Vegas.

– Rachel, dit-il en souriant.

– Harry.

Le moment était délicat. Il ne savait trop s'il devait la prendre dans ses bras, l'embrasser ou se contenter de lui serrer la main. Il y avait bien eu cette nuit à Las Vegas, mais il y avait aussi eu le lendemain à Los Angeles, l'instant où, sur la terrasse derrière chez lui, tout était tombé à l'eau et s'était achevé avant même de vraiment commencer.

Elle lui épargna la peine de choisir en tendant la main en avant et en lui effleurant le bras.

– Je croyais que tu allais entrer et commander à l'avance.

– C'est fermé. Ils ne rouvriront pour le dîner qu'à cinq heures. Tu veux attendre ou on va ailleurs?

– Où?

– Je ne sais pas. Chez Philippe?

Elle fit catégoriquement non de la tête.

– J'en ai assez de Chez Philippe. On y mange tout le temps. D'ailleurs, si je n'ai pas déjeuné aujourd'hui, c'est parce que tous les gens de l'unité y allaient.

– La Tactique, c'est ça?

Qu'elle en ait assez d'un restaurant du centre lui fit comprendre qu'elle ne travaillait pas à l'antenne principale de Westwood.

– Je connais un endroit, dit-il. Je prends le volant, comme ça tu pourras jeter un œil aux dossiers.

Il fit le tour de la voiture et lui ouvrit la portière. Il dut prendre les dossiers sur le siège passager pour qu'elle puisse s'asseoir. Il les lui tendit, refit le tour du véhicule et jeta le journal sur la banquette arrière.

– Wow, ça fait drôlement Steve McQueen, dit-elle en parlant de la Mustang. Qu'est-ce que tu as fait du 4 × 4 ?

Il haussa les épaules.

– J'avais besoin de changer.

Il emballa le moteur pour lui faire plaisir et déboîta du trottoir. Il descendit jusqu'à Sunset Boulevard et prit vers Silver Lake. Ça les ferait passer par Echo Park.

– Bon alors… qu'est-ce que tu attends de moi au juste, Harry ?

Elle ouvrit la chemise du dessus sur ses genoux et commença à lire.

– J'aimerais que tu jettes un coup d'œil à ces trucs et que tu me dises l'impression que te fait ce type. Je dois lui parler demain et j'aimerais avoir l'avantage. Je veux être sûr que si quelqu'un doit être manipulé, ce soit lui plutôt que moi.

– J'ai entendu parler de lui. C'est bien le Boucher d'Echo Park, non ?

– Oui, mais en fait ils l'appellent l'« Ensacheur ».

– Je vois.

– Et j'ai un lien avec l'affaire.

– Qui serait ?

– En 1993, je travaillais à la division d'Hollywood et j'y avais hérité d'une affaire de disparition. La victime s'appelait Marie Gesto et on ne l'a jamais retrouvée. Ça a été une grosse affaire à l'époque, beaucoup de médias. Et ce type que je vais interroger demain, ce Raynard Waits… Il dit que c'est une des affaires qu'il est prêt à nous donner pour son deal avec le district attorney.

Elle le regarda, puis revint au dossier.

– Vu comment tu prends tes affaires à cœur, je me demande s'il est bien sage que tu travailles avec ce type à l'heure qu'il est.

– Non, ça ira. L'affaire m'appartient toujours. Et c'est comme ça que font les vrais inspecteurs : ils prennent leurs affaires à cœur. Il n'y a pas d'autre façon de procéder.

Il la regarda juste à temps pour la voir lever les yeux au ciel.

– Voilà qui est parlé en maître zen des homicides ! dit-elle. Où est-ce qu'on va ?

– A Silver Lake, Chez Duffy. On y sera dans cinq minutes et tu vas adorer. Je te demande seulement de ne pas y amener tes collègues de bureau. Ça foutrait tout en l'air.

— Promis.

— T'auras encore le temps?

— Je te l'ai dit, je n'ai pas déjeuné. Mais y aura un moment où il faudra que je rentre pour pointer.

— Alors comme ça, tu travailles au bâtiment du tribunal fédéral? Elle répondit en continuant de feuilleter les pages du dossier:

— Non, on est hors limites.

— Dans un endroit secret alors?

— Tu connais la chanson, Harry. Si je te le disais, faudrait que je te tue.

Il hocha la tête: la pique était dure.

— Et ça, ça signifie que tu ne peux pas me dire ce qu'est ce truc Tactique, c'est ça?

— C'est rien du tout. C'est juste l'abréviation de Renseignement tactique. On recueille des renseignements. On analyse des données brutes prises sur Internet... des communications par portables, des émissions satellites. En fait, c'est assommant.

— Mais légal.

— Pour l'instant.

— Ça m'a tout l'air d'un truc sur le terrorisme.

— Sauf que plutôt deux fois qu'une on finit par donner des infos à la DEA[1]. Et l'année dernière, rien que sur Internet, on s'est retrouvés avec plus de trente arnaques aux soi-disant secours aux victimes de l'ouragan. C'est comme je te dis: des données brutes. Ça mène à tout.

— Et tu as échangé les grands espaces du Dakota du Sud contre le centre-ville de Los Angeles.

— Côté carrière, c'était la bonne décision. Je ne regrette pas. Mais l'austère beauté des Dakota me manque. Bon, bref, laisse-moi me concentrer sur ce truc. Parce que c'est bien ce que j'en pense que tu veux savoir, n'est-ce pas?

— Oui, je m'excuse. Vas-y.

Il conduisit en silence pendant les dernières minutes du trajet, puis il s'arrêta devant la petite devanture du restaurant. Il emporta son journal avec lui. Elle lui dit de commander la même chose que

---

1. Ou Drug Enforcement Administration. Équivalent de nos Stups *(NdT)*.

pour lui. Mais lorsque, la serveuse étant arrivée, il commanda une omelette, elle changea d'avis et commença à étudier le menu.

– T'avais pas dit qu'on allait déjeuner? Pas prendre le petit déjeuner…

– Lui aussi, je l'ai loupé. Et les omelettes sont excellentes.

Elle commanda un sandwich à la dinde et rendit le menu à la serveuse.

– Je t'avertis que mon impression va être très superficielle, dit-elle lorsqu'ils furent enfin seuls. Il est clair que je ne vais pas avoir le temps de te faire une étude psychologique complète. Je ne vais qu'effleurer la surface.

Il acquiesça d'un signe de tête.

– Oui, je sais, dit-il. Mais je ne peux pas te donner plus de temps et je me contenterai de ce que tu pourras me donner.

Elle garda le silence et retourna à ses dossiers. Il jeta un coup d'œil au cahier sports de son journal, mais l'analyse du match que les Dodgers avaient disputé la veille ne l'intéressait que modérément. Son amour du base-ball avait beaucoup baissé depuis quelques années. En fait, il se servait surtout du journal pour se cacher derrière et donner l'impression de lire alors qu'il regardait Rachel. En dehors de ses cheveux qu'elle portait longs, elle avait peu changé depuis la dernière fois qu'il l'avait vue. Elle était toujours aussi superbement attirante et comme marquée par une brisure intérieure. C'était dans ses yeux qu'on le voyait. Ils n'avaient pas le regard dur qu'il connaissait chez tant d'autres flics, lui-même y compris quand il se regardait dans la glace. Dans ces yeux-là, la douleur se lisait de l'intérieur. C'était des yeux de victime qu'elle avait et c'était cela qui l'attirait en elle.

– Pourquoi me regardes-tu comme ça? lui demanda-t-elle brusquement.

– Quoi?

– Comme si ça ne se voyait pas!

– Mais je ne faisais que…

Il fut sauvé par la serveuse qui posa leurs commandes devant eux. Walling mit les dossiers de côté – avec un petit sourire en coin, il le remarqua. Ils commencèrent à manger en silence.

– C'est vrai que c'est bon, finit-elle par dire. Je mourais de faim.

— Oui, moi aussi.

— Bon, alors, qu'est-ce que tu cherchais ?

— Quand ça ?

— Quand tu faisais semblant de lire le journal alors que tu ne le lisais pas du tout.

— Euh, je… je devais essayer de voir si ça t'intéressait vraiment de jeter un coup d'œil à ce truc. On dirait que ça marche vraiment bien pour toi, tu sais ? Peut-être que tu n'as aucune envie de replonger dans ce genre de trucs.

Elle leva son sandwich, mais se retint d'y mordre.

— Je déteste mon boulot, d'accord ? Ou plutôt non : je déteste ce que je fais en ce moment. Mais ça s'améliorera. Encore un an et ça ira mieux.

— Parfait. Et ça, ça va ? demanda-t-il en montrant les dossiers posés à côté d'elle sur la table.

— Oui, mais y a trop de choses. Je ne pourrais même pas commencer à t'aider. Y a trop de données.

— Je n'ai qu'aujourd'hui.

— Pourquoi ne pas repousser l'interrogatoire ?

— Parce que ce n'est pas de mon ressort. Et parce qu'il y a beaucoup de politique là-dessous. Le procureur cherche à se faire élire au poste de district attorney. Il a besoin de gros titres dans les journaux. Il ne va pas attendre que je sois opérationnel.

Elle hocha la tête.

— « A fond avec Rick O'Shea », dit-elle.

— Il a fallu que je passe en force à cause de Gesto. Ils ne sont pas prêts à ralentir pour me donner le temps de me mettre à niveau.

Elle posa la main sur le haut de la pile de documents comme si en prendre la mesure allait l'aider à arrêter une décision.

— Laisse-moi ces dossiers quand tu me ramèneras. Je finis le boulot, je pointe et je continue à bosser là-dessus. Je passerai chez toi ce soir pour te donner ce que j'ai. Tout ce que j'ai.

Il la dévisagea en se demandant ce qu'elle voulait dire par là.

— A quelle heure ?

— Je ne sais pas… dès que j'aurai fini. Neuf heures au plus tard. Demain, je commence tôt. Ça ira ?

Il acquiesça d'un signe de tête. Il ne s'attendait pas à ça.

– Tu as toujours ta maison dans ces collines ? reprit-elle.

– Oui. C'est là que j'habite. Woodrow Wilson Drive.

– Bien. Moi, j'habite en retrait de Beverley, ce n'est pas très loin. Je monterai chez toi. Je me rappelle la vue.

Il ne répondit pas. Il ne savait pas trop ce qu'il venait d'inviter dans sa vie.

– Je peux te donner quelque chose à quoi réfléchir jusqu'à tout à l'heure ? Quelque chose qu'il faudrait peut-être aussi vérifier ?

– Bien sûr. Quoi ?

– Le nom. C'est son vrai nom ?

Il fronça les sourcils. Il n'avait jamais envisagé la question. Il avait toujours cru que c'était le vrai. Waits était incarcéré. On avait bien dû passer ses empreintes au fichier central pour confirmer son identité.

– Je crois, oui, dit-il. Ses empreintes correspondaient à celles relevées lors d'une précédente arrestation. Il avait essayé de donner un faux nom, mais une empreinte de pouce sur son permis de conduire l'a identifié comme étant Raynard Waits. Pourquoi cette question ?

– Tu sais ce qu'est un Reynard ? Un Reynard avec R-E-Y et pas R-A-Y ?

Il fit signe que non. Tout cela était bien saugrenu. Il n'avait même pas réfléchi au problème du nom.

– Non, dit-il. C'est quoi ?

– C'est le nom d'un renardeau en vieil anglais. Une jeune renarde est une *vixen.* J'ai étudié le folklore européen quand j'étais en fac... à l'époque, j'avais en tête de devenir diplomate. Dans le folklore médiéval français il y a un personnage de renard, orthographié « Renart ». C'est un filou. Il y a des tas d'histoires et d'épopées sur cet animal rusé. Ce personnage reparaît de siècle en siècle dans la littérature... la littérature enfantine essentiellement. Tu peux chercher sur Google quand tu rentreras au bureau et je suis sûre que tu auras des tas de réponses.

Il acquiesça. Il n'allait quand même pas lui dire qu'il ne savait pas comment marchait Google. A peine s'il savait envoyer des mails à sa fille de huit ans. Rachel Walling tapota la pile de dossiers du bout du doigt.

– Un renardeau est petit, reprit-elle, et le signalement de Waits nous le donne comme de petite taille. Tu remets ça dans le contexte du nom et...

– Le petit renard attend[1], dit-il. Le renardeau attend. Le filou attend.

– Il attend la mégère. C'est peut-être comme ça qu'il voyait ses victimes[2].

Bosch hocha la tête. Walling l'impressionnait.

– On a raté ça, dit-il. Je vérifie l'identité dès que je rentre.

– Et j'espère avoir autre chose pour toi ce soir.

Elle se remit à manger tandis qu'il se remettait à la regarder.

---

1. Le verbe *to wait* signifie «attendre» en anglais *(NdT)*.
2. En anglais le mot *vixen* désigne aussi une mégère *(NdT)*.

6

Dès qu'il eut déposé Rachel à sa voiture, Bosch ouvrit son portable et appela sa coéquipière. Rider l'informa qu'elle finissait la paperasse sur l'affaire Matarese et qu'ils seraient bientôt prêts à passer à l'action et pourraient déposer plainte auprès du district attorney le lendemain.

— Bien. Autre chose?

— J'ai récupéré la boîte Fitzpatrick aux Scellés et il s'avère qu'il y en avait deux.

— Qui contenaient?

— Essentiellement des vieux talons de dépôt que personne n'a jamais regardés, c'est clair. Ils ont été complètement trempés quand les pompiers ont éteint l'incendie. Les types de la Riot Crimes Task Force les ont mis dans des tubes en plastique, où ils moisissent depuis ce moment-là. Et putain, qu'est-ce que ça pue!

Bosch enregistra en hochant la tête. C'était l'impasse, mais ça n'avait pas d'importance. Raynard Waits allait avouer le meurtre de Daniel Fitzpatrick de toute manière. Il comprit que Rider voyait les choses de la même façon. Un aveu spontané tenait du flush royal. Rien n'y résistait.

— Des nouvelles d'Olivas ou d'O'Shea? demanda-t-elle.

— Toujours pas. J'allais appeler Olivas, mais je voulais te parler d'abord. Tu connais des gens au bureau des Patentes?

— Non, mais si tu veux que j'appelle, je pourrai le faire demain matin. C'est fermé à cette heure-ci. Qu'est-ce que tu cherches?

Il consulta sa montre. Il ne s'était pas rendu compte qu'il était si tard. Il songea que l'omelette de Chez Duffy allait devoir lui servir de petit déjeuner, de déjeuner et de dîner.

— Je me disais qu'il serait bon de vérifier le commerce de Waits, histoire de voir depuis quand il l'a et s'il y a eu des plaintes contre lui, enfin, tu vois… Olivas et son coéquipier auraient dû le faire, mais il n'y a rien au dossier là-dessus.

Elle garda le silence un instant avant de reprendre la parole.

— Tu crois que ça pourrait être le lien avec la Grande Tour?

— Peut-être. Ou alors avec Marie. Elle avait une belle baie vitrée dans son appartement. Ce n'est pas quelque chose qu'on a signalé à l'époque, pas que je me souvienne. Mais peut-être que ça aussi, on l'avait loupé.

— Harry, tu ne loupes jamais rien, mais bon… je vérifie tout de suite.

— L'autre truc, c'est le nom du type. Il pourrait être faux.

— Comment ça?

Il lui rapporta comment il avait appelé Rachel Walling pour lui demander de jeter un coup d'œil au dossier. Au début, la nouvelle fut accueillie par un silence glacial : il avait franchi une des lignes jaunes du LAPD en invitant le FBI à mettre le nez dans le dossier sans avoir l'accord du commandement — même si de fait l'invitation qu'il avait faite à Walling n'avait rien d'officiel. Mais lorsqu'il se mit à parler de Renart le renardeau, Rider sortit de son silence et se montra sceptique.

— Tu crois que notre laveur de vitres serait un tueur en série versé dans le folklore médiéval?

— Je ne sais pas, répondit-il. D'après Walling, il aurait pu s'inspirer d'un livre pour enfants. Ça n'a pas d'importance. On en a assez pour se dire qu'il vaut mieux aller voir son certificat de naissance et s'assurer qu'il y a bien un Raynard Waits dans la nature. Dans le premier rapport, quand il s'est fait serrer pour vagabondage en 92, il a été enregistré sous le nom de Robert Saxon… c'est celui qu'il avait donné… mais après, ils ont découvert qu'il s'appelait Raynard Waits grâce à l'empreinte de son pouce au service des Permis de conduire.

— Qu'est-ce que tu vois dans tout ça, Harry? Moi, je me dis que s'ils avaient l'empreinte de son pouce, c'est sans doute que c'est pas un faux nom.

— Peut-être. Mais tu sais bien qu'il n'est pas impossible de se faire faire un permis avec un faux nom en Californie. Et si son vrai nom, c'était Saxon, mais que l'ordinateur nous avait craché son pseudo et qu'il avait décidé de le garder? Ça s'est déjà vu.

– Ben oui, mais pourquoi garder son nom après? Il avait un PV au nom de Waits. Pourquoi ne pas revenir à Saxon ou à un autre nom?

– Tu poses de bonnes questions. Je ne sais pas. Mais va falloir qu'on vérifie.

– Bah, de toute façon, quel que soit son nom, on le tient, non? Je viens juste d'interroger Google pendant qu'on parlait et ça ne donne rien.

– Essaie avec un E.

– Ah.

Il attendit et entendit ses doigts courir sur le clavier de l'ordinateur.

– Ça y est, dit-elle enfin. Il y a beaucoup de trucs sur ce renard!

– C'est ce qu'elle a dit.

Le silence fut long pendant qu'elle lisait, puis elle reprit la parole.

– Ici, je lis que dans une partie de la légende, Renart avait un château secret que personne n'arrivait à trouver. Il avait recours à tout un tas de ruses pour attirer ses victimes, les y ramener et les manger.

Cette dernière phrase resta un instant en suspens dans l'air. Pour finir, Bosch lança:

– Tu aurais le temps d'aller sur AutoTrack et de voir s'il n'y aurait pas quelque chose sur Robert Saxon?

– Bien sûr.

Sa réponse manquait de conviction, mais Bosch n'était pas prêt à la lâcher comme ça. Il voulait que ça roule.

– Lis-moi sa date de naissance sur le PV d'arrestation, dit-elle.

– Je ne peux pas. Je ne l'ai pas avec moi.

– Où est-il? Je ne le vois pas sur ton bureau.

– J'ai filé les dossiers à l'agent Walling. Je les récupérerai ce soir. Il va falloir que tu passes sur l'ordinateur pour sortir le PV d'arrestation.

Un long silence s'ensuivit avant que Rider ne réponde.

– Harry, dit-elle enfin, ce sont des dossiers officiels. Tu n'aurais jamais dû t'en séparer et tu le sais. On va en avoir besoin demain pour l'interrogatoire.

— Je t'ai dit que j'allais les récupérer ce soir.

— Espérons-le. Mais faut que je te dise, l'ami : tu recommences tes trucs de cow-boy et j'aime pas beaucoup ça.

— Kiz, j'essaie seulement que ça roule. Et je veux être prêt pour ce type demain matin. Ce que Rachel va me dire nous donnera un avantage.

— Parfait. Je te fais confiance. Peut-être qu'à un moment donné tu me feras, toi aussi, assez confiance pour me demander mon opinion avant de prendre des décisions qui nous concernent tous les deux.

Bosch sentit le rouge lui monter aux joues parce qu'elle avait raison et qu'il le savait. Il ne dit rien parce que s'excuser de l'avoir tenue à l'écart ne suffirait pas et ça aussi, il le savait.

— Rappelle-moi si Olivas nous donne une heure pour demain, reprit-elle.

— Entendu.

Il referma son portable et réfléchit un instant. Il essaya d'oublier la honte que lui avait fait éprouver l'indignation de Rider et de se concentrer sur l'affaire pour voir ce qu'il avait laissé de côté dans l'enquête. Au bout de quelques minutes il rouvrit son portable et appela Olivas pour lui demander s'il avait une heure et un lieu pour l'interrogatoire de Waits.

— Demain matin dix heures. Ne soyez pas en retard.

— Vous alliez me le dire ou j'étais censé le deviner par télépathie ?

— Je viens juste de l'apprendre. Vous m'avez appelé avant que je le fasse moi-même.

Bosch ignora son excuse.

— Ce sera où ?

— Au bureau du district attorney. On le descendra de sa cellule de haute sécurité et on l'installera dans une salle d'interrogatoire ici même.

— Vous êtes au bureau du district attorney ?

— J'avais des choses à voir avec Rick.

Bosch laissa cette réponse flotter dans l'air.

— Autre chose ? demanda Olivas.

— Oui, j'ai une question. Où est passé votre coéquipier dans tout ça, Olivas ? Qu'est-il arrivé à Colbert ?

– Il est à Hawaï. Il rentrera la semaine prochaine. Si l'affaire n'a pas avorté, il y prendra part.

Bosch se demanda si Colbert savait même seulement ce qui se passait, s'il savait surtout qu'il était en train de rater une affaire potentiellement décisive pour sa carrière en prenant ses vacances. Vu tout ce qu'il savait d'Olivas, il n'aurait pas été étonné que celui-ci manœuvre pour écarter son coéquipier d'un dossier de première grandeur.

– Et donc, dix heures? répéta-t-il.

– Dix heures, oui.

– Autre chose que je devrais savoir, Olivas?

Il aurait bien aimé savoir pourquoi Olivas se trouvait au bureau du district attorney, mais il n'avait pas envie de le lui demander directement.

– En fait, oui, il y a autre chose. C'est même un peu délicat, pourrait-on dire. J'en ai parlé à Rick.

– De quoi s'agit-il?

– Eh bien... devinez un peu ce que j'ai sous les yeux.

Bosch souffla fort. Olivas allait se faire prier. Il ne le connaissait même pas depuis vingt-quatre heures et savait déjà, et sans l'ombre d'un doute, que le bonhomme ne lui plaisait pas – et qu'il ne lui plairait jamais.

– Aucune idée, Olivas. C'est quoi?

– Je suis en train de regarder vos formulaires 51 pour Gesto.

C'était de la chronologie de l'enquête qu'il voulait parler, à savoir du listing par dates et heures de tous les aspects d'une affaire – cela allait des décisions datées des inspecteurs aux notes, appels téléphoniques et messages passés et reçus et autres demandes des médias et tuyaux donnés par les citoyens. D'habitude, ces feuilles étaient remplies à la main avec toutes sortes d'abréviations et de raccourcis sténographiques, tout étant réactualisé chaque jour, parfois même toutes les heures. Après, lorsque la feuille était pleine, on en tapait le contenu dans un formulaire – le 51 –, qui devait être complet et lisible au cas où, l'affaire étant déférée aux tribunaux, les juges et les avocats auraient eu besoin de consulter le dossier d'enquête. Les originaux écrits à la main étaient ensuite mis au rebut.

– Et alors? demanda Bosch.

– J'ai la dernière ligne de la page 14 sous les yeux. L'entrée est en date du 29 septembre 1993, 18 h 40. Ça devait être à la fin du service. Les initiales sont J et E.

Bosch sentit la bile lui remonter dans la gorge. Il ne savait pas où Olivas voulait en venir et celui-ci prenait son temps.

– Évidemment, dit-il d'un ton impatient. Ça doit être mon coéquipier de l'époque, Jerry Edgar. Que dit l'entrée, Olivas ?

– Elle dit… je vais juste vous la lire… Elle dit : « Robert Saxon, date de naissance : 03/11/71. Vu l'article du *Times*. Passé au Mayfair et vu MG seule. Pas suivi. » Après, il y a le numéro de téléphone de Saxon et c'est tout. Mais c'est suffisant, l'As des as. Parce que vous savez ce que ça veut dire ?

Il le savait. Il venait juste de donner le nom de Robert Saxon à Kiz Rider pour qu'elle fasse une recherche sur son passé. C'était ou bien un pseudo ou alors le vrai nom de l'homme connu sous celui de Raynard Waits. Et voilà que ce nom indiqué sur le formulaire 51 reliait Waits à l'affaire Gesto. Cela signifiait aussi que treize ans plus tôt Bosch et Edgar avaient eu au moins une chance de coincer Waits/Saxon. Mais que pour des raisons qu'il avait oubliées ou ne connaissait pas, ils n'en avaient rien fait. Il ne se rappelait plus cette entrée précise. Des entrées d'une ou deux lignes, il y en avait des dizaines de pages dans la chronologie de l'enquête. Se les rappeler toutes – même en rouvrant fréquemment le dossier au fil des ans – aurait été impossible.

Il lui fallut un bon moment pour retrouver sa voix.

– C'est la seule fois qu'on en parle dans le classeur ? demanda-t-il.

– A ce que j'ai lu, oui, répondit Olivas. Et j'ai tout lu deux fois. Même que la première, je l'ai raté. Mais la deuxième, je me suis dit : « Tiens, mais je le connais, ce nom. » C'est un pseudo dont Waits se servait au début des années 90. Il devrait se trouver dans les dossiers que vous avez.

– Je sais. Je l'ai vu.

– Ça signifie qu'il vous avait appelés. L'assassin vous a appelés et vous et votre coéquipier, vous avez merdé. On dirait même que personne n'a suivi la piste ou passé son nom au fichier central. Vous aviez le pseudo du tueur et un numéro de téléphone et vous n'avez rien fait. Évidemment, vous ne saviez pas encore que c'était l'assassin. Juste que c'était un type qui appelait pour dire ce qu'il avait vu. Il devait essayer de vous rouler pour savoir des trucs du dossier. Sauf qu'Edgar n'a pas voulu jouer. Il était tard et il devait vouloir aller se taper son premier martini.

Bosch gardant le silence, Olivas ne fut que trop heureux de continuer à le meubler.

— C'est dommage, non? Quand on pense que tout ce truc aurait pu s'arrêter à ce moment-là! Faudra probablement poser la question à Waits demain matin.

Olivas et son univers de mesquineries ne comptaient plus pour Bosch. Ses piques ne pouvaient même plus pénétrer dans le nuage épais et noir qui descendait déjà sur lui. Il savait bien en effet que si le nom de Robert Saxon avait surgi dans l'enquête sur Gesto, il aurait dû le passer au fichier central – pure routine. Il y aurait eu correspondance dans la base des pseudos et cela les aurait amenés à Raynard Waits et à sa précédente arrestation pour vagabondage. Ils auraient alors tenu un suspect. Pas simplement un type intéressant comme Anthony Garland. Un vrai suspect. Et cela aurait eu pour résultat inévitable de faire partir l'enquête dans une tout autre direction.

Sauf que rien de tel ne s'était produit. Qu'apparemment ni Edgar ni Bosch n'avaient passé ce nom au fichier. Et maintenant Bosch savait que c'était là une omission qui avait coûté la vie à deux femmes qui avaient fini dans des sacs poubelles et à sept autres dont Waits allait leur parler le lendemain.

— Olivas? lança Bosch.

— Qu'est-ce qu'il y a, Bosch?

— N'oubliez pas d'apporter le classeur avec vous demain matin. Je veux voir ces 51.

— Oh mais, je les apporterai! On en aura besoin pour l'interrogatoire.

Bosch referma son portable sans ajouter un mot. Il sentait sa respiration s'accélérer. Il fut vite au bord de l'essoufflement. Son dos brûlait contre le siège et il commença à transpirer. Il baissa les vitres et tenta de réguler sa respiration. Il était tout près de Parker Center, mais il s'arrêta au bord du trottoir.

C'était le cauchemar de tout inspecteur qu'il était en train de vivre. Le pire scénario qui soit. La piste qui, parce qu'elle est ignorée ou bousillée, permet à un monstre de se balader dans la nature. Celle qui permet à quelque chose de sombre et de mauvais de détruire vie après vie en avançant dans l'ombre. Que tous les inspecteurs commettent des erreurs et doivent vivre avec leurs remords était bel et bien vrai. Mais d'instinct, Bosch sentait que là, c'était mauvais. Que ça ne cesserait pas de grandir en lui jusqu'à tout assombrir et faire de lui la dernière victime, la dernière existence sacrifiée.

Il déboîta du trottoir et se réinséra dans la circulation pour que l'air s'engouffre par ses fenêtres. Puis il fit un demi-tour sur les chapeaux de roues pour rentrer chez lui.

7

Assis sur la terrasse de derrière, Bosch regardait le ciel qui commençait à s'assombrir. Il habitait tout en haut de Woodrow Wilson Drive, dans une maison à deux niveaux qui s'accrochait au flanc de la colline comme un personnage de dessin animé se cramponne au bord de la falaise avec ses doigts. Il y avait des moments où il avait l'impression d'être ce personnage même. Ce soir-là par exemple. Il sirotait de la vodka, beaucoup de vodka *on the rocks*, et c'était la première fois qu'il buvait de l'alcool depuis qu'il avait repiqué à la police l'année précédente. Avec la vodka, sa gorge lui donnait l'impression qu'il avait avalé une torche, mais ce n'était rien. Il essayait de brûler ses pensées et de cautériser ses terminaisons nerveuses.

Bosch se considérait comme un véritable inspecteur, comme quelqu'un qui prend tout à cœur et ne se moque pas des gens. Tout le monde compte ou personne. C'était toujours ce qu'il disait. Ça faisait de lui quelqu'un qui travaillait bien, mais qui était vulnérable. Les erreurs pouvaient l'atteindre profondément et celle-là était la pire de toutes.

Il agita la glace et la vodka et but tout le verre. Comment quelque chose d'aussi froid pouvait-il brûler si fort jusqu'en bas ? Il rentra dans la maison pour faire couler plus de vodka sur la glace. Il regretta de ne pas avoir de citrons ou de limes à presser, mais il ne s'était pas arrêté en chemin en revenant chez lui. Debout dans la cuisine, son deuxième verre à la main, il décrocha le téléphone et composa le numéro de portable de Jerry Edgar. Il le connaissait encore par cœur. Le numéro de son coéquipier était quelque chose qu'on n'oubliait jamais.

Edgar décrocha et Bosch entendit du bruit en arrière-plan. Il était chez lui.

— Jerry, c'est moi. Faut que je te demande quelque chose.

— Harry? Où t'es?

— Chez moi, mec. Mais je travaille sur une de nos vieilles affaires.

— Bon, alors attends que j'énumère les obsessions de Harry Bosch. Voyons voir… l'affaire Fernandez?

— Non.

— La nénette Spike quelque chose?

— Non, non.

— J'abandonne, mec. T'as trop de fantômes pour que je puisse tous me les rappeler.

— Gesto.

— Merde, c'est par elle que j'aurais dû commencer. Je sais que tu y travailles de temps en temps depuis que tu es revenu dans la maison, mais… C'est quoi, ta question?

— C'est pour une entrée dans les 51. Y a tes initiales à côté. Ça dit qu'un certain Robert Saxon t'avait appelé et qu'il l'avait vue au Mayfair.

Edgar attendit un moment avant de répondre.

— C'est tout? C'est ça, l'entrée?

— C'est tout, oui. Tu te rappelles avoir parlé à ce mec?

— Putain, Harry! Je ne me souviens même plus des entrées dans les affaires du mois dernier! C'est même pour ça qu'on a des 51. Pour nous aider à nous rappeler. C'est qui, ce Saxon?

Bosch agita son verre et but un coup avant de répondre. La glace lui dégringola sur la bouche et de la vodka lui coula sur la joue. Il l'essuya avec la manche de sa veste et rapprocha le téléphone de sa bouche.

— C'est lui… je crois.

— Tu tiens l'assassin?

— J'en suis pratiquement sûr. Mais… on aurait pu le serrer à ce moment-là. Enfin… peut-être.

— Je ne me rappelle pas avoir jamais reçu d'appel d'un dénommé Saxon. Ça devait le faire bander de nous appeler. Hé, Harry! T'es saoul ou quoi?

— Pas loin.

— Qu'est-ce qui ne va pas, mec? Si tu l'as... ben, mieux vaut tard que jamais. Tu devrais être content. Moi, je le suis. T'as appelé les parents de la fille?

Bosch qui s'appuyait au comptoir de la cuisine éprouva le besoin de s'asseoir. Mais le téléphone était à fil et il ne pouvait pas l'emporter dans la salle de séjour ou sur la terrasse. En faisant attention à ne pas renverser son verre, il se laissa glisser à terre, le dos contre les éléments.

— Non, j'les ai pas encore appelés.

— Qu'est-ce que je suis en train de rater, Harry? T'es bourré et ça, ça veut dire qu'il y a quelque chose qui ne va pas.

Bosch attendit un moment.

— Ce qui ne va pas, c'est que Marie Gesto n'était pas la première et qu'elle ne devait pas être la dernière.

Edgar garda le silence en enregistrant la nouvelle. Puis, le bruit de la télé ayant cessé en arrière-plan, il parla de la voix toute faible d'un enfant qui veut savoir quelle punition il va recevoir.

— Combien après elle? demanda-t-il.

— Neuf, on dirait, répondit Bosch d'une voix tout aussi faible. J'en saurai probablement plus demain.

— Putain! murmura Edgar.

Bosch acquiesça de la tête. D'un côté il était en colère contre Edgar et avait envie de tout lui reprocher, mais, de l'autre, il se disait que les coéquipiers partagent toujours tout : le bon et le mauvais. Ces 51 s'étaient trouvés dans le classeur et, l'un comme l'autre, ils auraient dû réagir.

— Bon alors, tu te rappelles le coup de fil?

— Non, rien. Ça remonte à trop loin. Tout ce que je peux te dire, c'est que si on n'a pas suivi, c'est que ça ne nous a pas paru sérieux ou que j'ai eu tout ce qu'on pouvait tirer de ce mec. Si c'était le tueur, y a des chances pour qu'il se soit payé notre tête de toute façon.

— Ouais, mais on n'a quand même pas passé son nom au fichier. Ç'aurait donné une correspondance à la base de données des pseudos. C'était peut-être ça qu'il voulait.

Ils gardèrent tous les deux le silence tandis que leurs esprits tamisaient les sables du désastre. Pour finir, ce fut Edgar qui parla.

— Harry, c'est toi qu'as trouvé ça ? Qui d'autre est au courant ?

— Non, c'est un type des Homicides de la division Nord-Est qui l'a découvert. Il a le dossier Gesto. Il sait, et un procureur qui travaille le suspect le sait lui aussi. Ça n'a pas d'importance. On a merdé.

Et des gens sont morts, pensa-t-il sans le dire.

— C'est qui, ce procureur ? demanda Edgar. On peut compartimenter ?

Bosch comprit que son ancien coéquipier était déjà passé à la meilleure façon de limiter les dégâts que ce genre de choses pouvait occasionner. Il se demanda si sa culpabilité pour les neuf victimes assassinées après Gesto avait tout simplement disparu ou s'il avait très adroitement bétonné. Edgar n'était pas un véritable inspecteur. Il tenait son cœur en dehors des dossiers.

— J'en doute, répondit Bosch. Et je m'en fous un peu. On aurait dû sauter sur ce mec en 93, mais on a raté l'occasion et depuis, il n'a pas cessé de couper des filles en morceaux.

— Comment ça, « couper des filles en morceaux » ? C'est de l'« Ensacheur d'Echo Park » que tu causes ? Comment s'appelle-t-il... ? Waits ? C'était notre bonhomme ?

Bosch fit oui de la tête et serra son verre glacé sur sa tempe gauche.

— C'est ça même. Il va tout avouer demain. Et ça finira par sortir parce que Rick O'Shea va en faire son fromage. Il n'y aura pas moyen de rien cacher parce qu'un journaliste astucieux va finir par demander si le nom de Waits n'aurait pas fait surface dans l'affaire Gesto.

— Ce qui fait qu'on dit non parce que c'est la vérité. Le nom de Waits n'est jamais sorti pendant l'enquête. C'était un pseudo et ça, on n'a pas besoin de leur en causer. Il faut que t'arrives à le faire comprendre à O'Shea.

Il y avait de l'urgence dans sa voix. Bosch regretta de l'avoir appelé. Il voulait qu'Edgar partage le fardeau de la culpabilité avec lui, pas qu'il cherche un moyen d'éviter la condamnation.

— Bah, c'est rien, Jerry, dit-il.

— Facile à toi de le dire, Harry ! Toi, t'es en centre-ville et tu as repiqué au boulot. Moi, je cherche à passer inspecteur de deuxième classe aux Vols et Homicides et si jamais ce truc transparaît, je suis foutu.

Ce coup-là, Bosch eut envie de raccrocher.

– C'est comme j't'ai dit : c'est rien. Je ferai tout ce que je peux, Jerry. Mais tu sais bien que des fois, quand on merde, faut accepter les conséquences.

– Pas cette fois, l'ami. Pas maintenant.

Bosch fut irrité qu'Edgar lui fasse le coup de l'amitié et lui demande de le protéger par fidélité et obéissance au code tacite qui veut que ce qui unit les coéquipiers de la police soit plus fort que tout, mariage compris.

– Je t'ai dit que je ferai tout ce que je peux ! répéta-t-il. Maintenant, faut que j'y aille… l'ami.

Il se releva et raccrocha.

Puis, avant de regagner la terrasse de derrière, il fit couler à nouveau de la vodka sur la glace dans son verre. Une fois dehors, il s'approcha de la rambarde et y posa les deux coudes. Le bruit de la circulation sur le freeway en bas de la colline faisait comme un sifflement régulier auquel il était habitué. Il leva la tête vers le ciel et vit que le coucher du soleil allait se réduire à un étalage de roses sales. Il aperçut un faucon à queue rousse qui se laissait porter par un courant ascendant. Il se rappela celui qu'il avait vu bien des années auparavant, le jour où on avait retrouvé la voiture de Marie Gesto.

Son portable se mettant à sonner, il se battit pour l'extraire de la poche de sa veste. Il réussit enfin et l'ouvrit pour ne pas perdre la communication. Il n'avait même pas eu le temps de jeter un coup d'œil au cadran pour savoir qui l'appelait. C'était Rider.

– Harry, tu sais ?

– Oui, je sais. Je viens juste d'en parler à Edgar. Tout ce qui l'intéresse, c'est de protéger sa carrière et ses chances d'être nommé aux Vols et Homicides.

– Harry ? De quoi tu parles ?

Il marqua une pause, interdit.

– Quoi ? Ce connard d'Olivas ne t'a pas dit ? Je pensais qu'à l'heure qu'il est il avait dû le dire à tout le monde !

– Le dire… quoi, Harry ? Je t'appelais pour savoir si on avait l'heure pour l'interrogatoire de demain.

Bosch comprit son erreur. Il jeta le contenu de son verre par-dessus la rambarde.

— Dix heures au bureau du district attorney. Ils le mettront dans une salle d'interrogatoire.

— Ça va? On dirait que t'as bu un coup de trop.

— Je suis chez moi, Kiz. J'ai le droit.

— Pour quoi croyais-tu que je t'appelais?

Il retint son souffle un instant, ordonna ses pensées, puis parla.

— Edgar et moi aurions dû pincer Waits, Saxon ou autre en 93. Edgar lui a parlé au téléphone et le type a dit s'appeler Saxon. Mais ni l'un ni l'autre, nous n'avons passé son nom au fichier central. On a salement merdé, Kiz.

Ce fut à son tour à elle de garder le silence tandis qu'elle faisait le point sur ce qu'il venait de dire. Il ne lui fallut pas longtemps pour voir le lien que le pseudo leur aurait donné avec Waits.

— Je suis navrée, Harry, dit-elle enfin.

— Oui, mais va le dire aux neuf victimes qui ont suivi…!

Il fixait des yeux les buissons en dessous de la terrasse.

— Ça va aller? insista-t-elle.

— Ça va, ça va. Faut juste que je trouve le moyen de dépasser ça afin d'être prêt pour demain.

— Tu penses pas qu'il vaudrait mieux laisser tomber maintenant? Peut-être qu'une des autres équipes pourrait prendre le relais.

Il réagit aussitôt. Il ne savait pas trop comment il allait se débrouiller de l'erreur fatale qu'il avait commise treize ans auparavant, mais il n'était pas question de lâcher maintenant.

— Non, Kiz, dit-il, je ne laisse pas tomber l'affaire. J'ai peut-être loupé ce type il y a treize ans, mais je ne vais pas le rater ce coup-ci.

— Très bien, Harry.

Elle ne raccrocha pas, mais ne dit rien après ça. Il entendit une sirène tout en bas, dans le col en dessous.

— Harry, reprit-elle, je peux te faire une suggestion?

Il comprit ce qui l'attendait.

— Bien sûr.

— Je crois que tu devrais ranger la bibine et commencer à réfléchir à demain. Parce que quand on va entrer dans cette pièce, les erreurs commises autrefois n'auront plus aucune importance.

L'important, ce sera ce qu'on fait avec ce type. Va falloir rester coolos.

Il sourit. Il n'avait pas dû entendre cette expression depuis qu'il faisait les patrouilles au Vietnam.

— Rester coolos, répéta-t-il.

— Ouais. Tu veux qu'on se retrouve à la salle des inspecteurs et qu'on y aille à pied ?

— Oui. J'arriverai tôt. Je veux passer par l'état civil d'abord.

Il entendit qu'on frappait à la porte et rentra dans la maison.

— Ben moi aussi, dit-elle. On se retrouve à la salle des inspecteurs. Ça va aller ce soir, dis ?

Il ouvrit la porte de devant et découvrit Rachel Walling qui tenait les dossiers à deux mains.

— Oui, Kiz, répondit-il, ça va aller. Bonne nuit.

Il referma le portable et invita Rachel à entrer.

8

Rachel était déjà venue chez lui avant. Elle ne se donna pas la peine de regarder autour d'elle comme si elle voulait apprendre à le connaître en découvrant sa maison. Elle posa les dossiers sur la petite table du coin repas et le regarda.

– Quelque chose qui cloche ? Ça va ?

– Ça va, oui. J'avais un peu oublié que tu devais passer.

– Je peux m'en aller si tu...

– Non, je suis content que tu sois là. T'as trouvé du temps pour jeter un œil à ce truc ?

– Un peu. J'ai pris quelques notes et j'ai quelques idées qui pourraient t'aider demain. Et si tu veux que j'assiste à l'interrogatoire, je peux arranger le coup pour y être... officieusement.

Il hocha la tête.

– Officiellement ou officieusement, ça n'a aucune importance. C'est un grand coup pour Rick O'Shea et si je ramène un agent du FBI au milieu, c'est mon ticket de sortie.

Elle sourit et hocha la tête à son tour.

– Tout le monde croit que le FBI ne veut que les gros titres dans les journaux. Ce n'est pas toujours comme ça.

– Je sais, mais je ne peux pas transformer ça en une affaire test pour O'Shea. Tu veux quelque chose à boire ?

Il lui indiqua la table pour qu'elle puisse s'asseoir.

– Qu'est-ce que tu prends ?

– Je buvais de la vodka. Mais je crois que je vais passer au café.

– Tu pourrais me faire une vodka tonic ?

Il acquiesça d'un signe de tête.

– Je peux t'en faire une sans tonic, dit-il.

— T'as du jus de tomate?

— Non.

— De canneberge?

— Non, je n'ai que de la vodka.

— Harry le dur de dur! Je crois que je vais prendre du café, moi aussi.

Il passa à la cuisine pour mettre la cafetière en route. Il entendit Rachel Walling tirer une chaise et s'asseoir à la table. En revenant, il vit qu'elle avait étalé les dossiers et posé une page remplie de notes devant elle.

— T'as eu le temps de faire quelque chose pour le nom? demanda-t-elle.

— C'est en route. On commence tôt demain matin et j'espère qu'on saura quelque chose avant d'entrer dans la salle avec ce type à dix heures.

Elle acquiesça d'un signe de tête et attendit qu'il s'asseye en face d'elle.

— Prêt? demanda-t-elle.

— Prêt.

Elle se pencha en avant, regarda ses notes et commença à parler sans en détacher les yeux.

— Qu'il s'agisse de celui-ci ou de celui-là et quel que soit son nom, il est manifestement intelligent et manipulateur, dit-elle. Regarde sa taille. Petit et de charpente légère. Cela signifie qu'il savait y faire. Que Dieu sait comment il était capable d'amener ses victimes à le suivre. C'est ça, la clé. Il est peu probable qu'il ait jamais utilisé la force – en tout cas pas au début. Il est trop petit pour ça. A la place, il avait donc recours au charme et à l'astuce et s'y était entraîné et y excellait. Même si elle descend à peine du bus, la fille qui débarque dans Hollywood Boulevard sait quand même quelques petites choses sur ce qui peut arriver dans la rue. Il était plus malin qu'elles.

Il hocha la tête.

— Le filou, dit-il.

Elle acquiesça et se référa à un petit tas de documents.

— J'ai fait quelques recherches sur Internet là-dessus, reprit-elle. Dans la légende, Renart est souvent dépeint sous les traits d'un membre du clergé, de quelqu'un qui est capable de séduire son auditoire au point de l'attirer à lui et de s'emparer de celui-ci ou celui-là. A l'époque, et c'est du XIIᵉ siècle que nous parlons, le clergé était l'autorité suprême. Aujourd'hui, ce serait très différent. Aujour-d'hui, l'autorité suprême serait le gouvernement, un gouvernement notoirement représenté par la police.

— Tu es en train de me dire qu'il aurait pu se faire passer pour un flic?

— C'est juste une idée, mais ce n'est pas impossible. Il devait avoir un truc qui donnait des résultats.

— Et côté armes? Argent? Il aurait pu montrer qu'il avait du fric. Ces femmes... ces filles auraient marché pour le pognon.

— Pour moi, c'était plus qu'une arme et que du fric. Pour pouvoir se servir de l'un ou de l'autre, il faut commencer par être assez près de la victime. A lui seul, le fric ne fait pas baisser le seuil de sécurité. Ça devait être autre chose. Son style ou ses bavardages, quelque chose de plus ou qui s'ajoute au fric. Ce n'est que quand il les avait tout près de lui qu'il pouvait se servir de son arme.

Bosch acquiesça d'un signe de tête et inscrivit quelques notes dans un carnet qu'il avait attrapé sur une étagère derrière lui.

— Quoi d'autre? demanda-t-il.

— Sais-tu depuis combien de temps il a son affaire?

— Non, mais on le saura demain matin. Pourquoi?

— Eh bien... parce que ça nous montre une autre facette de son talent. Mais si je m'y intéresse, ce n'est pas seulement parce qu'il dirigeait une entreprise. En fait, elle lui donnait la possibilité de se déplacer et de traverser la ville en tous sens. Il n'y avait pas lieu de s'inquiéter quand on voyait sa camionnette dans le quartier – sauf tard le soir, ce qui a d'ailleurs conduit à sa chute. Mais c'était aussi une affaire qui lui permettait d'entrer chez les gens. Je serais curieuse de savoir s'il a lancé sa boîte pour satisfaire ses fantasmes – les meurtres –, ou s'il l'avait déjà avant de commencer à céder à ses pulsions.

Bosch prit quelques notes de plus. Rachel tenait du sérieux avec ses questions sur le travail de l'assassin. Il avait lui-même des ques-tions qui tournaient autour de la même problématique. Se pouvait-il que Waits ait déjà eu cette affaire treize ans plus tôt? Avait-il lavé

des vitres à la Grande Tour et connaissait-il l'existence de l'appartement vide? Peut-être s'agissait-il là d'une nouvelle erreur, d'un autre
lien qu'ils avaient loupé.

— Je sais que je n'ai pas besoin de te le dire, mais il va falloir que
tu fasses très attention et que tu te tiennes sur tes gardes avec lui.

Il leva le nez de ses notes.

— Pourquoi? demanda-t-il.

— Quelque chose que je sens là-dedans... et bien sûr, c'est une
réaction tout ce qu'il y a de plus intuitif à pas mal de trucs, mais...
il y a quelque chose qui ne colle pas dans cette histoire.

— Quoi?

Elle ordonna ses pensées avant de répondre.

— Il ne faut pas oublier que c'est un coup de chance si vous l'avez
coincé. C'est en cherchant un cambrioleur que des policiers sont
tombés sur un assassin. Et jusqu'au moment où ces officiers ont
découvert les sacs dans son van, Waits était un parfait inconnu aux
yeux des forces de l'ordre. Cela faisait des années qu'il évoluait sous
la zone de détection du radar. C'est comme je l'ai dit: cela montre
un certain degré de ruse et d'habileté. Et cela dit aussi quelque
chose sur sa pathologie. Il n'envoyait pas des petits mots à la police
comme le Zodiac[1] ou BTK[2]. Il n'étalait pas ses victimes comme un
affront fait à la société ou pour ridiculiser la police. Il ne faisait pas
de bruit. Il faisait ses coups par en dessous. Et il choisissait ses victimes, excepté les deux premières; ce qu'il voulait, c'était des filles
qui pouvaient disparaître sans faire le moindre remous derrière elles.
Tu comprends ce que je veux dire?

Il hésita un instant — il n'était pas trop sûr d'avoir envie de lui
dire l'erreur qu'Edgar et lui avaient commise tant d'années auparavant.

Mais elle le lut sur son visage.

— Quoi? demanda-t-elle.

---

1. Nom du tueur en série qui terrorisa la région de San Francisco à la fin des
années 60 et au début des années 70. Il aurait assassiné trente-sept femmes
(*NdT*).

2. Ou *Bind them, torture them, kill them*, soit: «Attache-les, torture-les, tue-
les.» Devise d'un tueur en série qui sévit au Kansas à partir des années 70
(*NdT*)

Il ne répondit pas.

— Harry, j'ai pas envie de faire du surplace. S'il y a quelque chose que je dois savoir, il faut me le dire. Sinon, je ferais aussi bien de filer.

— Attends juste un peu, le temps que j'aille chercher le café. J'espère que tu l'aimes bien noir.

Il se leva, gagna la cuisine et versa du café dans deux tasses. Il trouva des sachets de sucre et d'édulcorant dans un panier où il jetait les condiments qu'il trouvait dans les plats préparés qu'on lui livrait et les apporta à Rachel. Elle mit de l'édulcorant dans sa tasse.

— Bien, dit-elle après avoir avalé la première gorgée de liquide, qu'est-ce que tu ne me dis pas?

— Mon coéquipier et moi avons commis une erreur quand nous travaillions sur cette affaire en 93. Je ne sais pas si ça va à l'encontre de ce que tu viens de me dire sur le fait que Waits se tenait sous la zone de détection du radar, mais il semblerait bien qu'il nous ait téléphoné à cette époque-là. On travaillait sur le dossier depuis environ trois semaines. Il a parlé avec mon coéquipier en se servant d'un pseudo. Enfin… c'est ce qu'on pense. Avec ce truc sur Raynard alias Renart que tu m'as signalé, peut-être que c'est de son vrai nom qu'il s'est servi. Toujours est-il qu'on a merdé. On n'a jamais vérifié son identité.

— Qu'est-ce que tu veux dire?

Lentement et bien malgré lui, il lui rapporta en détail l'appel d'Olivas et comment il avait découvert le pseudo de Waits dans le formulaire 51. Elle baissa les yeux sur la table et hocha la tête en l'écoutant. Elle fit un rond sur la page de notes qu'elle avait devant elle.

— Et le reste appartient à l'histoire, conclut-il. Il a continué à agir… et à tuer.

— Quand as-tu découvert ça?

— Juste après ton départ tout à l'heure.

Elle hocha la tête.

— Et c'est pour ça que tu te pintais sec à la vodka.

— Faut croire, oui.

— Je me disais… non, t'occupe.

— Non, ce n'était pas parce que j'allais te voir, Rachel. Te voir était… enfin, je veux dire… est tout à fait chouette, en fait.

Elle prit sa tasse, but, regarda ses notes et parut s'armer de courage pour poursuivre.

— Bon, mais je ne vois pas très bien comment le fait qu'il vous ait appelés à cette époque change quoi que ce soit à mes conclusions, dit-elle. Oui, cela ne lui ressemble pas d'avoir pris contact, sous n'importe quelle identité. Cela dit, il ne faut pas oublier que l'affaire Gesto s'est déroulée au tout début de sa période de formation. Il y a un certain nombre d'aspects dans cette affaire qui ne collent pas avec le reste. Bref, qu'il s'agisse là du seul moment où il ait pris contact avec la police n'aurait rien d'extraordinaire.

— D'accord.

Elle se référa de nouveau à ses notes – elle semblait ne plus vouloir le regarder dans les yeux depuis qu'il lui avait appris la faute qu'il avait commise.

— Bon alors, où en étais-je avant que tu me parles de ça? demanda-t-elle.

— Tu me disais qu'après ses deux premiers meurtres il s'est mis à choisir des victimes qu'il pouvait tuer sans que ça fasse de vagues.

— Voilà. Ce que je te dis là, c'est qu'il prenait plaisir à son travail. Il n'avait pas besoin que quelqu'un d'autre sache ce qu'il fabriquait. Ce n'était pas d'être au centre de l'attention générale qui le faisait jouir. De fait, il ne voulait pas qu'on s'intéresse à lui. Sa satisfaction se limitait à cela. Elle n'incluait aucun élément extérieur ou public.

— Bon, mais alors... qu'est-ce qui te tracasse?

Elle leva la tête vers lui.

— Comment ça?

— Je ne sais pas, moi. Mais on dirait qu'il y a quelque chose dans le profil que tu me donnes qui te dérange. Quelque chose à quoi tu ne crois pas.

Elle acquiesça d'un hochement de tête: il avait bien lu dans ses pensées.

— C'est juste que son profil ne correspond pas à quelqu'un qui voudrait coopérer avec la police à ce stade du jeu et vous parler des autres crimes. Ce que je vois ici, c'est quelqu'un qui ne voudra jamais rien reconnaître. Rien de rien. Il nierait, ou se tairait, au minimum, jusqu'à ce qu'on lui pique l'aiguille dans le bras.

— Bon, OK, c'est donc une contradiction. Mais... tous ces types n'en ont-ils pas? Ils sont quand même flingués quelque part, non? Et il n'y a pas de profil qui soit juste à cent pour cent, n'est-ce pas?

Elle acquiesça.

– C'est vrai, dit-elle. Mais ça ne cadre toujours pas et ce que j'essaie de te dire, c'est que de son point de vue à lui, il y a autre chose. Un but plus important, si tu préfères. Un plan. Toute cette histoire d'aveux sent la manip.

Il hocha la tête comme si ce qu'elle lui disait était l'évidence même.

– Bien sûr que c'en est une. Il manipule O'Shea et le système judiciaire. Il se sert de tout ça pour échapper à l'aiguille.

– Peut-être, mais il se peut qu'il ait aussi d'autres intentions. Fais gaffe.

Elle avait prononcé ces deux mots d'un ton sévère, comme si elle corrigeait un subordonné, voire un enfant.

– Ne t'inquiète pas, je ferai attention, dit-il en décidant de ne pas s'appesantir sur le sujet. Qu'est-ce que tu penses de ces dépeçages? Qu'est-ce que ça te dit?

– En fait, j'ai passé les trois quarts de mon temps à étudier les autopsies. J'ai toujours cru que c'est en partant de ses victimes qu'on en apprend le plus sur l'assassin. Dans chacun des cas, c'est la strangulation qui est la cause de la mort. Il n'y a aucune blessure par couteau sur les corps. On n'a affaire qu'à du dépeçage. Il s'agit là de deux choses différentes. Pour moi, ce dépeçage n'était qu'un aspect du nettoyage. Qu'une façon pour lui de disposer des corps. Et là encore, ça montre son talent, la façon dont il planifie et organise les choses. Plus j'étudie le dossier et plus je me dis que nous avons eu de la chance de le pincer ce soir-là.

Elle fit courir son doigt le long de sa feuille de notes et poursuivit :

– Ce sont les sacs qui me posent problème. Deux sacs pour deux femmes. Dans un des sacs, on trouve les deux têtes et les quatre mains. C'est comme s'il pensait à des destinations séparées ou avait décidé de s'occuper plus précisément du sac contenant les identifiants – les têtes et les mains. A-t-on pu déterminer où il se rendait lorsqu'il a été arrêté?

Bosch haussa les épaules.

— Pas vraiment, non, dit-il. L'hypothèse était qu'il allait enterrer les sacs aux environs du stade, sauf que ça ne marche pas trop dans la mesure où les flics l'avaient vu quitter Stadium Way et entrer dans un autre quartier. Il s'éloignait du stade et des bois, de tous les endroits où il aurait pu enterrer les sacs. Il y a bien des terrains vagues dans le quartier et plusieurs accès aux collines qui se trouvent sous le stade, mais pour moi, s'il avait eu vraiment l'intention d'enterrer ces sacs, il ne serait pas rentré dans un quartier. Il serait entré très profondément dans le parc, où il avait bien moins de risques de se faire remarquer.

— Exactement.

Elle jeta un coup d'œil à d'autres documents.

— Quoi? demanda Bosch.

— Eh bien... il se pourrait que cette histoire de Renart ait quelque chose à voir avec tout ça. Que tout cela ne soit pas une coïncidence.

— Mais... dans le folklore, Renart n'a pas un château qui lui sert de retraite secrète?

Elle haussa les sourcils.

— Je ne pensais pas que tu avais un ordinateur – et encore moins que tu savais mener des recherches en ligne.

— Je ne sais pas le faire, c'est vrai. C'est ma coéquipière qui a effectué la recherche. Mais que je te dise: je suis passé dans le quartier avant de t'appeler aujourd'hui. Et je n'ai pas vu de châteaux.

— Ne prends pas tout au pied de la lettre, dit-elle en hochant la tête.

— C'est qu'il y a toujours une grosse question dans cette histoire de Renart, dit-il.

— Du genre?

— As-tu regardé la feuille d'écrou dans le dossier? Il ne veut pas parler à Olivas et à son coéquipier, mais il répond à toutes les questions d'usage quand on l'incarcère. Il dit être allé jusqu'à la fin du lycée. Pas plus haut. Écoute, non... ce type est un laveur de vitres. Comment veux-tu qu'il ait même seulement entendu parler de ce renard du Moyen Age?

— Je ne sais pas. Mais comme je te l'ai dit, ce personnage apparaît de façon récurrente dans toutes sortes de cultures. Livres pour enfants, émissions de télé, ce type aurait pu être exposé à cette histoire de tout un tas de façons. Et ne va pas sous-estimer son intelligence sous prétexte qu'il gagnait sa vie en lavant des vitres. Il possédait et gérait une affaire, Harry. Et qu'il ait pu tuer impunément pendant si longtemps est aussi indicatif d'une solide intelligence.

Bosch n'était pas totalement convaincu. Il lui décocha une autre question pour l'envoyer dans une autre direction.

— Et comment les deux premières victimes cadrent-elles dans tout ça? demanda-t-il. Il passe du show à grand spectacle avec les émeutes et du grand cirque médiatique avec Marie Gesto au... comment tu dis déjà? au «plongeon sous la surface»?

— Tous les tueurs en série changent de *modus operandi*. La réponse toute bête est qu'il apprenait. Pour moi, son premier assassinat, avec la victime mâle, est un meurtre d'occasion. Comme un coup de pot. Ça faisait longtemps qu'il voulait tuer, mais il n'était pas sûr de pouvoir. Il se retrouve dans une situation favorable, le chaos des émeutes, et peut se tester. C'était l'occasion ou jamais de voir s'il était capable d'assassiner quelqu'un et de s'en tirer. Le sexe de la victime n'avait pas d'importance. A ce moment-là, il voulait seulement savoir s'il pourrait y arriver et à peu près n'importe quel type de victime aurait fait l'affaire.

Bosch le comprit et acquiesça d'un signe de tête.

— Et donc, il y va, dit-il. Et après, on arrive à Marie Gesto. Il choisit une victime qui attire l'attention de la police et des médias.

— Il en était toujours au stade de l'apprentissage, il se formait, dit-elle. Il se savait capable de tuer et voulait se mettre en chasse. C'est elle qui a été sa première victime. Elle croise son chemin, elle a quelque chose qui s'accorde à son fantasme, elle devient sa proie, tout simplement. A ce moment-là, il ne s'intéressait qu'à l'aspect acquisition de la proie et autoprotection. Sauf que là, il choisit mal. Il choisit une femme qu'on va beaucoup regretter et dont la disparition va entraîner une réaction immédiate. Ce dont il n'était probablement pas conscient quand il s'est lancé. Mais il a vite appris sa leçon en voyant tous les ennuis que ça lui attirait. Il n'est pas impossible que ç'ait été une des raisons pour lesquelles il a appelé ton coéquipier à ce moment-là.

Bosch acquiesça et remarqua qu'elle venait de faire porter le chapeau à Edgar.

— Toujours est-il qu'après Gesto il ajoute un troisième élément au tableau, reprit-elle: le passé de la victime. Il s'assure maintenant de choisir des victimes qui non seulement correspondent à ce qu'il attend, mais qui en plus sortent d'un milieu social où leurs allées et venues ne seront pas remarquées et n'éveilleront pas l'alarme.

— Et c'est là qu'il plonge sous la surface.

— Exactement. Il y plonge et il y reste. Jusqu'au jour où on a la chance de le coincer à Echo Park.

Il acquiesça encore une fois. Tout cela l'aidait beaucoup.

— Mais ça donne à penser, non? dit-il. Y en a combien dans la nature, des types de cet acabit? Les assassins sous la surface?

Ce fut au tour de Rachel de hocher la tête.

— C'est vrai, dit-elle. Des fois, ça me fout une trouille pas possible. Je me demande combien de temps ce type aurait encore pu tuer si on n'avait pas eu ce coup de chance.

Elle consulta ses notes et n'ajouta rien.

— C'est tout ce que t'as? demanda-t-il.

Elle le regarda vivement, il comprit qu'il n'avait pas été heureux dans le choix de ses mots.

— Ce n'est pas ce que je voulais dire, se corrigea-t-il aussitôt. Tout ça, c'est génial et ça va beaucoup m'aider. Je voulais seulement dire… c'est tout ce dont tu voulais me parler?

Elle soutint son regard un instant avant de répondre.

— Oui, il y a autre chose, Harry. Mais ça ne porte pas là-dessus.

— C'est quoi?

— Il faut que tu te calmes sur cet appel téléphonique, répondit-elle. Tu ne peux pas te laisser abattre par ce truc-là. Le travail qui t'attend est bien trop important.

Il fit oui de la tête, sans la moindre sincérité. Facile à elle de dire ça. Elle n'aurait pas à vivre avec les fantômes de toutes les femmes dont Raynard Waits allait commencer à leur parler le lendemain matin.

— Vaudrait mieux pas évacuer tout ça d'un hochement de tête, Harry. Sais-tu sur combien d'affaires j'ai travaillé à l'unité des Sciences du comportement alors même que le type continuait de tuer? Sais-tu combien de fois nous avons reçu des coups de fil et des petits mots de ces fumiers alors même qu'on ne pouvait pas les coincer avant qu'ils n'assassinent la victime suivante?

– Je sais, je sais, dit-il.

– Des fantômes, on en a tous. Ça fait partie du boulot. Dans certains métiers, il y en a plus que dans d'autres. J'ai eu un patron qui disait souvent: tu supportes pas les fantômes, tu dégages de la maison hantée.

Il hocha de nouveau la tête, cette fois en la regardant droit dans les yeux. Cette fois, il ne faisait pas semblant d'être d'accord.

– Combien de meurtres as-tu résolus, Harry? Combien d'assassins as-tu mis à l'ombre?

– Je ne sais pas. Je n'ai pas compté.

– Peut-être que tu devrais.

– Pour quoi faire?

– Pour... Combien de ces assassins auraient continué à tuer si tu ne les avais pas arrêtés? Plus d'un, je parie.

– Probablement.

– Et voilà. Au bout du compte, c'est toi qui as l'avantage. Penses-y.

– Bien, bien.

Il songea à l'un de ces tueurs, Roger Boylan. Il l'avait arrêté bien des années auparavant. Il conduisait une camionnette équipée d'une bâche de protection à l'arrière. Il avait eu recours à de la marijuana pour attirer deux jeunes filles à l'arrière du véhicule garé au Hansem Dam. Il les avait violées et tuées en leur injectant une surdose de tranquillisant pour chevaux. Puis il avait jeté leurs corps dans le lit asséché d'un canal d'irrigation voisin. Lorsque Bosch lui avait passé les menottes, il n'avait trouvé qu'une chose à dire: «Dommage. Je commençais à peine.»

Il se demanda combien de victimes supplémentaires il y aurait eu s'il ne l'avait pas arrêté. Il se demanda s'il pouvait échanger Roger Boylan contre Raynard Waits et dire qu'il était quitte. D'un côté oui, il pensait pouvoir. Mais de l'autre il savait bien que ce n'était pas un jeu qui se terminerait par un ex aequo. Le véritable inspecteur sait que se dire quitte dans un travail sur des homicides, ça ne suffit pas. Tant s'en faut.

– J'espère que ça t'aidera, reprit Rachel.

Il lâcha le souvenir de Boylan et trouva ses yeux.

– Je crois que oui, dit-il. Je saurai mieux à qui et à quoi j'ai affaire quand j'entrerai dans cette salle avec lui demain.

Elle se leva de la table.

– Non, pour l'autre truc.

Il se leva à son tour.

– Ça aussi, oui. Tu m'as beaucoup aidé.

Il fit le tour de la table pour pouvoir la raccompagner à la porte.

– Fais attention, Harry.

– Je sais. Tu l'as déjà dit, mais tu n'as pas à t'inquiéter. Ce sera une situation cent pour cent sécurisée.

– C'est moins du danger physique que du psychologique que je te parle. Préserve-toi, Harry. Je t'en prie.

– Je le ferai.

Le moment était venu de gagner la porte, mais elle hésitait. Elle regarda le contenu du dossier étalé sur la table, puis elle se tourna vers lui.

– J'espérais que tu m'appelles un jour, dit-elle. Mais pas pour un dossier.

Il lui fallut un petit moment pour revenir sur terre.

– Je pensais que vu ce que je t'avais dit... ce qu'on s'était dit, il ne...

Il ne savait pas trop comment finir sa phrase. Il ne savait pas trop ce qu'il essayait de lui dire. Elle tendit le bras et lui effleura la poitrine de la main. Il fit un pas en avant, entra dans son espace privé. Et lui passa les bras autour de la taille et l'attira contre lui.

9

Plus tard, après qu'ils eurent fait l'amour, ils restèrent couchés dans le lit, à parler de tout ce qui pouvait leur passer par la tête – excepté de ce qu'ils venaient de faire. Ils finirent par revenir à l'affaire et à l'interrogatoire de Raynard Waits le lendemain matin.

– Je n'arrive pas à croire qu'après tout ce temps je vais me retrouver face à son assassin, dit-il. C'est comme un rêve. Parce que j'ai déjà rêvé que je l'attrapais. Enfin, je veux dire... ce n'était pas Waits qui était dans le rêve, mais je rêvais que je bouclais l'affaire.

– Qui c'était dans ce rêve ? demanda-t-elle.

Elle avait l'épaule sous son bras et la tête sur sa poitrine. Il ne pouvait pas voir son visage, mais il sentait ses cheveux. Sous le drap, elle avait posé une jambe par-dessus la sienne.

– C'était un type dont je m'étais toujours dit qu'il pouvait cadrer. Sauf que je n'ai jamais rien trouvé à lui coller sur le dos. Faut croire que je voulais que ce soit lui parce qu'il était trop con.

– Bon mais... avait-il le moindre lien avec Gesto ?

Il essaya de hausser les épaules, mais leurs corps étaient si emmêlés que ce fut difficile.

– Il était au courant pour le garage où on a retrouvé la voiture et il avait une ex-copine qui ressemblait à Gesto comme deux gouttes d'eau. Et il avait du mal à dominer ses colères. Rien de bien probant. Je pensais seulement que c'était lui. Une fois je l'ai suivi, c'était dans la première phase de l'enquête. Il travaillait comme agent de sécurité dans les champs pétrolifères derrière Baldwin Hills. Tu vois où c'est ?

– Tu veux dire... là où on voit les pompes à pétrole quand on va sur la Cienega en venant de l'aéroport ?

— Voilà, c'est ça. Sa famille possédait un bon morceau de ces champs pétrolifères et son vieux essayait de le remettre dans le droit chemin, enfin... je crois. Tu vois... il le forçait à gagner sa vie alors qu'ils avaient tout le fric du monde à leur disposition. Bref, il bossait comme gardien et un jour je l'ai observé. A un moment donné, il a braqué son arme sur des jeunes qui déconnaient là-haut... Ils étaient juste entrés dans le champ et chahutaient. C'étaient que des gamins, disons treize-quatorze ans. Deux gamins du quartier voisin.

— Qu'est-ce qu'il leur a fait ?

— Il s'est rué sur eux avec sa camionnette et les a menottés à une des pompes. Ils étaient attachés dos à dos autour du poteau qui faisait comme un ancrage à la pompe. En fait, je ne sais pas très bien à quoi ça servait, mais il les y avait menottés. Et il est retourné à sa camionnette et il est parti.

— Quoi ?! Il les a laissés là ?

— C'est ce que je croyais, mais il est revenu. Je le regardais avec des jumelles du haut d'une corniche à l'autre bout de la Cienega et de là, je voyais tout le champ pétrolifère. Il y avait un autre type avec lui et ils ont rejoint un abri où ils devaient garder des échantillons du pétrole qu'ils pompaient. Ils y sont entrés et y ont pris deux seaux de ce truc, les ont posés à l'arrière de la camionnette et sont revenus. Et après, ils ont versé toute cette merde sur les deux gamins.

Elle se redressa sur un coude et le regarda.

— Et tu t'es contenté de regarder ?

— J'étais à l'autre bout de la Cienega, sur l'autre crête. C'était avant qu'ils y construisent des maisons. Je regardais la scène avec des jumelles. S'il était allé plus loin, j'aurais essayé d'intervenir d'une manière ou d'une autre, mais il a fini par les laisser filer. En plus de quoi, je n'avais pas envie qu'il sache que je l'observais. A ce moment-là, il ne savait pas encore que je pensais à lui pour le meurtre de Gesto.

Elle hocha la tête comme si elle comprenait et ne lui reprochait plus son inaction.

— Et donc, il les a laissés filer ? Comme ça ? insista-t-elle.

— Il leur a ôté les menottes, a flanqué un coup de pied au cul de l'un et les a laissés partir. Je voyais bien qu'ils pleuraient et qu'ils avaient peur.

Elle hocha la tête de dégoût.

– Comment s'appelle-t-il?

– Anthony Garland. C'est le fils de Thomas Rex Garland. Tu as peut-être entendu parler de lui.

Elle fit signe que non, ça ne lui disait rien.

– Bref, Anthony n'était peut-être pas l'assassin de Gesto, mais il me fait l'effet d'un parfait crétin, dit-elle.

Il acquiesça.

– C'en est un. Tu veux le voir?

– Comment ça?

– J'ai une vidéo des meilleurs moments de ses interrogatoires. Je l'ai cuisiné trois fois en treize ans. Et chaque interrogatoire a été enregistré.

– Tu as la bande ici?

Il lui fit signe que oui, tout en sachant qu'elle trouverait peut-être étrange, voire déplaisant, qu'il étudie des enregistrements d'interrogatoires chez lui.

– Je les ai fait copier sur une seule bande. Je l'ai apportée ici la dernière fois que j'ai rouvert l'affaire.

Elle donna l'impression d'évaluer cette réponse avant de réagir.

– Allez, mets-la dans l'appareil. Regardons un peu comment est fait le bonhomme.

Bosch descendit du lit, enfila son caleçon et alluma la lampe. Puis il gagna la salle de séjour et regarda dans le meuble sous la télévision. Il y avait plusieurs vidéos de scènes de crime au milieu d'autres bandes et DVD. Il finit par repérer un coffret VHS marqué « Garland » et le rapporta au lit après s'être assuré qu'il avait bien refermé le meuble.

Il avait un téléviseur équipé d'un lecteur vidéo intégré posé sur la commode. Il l'alluma, glissa la cassette dans la fente et s'assit au bord du lit, la télécommande à la main. Il garda son caleçon sur lui, maintenant qu'ils travaillaient. Rachel, elle, resta sous les couvertures et tendit une jambe vers lui et lui donna de petits coups d'orteil dans le dos alors qu'il enclenchait l'appareil.

– C'est ça que tu fais avec toutes les filles que tu amènes ici? Tu leur montres tes techniques d'interrogatoire?

Il se retourna vers elle, la regarda et fut presque sérieux lorsqu'il lui répondit

— Rachel, dit-il, je crois que tu es la seule personne au monde avec qui je pourrais faire un truc pareil.

Elle sourit.

— Je pense te comprendre, Harry Bosch, dit-elle.

Il se retourna vers l'écran. La bande avait commencé à passer. Il appuya sur le bouton «sourdine» avec la télécommande.

— La première séquence date du 11 mars 94. Soit à peu près six mois après la disparition de Gesto. On se raccrochait au plus petit brin d'herbe. On n'avait pas assez de trucs pour arrêter ce type, loin de là, mais j'avais réussi à le convaincre de passer au commissariat pour me faire une déclaration. Il ne savait pas que je l'avais dans le collimateur. Il croyait qu'il allait juste me parler de l'appartement où avait vécu son ex-petite amie.

A l'écran apparut l'image granuleuse d'une petite pièce équipée d'une table, autour de laquelle parlaient deux hommes. Le premier était un Harry Bosch nettement plus jeune, l'autre avait une vingtaine d'années, des cheveux ondulés et décolorés de surfeur. Anthony Garland. Il portait un T-shirt avec le mot «Lakers» en travers de la poitrine. Les manches du vêtement lui serraient les bras et un tatouage était visible sur son biceps gauche – un dessin de fil de fer barbelé noir lui courait autour des muscles du bras.

— Il est venu de son propre chef. Il est entré dans la salle comme on se prépare à passer une journée à la plage. Bon, bref...

Il monta le son. A l'écran, Garland regardait tout autour de la pièce, un léger sourire sur les lèvres.

— C'est donc ici que ça se passe, hein? demande-t-il.

— Que ça se passe quoi? lui renvoie Bosch.

— Vous savez bien... là où on casse les grands méchants et où ils finissent par tout avouer.

Sourire de sainte-nitouche.

— Des fois, lui répond Bosch. Mais parlons plutôt de Marie Gesto. Vous la connaissiez?

— Non, je vous ai déjà dit que je ne la connaissais pas avant. Je ne l'ai jamais vue de ma vie.

— Avant quoi?

— Avant que vous me montriez sa photo.

– Ce qui fait que si quelqu'un me disait que vous la connaissiez, cet individu mentirait.

– Et comment, bordel d'Adèle! Qui c'est qui vous a raconté ces merdes?

– Mais vous étiez au courant pour le garage vide à la Grande Tour, non?

– Oui, bon, ma copine venait juste de déménager et donc, ouais, je savais qu'il était vide. Mais ça veut pas dire que j'y ai planqué la bagnole. Écoutez… vous m'avez déjà demandé tout ça à la maison. Je croyais qu'il y avait du nouveau, moi. Je suis en état d'arrestation ou quoi?

– Non, Anthony, vous n'êtes pas en état d'arrestation. Je voulais juste que vous passiez pour qu'on revoie un peu des trucs.

– Je les ai déjà revus avec vous.

– Oui, mais c'était avant que nous n'ayons appris d'autres choses sur vous et sur elle. C'est pour ça qu'il est important de tout reprendre encore une fois. Pour en faire une déclaration officielle.

Garland qui semble grimacer de colère un instant. Puis il se penche en travers de la table.

– Quelles choses? demande-t-il. De quoi vous parlez, bordel? Je n'ai rien à voir avec ça. Et je vous l'ai déjà dit au moins deux fois. Pourquoi vous essayez pas de chercher le mec qu'a fait le coup?

Bosch qui attend que Garland se calme un peu avant de répondre.

– Parce que peut-être que je me dis… que je suis avec celui qui l'a fait, ce coup.

– Va te faire enculer, connard! T'as rien contre moi parce qu'y a rien à avoir contre moi. Je te le répète depuis le premier jour. Ce n'est pas moi!

C'est au tour de Bosch de se pencher en travers de la table. Leurs visages ne sont plus qu'à trente centimètres l'un de l'autre.

– Je sais très bien ce que tu m'as raconté, Anthony. Mais ça, c'était avant que je descende à Austin et que je parle avec ta copine. Et elle m'a dit des trucs qui franchement, Anthony, franchement, m'obligent à faire un peu plus attention.

– Qu'elle aille se faire sauter! C'est une pute.

– Ah ouais? Parce que si c'en est bien une, pourquoi tu t'es mis en colère contre elle quand elle t'a quitté? Pourquoi a-t-elle dû te

ECHO PARK

fuir en courant? Pourquoi tu ne l'as pas laissée partir, tout simplement?

— Parce que moi, on ne me quitte pas. Les gens, c'est moi qui les quitte. Vu?

Bosch qui se redresse et hoche la tête.

— Vu. Et donc, avec tous les détails dont tu peux te souvenir, dis-moi ce que tu as fait le 9 septembre de l'année dernière. Dis-moi où tu es allé et qui tu as vu.

Il prit la télécommande et passa en avance rapide.

— Il n'avait pas d'alibi pour le moment où nous pensions que Marie s'était fait enlever devant le supermarché. Mais on peut sauter ça parce que cette partie-là de l'interrogatoire a pris un temps interminable.

Rachel s'était redressée dans le lit, juste derrière lui, le drap enroulé autour d'elle. Il se retourna vers elle.

— Qu'est-ce que tu penses de ce type... pour l'instant?

Elle haussa ses épaules nues.

— Il me fait l'effet du petit con de riche habituel. Mais ça n'en fait pas un assassin.

Il acquiesça.

— Bon, maintenant, on est deux ans plus tard. Les avocats de Papa m'ont collé une injonction temporaire spécifiant que je n'ai le droit d'interroger le fiston qu'en présence d'un avocat. Bref, il n'y a pas grand-chose là-dedans, sauf un truc que j'aimerais bien que tu voies. L'avocat du moment est un certain Denis Franks, un associé de Cecil Dobbs, un gros bonnet de Century City qui gère les affaires de T Rex.

— T. Rex?

— Le père.

— Ah, je comprends.

Il ralentit l'avance rapide jusqu'au moment où il put voir ce qui se passait sur la bande. A l'écran apparut un Garland assis à une table avec un type directement à sa droite. L'image défilant assez vite, l'avocat et son client furent ensuite vus en train de se parler plusieurs fois de bouche à oreille. Bosch ramenant enfin la bande à vitesse normale, les paroles furent compréhensibles. C'était Franks, l'avocat, qui parlait.

112

— Mon client a déjà pleinement coopéré avec vous et vous continuez à le harceler chez lui et à son travail en le soupçonnant et lui posant des questions qui ne se justifient en rien.

— C'est justement sur cet aspect que je travaille, maître, lui réplique Bosch. Et quand j'aurai réussi, aucun avocat au monde ne pourra l'aider.

— Va te faire enculer, Bosch! hurle Garland. Tu ferais mieux de jamais venir me chercher tout seul, mec. Je t'enverrais au tapis direct.

Franks qui pose la main sur le bras de Garland pour le calmer. Bosch qui garde le silence un instant avant de répondre.

— Vous me menacez, Anthony? Vous croyez que je suis un de ces ados que vous avez menottés dans le champ avant de leur balancer du pétrole brut sur la figure? Vous croyez que je vais me sauver la queue entre les jambes?

Le visage de Garland qui se pince et vire au sombre. Ses yeux qui ressemblent à deux billes noires vitrifiées.

Bosch appuya sur le bouton «pause» de la télécommande.

— Là, lança-t-il à Rachel en lui montrant l'écran avec la télécommande. C'est ça que je voulais te faire voir. Regarde sa tête. C'est pas de la rage pure? Parfaite? C'est pour ça que je me disais que c'était lui.

Elle ne répondit pas. Il la regarda – la rage pure et parfaite, elle donnait l'impression d'en avoir déjà vu le visage avant. Elle avait l'air d'en être intimidée. Il se demanda si elle ne l'avait pas vue chez un des assassins auxquels elle avait dû faire face – ou chez quelqu'un d'autre.

Il se retourna vers le téléviseur et réenclencha l'avance rapide.

— Et maintenant, on fait un saut dix ans plus tard, jusqu'au moment où je l'ai ramené au commissariat l'année dernière, quand j'ai repris le boulot dans la police. Il était surpris de me voir. Je l'avais coincé au moment où il sortait de Chez Kate Mancini, où il était allé déjeuner. Il devait se dire que j'avais depuis longtemps disparu de son existence.

Il arrêta l'avance rapide et fit défiler la bande. A l'écran, Garland avait l'air plus vieux. Son visage s'était épaissi et il portait les cheveux courts. Chemise blanche et cravate. Ces interrogatoires enregistrés l'avaient suivi de la fin de son enfance jusqu'au cœur de son âge adulte.

Cette fois, il se trouvait dans une autre salle d'interrogatoire. A Parker Center.

— Si je ne suis pas en état d'arrestation, dit-il pour commencer, je devrais être libre de partir. Le suis-je

— J'espérais que vous voudriez bien commencer par répondre à quelques questions, lui renvoie Bosch.

— J'ai déjà répondu à toutes vos questions il y a des années de ça. On est en pleine vendetta, Bosch. Vous ne renoncerez jamais. Vous ne me laisserez jamais tranquille. Suis-je libre de partir ou pas?

— Où avez-vous caché son corps?

Garland qui hoche la tête.

— Mon Dieu, mais c'est pas possible, ça! Quand est-ce que ça va se terminer?!

— Jamais, Garland, ça ne se terminera jamais. Pas avant que je la retrouve et que je vous enferme.

— C'est complètement fou, bordel! Vous êtes cinglé, Bosch. Qu'est-ce que je peux vous raconter pour que vous me croyiez? Qu'est-ce que je peux...

— Vous pouvez me dire où elle est et là, je vous croirai.

— Ben, c'est justement la seule chose que je ne peux pas vous dire parce que je ne...

Tout d'un coup, Bosch arrêta la télé avec la commande. Il venait de comprendre avec quel aveuglement il avait traqué Garland, avec quel acharnement il l'avait fait comme le chien court après la voiture. Sans rien voir de la circulation, sans remarquer que là, sous son nez, dans le dossier même se trouvait la clé de l'affaire, celle qui le conduirait au véritable assassin. Regarder cette bande avec Walling n'avait fait qu'ajouter l'humiliation à l'humiliation. Alors même qu'il espérait qu'elle voie pourquoi il s'était concentré sur Garland. Qu'elle comprenne et lui pardonne son erreur. Sauf qu'à revoir tout cela à la lumière des aveux imminents de Waits, il ne pouvait même plus se le pardonner.

Elle se pencha vers lui et lui effleura l'épaule, ses doigts descendant doucement le long de son échine.

— Ça nous arrive à tous, dit-elle.

Il hocha la tête. Non, pas à moi, songea-t-il.

– Quand tout cela sera terminé, il va sans doute falloir que j'aille lui présenter mes excuses, dit-il.

– Qu'il aille se faire foutre! Ça n'en reste pas moins un petit con! Je ne me donnerais pas cette peine.

Il sourit. Elle essayait de lui faciliter les choses.

– Tu crois? demanda-t-il.

Elle tira sur l'élastique de son caleçon – et le relâcha dans son dos.

Il se tourna vers elle et sourit.

I O

Le lendemain matin, Bosch et Rider allèrent à pied des services de l'état civil au Criminal Courts Building et, bien que forcés d'attendre un ascenseur, arrivèrent au bureau du district attorney avec vingt minutes d'avance. Olivas et O'Shea étaient prêts. Tout le monde reprit sa place. Bosch remarqua que les affiches contre lesquelles Olivas s'était appuyé la veille avaient disparu. Elles avaient dû être utilisées à bon escient ailleurs, peut-être même expédiées à la grande salle où le forum des candidats devait se tenir ce soir-là.

En s'asseyant, il vit aussi le dossier de l'affaire Gesto posé sur le bureau d'O'Shea. Il s'en empara sans rien demander et l'ouvrit aussitôt à la première page de la chronologie. Puis il passa en revue les formulaires 51 jusqu'aux entrées du 29 septembre 1993. Et y chercha celle dont lui avait parlé Olivas la veille au soir : elle y figurait exactement comme celui-ci la lui avait lue – c'était la dernière de la journée. Bosch sentit à nouveau le regret le gagner.

– Inspecteur Bosch, lui lança O'Shea, des erreurs, nous en commettons tous. Contentons-nous d'avancer et de faire de notre mieux aujourd'hui.

Bosch le regarda et finit par acquiescer d'un signe de tête. Il referma le classeur et le reposa sur le bureau. O'Shea reprit la parole.

– On me dit que Maury Swann est déjà dans la salle d'interrogatoire avec M. Waits et qu'il est prêt à y aller. Ça fait un moment que je réfléchis à tout ça et j'ai envie qu'on reprenne toutes ces affaires les unes après les autres. On commence avec le dossier Fitzpatrick et quand on est satisfaits par ses aveux, on passe à l'affaire Gesto et quand on est satisfaits par ses... etc.

Tout le monde accepta, Bosch excepté.

– Je ne serai satisfait que quand nous aurons retrouvé les restes de Marie Gesto, dit-il.

Ce fut au tour d'O'Shea d'accepter. Il prit un document posé sur son bureau et le souleva.

– Je comprends, dit-il. Si on peut retrouver la victime en partant des déclarations de Waits, parfait. Il n'a plus qu'à nous conduire au corps et j'ai un ordre d'appropriation des restes prêt à partir chez le juge. J'ajoute que si nous arrivons à un stade où il faut faire sortir notre homme de prison, la sécurité devra être extraordinaire. Nous misons beaucoup sur ce coup-là et nous ne pouvons nous permettre aucune erreur.

Il prit le temps de jeter un coup d'œil aux deux inspecteurs pour être sûr qu'ils comprenaient la gravité de la situation. C'était sur Raynard Waits qu'il se préparait à jouer sa campagne et son avenir politique.

– Nous serons prêts à parer à toute éventualité, dit Olivas.

L'inquiétude ne quitta pas le visage d'O'Shea.

– Vous aurez des policiers en tenue, n'est-ce pas? demanda-t-il.

– Je ne l'ai pas jugé nécessaire... les policiers en tenue attirent l'attention, répondit Olivas. On peut gérer. Mais si vous y tenez, oui, on en prendra.

– Je crois que ça serait bien d'en avoir.

– Pas de problème. Nous aurons une voiture de la police métro-politaine pour nous accompagner ou alors deux ou trois adjoints attachés à la prison.

O'Shea marqua sa satisfaction d'un signe de tête.

– Bien, donc on est prêts à démarrer?

– Une petite chose, dit Bosch. Nous ne sommes pas certains de savoir quel genre d'individu nous attend dans cette salle d'interro-gatoire, mais nous sommes à peu près sûrs qu'il ne s'appelle pas Raynard Waits.

La surprise se marqua sur le visage d'O'Shea et fut aussitôt conta-gieuse. Olivas ouvrit la bouche d'un bon centimètre et se pencha en avant.

– On l'a reconnu grâce à ses empreintes! protesta Olivas. A l'occa-sion de son arrestation précédente.

– Justement, dit Bosch en hochant la tête. Comme vous le savez, quand on l'a arrêté pour vagabondage il y a quatorze ans de ça, il a commencé par dire qu'il s'appelait Robert Saxon et qu'il était né le 3 novembre 75. Et c'est de ce nom-là qu'il s'est servi un an plus tard quand il a appelé pour l'affaire Gesto, sauf que là il nous a donné le 3 novembre 71 comme date de naissance. Et que lorsqu'il a été arrêté pour vagabondage et qu'on a passé ses empreintes à l'ordinateur central, on a trouvé une correspondance avec celle du pouce de Raynard Waits pour son permis de conduire... où on le dit né le 3 novembre 71. Bref, on a les mêmes dates pour le jour et pour le mois, mais pas pour l'année. Cela dit, quand on lui a parlé de l'empreinte de son pouce, il a avoué s'appeler Raynard Waits et nous avoir donné un faux nom et une mauvaise année dans l'espoir d'être jugé en qualité de mineur. Toutes choses qui se trouvent dans le dossier.

— Et ça nous mène à quoi ? demanda O'Shea avec impatience.

— Permettez que je finisse ? Il a eu droit à la liberté surveillée parce que c'était son premier délit. Dans le rapport biographique, il est dit qu'il est né et a été élevé à Los Angeles, d'accord ? Et nous, on arrive juste de l'état civil et il n'y a aucune trace d'un quelconque Raynard Waits qui serait né à Los Angeles à cette date ou à une autre. Il y a des tas et des tas de Robert Saxon nés à Los Angeles, mais aucun le 3 novembre de l'une ou l'autre des deux années rapportées dans les dossiers.

— En gros, dit Rider, nous ne savons pas qui est l'individu auquel nous allons parler.

O'Shea s'écarta de son bureau, se leva et fit les cent pas autour de la salle plus que spacieuse en réfléchissant et parlant de ces derniers renseignements.

— Bon, lança-t-il. Vous êtes donc en train de me dire que le bureau des Immatriculations avait les mauvaises empreintes dans ses dossiers ou qu'il y aurait eu une espèce de cafouillage ?

Bosch se retourna sur son siège pour pouvoir le regarder en lui parlant.

— Ce que je dis, c'est qu'il y a douze ou treize ans de ça, ce type, quel que soit son nom, aurait très bien pu passer au bureau des Immatriculations pour se faire établir une fausse identité. Qu'est-ce qu'il faut pour obtenir un permis de conduire, hein ? Un papier qui prouve l'âge qu'on a. A l'époque, on pouvait s'acheter des fausses pièces d'identité et des actes de naissance dans Hollywood Boulevard sans problème. Ou alors, il aurait pu corrompre un employé. L'essentiel là-dedans, c'est qu'on n'a aucun document attestant qu'il soit né ici, à Los Angeles, comme il le dit. Ce qui jette le doute sur tout le reste.

— C'est peut-être ça, le mensonge, dit Olivas. Peut-être qu'il s'appelle Waits, mais qu'il a menti en disant être né ici. C'est comme quand on vient au monde à Riverside et qu'on dit à tout le monde être né à Los Angeles.

Bosch hocha la tête. Il ne comprenait pas trop la logique que lui servait Olivas.

— Le nom est faux, insista-t-il. Ça s'inspire d'un certain Renart le renardeau, un personnage du folklore médiéval. Renart avec un *e* et un *t*, mais ça se prononce comme Reynard. Ajoutez-y le patronyme «Waits» et ça vous donne «le renardeau attend». Pigé? Personne ne me fera croire que quelqu'un lui a donné ce nom à sa naissance.

Le silence se fit un instant dans la salle.

— Je ne sais pas, dit enfin O'Shea comme s'il pensait tout haut. Ça me paraît un peu tiré par les cheveux, ce lien avec le Moyen Age.

— Ça ne nous paraît tiré par les cheveux que parce que nous sommes incapables de le prouver, le contra Bosch. Si vous voulez savoir, moi, ça me semblerait plus tiré par les cheveux que ce soit son vrai nom.

— Ce qui veut dire quoi? demanda Olivas. Qu'il a changé de nom et qu'il a continué à s'en servir même après sa première arrestation? Pour moi, ça n'a absolument aucun sens.

— Pour moi non plus, ça n'en a pas beaucoup, mais nous ne connaissons pas l'histoire qu'il y a derrière tout ça.

— Bon d'accord. Alors qu'est-ce que vous nous suggérez de faire? voulut savoir O'Shea.

— Pas grand-chose, répondit Bosch. Je faisais juste que souligner le problème. Mais je pense vraiment qu'on devrait porter tout ça au dossier quand on sera dans la salle. Vous voyez ce que je veux dire… on lui demande de nous dire son nom et de nous donner sa date de naissance. Comme si c'était la routine quand on commence ce genre d'interrogatoire. S'il nous dit Waits, ça nous donne la possibilité de le coincer plus tard pour mensonge et de le poursuivre pour tout le reste. Vous avez bien dit que c'était ça le marché, non? Il ment, il y passe. On peut tout lui coller sur le dos.

O'Shea se tenait debout à côté de la table basse, derrière Rider et Bosch. Celui-ci se retourna encore une fois pour le regarder digérer sa suggestion. Le district attorney l'étudia en hochant la tête.

— Je ne vois pas le mal que ça pourrait faire, dit-il enfin. Ça sera enregistré au dossier, mais on laisse filer après ça. On la joue super subtile et routine routine. On pourra toujours y revenir plus tard… si on trouve d'autres trucs là-dessus.

Bosch jeta un coup d'œil à Rider.

— C'est toi qui vas démarrer avec lui, dit-il, toi qui vas l'interroger sur la première affaire. Ta première question pourrait très bien porter sur son nom.

— Parfait, dit-elle.

O'Shea refit le tour de son bureau.

— Bien, conclut-il. On est prêts? C'est l'heure d'y aller. Je vais essayer de rester aussi longtemps que me le permet mon emploi du temps. Ne le prenez pas mal si je mets mon grain de sel de temps en temps et pose une question.

Bosch lui répondit en se levant. Rider l'imita, puis ce fut au tour d'Olivas.

— Un dernier truc, dit Bosch. Hier, on a appris quelque chose sur Maury Swann que vous devriez peut-être connaître.

Bosch et Rider se relayèrent pour rapporter l'histoire qu'Abel Pratt leur avait racontée. Lorsqu'ils eurent fini, Olivas riait en secouant fort la tête et Bosch voyait bien à la mine qu'il avait qu'O'Shea essayait de se rappeler combien de fois il avait serré la main de Maury Swann au prétoire. Peut-être même s'inquiétait-il des retombées politiques possibles.

Bosch se dirigea vers la porte. En lui se mêlaient l'excitation et la crainte. Excitation parce qu'il savait qu'il allait enfin découvrir ce qui était arrivé à Marie Gesto il y avait si longtemps. Mais crainte parce qu'il redoutait de le savoir. Crainte aussi que les détails qu'il connaîtrait bientôt lui soient un lourd fardeau. Un fardeau d'autant plus lourd qu'il aurait à le transférer à une mère et à un père qui attendaient là-bas, à Bakersfield.

I I

Deux adjoints au shérif en tenue étaient en poste à la porte de la salle d'interrogatoire, où avait pris place l'homme qui disait s'appeler Raynard Waits. Ils s'écartèrent, permettant ainsi à l'entourage du procureur d'entrer. La pièce était équipée d'une longue table. Waits et son défenseur, Maury Swann, avaient pris place d'un côté, Waits au milieu et Swann à sa gauche. Le procureur et les inspecteurs entrant dans la pièce, seul Maury Swann se leva. Waits était attaché aux accoudoirs de son fauteuil par des menottes en plastique. Mince, lunettes à montures noires et somptueuse crinière de cheveux argentés, Swann tendit la main, mais personne ne la lui serra.

Rider s'assit juste en face de Waits, Bosch et O'Shea prenant place de part et d'autre de l'inspectrice. Parce qu'il ne serait pas de rotation pour les questions avant quelque temps, Olivas prit le dernier siège, qui se trouvait près de la porte.

O'Shea fit les présentations, mais une fois encore personne ne se donna la peine de serrer la main de quiconque. Waits portait une salopette orange marquée de l'inscription :

PRISON DU COMTÉ DE LOS ANGELES
SE TENIR À L'ÉCART

en travers de la poitrine.

La deuxième ligne n'avait rien d'un avertissement. L'inscription signifiait que Waits était tenu à l'écart des autres dans la prison, soit dans une cellule individuelle, et qu'il n'avait pas le droit de se mêler aux détenus. Cette mesure était aussi bien destinée à le protéger, lui, qu'à protéger les autres prisonniers.

En examinant l'homme qu'il traquait depuis treize ans, Bosch comprit que le côté le plus effrayant de Waits était bien qu'il avait l'air parfaitement ordinaire. Charpente légère et visage de M. Tout-le-monde. Agréable d'aspect, traits doux et cheveux noirs coupés court, l'image même de la normalité. La seule marque du mal qui se cachait en lui était à trouver dans ses yeux. Marron foncé et enfoncés dans leurs orbites, ils étaient aussi vides que ceux des autres tueurs auxquels Bosch avait dû faire face au fil des ans. Néant complet. Rien que du creux, et que Waits ne pourrait jamais remplir quel que soit le nombre d'autres vies dont il s'emparerait. Rider enclencha le magnétophone posé sur la table et démarra l'interrogatoire d'une manière absolument parfaite, à savoir en ne donnant pas la moindre raison à Waits de soupçonner qu'il s'enfermait dans un piège dès la première question de la séance.

— Comme maître Swann vous l'a déjà sans doute expliqué, lui dit-elle, nous allons enregistrer chaque séance et donner les bandes à votre avocat, qui les gardera par-devers lui jusqu'à ce que nous parvenions à un accord complet. Comprenez-vous et approuvez-vous cette manière de procéder ?

— Oui, répondit Waits.

— Bien. Commençons donc par une question sans difficulté. Pouvez-vous nous donner vos nom, date et lieu de naissance pour les archives ?

Waits se pencha en avant et fit la grimace comme s'il énonçait une évidence à des petits écoliers.

— Raynard Waits, dit-il d'un ton impatient. Né le 3 novembre 1971 dans la cité des angles... oh, pardon ! des anges, la cité des anges.

— Si vous entendez par là Los Angeles, dites-le, s'il vous plaît.

— Los Angeles, oui.

— Merci. Votre prénom est inhabituel. Pourriez-vous l'épeler à haute voix pour l'enregistrement.

Il s'exécuta. Là encore, Rider avait bien joué le coup. L'homme qu'ils avaient devant eux aurait encore plus de mal à prétendre qu'il n'avait pas menti, et consciemment, pendant l'interrogatoire.

— Savez-vous d'où vient ce prénom ?

— Faut croire que mon père se l'est sorti du trou du cul ! Je sais pas, moi ! Je croyais qu'on allait parler de cadavres, pas de ces petites conneries de base.

— Nous le ferons, monsieur Waits, nous le ferons.

Bosch éprouva comme un énorme soulagement. Ils allaient se taper des récits d'horreur, il le savait, mais il sentait aussi qu'ils tenaient Waits grâce à un mensonge qui pourrait se refermer sur lui comme un piège mortel. Il y avait enfin une chance de ne pas le voir quitter cette salle pour rejoindre une cellule particulière, où vivre aux frais de l'État et devenir une célébrité.

— Nous voulons tout reprendre dans l'ordre, enchaîna Rider. L'offre de votre avocat laisse entendre que le premier homicide auquel vous avez été mêlé est l'assassinat de Daniel Fitzpatrick à Hollywood, le 30 avril 1992. Est-ce exact ?

Waits répondit à la question en se comportant avec la même désinvolture que quelqu'un à qui on demande où se trouve la station d'essence la plus proche. Le ton était calme et froid.

— Oui, dit-il, je l'ai brûlé vif derrière sa grille de sécurité. Comme quoi il était pas si en sécurité que ça là-bas derrière. Même avec toutes ses pétoires.

— Pourquoi avez-vous fait ça ?

— Parce que je voulais voir si j'en étais capable. Ça faisait longtemps que j'y pensais et je voulais juste me le prouver à moi-même.

Bosch repensa à ce que Rachel Walling lui avait dit la veille au soir. Elle avait parlé de meurtre d'occasion. Apparemment, elle ne s'était pas trompée.

— Qu'entendez-vous par «vous le prouver à vous-même», monsieur Waits ? demanda Rider.

— Ce que je veux dire, c'est qu'il y a une frontière à laquelle pensent beaucoup de gens, mais que peu d'entre eux ont les couilles de franchir. Je voulais voir si j'en étais capable.

— Quand vous dites que vous y pensiez depuis longtemps, pensiez-vous à M. Fitzpatrick en particulier ?

L'agacement flamba dans le regard de Waits. Comme s'il était incapable de supporter Rider.

— Mais non, espèce de conne ! répondit-il calmement. Je pensais seulement à tuer quelqu'un. Vous comprenez ? J'en avais envie depuis toujours.

Rider écarta l'insulte sans broncher et passa à la suite.

— Pourquoi avez-vous choisi Daniel Fitzpatrick ? Pourquoi avez-vous choisi ce soir-là ?

— Eh ben, parce que je regardais la télé et que je voyais toute la ville tomber en morceaux. C'était le chaos et je savais que les flics ne pouvaient rien y faire. Les gens faisaient tout ce qu'ils voulaient. Y avait un mec qui parlait d'Hollywood Boulevard en disant comment tout y brûlait et j'ai décidé d'aller voir. Je voulais pas que ce soit la télé qui me le montre. Je voulais voir tout ça avec mes yeux à moi.

— Vous y êtes-vous rendu en voiture ?

— Non, je pouvais y aller à pied. A ce moment-là, j'habitais dans Fountain Avenue, près de LaBrea. J'y suis juste allé à pied.

Rider avait le dossier Fitzpatrick ouvert devant elle. Elle y jeta un coup d'œil un instant en rassemblant ses pensées et mettant en forme la série de questions suivantes. Cela donna à O'Shea l'occasion de se manifester.

— D'où sortait l'essence à briquet ? demanda-t-il. L'aviez-vous prise avec vous en partant de chez vous ?

Waits reporta son attention sur lui.

— Je croyais que c'était la lesback qui posait les questions, dit-il.

— Nous vous en poserons tous, dit O'Shea. Et je vous serais reconnaissant de garder vos attaques personnelles pour vous quand vous répondez.

— Non, pas vous, monsieur le district attorney. Je n'ai pas envie de vous parler. Je ne veux parler qu'à elle. Et à eux.

Il lui montra Rider, Bosch et Olivas du doigt.

— Permettez qu'on remonte un peu en arrière avant d'en arriver à l'essence à briquet, dit Rider en mettant très doucement O'Shea sur la touche. Vous dites être allé à Hollywood Boulevard en partant de Fountain Avenue. Par où êtes-vous passé et qu'avez-vous vu ?

Il sourit et hocha la tête à l'adresse de Rider.

— J'ai visé juste, pas vrai ? dit-il. Je me trompe jamais. Je le sens toujours sur la femme, je veux dire… quand elle aime bien la foufoune.

— Maître Swann, lança Rider, pouvez-vous dire à votre client que c'est à lui de répondre à nos questions et pas l'inverse ? S'il vous plaît ?

Swann posa la main sur l'avant-bras gauche de Waits toujours attaché à l'accoudoir de son siège.

— Ray, dit-il, arrête de jouer à ça. Contente-toi de répondre aux questions. N'oublie pas que c'est nous qui voulons l'accord. C'est nous qui le leur avons proposé et qui menons la danse.

Bosch vit une rougeur traverser lentement le visage de Waits tandis que ce dernier se tournait pour regarder son avocat. Mais elle disparut rapidement et il se retourna vers Rider.

— J'ai vu brûler la ville, voilà ce que j'ai vu, dit-il. On aurait dit un tableau de Hieronymus Bosch.

Il s'était tourné vers Bosch et souriait. Bosch se figea un instant. Comment savait-il?

Waits montra la poitrine de Bosch d'un signe de la tête.

— C'est écrit sur votre badge.

Bosch avait oublié qu'ils avaient dû en mettre un en entrant dans le bureau du district attorney. Rider passa vite à la question suivante.

— Bien, dit-elle. Quelle direction avez-vous suivie une fois arrivé à Hollywood Boulevard?

— J'ai tourné à gauche et suis parti vers l'est. C'était par là que brûlaient les plus gros incendies.

— Qu'aviez-vous dans les poches?

La question parut le faire réfléchir.

— Je ne sais pas. Je ne me souviens pas. Mes clés, y a des chances. Des cigarettes et un briquet, c'est tout.

— Aviez-vous votre portefeuille?

— Non, je ne voulais pas avoir de pièces d'identité sur moi. Au cas où les flics m'auraient arrêté.

— Aviez-vous déjà l'essence à briquet sur vous?

— C'est juste, je l'avais. Je me disais que ça serait bien de se marrer un peu avec les autres, disons… d'aider à réduire la ville en cendres. Jusqu'au moment où je suis passé devant le mont-de-piété et où j'ai eu une meilleure idée.

— Le moment où vous avez vu M. Fitzpatrick, voulez-vous dire?

— C'est ça, le moment où je l'ai vu. Il se tenait debout derrière sa grille de sécurité, une carabine à la main. Et il avait un holster à la ceinture comme s'il se prenait pour Wyatt Earp.

— Décrivez-nous la boutique.

Il haussa les épaules.

— Petite. «Irish Pawn[1]» que ça s'appelait. Y avait une enseigne au néon qui clignotait dehors, un coup pour montrer un trèfle bien vert et l'autre les trois boules qui symbolisent les monts-de-piété, enfin... je crois. Et Fitzpatrick était debout à l'entrée et m'a regardé passer.

— Parce que vous ne vous êtes pas arrêté?

— Au début, non. Je suis passé devant et juste après, j'ai pensé à mon défi, vous voyez? Comment je pourrais l'atteindre sans qu'il m'allume avec l'espèce de bazooka de merde qu'il tenait à la main.

— Qu'avez-vous fait?

— J'ai sorti le flacon d'EasyLight de la poche de ma veste et je m'en suis rempli la bouche. Je me suis tout giclé dans la gueule, comme les cracheurs de feu sur la promenade en planches à Venice. Après, j'ai rangé le flacon et j'ai sorti une cigarette et mon briquet. A propos, ajouta-t-il en regardant Bosch, je ne fume plus. C'est une sale habitude.

— Et après? demanda Rider.

— Je suis retourné à la boutique de ce crétin et je suis entré dans le renfoncement devant la grille de sécurité. Je faisais comme si je cherchais un abri pour allumer ma cigarette. Il faisait du vent ce soir-là, vous comprenez?

— Oui.

— Alors, lui, il s'est mis à gueuler que je devais dégager de là. Même qu'il est venu jusqu'à la grille pour me crier dessus. Et ça, je comptais bien qu'il le fasse!

Il sourit: le plan avait réussi et on en était fier.

— Il a cogné la crosse de sa pétoire sur la grille en acier pour attirer mon attention. Faut dire qu'il ne voyait que mes mains. Il ne devinait pas le danger. Et là, quand il a été à environ cinquante centimètres, j'ai allumé le briquet, je l'ai regardé droit dans les yeux, j'ai ôté la cigarette de ma bouche et je lui ai craché toute mon essence dans la gueule. Et, bien sûr, l'essence a touché la flamme en passant et boum, un vrai cracheur de feu que je suis devenu! Il a eu toute la gueule en feu avant de comprendre ce qui lui arrivait. Ça, il a vite

---

1. Soit «Le mont-de-piété irlandais» (NdT).

laissé tomber sa pétoire pour taper sur les flammes! Mais ses habits ont pris feu et l'instant d'après, c'était plus qu'un truc qui crame. Putain, mec, c'était comme s'il avait reçu une bombe au napalm!

Il essaya de lever le bras gauche, mais n'y parvint pas. Il était toujours attaché à l'accoudoir du siège à la hauteur du poignet. Il se retourna et leva la main à la place.

— Malheureusement, reprit-il, je me suis un peu brûlé la main. J'ai eu des cloques et tout le bazar. Même que ça m'a fait vachement mal. Je me demande bien ce qu'il a pu ressentir, cette espèce de trouduc à la Wyatt Earp. Parce que si vous voulez mon avis, c'est pas la meilleure façon de clamser.

Bosch regarda la main qu'il venait de lever. Il y vit une décoloration sur la peau, mais pas de cicatrice. La brûlure n'avait pas été profonde.

Au bout d'un long moment de silence, Rider posa une autre question.

— Avez-vous cherché à vous faire soigner la main?

— Non, je pensais que ça serait pas très malin, vu la situation. Et d'après ce que j'entendais, les hôpitaux débordaient de monde. Je suis rentré chez moi et je me suis soigné tout seul.

— A quel moment avez-vous posé le flacon d'essence à briquet devant la boutique?

— Oh… juste au moment de partir. Je l'ai pris, je l'ai essuyé et je l'ai posé par terre.

— M. Fitzpatrick a-t-il jamais appelé à l'aide?

Il marqua une pause comme s'il réfléchissait à la question.

— Ben… c'est difficile à dire. Il hurlait des trucs, mais je sais pas si c'était pour demander de l'aide. Il me faisait plutôt l'impression de crier comme une bête. Un jour, quand j'étais petit, j'ai refermé la porte sur la queue de mon chien. Ça me rappelait un peu ça.

— Que pensiez-vous en rentrant chez vous?

— Je pensais… Putain, quel pied, ce truc! J'y suis enfin arrivé! Et en plus, je savais que j'allais m'en tirer. J'avais l'impression d'être invincible, si vous voulez savoir la vérité.

— Quel âge aviez-vous?

— J'avais… j'avais vingt et un ans, putain de Dieu! Vingt et un ans et j'avais réussi!

— Avez-vous jamais pensé à l'homme que vous veniez de tuer...
de brûler vif?

— Non, pas vraiment. Il avait juste fait qu'être là. Là pour qu'on
le tue. Comme toutes les victimes qui ont suivi. C'était comme si
elles étaient là pour moi.

Rider passa quarante minutes de plus à l'interroger, à lui faire
sortir des détails certes petits mais qui n'en correspondaient pas
moins avec ceux consignés dans les rapports d'enquête. Pour finir, à
onze heures et quart, elle donna l'impression de se détendre et
s'écarta de la table. Elle se retourna pour regarder Bosch, puis se
concentra sur O'Shea.

— Je pense en avoir assez pour l'instant, dit-elle. On pourrait
peut-être faire une petite pause.

Elle éteignit le magnétophone et les trois enquêteurs et O'Shea
passèrent dans le couloir pour conférer, Swann restant dans la salle
d'interrogatoire avec son client.

— Qu'en pensez-vous? demanda O'Shea à Rider.

— Ça me satisfait, répondit-elle en hochant la tête. Pour moi, il
n'y a pas de doute: c'est lui qui a fait le coup. Il a donné la solution
au problème qu'on avait sur la façon dont il avait atteint sa cible. Je
ne crois pas qu'il nous ait tout dit, mais il a donné assez de détails
probants. Ou bien c'est lui qui l'a tué, ou bien il était là quand ça
s'est passé.

O'Shea regarda Bosch.

— On passe à la suite?

Bosch réfléchit à la question un instant. Il était prêt. Sa colère et
son dégoût n'avaient fait que croître à mesure qu'il regardait Rider
interroger Waits. L'homme qu'ils avaient eu devant eux dans cette
salle avait fait montre de l'indifférence caractéristique de tous les
psychopathes pour leurs victimes. Comme avant, il craignait ce qu'il
allait entendre sortir de sa bouche, mais il était prêt.

— Allons-y, dit-il.

Ils repassèrent tous dans la salle d'interrogatoire, Swann propo-
sant aussitôt de faire la pause déjeuner.

— Mon client a faim, dit-il.

— Faut nourrir la bête, précisa Waits en souriant.

Bosch hocha la tête et prit le commandement des opérations.

— Pas tout de suite, dit-il. Il mangera quand nous mangerons, nous.

Il s'assit juste en face de Waits et ralluma le magnétophone. Rider et O'Shea s'assirent chacun à un bout de la table, Olivas retrouvant sa place près de la porte. Bosch avait repris le dossier Gesto à Olivas, mais l'avait refermé avant de le poser devant lui sur la table.

— Nous allons passer à l'affaire Marie Gesto, dit-il.

— Ah! La gentille petite Marie! lança Waits en regardant Bosch, l'œil brillant.

— L'offre de votre avocat laisse entendre que vous savez ce qui est arrivé à Marie Gesto lorsqu'elle a disparu en 1993. C'est vrai?

Waits fronça les sourcils, puis acquiesça d'un signe de tête.

— J'ai bien peur que oui, répondit-il avec une fausse sincérité.

— Savez-vous où elle est en ce moment et, sinon elle, où se trouvent ses restes?

On y était enfin. Enfin était arrivé l'instant qu'il attendait depuis treize ans.

— Parce qu'elle est morte, n'est-ce pas?

Waits le regarda et fit oui de la tête.

— C'est oui? demanda Bosch pour que ce soit sur la bande.

— C'est oui, répondit Waits. Oui, elle est morte.

Il eut aussitôt un large sourire, celui d'un homme qui n'a pas un atome de regret ou de culpabilité dans son ADN.

— Elle est ici, inspecteur, reprit-il. Elle est ici même, avec moi. Comme toutes les autres. Ici même, avec moi.

Son sourire se faisant gros rire, Bosch faillit lui en coller une en travers de la table. Mais Rider avait avancé la main sous le plateau et la lui avait posée sur la jambe. Il se calma aussitôt.

— Attendez une seconde, dit O'Shea. Ressortons d'ici un instant, et cette fois j'aimerais bien que vous vous joigniez à nous, Maury.

12

O'Shea fut le premier à foncer dans le couloir et réussit à y faire deux allers et retours avant que tous les autres soient sortis de la salle d'interrogatoire. Il ordonna alors aux deux adjoints d'entrer dans la pièce et d'y tenir Waits à l'œil. La porte se referma.

– C'est quoi, ces merdes, Maury ? aboya-t-il. Nous n'allons pas passer notre temps à vous préparer le terrain pour que vous puissiez plaider la folie. C'est d'aveux qu'il est question, Maury, pas d'une stratégie de défense.

Swann tourna les paumes de ses mains en l'air, genre « qu'est-ce que vous voulez que j'y fasse ? ».

– Il est clair que ce type a des problèmes, dit-il.

– Mon cul, oui. C'est un tueur sans pitié et il nous vampe à la Hannibal Lecter. On n'est pas dans un film, Maury. C'est du vrai. Vous avez entendu ce qu'il a dit pour Fitzpatrick ? Il était plus emmerdé de s'être cramé les poils de la main que de lui avoir arrosé la gueule d'essence enflammée. Et donc, moi, je vous dis ceci : vous retournez dans cette salle et vous donnez cinq minutes de votre temps à votre client pour le remettre sur la bonne voie, ou nous quittons la salle et après, chacun prend ses risques.

Bosch s'était mis à hocher la tête sans même s'en rendre compte. La colère qu'il entendait dans la voix d'O'Shea lui plaisait bien. Et la tournure que ça prenait ne lui déplaisait pas non plus.

– Je vais voir ce que je peux faire, dit Swann.

Il réintégra la salle d'interrogatoire, les adjoints en ressortant aussitôt pour laisser l'avocat et son client en tête à tête. O'Shea continua de faire les cent pas pour se calmer.

– Désolé, dit-il à personne en particulier. Il n'est pas question qu'ils prennent le contrôle de la situation.

– C'est déjà fait, lui répliqua Bosch. Pour Waits, en tout cas.

O'Shea le regarda, prêt à la bagarre.

– Qu'est-ce que vous dites?

– Je dis que c'est à cause de lui que nous sommes tous ici. En dernier ressort, nous sommes tous là pour essayer de lui sauver la vie... et à sa demande à lui.

O'Shea fit violemment non de la tête.

– Je ne vais pas recommencer à me disputer avec vous là-dessus, dit-il. La décision a été prise. Au point où nous en sommes, si vous ne marchez pas avec nous, l'ascenseur est à gauche au bout du couloir. Je vous remplacerai. Moi ou Freddy.

Bosch marqua un temps avant de répondre.

– Je n'ai pas dit que je ne marchais pas avec vous, dit-il enfin. L'affaire Gesto m'appartient et j'en verrai le bout.

– Voilà qui fait plaisir à entendre, lui renvoya O'Shea, la voix pleine de sarcasme. Dommage que vous ne vous soyez pas montré aussi attentif en 93.

Il se pencha en avant et frappa fort à la porte de la salle d'interrogatoire. Bosch regarda son dos en sentant la colère monter du plus profond de lui-même. Swann ouvrit la porte dans l'instant ou presque.

– Nous sommes prêts à continuer, dit-il en s'effaçant pour les laisser passer.

Tout le monde ayant repris sa place et le magnéto étant rallumé, Bosch oublia sa colère contre O'Shea et regarda de nouveau Waits droit dans les yeux. Et lui reposa la même question.

– Où est-elle? dit-il.

Waits eut un léger sourire, comme s'il avait encore envie de tout faire dérailler, puis, son sourire se faisant méprisant, il répondit enfin :

– Dans les collines.

– Où ça, dans les collines?

– En haut, près des haras. C'est là que je l'ai coincée. Juste au moment où elle descendait de voiture.

– Enterrée?

– Oui, enterrée.

– Où exactement?

— Faudrait que je puisse vous montrer. Je sais où c'est, mais je pourrais pas vous dire… Faudrait que je puisse vous montrer.

— Essayez de me décrire l'endroit.

— C'est juste un coin dans les bois, près de l'endroit où elle s'était garée. On entre dans le bois, y a un sentier et après, je m'en suis écarté. Vous pourriez aller voir et le trouver tout de suite ou le louper à chaque fois. C'est grand, là-haut. Vous vous rappelez qu'ils ont déjà cherché, mais qu'ils ne l'ont jamais trouvée.

— Vous pensez pouvoir nous y conduire après treize ans?

— Ça ne fait pas treize ans.

Bosch fut soudain submergé par l'horreur. Que Waits ait pu la retenir prisonnière était trop horrible.

— Non, c'est pas ce que vous croyez, inspecteur, dit-il.

— Comment savez-vous ce que je pense?

— Je le sais, c'est tout. Et ce n'est pas ce que vous croyez. Marie y est bien enterrée depuis treize ans. Mais moi, ça ne fait pas treize ans que je n'y suis plus allé. Voilà ce que je vous dis, inspecteur: Marie, je suis allé la voir, et souvent. Ce qui fait que, oui, je peux certainement vous y conduire.

Bosch marqua une pause, sortit un stylo et inscrivit quelques mots sur le rabat du dossier Gesto. La note n'avait pas grande importance. C'était plutôt que ça lui donnait un petit instant de répit pour se détacher des émotions qui montaient en lui.

— Revenons au début, dit-il. Connaissiez-vous Marie Gesto avant le mois de septembre 1993?

— Non.

— L'aviez-vous vue avant le jour où vous l'avez enlevée?

— Pas que je me souvienne.

— Où vos chemins se sont-ils croisés pour la première fois?

— Au Mayfair. Je l'ai vue faire son marché et c'était tout à fait mon type. Je l'ai suivie.

— Où?

— Elle a repris sa voiture, a remonté Beachwood Canyon et s'est garée dans le terrain vague en dessous du haras. Le Sunset Ranch, je crois. Comme il n'y avait personne au moment où elle est descendue, j'ai décidé de la prendre.

— Vous n'aviez donc pas prévu de le faire avant de la voir dans le magasin?

– Non, j'y étais entré pour acheter du Gatorade. Il faisait chaud. Je l'ai vue et j'ai tout de suite pensé que je devais la prendre. L'impulsion, vous voyez? Je ne pouvais plus rien y faire, inspecteur.

– Vous l'avez abordée dans le terrain vague près du haras?

Il fit oui de la tête.

– J'ai garé mon van juste à côté d'elle. Et ça ne lui a fait ni chaud ni froid. Le parking est en bas de la colline du haras. Il n'y avait personne alentour, personne pour voir quoi que ce soit. C'était parfait. C'était comme si Dieu me disait que je pouvais la prendre.

– Qu'avez-vous fait?

– Je suis passé à l'arrière du van et j'ai ouvert la portière coulissante de l'autre côté. Le sien. J'avais un couteau, je suis descendu et je lui ai juste dit d'entrer. Ce qu'elle a fait. Il n'y avait pas plus simple. Marie ne m'a posé aucun problème.

Il parlait comme s'il venait de faire du baby-sitting et racontait aux parents qui rentrent comment leur enfant s'est comporté.

– Et après? demanda Bosch.

– Je lui ai demandé d'ôter ses vêtements et elle m'a obéi. Elle m'a promis de faire tout ce que je voulais du moment que je ne lui faisais pas de mal. J'ai accepté le marché. Elle a plié ses habits très proprement. Comme si elle pensait vraiment avoir l'occasion de les remettre.

Bosch se passa une main sur la bouche. Dans son travail, il n'y avait rien de plus pénible que ces instants de communion avec l'assassin, ceux où il voyait de ses yeux l'endroit même où l'univers morbide et terrifiant du tueur et le monde réel se rencontrent.

– Continuez, lança-t-il à Waits.

– Ben, le reste, vous le savez. On a baisé, mais elle a pas été bonne. Elle arrivait pas à se détendre. C'est pour ça que j'ai fait ce qu'il fallait.

– C'est-à-dire?

Waits regarda Bosch droit dans les yeux.

– Je l'ai tuée, inspecteur. Je lui ai passé les mains autour du cou et j'ai serré de plus en plus fort jusqu'à ce que ses yeux arrêtent de bouger. Et après, j'ai fini mon affaire.

Bosch le dévisagea, mais ne put se résoudre à ouvrir la bouche. A ces moments-là, l'inspecteur qu'il était ne se sentait plus compétent, tant l'atterrait tout ce que l'âme humaine peut avoir de dépravé. Les deux hommes se dévisagèrent longuement, jusqu'à ce qu'O'Shea reprenne la parole.

— Vous avez baisé son cadavre? demanda-t-il.

— C'est ça. Pendant qu'elle était encore chaude. J'ai toujours dit que la femme est au mieux de sa forme quand elle est morte mais encore chaude.

Il regarda Rider pour voir si elle réagissait. Elle n'en montra aucun signe.

— Waits, dit Bosch, vous êtes une ordure.

Waits se retourna vers lui et se remit à sourire d'un air méprisant.

— Si c'est ce que vous avez de mieux à me balancer, va falloir s'améliorer, inspecteur Bosch, dit-il. Parce qu'à partir de maintenant, pour vous, ça ne va faire qu'empirer. La baise, c'est pas grand-chose. Mort ou vivant, c'est du transitoire. Non, moi, c'est son âme que je lui ai prise et ça, personne ne pourra me le reprendre.

Bosch baissa les yeux sur le dossier ouvert devant lui, mais sans voir les mots qu'il contenait.

— Passons à la suite, dit-il enfin. Qu'avez-vous fait après?

— J'ai nettoyé le van. J'ai toujours des bâches en plastique à l'arrière. Je l'ai enveloppée dedans et je l'ai préparée pour l'enterrement. Après, j'ai quitté le van et je l'ai fermé à clé. J'ai rapporté ses affaires à la voiture, j'avais aussi ses clés. Je suis monté dans sa voiture et je suis parti avec. Je me disais que ce serait la meilleure façon de semer les flics.

— Où êtes-vous allé?

— Vous le savez très bien, inspecteur. A la Grande Tour. Je savais qu'il y avait un garage vide dont je pourrais me servir. Une semaine ou deux avant, j'étais allé voir si je pourrais pas trouver du travail et le gérant avait dit comme ça qu'il y avait un appartement libre. Et il me l'avait fait visiter parce que je lui avais fait croire que ça m'intéressait.

— Vous a-t-il aussi fait visiter le garage?

— Non, il me l'a juste montré du doigt. C'est en sortant que j'ai remarqué qu'il n'était pas fermé à clé.

— Et donc, vous y avez amené la voiture de Marie Gesto et vous l'y avez garée.

— C'est ça même.

— Avez-vous vu quelqu'un et quelqu'un vous a-t-il vu?

— La réponse est non aux deux questions. Je faisais très attention. N'oubliez pas que je venais de tuer quelqu'un.

— Et le van? Quand êtes-vous remonté dans Beachwood Canyon pour le reprendre?

— J'ai attendu la nuit. Je me disais que ce serait le mieux vu que j'avais un peu de creusement à faire. Vous comprenez ce que je veux dire, j'en suis sûr.

— Le nom de votre société était-il peint sur le véhicule?

— Non, pas à ce moment-là. Je venais juste de commencer et j'essayais de ne pas attirer l'attention. Je trouvais mes boulots sur recommandations. Et je n'avais pas la patente de la Ville. Tout ça est venu plus tard. De fait même, c'est d'un autre van qu'on parle. N'oubliez pas que tout ça remonte à treize ans. Depuis, je m'en suis trouvé un autre.

— Comment êtes-vous remonté au haras pour reprendre votre van?

— J'ai pris un taxi.

— Vous rappelez-vous le nom de la société?

— Je ne me rappelle pas parce que je ne l'ai pas appelée. Après avoir laissé la voiture à la Grande Tour, je suis allé à pied jusqu'à un restaurant que j'aimais bien avant, quand j'habitais à Franklin Avenue, Chez Bird. Vous y êtes déjà allé? Le poulet grillé y est superbe. Bon, bref, c'était pas la porte à côté. J'y ai dîné et quand il a été assez tard, je leur ai demandé d'appeler un taxi. Je suis remonté au van, mais j'ai demandé au chauffeur de me lâcher au haras pour pas qu'il se dise que le van était à moi. Et quand j'ai été sûr qu'il n'y avait personne alentour, je suis descendu jusqu'au van et j'ai trouvé un joli coin bien tranquille pour y planter ma petite fleur.

— Et ce coin, vous seriez encore capable de le retrouver?

— Absolument.

— Vous avez creusé un trou.

— Voilà.

— De quelle profondeur?

— Je ne sais pas... pas très profond.

— De quoi vous êtes-vous servi pour le creuser?

— J'avais une pelle.

— Vous en aviez toujours une dans votre camionnette de laveur de vitres?

— En fait non. Je l'avais trouvée appuyée au mur de la grange du haras. Ça devait être pour nettoyer les écuries ou un truc dans le genre.

— Et vous l'avez remise à sa place quand vous avez eu fini?

— Évidemment, inspecteur. C'est des âmes que je vole, pas des pelles.

Bosch regarda les dossiers étalés devant lui.

— Quand vous êtes-vous trouvé pour la dernière fois à l'endroit où vous avez enterré Marie Gesto?

— Heu... il y a un peu plus d'un an. En général, j'y monte tous les 9 septembre. Vous voyez... pour fêter notre petit anniversaire. Mais cette année, j'étais un peu coincé.

Il sourit d'un air bonhomme. Le 9 septembre, il était en prison.

Bosch s'aperçut qu'il avait tout couvert, en gros. Il s'agissait maintenant de savoir si Waits allait pouvoir les conduire au cadavre et si la police scientifique serait en mesure de corroborer son histoire.

— Il y a eu une époque où les médias se sont beaucoup intéressés à la disparition de Marie Gesto, reprit-il. Vous vous rappelez?

— Bien sûr. Même que ça m'a donné une bonne leçon. Je n'ai plus jamais agi de manière aussi impulsive après ça. Oui, après ça, j'ai fait beaucoup plus attention aux fleurs que je voulais cueillir.

— Vous avez appelé les inspecteurs qui s'occupaient de l'affaire, n'est-ce pas?

— De fait, oui. Je m'en souviens. Je les ai appelés pour leur dire que j'avais vu Marie au Mayfair et qu'elle n'était avec personne.

— Pourquoi avez-vous appelé?

Waits haussa les épaules.

— Je ne sais pas. Je me disais que ça serait marrant. Vous savez bien... parler à un des types qui me traquaient. C'était vous?

— Non, mon coéquipier.

— Oui, bon. Je me disais que ça pourrait m'aider à écarter l'attention du Mayfair. Faut voir que j'y avais été et que va savoir... peut-être que quelqu'un aurait pu donner mon signalement.

Bosch hocha la tête.

— Vous avez dit vous appeler Robert Saxon quand vous avez appelé. Pourquoi?

Waits haussa de nouveau les épaules.

— C'était juste un nom dont je me servais de temps en temps.

— Ce n'est pas votre vrai nom?

— Non, inspecteur. Mon vrai nom, vous le connaissez.

— Et si je vous disais que je ne crois pas un seul mot de toutes les conneries que vous venez de me raconter? Qu'est-ce que vous diriez de ça?

— Je dirais: «Conduisez-moi à Beachwood Canyon et je vous prouverai tout ce que je viens de vous dire, jusqu'au dernier mot.»

— Oui, bon, dit Bosch, nous verrons.

Il repoussa son siège et dit aux autres qu'il aimerait bien s'entretenir avec eux en privé. Ils laissèrent Waits et Swann et quittèrent la salle pour retrouver l'air frais du couloir.

— Vous pourriez vous éloigner un peu? demanda O'Shea aux deux adjoints.

Quand tous furent arrivés dans le couloir et la porte de la salle d'interrogatoire refermée derrière eux, il enchaîna:

— Ça commence à devenir étouffant là-dedans, dit-il.

— Oui, dit Bosch, avec toutes les conneries qu'il raconte...

— Qu'est-ce qu'il y a maintenant? lui demanda le procureur.

— Il y a que je ne le crois pas.

— Pourquoi ça?

— Parce qu'il a toutes les réponses. Et que certaines d'entre elles ne collent pas. On a passé une semaine entière à appeler les compagnies de taxis et à éplucher tous leurs registres de prises en charge et de déposes des clients. On savait très bien que s'il avait garé la voiture de Gesto à la Grande Tour il aurait eu besoin de prendre un taxi. Et le haras est un des endroits qu'on a vérifiés en appelant toutes les boîtes de taxis de la ville. Et personne ne l'a pris ou déposé à cet endroit ce soir-là ou le lendemain.

Olivas s'immisça dans la conversation en s'approchant tout près d'O'Shea.

— Sauf que ce n'est pas sûr à cent pour cent, et vous le savez, inspecteur Bosch, dit-il. Un chauffeur aurait très bien pu le faire monter à l'œil. Ils le font tout le temps. Sans parler des taxis non déclarés. Il y en a qui attendent devant tous les restaurants de la ville.

— Peut-être, mais je ne crois toujours pas à ses conneries. Il a réponse à tout. Et la pelle qui est comme par hasard appuyée au mur de la grange, hein? Comment aurait-il fait pour l'enterrer s'il ne l'avait pas vue?

O'Shea écarta grand les bras.

— Y a qu'une façon de le tester, dit-il. On l'emmène en balade là-haut et il fournit à la demande ou il perd sa chance. S'il nous conduit au cadavre de cette fille, tous les petits détails qui vous chagrinent ne compteront plus pour grand-chose. En revanche, si on n'a pas de cadavre, il n'y a plus de marché qui tienne.

— Quand est-ce qu'on y va?

— Je dois voir le juge aujourd'hui. On peut y monter demain si vous voulez.

— Attendez une minute, lança Olivas. Et les sept autres? On a encore des tas de choses à discuter avec cet enfoiré.

O'Shea leva une main en l'air pour calmer tout le monde.

— On prend l'affaire Gesto pour le tester. Ou bien il fournit à la demande ou bien il perd sa chance. Et on avise après, dit-il. (Il se tourna vers Bosch et le regarda droit dans les yeux.) Vous êtes sûr d'être prêt pour ça?

Bosch acquiesça d'un signe de tête.

— Prêt? Ça fait treize ans que je le suis.

13

Ce soir-là, Rachel Walling monta le dîner chez Bosch après avoir appelé pour être sûr qu'il était là. Bosch mit de la musique sur la chaîne stéréo tandis que Rachel posait la nourriture et des assiettes sur la table de la salle à manger. Elle avait acheté du bœuf braisé avec du maïs à la crème et une bouteille de merlot. Bosch mit cinq bonnes minutes à tourner et retourner tous les tiroirs de la cuisine avant de trouver un tire-bouchon. Ils ne parlèrent pas de l'affaire avant d'avoir pris place l'un en face de l'autre.

— Alors, lança-t-elle, comment ça s'est passé aujourd'hui ?

Il haussa les épaules avant de répondre.

— Pas mal, dit-il. Tout ce que tu m'avais dit a été très utile. Demain, on va sur le terrain et, comme le dit Rick O'Shea, ou bien Raynard fournit ou bien il perd sa chance.

— Sur le terrain ? Où ça ?

— Dans Beachwood Canyon. Il dit que c'est là qu'il l'a enterrée. J'y suis monté tout à l'heure après l'interrogatoire et j'ai jeté un coup d'œil. J'ai rien pu trouver, même après ce qu'il m'a décrit. En 93, on y a fait monter les cadets de l'Académie de police pendant trois jours et ils n'ont rien trouvé. Les bois sont épais là-haut, mais il affirme pouvoir retrouver l'endroit.

— Tu ne crois pas que c'est lui ?

— Si, on dirait bien que c'est lui. Il a convaincu tout le monde et il y a l'appel qu'il nous a passé à l'époque. C'est assez convaincant.

— Mais… ?

— Mais… je ne sais pas. C'est peut-être mon ego qui n'est pas prêt à accepter que je me sois gouré du tout au tout, que j'aie passé treize ans à avoir un type dans le collimateur et que c'était pas le bon. Je ne pense pas qu'il y ait beaucoup de gens qui aiment affronter ce genre de choses.

Il se concentra un instant sur sa nourriture. Puis il fit descendre une bouchée de bœuf braisé avec du vin et s'essuya la bouche avec une serviette.

— Nom de Dieu, dit-il, ce truc est génial. Où l'as-tu trouvé?
Elle sourit.

— Dans un énième restaurant.

— Non, parce que c'est le meilleur bœuf braisé que j'aie jamais mangé.

— C'est un endroit qui s'appelle «Le énième restaurant».

— Je vois, dit-il.

— C'est près de chez moi, en retrait de Beverly Boulevard. Il y a un grand comptoir où on peut manger. Après avoir emménagé ici, j'ai fini par y manger souvent. Seule. Suzanne et Preech prennent toujours grand soin de moi. Ils me laissent emporter de la nourriture et ce n'est pas le genre du restaurant.

— Ce sont les cuistots?

— Non, les chefs. Et Suzanne est aussi la propriétaire de l'établissement. J'aime beaucoup m'asseoir au bar et regarder les gens aller et venir et zyeuter partout pour savoir qui est qui. Y a pas mal de célébrités qui viennent y manger. On a aussi droit aux fanas de la bouffe et aux gens ordinaires. Ce sont les plus intéressants.

— Un jour, quelqu'un a dit qu'il suffit de tourner assez longtemps autour d'un meurtre pour connaître une ville. Peut-être que c'est la même chose si on s'assied au comptoir d'un restaurant.

— Et c'est plus facile à faire. Dis, Harry, tu changes de conversation exprès ou tu vas me parler des aveux de Raynard Waits?

— J'y viens. Je pensais qu'il valait mieux finir de manger avant.

— C'est si triste que ça?

— Non, c'est pas ça. C'est juste que j'ai besoin de m'en détacher un peu. Je ne sais pas.

Elle hocha la tête comme si elle comprenait et reversa du vin dans leurs verres.

— J'aime bien la musique, dit-elle. C'est qui?

Ce fut au tour de Bosch de hocher la tête: il avait encore une fois la bouche pleine.

— Moi, j'appelle ça un miracle en conserve. John Coltrane et Thelonius Monk à Carnegie Hall. Enregistré en 57. La bande est restée aux archives dans une boîte sans étiquette pendant près de cinquante ans. Oubliée, voilà. Jusqu'au jour où un type de la Library of Congress qui cataloguait toutes les boîtes et toutes les bandes a compris ce qu'il avait sous le nez. Ils ont fini par sortir l'enregistrement l'année dernière.

— C'est chouette.

— C'est plus que ça. C'est un vrai miracle de se dire que ce truc est resté là tout ce temps. Il aura fallu tomber sur le type *ad hoc* pour le trouver. Et en reconnaître la valeur.

Il la regarda dans les yeux un instant. Puis il baissa le nez sur son assiette et s'aperçut qu'il ne lui restait plus qu'une bouchée à avaler.

— Qu'aurais-tu fait pour le dîner si je ne t'avais pas appelé? lui demanda-t-elle.

Il la regarda de nouveau et haussa les épaules. Puis il finit de manger et commença à lui parler des aveux de Raynard Waits.

— Il ment, dit-elle lorsqu'il eut terminé.

— Quoi? Sur son nom? Ça, c'est réglé.

— Non, sur son plan d'action. Ou plutôt son absence de plan. Il vous raconte qu'il est tombé sur elle par hasard au Mayfair, qu'il l'a suivie et qu'il l'a attrapée. Non, non et non. Je ne marche pas. Tout ça ne me semble pas être le résultat d'un coup de tête. Qu'il vous le dise ou ne vous le dise pas, un plan d'action, il en avait un.

Bosch acquiesça d'un signe de tête. Il avait les mêmes doutes qu'elle sur ces aveux.

— On devrait en savoir plus demain, dit-il.

— J'aimerais bien y être.

Il hocha la tête.

— Je ne peux pas transformer ça en une affaire fédérale, dit-il. En plus de quoi, ce n'est plus de ce genre de choses que tu t'occupes. Tes gens ne te laisseraient pas partir, même si on t'invitait.

— Je sais. Mais on peut toujours rêver.

Il se leva et commença à débarrasser la table. Ils s'activèrent côte à côte devant l'évier, puis, lorsque tout fut lavé et rangé, ils emportèrent la bouteille sur la terrasse. Il y restait encore assez de vin pour qu'ils puissent boire un dernier verre chacun.

La fraîcheur du soir les rapprocha tandis qu'ils se tenaient à la rambarde et regardaient les lumières du col de Cahuenga.

— Tu restes dormir? lui demanda-t-il.

— Oui.

— T'as plus besoin d'appeler, tu sais? Je vais te donner une clé. Tu montes et c'est tout.

Elle se tourna vers lui et le regarda. Il lui passa un bras autour de la taille.

— Aussi vite que ça? Tu es en train de me dire que tout est pardonné?

— Il n'y a rien à pardonner. Le passé, c'est le passé et la vie est trop courte. Tu sais bien… tous les clichés…

Elle sourit, ils scellèrent cet accord avec un baiser. Puis ils finirent leurs verres, gagnèrent la chambre et firent l'amour pour la deuxième nuit de suite. Lentement et doucement, pas du tout comme la première fois à Las Vegas. A un moment donné, il ouvrit les yeux, la regarda et perdit le rythme.

— Quoi? dit-elle.

— Rien. C'est juste que tu gardes les yeux ouverts.

— Je te regardais.

— Bien sûr que non.

Elle sourit et détourna le visage.

— C'est pas le meilleur moment pour jouer aux devinettes, dit-elle.

Il sourit et tourna le visage de Rachel vers lui avec sa main. Puis il l'embrassa et cette fois, l'un comme l'autre, ils gardèrent les yeux ouverts. Et au milieu de ce baiser ils éclatèrent de rire.

Bosch avait besoin de cette intimité et se délectait de ce moment d'évasion que cela lui apportait. Il savait qu'elle aussi, elle savait. Le don qu'elle lui faisait était de l'emmener loin du monde. C'était pour ça que le passé n'avait plus d'importance. Il ferma les yeux, mais sans cesser de sourire.

Deuxième partie

SUR LE TERRAIN

14

Bosch trouva que réunir toutes les voitures prenait un temps fou, mais à dix heures trente, ce mercredi matin-là, le cortège sortit enfin du garage du Criminal Courts Building.

Banalisée, la voiture de tête était conduite par Olivas. Un adjoint au shérif du service des Prisons était assis à côté de lui, Bosch et Rider s'étant installés de part et d'autre de Raynard Waits à l'arrière. Ce dernier portait une salopette orange vif et avait les pieds et les mains enchaînés. Ses menottes étaient rattachées à une chaîne qui lui faisait le tour du ventre.

Venaient ensuite une seconde voiture banalisée conduite par Rick O'Shea, dans laquelle se trouvaient Maury Swann et un vidéographe du service des Preuves du bureau du district attorney, et, juste derrière, deux vans, le premier de la police scientifique du LAPD et le second du bureau du coroner. Tout le monde était prêt à localiser et exhumer le corps de Marie Gesto.

On n'aurait pu rêver meilleure météo pour cette expédition. Une légère averse nocturne l'ayant nettoyé, le ciel était d'un bleu étincelant avec tout là-haut tout là-haut quelques traces de cirrus. Les rues étaient encore mouillées et luisantes. Cette petite précipitation avait aussi empêché la température de monter avec le soleil. Même s'il n'est pas de bon jour pour ressortir de terre le corps d'une jeune femme de vingt-deux ans, ce temps superbe promettait de leur offrir une belle contrepartie au travail sinistre qui les attendait.

Les véhicules restèrent en formation serrée pour gagner l'autoroute 101 par la bretelle de Broadway. Déjà forte en centre-ville, la circulation était encore plus ralentie que d'habitude à cause des rues mouillées. Bosch demanda à Olivas d'entrouvrir une fenêtre pour laisser entrer de l'air frais et, avec un peu de chance, faire partir l'odeur corporelle de Waits. Il était clair que le tueur n'avait pas eu l'autorisation de prendre une douche ou n'avait pas reçu une nouvelle salopette ce matin-là.

— Allez-y donc, inspecteur. Allumez-en une! lança Waits.

Les deux hommes étant assis épaule contre épaule, Bosch fut obligé de se tourner maladroitement pour le regarder.

— C'est à cause de toi que je veux ouvrir la fenêtre, lui répliqua-t-il. Tu pues. Je n'ai pas fumé une seule cigarette depuis cinq ans.

— Ben tiens!

— Pourquoi crois-tu me connaître? Nous ne nous sommes jamais rencontrés. Pourquoi crois-tu me connaître, hein? Dis.

— Je ne vous connais pas vous. Mais je connais le genre. Vous êtes du type accro, inspecteur. Aux affaires de meurtre, à la cigarette, tenez, peut-être même à la vodka que je vous sens suinter par tous les pores. Vous êtes pas très difficile à déchiffrer.

Il sourit et Bosch se détourna et pensa à plusieurs choses avant de reprendre la parole.

— Qui es-tu? demanda-t-il.

— C'est à moi que vous parlez? dit Waits.

— Oui, à toi. Je veux savoir. Qui es-tu?

— Bosch! lança aussitôt Olivas du siège avant. On ne l'interroge jamais sans que Maury soit présent, c'est le marché. Laissez-le tranquille.

— Ce n'était pas une question d'interrogatoire. Je lui faisais juste la conversation ici, à l'arrière.

— Oui, ben, vous appelez ça comme vous voulez, mais vous arrêtez.

Bosch vit qu'Olivas l'observait dans le rétroviseur. Ils se dévisagèrent jusqu'au moment où Olivas dut regarder à nouveau la route.

Bosch se pencha en avant de façon à pouvoir se tourner et voir Rider de l'autre côté de Waits. Elle leva les yeux au ciel. Son air « emmerde pas les gens ».

— Maury Swann, lança Bosch. Ça, c'est un putain de bon avocat! Dégoter le marché du siècle pour l'homme que nous avons là!

— Bosch! cria Olivas.

— C'est pas à lui que je parlais. C'est à ma coéquipière.

Il se laissa retomber en arrière et décida d'arrêter. A côté de lui, les menottes de Waits cliquetèrent tandis que ce dernier essayait d'adapter sa position.

– Vous étiez pas obligé d'accepter ce marché, inspecteur Bosch, dit-il doucement.

– C'est pas moi qui ai choisi, lui rétorqua Bosch sans le regarder. Si j'avais eu le choix, on ne ferait pas ce qu'on est en train de faire en ce moment.

Waits acquiesça d'un signe de tête.

– Œil pour œil, dit-il. J'aurais dû deviner. Vous êtes le genre de type à...

– Waits ! cria sèchement Olivas. Fermez-la.

Il tendit la main vers le tableau de bord et alluma la radio. De la musique *mariachi* hurla dans les haut-parleurs. Il appuya aussitôt sur le bouton pour arrêter le son.

– Qui c'est qu'a conduit ce truc avant moi ? demanda-t-il à personne de particulier. Putain !

Bosch savait qu'il faisait du cinéma. Dieu sait pourquoi, il avait honte de ne pas avoir changé de station ou baissé le son en quittant la voiture.

Plus un bruit ne se fit entendre dans l'habitacle. Ils avaient commencé la traversée d'Hollywood, Olivas mit son clignotant et se glissa dans la file de droite pour sortir à la bretelle de Gower Avenue. Bosch se tourna pour regarder par la lunette arrière et voir s'ils avaient toujours les trois autres voitures derrière eux. Le cortège ne s'était pas disloqué. Mais, juste au-dessus d'eux, il aperçut un hélicoptère. Avec un grand 4 peint en dessous. Bosch se retourna brusquement et regarda Olivas dans le rétroviseur.

– Olivas, dit-il, qui a appelé les médias ? Vous ou votre patron ?

– Mon patron ? Je ne vois pas de quoi vous parlez.

Il lui lança un coup d'œil dans le rétro, mais revint vite sur la route. Le geste avait été bien trop furtif. Bosch comprit qu'il mentait.

– Ben voyons ! Qu'est-ce que vous y gagnez, vous, là-dedans ? Ricochet va vous nommer chef des enquêtes après qu'il aura remporté les élections ? C'est ça ?

Ce coup-là, Olivas le regarda longuement dans le rétro.

— Je n'avance pas dans la police. Ça ne me fera pas de mal d'aller dans un endroit où on me respectera et où mes talents seront appréciés.

— Quoi? C'est ça que vous vous racontez tous les matins en vous regardant dans la glace?

— Allez vous faire foutre, inspecteur Bosch!

— Messieurs, messieurs! lança Waits. Y a vraiment pas moyen de tous s'entendre?

— Ta gueule, Waits! cria Bosch. Ça te fait peut-être rien que ce truc se transforme en une grosse pub pour le candidat O'Shea, mais moi si. Olivas! Tu te gares sur le bas-côté. Je veux parler à O'Shea.

Olivas hocha violemment la tête.

— Pas question. Pas avec un prisonnier à bord.

Ils avaient pris la bretelle de sortie de Gower. Olivas vira vite à droite et ils arrivèrent au feu de Franklin. Qui passa au vert juste à ce moment-là. Ils traversèrent l'avenue et commencèrent à monter dans Beachwood Drive.

Olivas ne serait pas obligé de s'arrêter avant d'arriver tout en haut. Bosch sortit son portable et appela le numéro qu'O'Shea avait donné à tout le monde au Criminal Courts Building avant de démarrer.

— O'Shea.

— Bosch à l'appareil. Je ne trouve pas malin d'avoir appelé les médias sur ce coup-là.

O'Shea garda le silence un instant avant de répondre.

— Ils sont à bonne distance. Et en l'air.

— Qui nous attend en haut de Beachwood Canyon?

— Personne, Bosch. J'ai été très précis avec eux. Ils pouvaient nous suivre en l'air, mais avoir quelqu'un au sol risquait de compromettre l'opération. Vous n'avez pas à vous inquiéter. Ils travaillent avec moi. Ils savent très bien qu'ils doivent commencer par établir la relation.

— Comme vous voulez.

Il referma son portable et le renfourna dans sa poche.

— Va falloir vous calmer, inspecteur, dit Waits.

— Et toi, va falloir la fermer, lui rétorqua Bosch.

— J'essayais seulement de donner un coup de main.

— Tu veux aider ? Tu la fermes.

Le silence retomba dans la voiture. Bosch décida que sa colère contre l'hélico des médias et tout le reste ne faisait que le distraire de son travail et il n'avait pas besoin de ça. Il essaya de tout oublier pour penser à ce qui l'attendait.

Perché sur un versant des montagnes de Santa Monica, entre Hollywood et Los Feliz, le quartier de Beachwood Canyon est calme. Il n'a pas le charme rustique et boisé de Laurel Canyon, mais ses habitants le préfèrent parce qu'il est plus tranquille, plus sûr et plus intime. A la différence des cols de canyons plus à l'ouest, celui de Beachwood se termine par un cul-de-sac. Comme ce n'est pas une route qui permet de passer de l'autre côté de la montagne, ce sont moins des gens de passage que des gens du coin qui y circulent. Cela contribue à faire de Beachwood Canyon un véritable quartier.

Alors qu'ils continuaient de monter, le panneau HOLLYWOOD, en haut du mont Lee, apparut droit devant eux dans le pare-brise. Planté sur la crête voisine plus de quatre-vingts ans plus tôt pour promouvoir le projet immobilier d'Hollywoodland tout en haut de Beachwood, il a fini par être raccourci et dit aujourd'hui plus un état d'esprit qu'autre chose. Le seul signe officiel qui reste du projet d'Hollywoodland est l'entrée en pierre digne d'une forteresse qu'on trouve à mi-pente de Beachwood Canyon.

Avec sa plaque commémorant le projet, cette entrée donne maintenant sur un petit rond-point de village avec magasins, marché local et l'éternelle agence immobilière d'Hollywoodland. Plus haut, au bout de l'impasse, se trouve le Sunset Ranch, au tout début des quelque quatre-vingts kilomètres de pistes cavalières qui courent à travers la montagne et Griffith Park. C'était là que Marie Gesto avait échangé du travail d'entretien aux écuries contre des heures de monte. C'est là que le sinistre cortège composé d'enquêteurs, d'experts en récupération de cadavres et d'un tueur dûment menotté finit par s'arrêter.

Le parking du Sunset Ranch se réduisait à une clairière plane creusée à même la pente, en contrebas du ranch proprement dit. Du gravier y avait été déversé et étalé partout. Les visiteurs devaient s'y garer et monter à pied jusqu'aux écuries tout en haut. Isolé, l'endroit était entouré par des bois touffus. Il n'y avait pas moyen de le voir du ranch et c'était bien sur ça que Waits avait compté lorsqu'il avait suivi, puis enlevé Marie Gesto. Bosch attendit impatiemment dans la voiture qu'Olivas en déverrouille les portières arrière. Puis il descendit du véhicule et leva la tête pour regarder l'hélicoptère qui décrivait des cercles au-dessus d'eux. Il eut beaucoup de mal à dominer sa colère. Il claqua la portière et s'assura qu'elle était bien fermée à clé. Ils avaient décidé de laisser Waits à l'intérieur jusqu'à ce que tout le monde soit certain que la zone était sûre. Bosch marcha droit sur O'Shea au moment même où celui-ci descendait de sa voiture.

— Appelez votre contact à Channel Four et dites-lui de faire remonter l'hélico de cent cinquante mètres. Le bruit nous distrait et nous n'avons pas...

— C'est déjà fait, d'accord? Écoutez... je sais que vous n'aimez pas avoir les médias autour, mais nous vivons dans une société ouverte et les gens ont le droit de savoir ce qui se passe ici.

— Surtout si ça peut vous aider pour les élections, c'est ça?

O'Shea lui répondit d'un ton impatient :

— Éduquer les électeurs, c'est de ça qu'est faite une campagne électorale. Sur ce, je vous prie de m'excuser, mais nous avons un corps à trouver.

Il s'écarta brusquement de lui et rejoignit Olivas, qui montait la garde à côté du véhicule dans lequel se trouvait Waits. Bosch remarqua que le shérif adjoint montait lui aussi la garde à l'arrière de la voiture. Une carabine à la main, en position de tir.

Rider s'approcha de Bosch.

— Harry, dit-elle, ça va?

— Impeccable. Mais vaut mieux surveiller ses arrières avec ces gars-là.

Il continua de regarder Olivas et O'Shea. Les deux hommes s'entretenaient de quelque chose, mais le bruit du rotor l'empêchait d'entendre ce qu'ils se disaient.

Rider posa la main sur son bras pour le calmer.

— Oublions la politique et finissons-en, dit-elle. Il y a quelque chose de plus important que tout ça. Retrouvons Marie et ramenons-la chez elle. C'est ça qui compte.

Bosch regarda la main qu'elle avait posée sur son bras, comprit qu'elle avait raison et acquiesça d'un signe de tête.

– D'accord, dit-il.

Quelques minutes plus tard O'Shea et Olivas demandèrent à tout le monde, Waits excepté, de se tenir en rond dans le parking en gravier. En plus des avocats, des enquêteurs et du shérif adjoint, il y avait là une technicienne des services scientifiques du LAPD, un vidéographe du bureau du district attorney, deux experts en récupération de cadavres dépêchés par le coroner et une archéologue du service de médecine légale, une certaine Kathy Kohl. Bosch avait déjà travaillé avec pratiquement tout le monde.

O'Shea attendit que le vidéographe ait allumé sa caméra avant de s'adresser à ses troupes.

– Bien, lança-t-il d'une voix grave. Nous sommes rassemblés ici pour accomplir un travail sinistre, c'est-à-dire récupérer les restes de Marie Gesto. Raynard Waits, l'homme qui se trouve dans la voiture, va nous conduire à l'endroit où il nous dit l'avoir enterrée. Notre première préoccupation sera d'assurer la sécurité du suspect et celle de vous tous à chaque instant. Soyez donc toujours sur le qui-vive. Nous sommes quatre à être armés. M. Waits est enchaîné et sera sous la surveillance constante des inspecteurs et de l'adjoint Doolan, l'homme à la carabine. M. Waits nous montrera le chemin et nous surveillerons ses moindres mouvements. J'aimerais que le vidéographe et la technicienne de la sonde à gaz nous accompagnent pendant que vous autres attendrez ici. Dès que nous aurons découvert l'endroit et confirmé la présence du corps, nous nous tiendrons à l'écart jusqu'au moment où la sécurité de M. Waits sera assurée. Après, tout le monde reviendra sur les lieux qui seront, bien évidemment, traités comme la scène de crime qu'ils seront devenus. Des questions ?

Maury Swann leva la main.

– Il n'est pas question que je reste ici, dit-il. Je veux être à côté de mon client à chaque instant.

– Parfait, maître Swann, dit O'Shea. Mais je ne crois pas que vous soyez habillé pour ça.

C'était vrai. De façon plutôt inexplicable, Swann avait décidé de porter un costume à une exhumation. Tous les autres avaient revêtu les habits adéquats. Bosch portait un jean, des chaussures de randonnée et un vieux sweat-shirt de la fac avec les manches coupées. Rider était habillée à peu près de la même façon. Olivas, lui, portait un jean, un T-shirt et une veste en plastique avec l'inscription LAPD dans le dos. Le reste de la troupe portait le même genre de vêtements.

— Ça m'est égal, dit Swann. Si je bousille mes chaussures, je mettrai ça sur ma note de frais. Mais je reste avec mon client et ce n'est pas négociable.

— Très bien, dit O'Shea. Mais ne vous approchez pas trop et ne vous mettez pas en travers.

— Pas de problème.

— OK, on y va.

Olivas et le shérif adjoint regagnèrent la voiture pour y prendre Waits. Bosch trouva que le bruit de l'hélicoptère qui tournait au-dessus d'eux augmentait fortement lorsque l'équipe de journalistes amorça une descente pour mieux regarder et avoir un meilleur angle de vue pour la caméra.

Une fois tiré hors du véhicule et ses menottes vérifiées par Olivas, Waits fut conduit à la lisière de la clairière, le shérif adjoint restant deux mètres derrière lui à tout instant, carabine levée et prête à faire feu, et Olivas agrippant le prisonnier en haut du bras gauche. Les trois hommes ne s'arrêtèrent qu'après avoir rejoint les autres.

— Que je vous avertisse clairement, monsieur Waits, reprit O'Shea. Vous ébauchez la moindre tentative de fuite et ces officiers vous abattront. Le comprenez-vous ?

— Évidemment, répondit Waits. Et ils le feraient avec joie, j'en suis sûr.

— Nous nous comprenons donc parfaitement. Ouvrez la voie.

15

Waits les conduisit jusqu'à un sentier en terre qui partait du bas du parking en gravier et disparaissait sous une voûte de branches d'acacias, de chênes blancs et de buissons touffus. Il avançait sans aucune hésitation, comme s'il savait où il allait. Bientôt toute la troupe fut dans l'ombre, Bosch se disant que le cameraman de l'hélico ne devait pas enregistrer grand-chose d'exploitable à travers le feuillage. Waits était le seul à parler.

— Ce n'est plus très loin, dit-il, tel le guide qui conduit ses touristes à une chute d'eau secrète.

Le sentier rétrécissant sous l'avancée des arbres et des buissons, d'amplement foulé il devint à peine utilisé. Déjà ils atteignaient un passage où peu de randonneurs devaient s'aventurer. Alors qu'il marchait à côté de lui en le tenant par le bras, Olivas fut obligé de passer derrière le tueur et de le tenir par la chaîne qu'il avait autour de la taille. Il était clair qu'il n'avait aucune intention de laisser filer son prisonnier et Bosch en était réconforté. Moins réconfortant était le fait que, dans ce nouveau dispositif, Olivas bloquait la vue de tous ceux qui auraient voulu tirer sur Waits si jamais ce dernier tentait de s'enfuir.

Bosch n'en était pas à sa première traversée de la jungle. La plupart du temps elles étaient du type «on garde les oreilles et les yeux sur ce qu'il y a loin devant, on reste prêt pour l'embuscade et dans le même temps, on fait attention à chaque pas, au cas où il y aurait un piège». Cette fois, il gardait les yeux rivés sur les deux hommes qu'il avait devant lui et ne lâchait ni Waits ni Olivas un seul instant.

Le sentier descendant le long de la montagne, le terrain se fit de plus en plus difficile. Le sol était mou et humide après les pluies de la nuit et toutes celles de l'année écoulée. A certains endroits, Bosch sentait ses chaussures s'enfoncer et s'immobiliser dans la terre. A un moment donné, il entendit un bruit de branches cassées et celui, plus sourd, d'un corps qui tombe dans la boue. Si Olivas et l'adjoint Doolan s'arrêtèrent, puis se retournèrent pour voir de quoi il était question, Bosch, lui, ne détacha pas un instant les yeux de Waits. Dans son dos, il entendit Swann se mettre à jurer et les autres lui demander si ça allait et l'aider à se relever. Swann ayant cessé de jurer et tous ayant fini par se regrouper, le cortège poursuivit la descente. On progressait plus lentement, la mésaventure de Swann poussant chacun à y aller encore plus précautionneusement qu'avant. Cinq minutes plus tard, la troupe s'arrêta tout au bord d'une sorte de précipice, le poids de l'eau qui s'était infiltrée dans le sol ayant causé quelques mois plus tôt une petite coulée de boue près d'un chêne, dont la moitié des racines étaient maintenant visibles. L'à-pic faisait presque trois mètres.

— Tiens, ça, ça n'était pas là la dernière fois que je suis venu, dit Waits d'un ton qui laissait clairement entendre que cet inconvénient ne lui plaisait pas.

— C'est par là? demanda Olivas en lui montrant le bas de l'à-pic.

— Oui, répondit Waits. Faut descendre.

— Bien, attendez une minute.

Olivas se retourna et jeta un coup d'œil à Bosch.

— Bosch, dit-il, vous descendez le premier et je vous l'envoie.

Bosch acquiesça de la tête et passa devant eux. Puis il attrapa une des branches basses du chêne pour garder l'équilibre et vérifier la fermeté de la terre le long de l'à-pic. Elle était lâche et glissante.

— C'est pas bon, dit-il. Ça va être une vraie patinoire. Et quand on sera en bas, je ne sais pas comment on pourra remonter.

Olivas souffla fort tant il était frustré.

— Bon alors, qu'est-ce qu'on…

— Il y avait une échelle sur le toit d'un des vans, dit Waits.

Tous le regardèrent un bon moment.

— Il a raison. La police scientifique a une échelle sur le toit du camion, dit Rider. On la prend, on l'adosse à l'à-pic et on peut monter et descendre comme si c'était un escalier. C'est tout simple.

Swann mit son grain de sel dans la conversation.

- Tout simple peut-être, sauf qu'il est hors de question que mon client monte et descende le long d'une échelle les mains attachées à la taille, dit-il.

Une pause s'en étant suivie, tout le monde se tourna vers O'Shea.

— On va trouver un moyen, dit celui-ci.

— Minute, minute! lança Olivas. On ne va pas courir le...

— Alors, dit Swann, pas question qu'il descende. C'est aussi simple que ça. Je ne vous autorise pas à lui faire courir le moindre danger. C'est mon client et ma responsabilité envers lui ne s'arrête pas au seul domaine de la loi, mais...

O'Shea leva les mains en l'air pour le calmer.

— Une de nos responsabilités est la sécurité de l'accusé, dit-il. Maury a raison. Si jamais M. Waits tombe de cette échelle parce qu'il n'a pas eu le droit de se servir de ses mains, c'est nous qui serons responsables. Et ce sera un sacré problème. Je suis sûr qu'avec tous les gens qui ont des armes, on devrait pouvoir contrôler la situation pendant les dix secondes qu'il faut pour descendre le long d'une échelle.

— Je vais aller la chercher, dit la technicienne de la police scientifique. Vous pouvez me tenir ça?

Elle s'appelait Carolyn Cafarelli, mais Bosch savait que les trois quarts des gens l'appelaient Cal. Elle tendit la sonde à gaz à Bosch — en forme de T, l'engin était de couleur jaune –, fit demi-tour et repartit dans les bois.

— Je vais lui donner un coup de main, dit Rider.

— Non, lança Bosch. Toutes les personnes armées restent avec Waits.

Rider comprit qu'il avait raison et acquiesça d'un signe de tête.

— Je peux me débrouiller! cria Cafarelli. Elle est en aluminium léger.

— Tout ce que j'espère, c'est qu'elle retrouvera le chemin, dit O'Shea après son départ.

Ils passèrent quelques minutes sans rien dire, puis Waits s'adressa à Bosch:

— Anxieux, inspecteur? lança-t-il. Maintenant qu'on est si près du but...

Bosch ne répondit pas. Il n'était pas question de le laisser entrer dans ses pensées.

Waits essaya une deuxième fois.

– Quand je pense à toutes les affaires sur lesquelles vous avez travaillé! Combien en avez-vous eu des comme celle-là? Comme celle de Marie, je veux dire. Je parie qu'elle...

– Waits, vous la fermez, bordel! lui ordonna Olivas.

– Ray, s'il vous plaît, dit Swann d'un ton apaisant.

– Je faisais juste un peu la conversation avec l'inspecteur.

– Ben, faites-la seulement avec vous-même, dit Olivas.

Le silence revint jusqu'à ce que, quelques minutes plus tard, ils entendent le bruit que faisait Cafarelli en portant l'échelle dans le bois. Elle la cogna plusieurs fois contre des branches basses, mais arriva enfin à la leur apporter. Bosch l'aida à la déplier le long de l'à-pic et à s'assurer qu'elle n'oscillait pas sur la pente raide. Il se redressa, se retourna vers les autres et vit qu'Olivas détachait une des menottes de la chaîne ventrale du prisonnier et lui laissait l'autre main attachée.

– L'autre main, inspecteur, dit Swann.

– Il peut très bien descendre avec une seule main libre, insista Olivas.

– Désolé, inspecteur, mais ça, je ne vous le permets pas. Il doit être en mesure de se rattraper pour ne pas tomber si jamais il dérapait. Il faut qu'il ait les deux mains libres.

– Il peut y arriver avec une seule.

Pendant qu'on s'affrontait ainsi de la parole et du geste, Bosch passa sur l'échelle et descendit. L'échelle ne vacillait pas. Arrivé en bas, il regarda autour de lui et s'aperçut qu'il n'y avait plus de sentier visible. A partir de là, le chemin qui conduisait à la tombe de Marie Gesto n'était plus aussi évident qu'en haut de l'à-pic. Il leva la tête vers les autres et attendit.

– Freddy? Finissons-en! ordonna O'Shea à Olivas d'un ton agacé. Shérif? Vous descendez le premier et vous êtes prêt à tirer si M. Waits se fait de mauvaises idées. Inspectrice Rider, je vous autorise à dégainer votre arme. Vous restez ici avec Freddy et vous aussi, vous êtes prête à tirer.

Bosch remonta de quelques barreaux de façon que l'adjoint au shérif puisse lui passer précautionneusement la carabine. Puis il quitta l'échelle que l'officier en tenue descendait à son tour. Bosch lui rendit son arme et regagna l'échelle.

– Lancez-moi les menottes! cria Bosch à Olivas.

Il les attrapa et se posta sur le deuxième barreau de l'échelle. Waits commença à descendre tandis que le vidéographe se tenait au bord de l'à-pic pour enregistrer sa descente. Lorsque le prisonnier ne fut plus qu'à trois barreaux du sol, Bosch tendit la main et attrapa la chaîne ventrale pour le guider jusqu'en bas.

– C'est le moment, Ray, lui chuchota-t-il à l'oreille. Y en aura pas d'autre. T'es sûr de pas vouloir tenter de t'enfuir?

Arrivé en bas sans encombre, Waits lâcha l'échelle, se tourna vers Bosch et lui tendit les mains pour qu'il lui passe les menottes.

– Non, inspecteur, dit-il les yeux rivés sur Bosch, j'aime trop la vie.

– C'est ce que je pensais.

Bosch lui attacha les mains à la chaîne ventrale et releva la tête pour regarder les autres.

– OK, dit-il, sécurité assurée.

Les uns après les autres, tout le monde descendit. Lorsqu'ils furent tous regroupés en bas, O'Shea jeta un coup d'œil alentour et s'aperçut qu'il n'y avait plus de chemin. Ils pouvaient aller dans n'importe quelle direction.

– Bien, dit-il à Waits, c'est de quel côté?

Waits décrivit un demi-cercle comme si c'était la première fois qu'il se trouvait là.

– Hmmm... dit-il.

Olivas fut à deux doigts de perdre son calme.

– Vaudrait mieux pas essayer...

– Par là, dit Waits d'un ton mielleux en indiquant la droite de la pente d'un signe de la tête. J'ai failli perdre le nord un instant.

– Assez de conneries, Waits! s'écria Olivas. Tu nous conduis au cadavre tout de suite ou on rentre. Et après, c'est le procès et la bonne petite décharge de jus de Jésus qui t'attend. Pigé?

– Pigé. Et comme je vous l'ai dit, c'est par là.

Waits ouvrit la marche, Olivas agrippant la chaîne dans son dos et le shérif adjoint jamais plus d'un mètre cinquante derrière eux, et le cortège reprit sa progression parmi les buissons.

La terre était encore plus molle et boueuse. Bosch savait que le surplus des pluies de printemps avait très probablement dévalé la pente pour stagner à cet endroit. Il sentait les muscles de ses cuisses se raidir chaque fois qu'il devait forcer pour ressortir ses chaussures de la boue qui les aspirait.

Cinq minutes plus tard, ils arrivèrent dans une petite clairière ombragée par un grand chêne en pleine maturité. Bosch vit Waits lever la tête et suivit son regard. Un bandeau d'un blanc jaunâtre pendait mollement à une branche.

— C'est drôle, dit Waits. Avant, il était bleu.

Bosch savait qu'à l'époque où Marie Gesto avait disparu, on pensait qu'elle maintenait ses cheveux en arrière avec un bandeau de couleur bleue. Une amie qui l'avait vue plus tôt le dernier jour avait décrit ce qu'elle portait. Le bandeau ne faisait pas partie des vêtements qu'on avait retrouvés très soigneusement pliés dans la voiture de la victime, au garage de la Grande Tour.

Bosch regarda le bandeau. Treize ans de pluie et de soleil l'avaient complètement décoloré.

Il baissa les yeux sur Waits, celui-ci l'attendait avec un sourire.

— Nous y sommes, inspecteur. Vous avez enfin retrouvé Marie.

— Où ça?

Son sourire s'élargit.

— Vous êtes en train de lui marcher dessus.

Bosch recula brusquement d'un pas tandis que l'assassin éclatait de rire.

— Ne vous inquiétez pas, inspecteur Bosch, je ne pense pas que ça la gêne. C'est quoi, déjà, ce que le grand homme a écrit sur le grand sommeil? Vous savez bien… sur l'indifférence à l'horreur de la mort et de l'endroit où l'on est tombé[1]?

Bosch le regarda longuement et se posa encore une fois des questions sur les prétentions littéraires du laveur de vitres. Waits parut lire dans ses pensées.

— Je suis en prison depuis le mois de mai, inspecteur, dit-il. J'ai beaucoup lu.

— Reculez, lui lança Bosch.

Waits ouvrit ses mains menottées en un geste de reddition et

---

1. Allusion au roman de Raymond Chandler *The Big Sleep*, qui inspira le scénario du célèbre film de Howard Hawks *(NdT)*.

s'approcha du tronc du chêne. Bosch jeta un coup d'œil à Olivas.

– Vous le tenez?

– Je le tiens.

Bosch regarda par terre. Il avait laissé des empreintes dans la terre boueuse, mais il lui sembla que cette dernière avait été foulée avant lui, et récemment. Il eut l'impression qu'un animal y avait farfouillé – pour trouver quelque chose ou enterrer un petit. Bosch fit signe à la technicienne du service de médecine légale de s'approcher du milieu de la clairière. Cafarelli s'avança avec la sonde à gaz, Bosch lui indiquant un endroit juste au-dessous du bandeau décoloré. La technicienne piqua l'embout de la sonde dans la terre meuble et l'y enfonça sans difficulté sur une trentaine de centimètres. Puis elle enclencha le compteur et se mit à étudier les données électroniques qui y apparaissaient. Bosch s'avança d'un pas pour regarder par-dessus son épaule. Il savait que l'appareil mesurait le niveau de méthane dans le sol. Un corps enterré produit du méthane en se décomposant. Même enveloppé dans une bâche en plastique.

– Nous avons quelque chose, dit Cafarelli. Nous sommes au-dessus des niveaux ordinaires.

Bosch acquiesça. Il se sentait tout bizarre. Pas dans son état normal. Cela faisait plus de dix ans qu'il travaillait sur cette affaire, peut-être y avait-il en lui quelque chose qui aimait bien s'accrocher au mystère Marie Gesto. S'il ne croyait pas à ce que l'on appelle «faire son deuil», il croyait au besoin de connaître la vérité. Il sentait que la vérité allait se manifester, mais il y avait là quelque chose de déconcertant. De contradictoire – il avait besoin de connaître la vérité pour avancer, mais comment pourrait-il avancer dès qu'il n'aurait plus besoin de trouver et de venger Marie Gesto?

Il se tourna vers Waits.

– A quelle profondeur est-elle?

– Pas très profond, répondit Waits d'un ton neutre. En 93, y avait la sécheresse, vous vous rappelez? La terre était dure et putain, qu'est-ce que je me suis cassé le cul pour lui creuser son trou! J'ai eu de la chance qu'elle ne soit pas grande. Bon, bref, c'est pour ça que j'ai changé après. Plus question de creuser des grands trous!

Bosch se détourna de lui et revint sur Cafarelli. Elle effectuait un deuxième sondage. Elle pourrait délimiter les contours de la fosse en reliant les pics de méthane entre eux.

Tous regardèrent son triste travail en silence. Après avoir relevé plusieurs pics selon une grille établie à l'avance, Cafarelli agita enfin la main vers le nord-ouest pour indiquer la position probable du corps. Puis elle dessina le périmètre de la fosse en traînant la pointe de la sonde dans la terre. Son travail fini, le rectangle qu'ils découvrirent faisait environ un mètre quatre-vingts de long sur soixante centimètres de large. Petite tombe pour petite victime.

– Bien, dit O'Shea. Remontons M. Waits en toute sécurité à la voiture et faisons venir les spécialistes de l'exhumation.

Il donna l'ordre à Cafarelli de rester sur place afin qu'il n'y ait pas de problème de violation de la scène de crime. Tous les autres repartirent vers l'échelle. Bosch fermait la marche, l'esprit plein de sombres pensées sur le bout de terrain qu'ils traversaient. Celui-ci avait quelque chose de sacré. De saint. Il espéra que Waits ne leur avait pas menti. Qu'il n'avait pas forcé Marie Gesto à marcher jusqu'à sa tombe.

Rider et Olivas furent les premiers à monter à l'échelle. Puis ce fut au tour de Bosch d'y conduire Waits et de lui ôter les menottes pour le faire grimper.

Le doigt sur la détente, le shérif adjoint pointa sa carabine sur le dos de l'assassin qui commençait à monter. Bosch comprit alors qu'il pouvait déraper sur un barreau boueux et dégringoler sur l'adjoint, amenant ainsi celui-ci à décharger involontairement son arme et à toucher mortellement Waits. La tentation était forte, mais Bosch y renonça et regarda le haut de l'à-pic. Le regard que lui jeta sa coéquipière lui dit qu'elle avait deviné ses pensées. Il essaya de prendre l'air innocent et ouvrit grand les mains en faisant «Quoi?» avec les lèvres.

Rider hocha la tête d'un air réprobateur et s'écarta du bord. Bosch remarqua qu'elle tenait son arme au côté. Arrivé en haut de l'échelle, Waits fut accueilli à bras ouverts par Olivas.

– Les mains! cria ce dernier.

– Mais certainement, inspecteur.

De l'endroit où il se trouvait, Bosch ne pouvait voir que le dos du tueur. A la posture qu'il avait prise, Bosch comprit que Waits avait joint les mains devant lui pour qu'Olivas les lui rattache à la chaîne ventrale.

Mais il y eut un mouvement brusque. Une vive contorsion du prisonnier tandis que celui-ci s'approchait trop d'Olivas. D'instinct, Bosch sentit qu'il se passait quelque chose d'anormal. Waits plongeait sur l'arme logée dans le holster de ceinture caché sous la veste d'Olivas.

— Hé mais! cria celui-ci, paniqué. Hé là!

Mais, avant que Bosch ou un autre ait pu réagir, Waits se servait de sa prise sur Olivas pour faire pivoter leurs deux corps et présenter le dos de l'inspecteur en haut de l'échelle. Le shérif adjoint n'avait plus d'angle de tir possible. Ni lui ni Bosch. Waits leva alors deux fois le genou et, comme un piston, le remonta violemment dans l'entrejambe d'Olivas. Celui-ci commençant à s'effondrer, deux coups de feu rapides et étouffés par son corps se firent entendre. Puis Waits poussa l'inspecteur par-dessus bord, Olivas dégringolant le long de l'échelle pour venir s'écraser sur Bosch.

Waits avait disparu.

Sous le poids d'Olivas, Bosch tomba lourdement dans la boue. Il se débattait pour sortir son arme lorsqu'il entendit deux coups de feu supplémentaires et des cris de panique provenant de ceux qui se trouvaient au niveau inférieur. Olivas toujours sur lui, Bosch regarda en haut, mais ne vit ni Waits ni Rider. C'est alors que le prisonnier apparut au bord de l'à-pic, une arme calmement serrée dans sa main. Et qu'il tira sur eux, Bosch sentant deux impacts de balle dans le corps d'Olivas qui lui servait de bouclier.

La détonation du coup de feu tiré par le shérif adjoint fendit l'air, mais le projectile alla s'écraser dans le tronc du chêne, à gauche de Waits. Qui riposta au même instant, Bosch entendant l'adjoint s'écrouler comme une valise qu'on laisse tomber brutalement par terre.

— Sauve-toi, espèce de péteux! hurla Waits. Ç'a l'air de quoi, ton marché de merde maintenant?

Sur quoi il tira encore deux coups de feu dans les bois, au jugé. Bosch réussit enfin à libérer son arme et à tirer sur Waits en haut de l'échelle.

Celui-ci se baissa, disparut et se servit de sa main libre pour attraper le premier barreau de l'échelle et tirer celle-ci à lui. Bosch repoussa Olivas et se redressa, son arme braquée et prête à tirer sur Waits s'il reparaissait.

Mais il entendit des bruits de fuite et comprit que l'assassin avait filé.

— Kiz! cria-t-il.

Pas de réponse. Il s'approcha vite d'Olivas et du shérif adjoint, mais vit qu'ils étaient morts tous les deux. Il remit son arme dans son holster et se rua à l'assaut de l'à-pic, en se servant des racines de l'arbre comme de prises de main. La terre lâcha au moment où il y enfonçait les pieds. Puis, une racine se brisant dans sa main, il repartit en arrière.

— Kiz! Parle-moi! cria-t-il.

Toujours pas de réponse. Il essaya encore une fois, ce coup-là en prenant l'à-pic en oblique au lieu d'y aller de face. En s'accrochant à des racines et en enfonçant violemment les pieds dans la terre molle, il arriva enfin en haut de l'à-pic et passa par-dessus le bord en rampant. Il se relevait déjà lorsqu'il vit Waits courir entre les arbres, vers la clairière où les autres attendaient. Il ressortit son arme et tira encore cinq fois sans que Waits ralentisse le moins du monde.

Prêt à se lancer à ses trousses, Bosch vit sa coéquipière toute recroquevillée et couverte de sang dans un buisson voisin.

16

Le visage tourné vers le ciel, Kiz Rider se serrait le cou d'une main, l'autre pendant toute molle à son côté. Les yeux grands ouverts, elle semblait chercher quelque chose, mais n'accommodait plus. Comme si elle avait perdu la vue. Elle avait le bras tellement couvert de sang que Bosch mit un moment avant de repérer la blessure d'entrée de la balle dans la paume de sa main, juste au-dessous de son pouce. Le projectile lui avait traversé la main de part en part, Bosch vit tout de suite que c'était moins grave que la blessure qu'elle avait reçue au cou. La balle avait dû toucher la carotide et il savait que toute perte de sang ou déplétion d'oxygène au niveau du cerveau pouvait la tuer en quelques minutes, voire quelques secondes.

— Bien, Kiz, dit-il en s'agenouillant à côté d'elle. Je suis là.

Il comprit qu'avec sa main gauche elle ne pressait pas assez fort la blessure qu'elle avait à droite du cou pour arrêter l'hémorragie. Elle n'avait déjà plus la force d'appuyer.

— Je te remplace, dit-il.

Il passa sa main sous la sienne et appuya sur deux blessures, il le découvrit, une d'entrée et une de sortie de projectile. Il sentit le sang battre contre sa paume.

— O'Shea! hurla-t-il.

— Bosch? lui renvoya celui-ci d'en bas de l'à-pic. Où est-il? Vous l'avez tué?

— Il est parti. Il faut que vous preniez la radio de Doolan et que vous appeliez un hélico médicalisé. Tout de suite!

O'Shea mit un certain temps à répondre et ce fut avec de la panique dans la voix.

— Doolan est blessé! Et Freddy aussi! cria-t-il.

— Ils sont morts, O'Shea. Il faut passer un appel radio. Rider est vivante et il faut qu'on la…

Deux coups de feu suivis d'un cri se firent entendre dans le lointain. Voix de femme. Bosch pensa à Kathy Kohl et aux gars de l'équipe restés dans le parking. Deux autres détonations ayant retenti, il entendit un changement dans le bruit que faisait l'hélicoptère. Il s'éloignait. Waits lui avait tiré dessus.

— Plus vite, O'Shea! hurla-t-il à nouveau. On n'a plus beaucoup de temps!

N'entendant pas de réponse, il remonta la main de Rider et l'appuya de nouveau sur les blessures qu'elle avait au cou.

— Ici, Kiz, dit-il. Tu appuies aussi fort que tu peux, je reviens tout de suite.

Il bondit sur ses pieds et s'empara de l'échelle que Waits avait remontée. Il en remit la base en place, entre les corps de Doolan et d'Olivas, et descendit en vitesse. O'Shea se tenait à genoux à côté du cadavre d'Olivas. Il avait les yeux grands ouverts et aussi blancs que ceux du flic mort à côté de lui. Swann, lui, se tenait dans la clairière inférieure, l'air hébété. Cafarelli était revenue de la tombe et, agenouillée à côté de Doolan, essayait de le retourner pour lui prendre sa radio. Le shérif adjoint était tombé face contre terre lorsque Waits lui avait tiré dessus.

— Cal, dit Bosch, laissez-moi faire. Allez aider Kiz. Il faut arrêter son hémorragie au cou.

Sans dire un mot, la technicienne se dépêcha de monter à l'échelle et de disparaître. Bosch retourna Doolan sur le dos et s'aperçut que Waits l'avait touché d'une balle en plein front. Il avait les yeux ouverts et l'air surpris. Bosch prit la radio qu'il avait au ceinturon, signala qu'il y avait des morts et un officier blessé, et demanda qu'on envoie d'urgence un hélico médicalisé et des infirmiers au parking du Sunset Ranch. Dès qu'il fut certain que l'aide allait arriver, il signala encore qu'un assassin armé avait échappé à ses gardiens. Puis il donna un signalement détaillé de Raynard Waits et accrocha la radio à son ceinturon. Enfin il regagna l'échelle et, en remontant, il appela O'Shea, Swann et le vidéographe qui, la caméra levée, continuait d'enregistrer la scène.

— Montez tous ici, dit-il. Il faut qu'on la transporte au parking pour pouvoir l'évacuer.

O'Shea, en état de choc, continuait de regarder Olivas.

– Ils sont morts! lui cria Bosch d'en haut. On ne peut plus rien faire pour eux. J'ai besoin de vous ici.

Puis il se tourna vers Rider. Cafarelli lui tenait bien le cou, mais il comprit que le temps était compté. La vie quittait les yeux de sa coéquipière. Il se pencha en avant, attrapa sa main indemne, la frotta entre les siennes et remarqua que Cafarelli s'était servie d'un bandeau pour entourer la blessure que Rider avait à l'autre main.

– Allez, Kiz, dit-il, on s'accroche. L'hélico arrive, on va te sortir de là.

Il regarda autour de lui pour voir ce qui pouvait leur être utile et eut une idée en voyant Maury Swann monter à l'échelle. Il gagna vite le bord de l'à-pic et aida l'avocat de la défense à escalader le dernier barreau. O'Shea le suivait pendant que, derrière lui, le vidéographe attendait son tour.

– Lâchez cette caméra, lui ordonna-t-il.

– Mais je peux pas. Je suis responsab...

– Tu l'amènes ici, je te la pique et je la balance aussi loin que je peux.

Le cameraman posa son appareil par terre à contrecœur, en sortit la cassette numérique, la rangea dans une de ses grandes poches de pantalon et grimpa à l'échelle. Dès que tout le monde fut en haut, Bosch la tira à lui, la porta jusqu'à Rider et la plaça à côté d'elle.

– Bon, dit-il, on va s'en servir comme d'une civière. Deux hommes de chaque côté et... Cal? J'ai besoin que vous marchiez à côté de nous et que vous continuiez à appuyer sur son cou.

– Compris, dit-elle.

– Allez, on la pose sur l'échelle.

Bosch se posta près de l'épaule droite de Rider, les trois autres hommes prenant position à la hauteur de ses jambes et de son autre épaule. Puis, très doucement, ils la soulevèrent et la posèrent sur l'échelle, Cafarelli gardant les mains bien en place sur le cou de Rider.

– Il va falloir faire attention, dit Bosch d'un ton pressant. On bascule ce truc et elle tombe. Cal, veillez à ce qu'elle reste bien sur l'échelle.

– Compris. Allons-y.

Ils soulevèrent l'échelle et commencèrent à suivre la piste. Distribué comme il l'était entre les quatre porteurs, le poids de Rider ne posait aucun problème. Au contraire de la boue. A deux reprises, Swann, qui portait ses chaussures de prétoire, dérapa et faillit retourner la civière de fortune. Chaque fois, Cafarelli enlaça littéralement l'échelle afin que Rider n'en tombe pas.

Il leur fallut moins de dix minutes pour atteindre la clairière. Bosch vit tout de suite que le van du coroner avait disparu, mais que Kathy Kohl et ses deux assistants étaient toujours là, indemnes, à côté du van de la police scientifique.

Il chercha un hélicoptère dans le ciel, n'en vit pas et ordonna d'aller poser Rider à côté du van de la police scientifique. Il effectua le reste du chemin une main en crochet sous l'échelle, l'autre lui servant à faire marcher la radio.

— Où est mon hélico? hurla-t-il à l'adresse du dispatcheur.

La réponse qu'il obtint fut que l'appareil était en route et qu'il devait arriver dans une minute. Ils posèrent doucement l'échelle par terre et regardèrent autour d'eux, s'assurant qu'il y avait assez de place pour qu'un hélicoptère puisse atterrir. Bosch entendit O'Shea poser des questions à Kohl dans son dos.

— Qu'est-ce qui est arrivé? Où est passé Waits?

— Il est sorti du bois et a tiré sur l'hélicoptère de la télé. Après, il a pris le van sous la menace de son arme et a filé vers le bas.

— L'hélicoptère l'a suivi?

— On ne sait pas. Je ne crois pas. Il est parti dès que Waits lui a tiré dessus.

Bosch entendit le bruit d'un hélicoptère qui approchait et pria le ciel que ce ne soit pas celui de Channel 4 qui revenait. Il s'avança au milieu de l'espace libre et attendit. Quelques instants plus tard, un appareil d'évacuation médicale argenté apparaissait au-dessus de la crête de la montagne. Bosch lui fit signe de descendre.

Deux infirmiers sautèrent de l'hélicoptère dès que celui-ci se posa. Le premier portait une valise d'équipement médical, le second une civière pliante. Ils s'agenouillèrent de part et d'autre de Rider et se mirent au travail. Bosch resta debout à les regarder, les bras fermement croisés sur la poitrine. Il vit un infirmier mettre un masque à oxygène sur le visage de Rider pendant que l'autre lui plantait une intraveineuse dans le bras. Alors seulement, ils commencèrent à examiner ses blessures. « Allez, Kiz, allez, Kiz, allez, Kiz », se répétait-il comme un mantra.

Ou plutôt comme une prière.

Un des infirmiers se tourna vers l'hélico et tortilla son index en l'air à l'adresse du pilote. Bosch savait ce que ça voulait dire : il allait falloir partir. Faire vite serait essentiel. Le moteur de l'hélico commença à monter en puissance. Le pilote était prêt.

La civière déployée, Bosch aida les infirmiers à y déposer Rider. Puis il s'empara d'une des poignées et les aida à transporter sa coéquipière jusqu'à l'appareil.

– Je peux l'accompagner ? hurla-t-il tandis qu'ils approchaient de la porte ouverte de l'hélico.

– Quoi ? lui renvoya un des infirmiers en hurlant lui aussi.

– Je peux l'ac-com-pa-gner ?

– Non, monsieur, répondit l'infirmier en hochant la tête. On va avoir besoin de place pour travailler. Ça sera très serré.

Bosch acquiesça.

– Vous l'emmenez où ?

– A Saint Joe.

Il acquiesça de nouveau. L'hôpital Saint Joseph se trouvait à Burbank. Par la voie aérienne, c'était juste de l'autre côté de la montagne, à cinq minutes à tout casser. En voiture, il aurait fallu contourner la montagne et passer par le col de Cahuenga – interminable.

Rider une fois déposée très précautionneusement dans l'appareil, Bosch s'éloigna. Il voulut lui crier quelque chose au moment où la porte se refermait, mais rien ne lui vint à l'esprit. La porte se ferma en claquant, il était trop tard. Il décida que si elle était consciente et se souciait même seulement de ce genre de choses, Rider saurait ce qu'il avait voulu lui dire.

L'hélico décolla tandis que Bosch s'en éloignait en se demandant s'il la reverrait vivante.

Au moment même où l'appareil se déportait dans l'air, une voiture de patrouille arriva dans le parking, moteur rugissant et gyrophare bleu allumé. Deux policiers en tenue de la division d'Hollywood en sautèrent d'un bond. L'un d'eux avait sorti son arme et la pointa sur

Bosch. Couvert de boue et de sang comme il l'était, celui-ci comprit pourquoi.

— Je suis officier de police ! cria-t-il. Mon écusson est dans ma poche revolver.

— Montrez-le-nous ! lui répliqua celui qui avait dégainé. Doucement.

Bosch sortit son étui d'écusson et l'ouvrit d'une chiquenaude. Examen de passage réussi, l'arme fut rangée.

— Remontez en voiture, ordonna-t-il. Faut y aller !

Il courut jusqu'à la portière arrière. Les deux policiers s'engouffrèrent dans le véhicule, Bosch leur disant de redescendre Beachwood Canyon.

— On va où ?

— Vous contournez la montagne et vous me conduisez à Saint Joe. C'est ma coéquipière qui est dans l'hélico.

— Compris. Code toute urgence, mon grand.

Le policier appuya sur l'interrupteur qui allait ajouter la sirène au gyrophare déjà en marche et mit le pied au plancher. Hurlement des pneus et gravillons projetés partout, la voiture fit demi-tour et commença à descendre. Comme pour les trois quarts des véhicules du LAPD en service, la suspension était morte. La voiture se mit à chasser dangereusement dans les virages, mais Bosch s'en foutait. Il devait rejoindre sa coéquipière. A un moment donné, ils faillirent rentrer dans une voiture de patrouille qui montait dans l'autre sens à la même vitesse pour rejoindre la scène de crime.

Pour finir, arrivé à mi-pente, le chauffeur ralentit pour ne pas écraser les piétons massés près du centre commercial d'Hollywoodland.

— Stop ! hurla Bosch.

Le chauffeur lui obéit en écrasant la pédale de frein avec une stridente efficacité.

— Reculez ! Je viens de voir le van.

— Quel van ?

— Reculez, c'est tout !

Le chauffeur fit marche arrière et repassa devant le supermarché. Là, dans le parking, Bosch découvrit le van bleu ciel des services du coroner garé dans la dernière allée.

— Notre prisonnier nous a échappé et il est armé. C'est ce van qu'il a pris.

Il leur donna le signalement de Waits et les avertit encore une fois qu'il avait un flingue et n'hésiterait pas à s'en servir. Il venait de tuer deux policiers en haut dans les bois, leur précisa-t-il.

Ils décidèrent de passer le parking au peigne fin, puis de s'attaquer au supermarché. Ils demandèrent des renforts, mais décidèrent de ne pas les attendre et descendirent de voiture, l'arme à la main.

Ils cherchèrent et firent rapidement le tour du parking avant d'arriver enfin au van du coroner. Il était ouvert – et vide. Mais, à l'arrière du véhicule, Bosch trouva une combinaison orange de prisonnier jetée sur le plancher. Waits portait d'autres habits sous sa salopette ou avait trouvé de quoi se changer à l'arrière du van.

— Faites attention, dit Bosch aux deux policiers. Il peut porter n'importe quoi. Restez près de moi. Je sais à quoi il ressemble.

Ils se mirent en formation serrée et entrèrent dans le magasin par les portes automatiques sur le devant. Une fois à l'intérieur, Bosch comprit qu'ils arrivaient trop tard. Un badge de manager sur sa chemise, un homme consolait une femme qui pleurait de manière hystérique en se tenant un côté du visage. Il vit les deux policiers en tenue et leur fit signe d'approcher. Il ne donnait même pas l'impression d'avoir remarqué toute la boue et tout le sang qui s'étaient figés sur les habits de Bosch.

— C'est nous qui avons appelé, dit-il. Mme Shelton vient de se faire éjecter de sa voiture.

Mme Shelton acquiesça en pleurant.

— Pouvez-vous nous la décrire et nous dire ce que portait l'homme qui vous a fait ça ? demanda Bosch.

— Je crois, oui, répondit-elle dans un gémissement.

— Bon, écoutez, lança Bosch aux deux officiers. L'un de vous deux reste ici, se fait décrire la voiture et ce que portait le type et donne tout ça à tout le monde par radio. L'autre m'emmène tout de suite à Saint Joe. Allons-y.

Le chauffeur emmena Bosch, son collègue restant derrière. Trois minutes plus tard, ils sortaient de Beachwood Canyon et fonçaient vers le col de Cahuenga. A la radio, ils entendirent un avis de recherche pour une BMW 540 argentée, en relation avec un

187 LEO, ou meurtre d'un officier de police. Le suspect étant décrit comme portant une salopette blanche, Bosch comprit que Waits avait trouvé de quoi se changer à l'arrière du van des services de médecine légale.

Les hurlements de la sirène leur ouvraient la voie, mais il estima qu'ils étaient encore à un quart d'heure de route de l'hôpital. Il était envahi par un mauvais pressentiment et ne pensait pas pouvoir arriver à l'hôpital en temps utile. Il essaya d'écarter ces pensées de son esprit et d'imaginer Kiz Rider en pleine santé – lui souriant et le grondant comme elle le faisait toujours. Et lorsque enfin ils débouchèrent sur l'autoroute, il se força à regarder les huit voies de circulation vers le nord – une BMW argentée s'y trouvait peut-être avec un tueur au volant.

17

Bosch traversa l'entrée des Urgences à grands pas en montrant son écusson. Assise derrière un comptoir, une réceptionniste demandait des renseignements à un homme tassé sur une chaise en face d'elle. En s'approchant, Bosch s'aperçut qu'il se tenait le bras gauche comme s'il berçait un nourrisson. Il avait le poignet tordu selon un angle peu naturel.

— L'officier de police amené par hélico? lança Bosch sans se soucier de lui.

— Aucun renseignement là-dessus, monsieur, dit la femme. Si vous voulez bien vous...

— Où puis-je me renseigner? Où est le médecin?

— Avec la patiente, monsieur. Si je lui demandais de venir vous parler, il ne pourrait pas s'occuper d'elle, vu?

— Elle est donc encore vivante?

— Monsieur, je ne peux vous donner aucun renseignement à ce stade. Si vous vou...

Bosch s'éloigna du comptoir et gagna une double porte. Puis il appuya sur un bouton scellé dans le mur et celles-ci s'ouvrirent automatiquement. Il entendit la femme assise au comptoir crier dans son dos, ne s'arrêta pas pour autant et franchit les portes de l'unité des soins d'urgence. Il y découvrit huit box de patients derrière des rideaux, quatre de chaque côté, le poste des infirmières et celui des médecins se trouvant au milieu. On courait dans tous les sens. Devant un box sur sa droite, il aperçut un des infirmiers de l'hélico. Il se dirigea vers lui.

— Comment va-t-elle?

— Elle se maintient. Elle a perdu beaucoup de sang et...

L'homme s'arrêta de parler en se tournant et découvrant que c'était Bosch qui se tenait à côté de lui.

— Je ne suis pas très sûr que vous ayez la permission d'être ici, reprit-il. Vaudrait mieux que vous regagniez la salle d'attente et que…

— C'est ma coéquipière et je veux savoir ce qui se passe.

— Elle a un des meilleurs urgentistes de la ville qui essaie de la maintenir en vie. Et je parie qu'il va y arriver. Mais vous ne pouvez pas rester ici à regarder.

— Monsieur?

Bosch se retourna. Un homme en tenue d'agent de sécurité privé s'approchait de lui avec la fille de la réception. Bosch leva les mains en l'air.

— Je veux juste qu'on me dise ce qui se passe.

— Monsieur, il va falloir que vous me suiviez… s'il vous plaît, dit le garde.

Il posa la main sur le bras de Bosch. Bosch l'écarta d'un haussement d'épaules.

— Je suis inspecteur de police. Inutile de me toucher. Je veux juste savoir où en est ma collègue.

— Monsieur, on vous dira tout ce que vous voudrez en temps utile. Si vous voulez bien venir…

Le garde commit l'erreur de vouloir reprendre Bosch par le bras. Cette fois, Bosch ne se contenta pas d'un haussement d'épaules. Il écarta la main du garde d'une claque.

— Je vous ai déjà dit de ne pas…

— Un instant, inspecteur, un instant, dit l'infirmier. Et si on allait aux distributeurs… On boit un café et je vous dis tout ce qui est en train d'arriver à votre collègue… d'accord?

Bosch ne répondit pas. L'infirmier améliora encore son offre.

— Tenez, je vais même vous trouver une tenue de chirurgien pour que vous puissiez quitter ces habits pleins de boue et de sang. Ça vous va?

Bosch se laissa fléchir, le gardien donna son accord d'un signe de tête et l'infirmier ouvrit la marche. Pour gagner d'abord un placard à fournitures, devant lequel il examina Bosch et conclut qu'il allait avoir besoin d'une taille moyenne. Il sortit une tenue et des chaussons bleu ciel du placard et les lui tendit. Ils descendirent un couloir jusqu'à la salle de repos des infirmières, où se trouvaient des distributeurs de café, de sodas et de sandwichs. Bosch prit un café noir. Il n'avait pas de monnaie, mais l'infirmier en avait.

– Vous voulez commencer par vous nettoyer et vous changer? Vous pouvez utiliser le lavabo là-bas.

– Dites-moi d'abord ce que vous savez.

– Asseyez-vous.

Ils s'assirent de part et d'autre d'une table ronde, l'infirmier lui tendant la main au-dessus du plateau.

– Dale Dillon, dit-il.

Bosch lui serra vite la main.

– Harry Bosch.

– Enchanté de vous connaître, inspecteur Bosch. La première chose que je dois faire est de vous remercier pour les efforts que vous avez déployés là-haut dans la boue. Avec vos collègues, vous avez très probablement sauvé la vie de votre coéquipière. Elle a perdu beaucoup de sang, mais c'est quelqu'un qui se bat. On est en train de recoller les morceaux et tout devrait bien aller.

– C'est grave?

– C'est grave, mais c'est un cas où on ne peut rien savoir tant que l'état du patient ne s'est pas stabilisé. La balle lui a touché une carotide. C'est à ça qu'ils travaillent... à lui réparer l'artère. En attendant, elle a perdu beaucoup de sang et risque d'avoir une attaque. Bref, elle n'est pas sortie d'affaire, mais si elle évite l'attaque, elle devrait s'en tirer comme il faut. Comme il faut, c'est-à-dire vivante et en état de fonctionner, avec beaucoup de rééducation à la clé.

Bosch hocha la tête.

– Ça, c'est la version officieuse. Je ne suis pas médecin et je n'aurais rien dû vous dire de tout ça.

Bosch sentit son portable vibrer dans sa poche, mais ignora le signal.

– J'apprécie beaucoup ce que vous avez fait, dit-il. Quand pourrai-je la voir?

– Aucune idée. Moi, les patients, je me contente de les amener ici. Je vous ai dit tout ce que je savais et c'est sans doute beaucoup trop. Si vous avez l'intention d'attendre ici, je vous suggère de vous laver la figure et de changer de vêtements. Vous devez foutre la trouille aux gens avec la mine que vous avez.

Bosch acquiesça et Dillon se leva. Il venait de désamorcer une situation potentiellement explosive aux Urgences, son travail était fini.

— Merci, Dale, dit Bosch.

— No problemo. Allez-y doucement avec elle et si vous voyez le type de la sécurité, vous pourriez peut-être…

Il n'en dit pas plus.

— Ce sera fait, dit Bosch.

Après le départ de l'infirmier, Bosch gagna les toilettes et ôta son sweat. La tenue de chirurgien ne comportant aucune poche où glisser une arme, un portable, un écusson et le reste, il décida de garder son jean sale. Il se regarda dans la glace et s'aperçut qu'il avait du sang et de la terre sur la figure. Il passa les cinq minutes suivantes à se débarbouiller et à se passer les mains à l'eau et au savon jusqu'à ce qu'enfin ce qui coulait dans la bonde soit clair.

Il sortit des toilettes et s'aperçut que quelqu'un était entré dans la salle de repos et lui avait pris ou jeté son café. Il palpa ses poches à nouveau, mais non, il n'avait toujours pas de petite monnaie.

Il regagna la réception des Urgences et découvrit que la salle était pleine de flics, en tenue et en civil. Son patron, Abel Pratt, s'y trouvait avec les huiles. On aurait dit que son visage s'était complètement vidé de son sang. Il vit Bosch et s'approcha de lui aussitôt.

— Harry, dit-il, comment va-t-elle? Qu'est-ce qui s'est passé?

— On ne veut rien me dire d'officiel. Pour l'infirmier qui l'a amenée ici, elle devrait s'en sortir à moins qu'il y ait des complications.

— Dieu merci! Qu'est-ce qui s'est passé là-haut?

— Je ne sais pas trop. Waits a piqué un flingue et a commencé à tirer. Vous savez si on l'a repéré?

— Il a largué la bagnole volée près de la station de métro Hollywood Boulevard de la ligne rouge. On ne sait pas où il est passé.

Bosch réfléchit. Il savait qu'en prenant la ligne rouge Waits pouvait descendre n'importe où entre North Hollywood et le centre-ville. La ligne comportait un arrêt près d'Echo Park.

— On le cherche à Echo Park? demanda-t-il.

– On le cherche partout. L'OIS[1] veut vous parler ; ils vous envoient une équipe. Je ne pensais pas que vous seriez prêt à partir pour Parker Center.

– En effet.

– Bon, vous savez comment ça marche. Vous leur dites juste comment ça s'est passé.

– C'est ça.

L'équipe de l'OIS ne poserait pas de problème. Pour ce qu'il en savait, il n'avait pas personnellement contrevenu au règlement dans sa façon de traiter Waits. Et de plus, l'équipe de l'OIS acceptait tout sans discussion.

– Ils ne vont pas arriver tout de suite, reprit Pratt. Ils sont en train d'interroger les autres là-haut, au Sunset Ranch. Putain, mais… comment a-t-il fait son compte pour avoir un flingue ?

Bosch hocha la tête.

– Olivas s'est approché trop près de lui pendant qu'il grimpait à l'échelle. Il le lui a piqué et a commencé à tirer. Olivas et Kiz étaient en haut. C'est arrivé très vite et moi, j'étais en bas, en dessous d'eux.

– Putain de Dieu !

Pratt hocha la tête à son tour et Bosch comprit qu'il voulait lui poser d'autres questions sur ce qui était arrivé et comment ç'avait été possible. Il s'inquiétait probablement tout autant pour sa propre situation que pour la santé de Rider et des autres. Bosch décida qu'il fallait lui parler de ce qui pouvait poser un problème côté contrôle des médias.

– Il n'était pas menotté, dit-il à voix basse. On avait dû lui ôter les bracelets pour qu'il puisse monter à l'échelle. Ça ne devait durer que trente secondes max et c'est juste à ce moment-là qu'il est passé à l'attaque. Olivas l'avait laissé trop s'approcher. C'est de là que c'est parti.

Pratt eut l'air sidéré. Il parla lentement, comme s'il ne comprenait pas.

– Vous lui aviez enlevé ses menottes ?

---

1. Ou Officer Involved Shooting Squad – équipe de policiers chargés de vérifier que leur collègue avait le droit de tirer et n'a enfreint aucun règlement en faisant feu *(NdT)*.

– C'est O'Shea qui nous l'avait ordonné.

– Parfait. Ils n'auront qu'à s'en prendre à lui. Je ne veux pas que ça retombe sur notre unité. Et surtout pas sur moi. Ce n'est pas comme ça que j'envisage mon départ au bout de vingt-cinq ans de service, bordel de merde!

– Et Kiz? Vous n'allez pas la laisser tomber, si?

– Non, je ne vais pas la laisser tomber. Elle, je vais la soutenir, mais pas question de soutenir O'Shea. Qu'il aille se faire foutre!

Son portable vibrant à nouveau dans sa poche, cette fois Bosch l'en sortit pour jeter un coup d'œil à l'écran. Numéro inconnu. Il répondit quand même, pour échapper aux questions, jugements et stratégies « je couvre mes arrières » de son patron. C'était Rachel Walling.

– Harry, dit-elle. On vient juste de recevoir l'avis de recherche sur Waits. Qu'est-ce qui se passe?

Bosch comprit qu'il allait devoir raconter l'histoire encore et encore jusqu'à la fin de la journée, voire de sa vie. Pour pouvoir lui répondre en privé, il entra dans une salle où se trouvaient des cabines téléphoniques et une fontaine d'eau potable. Puis, de façon aussi concise que possible, il lui relata ce qui était arrivé en haut de Beachwood Canyon et lui dit où on en était avec Rider. Et, ce faisant, il revécut l'instant où il avait vu Waits se ruer sur l'arme. Et repensa aux efforts que tous avaient déployés pour arrêter l'hémorragie et sauver la vie de sa coéquipière.

Rachel lui proposa de passer aux Urgences, mais il l'en dissuada en lui disant qu'il ne savait pas trop combien de temps il y serait encore et en lui rappelant qu'il serait probablement retenu par l'interrogatoire des enquêteurs de l'OIS.

– Est-ce que je te verrai ce soir? lui demanda-t-elle.

– Oui, si j'ai tout fini et que l'état de Kiz s'est stabilisé. Sinon, il se peut que je reste ici.

– Je vais monter chez toi. Appelle-moi s'il y a du nouveau.

– D'accord.

Il ressortit de la salle et s'aperçut que la salle d'attente des Urgences commençait à se remplir de flics et de journalistes. Cela voulait probablement dire que la nouvelle de l'arrivée du chef de police s'était déjà répandue. Ça ne le gênait pas. La présence du grand patron aux Urgences pousserait peut-être la direction de l'hôpital à donner quelques renseignements sur l'état de sa coéquipière.

Il rejoignit Pratt qui se trouvait avec son chef, le capitaine Norona, patron des Vols et Homicides.

— Et l'exhumation? demanda-t-il aux deux hommes.

— J'ai fait monter Rick Jackson et Tim Marcia là-haut, lui répondit Pratt. Ils s'en chargeront.

— C'est mon affaire, lui répliqua Bosch en protestant légèrement.

— Plus maintenant, dit Norona. Vous, vous êtes avec l'OIS jusqu'à tant qu'ils aient fini le boulot ici. Vous êtes le seul parmi ceux qui avaient un écusson là-haut à pouvoir encore parler de ce qui s'est passé. Et ça, ça occupe le devant de la scène. L'histoire Gesto, c'est moins pressé, et Marcia et Jackson s'en occuperont.

Bosch savait qu'il ne servirait à rien de discuter. Le capitaine avait raison. S'il y avait bien eu quatre autres personnes présentes lors de la fusillade et que toutes s'en étaient tirées sans dommages, ce seraient son compte rendu et ses souvenirs à lui qui compteraient le plus.

Il y eut de la bousculade à l'entrée des Urgences lorsque plusieurs techniciens, caméra de télé sur l'épaule, se poussèrent pour avoir la meilleure place à droite et à gauche des doubles portes. Lorsque ces dernières s'ouvrirent enfin, le chef de police entra avec tout son entourage. Il se dirigea à grands pas vers la réception, où il fut rejoint par Norona. Ils parlèrent avec la femme qui avait rejeté Bosch un peu plus tôt. Cette fois cependant, image même de la coopération, elle décrocha son téléphone et passa un appel. Elle savait manifestement faire la différence entre les gens qui comptent et ceux qui ne comptent pas.

Moins de trois minutes plus tard, le patron du service chirurgie franchissait les portes des Urgences et invitait le chef à entrer pour une consultation en privé. Alors qu'ils passaient entre les portes, Bosch se joignit aux huiles du sixième étage et à leurs assistants.

— Docteur Kim! lança une voix derrière le groupe.

Tous s'arrêtèrent et se retournèrent. C'était la réceptionniste.

— Il n'est pas avec ce groupe, dit-elle en montrant Bosch du doigt.

Le chef remarqua la présence de Bosch pour la première fois et reprit la réceptionniste.

– Oh que si! lança-t-il sur un ton qui n'invitait pas au désaccord.

Elle eut l'air dépitée. On se remit en marche, le docteur Kim faisant entrer tout le monde dans un box de malade inoccupé. Tous se réunirent autour d'un lit vide.

– Votre officier de police...

– Inspectrice. Elle est inspectrice.

– Je vous demande pardon. Ce sont les docteurs Patel et Worthing qui s'occupent de votre inspectrice aux Soins intensifs. Je ne peux pas les interrompre pour qu'ils vous mettent au courant des derniers développements, mais je suis prêt à répondre à toutes vos questions.

– Parfait, lui renvoya brutalement le chef de police. Va-t-elle s'en sortir?

– Nous le pensons, oui. Ce n'est pas vraiment le problème. Le problème, c'est les atteintes permanentes et ça, on ne le saura pas avant quelque temps. Une des balles lui a endommagé une carotide et ce sont les carotides qui apportent le sang et l'oxygène au cerveau. Pour l'instant, nous ne savons pas à quelle interruption du flux sanguin nous avons eu ou avons encore affaire, ni les dégâts occasionnés.

– Il n'y a pas des tests qu'on pourrait faire?

– Si, monsieur, il y en a, et nous assistons déjà à une activité cérébrale habituelle. C'est une excellente nouvelle, pour l'instant.

– Peut-elle parler?

– Non, pas pour le moment. Elle a subi une anesthésie générale et il nous faudra attendre quelques heures avant qu'elle soit peut-être en mesure de parler. J'insiste sur le «peut-être». Nous ne le saurons que tard ce soir ou demain matin, quand elle reviendra à elle.

Le chef de police hocha la tête.

– Merci, docteur Kim, dit-il.

Sur quoi il commença à se diriger vers l'ouverture du rideau, tout le monde faisant également demi-tour pour partir. Puis il se retourna vers le chirurgien.

– Docteur Kim, dit-il à voix basse, autrefois, cette femme a travaillé directement pour moi. Je ne veux pas la perdre.

– Nous faisons de notre mieux, monsieur. Nous ne la perdrons pas.

Le chef de police hocha de nouveau la tête et cette fois se mit effectivement en devoir de partir. Tout le groupe se dirigeait lentement vers les portes de la salle d'attente lorsque Bosch sentit une main lui attraper l'épaule. Il se retourna et découvrit que c'était le grand patron en personne. Celui-ci l'entraîna à l'écart pour lui parler en privé.

– Comment ça va, inspecteur Bosch ?

– Ça va, chef.

– Merci de nous l'avoir amenée ici aussi vite.

– Sur le coup, ça ne m'a pas paru très rapide et il n'y avait pas que moi. On était plusieurs. On a travaillé ensemble.

– Oui, je sais. O'Shea est déjà en train de se faire mousser aux nouvelles et de raconter comment il l'a sortie de la jungle. En en rajoutant sur ce qu'il a fait.

Bosch n'en fut pas surpris.

– Faites-moi un bout de conduite, inspecteur Bosch, reprit le chef de police.

Ils gagnèrent la salle d'attente, puis l'entrée des ambulances, le chef de police gardant le silence jusqu'à ce qu'ils soient dehors et hors de portée d'oreille.

– On va en prendre un sacré coup sur la gueule avec ce truc-là, dit-il enfin. On a un tueur en série qui a avoué et qui cavale partout en ville. Je veux savoir ce qui s'est passé là-haut, dans la montagne, inspecteur. Comment se fait-il que tout ait tourné pareillement de travers ?

Bosch baissa la tête en signe de contrition. Il savait que ce qui s'était passé à Beachwood Canyon ferait l'effet d'une bombe, l'onde de choc se propageant à travers toute la ville et les unités de police.

– Bonne question, chef, répondit-il enfin. J'y étais, mais je ne sais pas trop ce qui s'est passé.

Et il se mit à raconter l'histoire, une fois de plus.

18

Petit à petit les médias et la police quittaient la salle d'attente des Urgences. D'une certaine façon, que Rider ne soit pas morte était décevant : aurait-elle péri qu'on aurait pu aussitôt fournir du baratin télévisé. On entre, on sort, on passe au suivant et à la conférence de presse. Sauf qu'elle n'était pas morte et qu'on ne pouvait pas attendre. Elle s'accrochait et, les heures passant, le nombre de gens qui attendaient diminuait. Jusqu'à ce qu'il n'y ait plus que Bosch. Rider ne sortant avec personne et ses parents ayant quitté Los Angeles après la mort de sa sœur, il n'y eut bientôt plus que lui pour attendre le bon moment pour la voir.

Un peu après cinq heures de l'après-midi, le docteur Kim franchit les doubles portes et se mit à chercher le chef de police, à tout le moins quelqu'un en uniforme ou au-dessus du rang de simple inspecteur. Il dut se contenter de parler avec Bosch, qui se leva pour recevoir les nouvelles.

— Elle s'en sort bien, dit le chirurgien. Elle est consciente et ne peut pas parler, mais ses facultés de communication sont bonnes. Elle ne parle pas à cause de son tubage et de son traumatisme au cou, mais tous les premiers signes sont positifs. Ni attaque ni infection, tout a l'air bon. L'autre blessure est stabilisée et demain on s'en occupera plus avant. Elle a eu assez d'opérations pour aujourd'hui.

Bosch acquiesça et sentit un immense soulagement le parcourir : Kiz allait en réchapper.

— Je peux la voir ? demanda-t-il.

— Quelques minutes, mais comme je vous l'ai dit pour l'instant elle ne parle pas. Si vous voulez bien me suivre…

Bosch le suivit une deuxième fois et franchit les doubles portes.

Ils traversèrent les Urgences et gagnèrent l'unité des Soins intensifs.
Kiz se trouvait dans la deuxième chambre à droite. Son corps
paraissait tout petit au milieu du lit entouré de machines, d'écrans
de surveillance et de tubes divers. Elle avait le regard en berne et
ses yeux ne marquèrent aucun changement lorsqu'il entra dans
son champ de vision. Il comprit qu'elle était consciente, mais à
peine.

– Kiz, dit-il. Comment va?

Il se pencha en avant et serra sa main valide.

– N'essaie pas de répondre, reprit-il. Je n'aurais pas dû te poser
de question. Je voulais juste te voir. Le patron du service chirurgie
vient de me dire que tu vas t'en sortir. T'auras de la rééducation à
faire, mais au bout tu seras comme neuve.

Elle ne pouvait ni parler ni produire le moindre son à cause de
son tubage, mais elle lui serra la main et Bosch y vit un signe positif.

Il approcha une chaise et s'assit pour pouvoir garder sa main
dans la sienne. Il ne lui dit pas grand-chose pendant la demi-heure
qui suivit. Il lui tenait la main, rien de plus, et de temps en temps
elle lui serrait la sienne.

A cinq heures trente, une infirmière entra dans la pièce et
informa Bosch que deux hommes voulaient le voir dans la salle
d'attente des Urgences. Il serra une dernière fois la main de Rider et
lui dit qu'il reviendrait le lendemain matin.

Les deux hommes qui l'attendaient étaient des enquêteurs de
l'OIS. Ils s'appelaient Randolph et Osani, Randolph étant le lieutenant responsable de l'unité. Il enquêtait depuis si longtemps sur les
tirs des policiers qu'il avait supervisé les enquêtes effectuées sur les
quatre derniers de Bosch.

Ils l'emmenèrent dans leur voiture pour pouvoir parler tran-
quillement. Un magnétophone posé sur le siège à côté de lui, Bosch
raconta ce qui s'était passé à partir du moment où il s'était joint à
l'enquête. Randolph et Osani ne lui posèrent aucune question jusqu'à ce qu'il commence à relater ce qui s'était passé pendant l'expédition du matin avec Waits. A ce moment-là, ils lui posèrent des tas
de questions, toutes manifestement destinées à recevoir des réponses
qui collaient avec la façon dont la hiérarchie avait prévu de traiter
le désastre. Il était en particulier clair qu'on voulait absolument

établir que sinon toutes, à tout le moins les décisions les plus importantes émanaient du bureau du district attorney et de Rick O'Shea en personne. Cela ne signifiait pas pour autant que la police avait l'intention d'annoncer qu'il convenait de lui faire porter la responsabilité du désastre. Cela dit, elle faisait ce qu'il fallait pour être prête à se défendre contre toute attaque.

C'est ainsi que, lorsque Bosch relata le désaccord passager qui avait surgi au moment de savoir si l'on devait ou pas ôter les menottes à Waits de façon qu'il puisse descendre le long de l'échelle, Randolph le pria instamment de lui rapporter qui avait dit quoi exactement. Bosch savait qu'il était le dernier à subir leurs questions. Ils devaient s'être déjà entretenus avec Cal Cafarelli, Maury Swann, O'Shea et son vidéographe.

— Avez-vous regardé la vidéo ? demanda-t-il lorsqu'il eut fini de leur donner sa version des faits.

— Pas encore, mais on le fera.

— Tout devrait y être. Je crois que le type était en train de filmer quand la fusillade a éclaté. De fait, même, j'aimerais assez voir la bande.

— C'est-à-dire que là… en toute honnêteté, on a un petit problème, répondit Randolph. Corvin dit l'avoir perdue dans les bois.

— Corvin, c'est le cameraman ?

— Voilà. Il dit qu'elle a dû tomber de sa poche quand vous transportiez Rider sur l'échelle. On ne l'a pas retrouvée.

Bosch hocha la tête et fit son petit calcul politique. Corvin travaillait pour O'Shea et l'enregistrement l'aurait montré alors qu'il ordonnait à Olivas d'ôter les menottes à Waits.

— Corvin ment, dit-il. Il portait un pantalon plein de poches, vous voyez ? Pour transporter de l'équipement. Et je l'ai vu sortir la bande de la caméra et la fourrer dans une de ses poches à rabat, là, sur le côté de sa jambe. A ce moment-là, il n'y avait que lui en bas. Et il n'y a que moi qui l'ai vu faire. Et la bande n'a pas pu en tomber : il avait refermé le rabat. Non, la bande, il l'a.

Randolph se contenta de hocher la tête comme si, pour lui, tout ce que disait Bosch reflétait bien la situation, comme si mentir à un enquêteur de l'OIS faisait partie des choses auxquelles il fallait s'attendre

– La bande montre O'Shea en train de dire à Olivas d'enlever les menottes, reprit Bosch. Ce n'est pas le genre de vidéo qu'O'Shea a envie de voir diffuser aux nouvelles ou tomber dans les mains du LAPD en plein milieu d'une année de campagne électorale, non... de n'importe quelle année, en fait. Toute la question est donc de savoir si c'est Corvin qui garde la bande pour faire chanter O'Shea ou si c'est O'Shea qui lui a dit de la planquer. Je parierais plutôt sur la deuxième hypothèse.

Randolph ne se donna même pas la peine d'acquiescer d'un signe de tête.

– Bien, on reprend tout du début une dernière fois et on vous libère, dit-il à la place.

– Parfait. Comme vous voudrez.

On lui faisait comprendre que la bande n'était pas son problème. Il acheva son deuxième récit avant sept heures du soir et demanda à Randolph et Osani s'il pouvait revenir à Parker avec eux pour y reprendre sa voiture. Pendant le trajet, les deux hommes de l'OIS ne parlèrent pas de leur enquête devant lui. Randolph alluma la radio à sept heures et ils écoutèrent ce que KFWB disait de l'affaire, puis des recherches entreprises pour retrouver Raynard Waits.

Un troisième reportage portait sur les retombées de plus en plus importantes de l'évasion du criminel. Si les élections avaient besoin de centrage, Bosch et compagnie leur en avaient trouvé un bon. Tout un chacun, des candidats à la mairie aux adversaires d'O'Shea, y alla de ses critiques sur la manière dont le LAPD et le bureau du district attorney avaient géré l'excursion fatale. O'Shea, lui, avait cherché à se distancier de la catastrophe électorale possible en sortant un communiqué dans lequel il se faisait passer pour un simple observateur de la scène – un observateur qui n'avait pris aucune décision sur le transport et la sécurité du prisonnier. Il avait notamment déclaré s'en être remis au LAPD pour ces questions. Le sujet se terminait sur une note où l'on signalait la bravoure dont il avait fait preuve en aidant à sauver la vie d'une inspectrice de police blessée – il l'avait mise en sûreté alors que le fugitif, qui était armé, rôdait dans le canyon boisé.

En ayant assez entendu, Randolph éteignit la radio.

– Cet O'Shea, dit Bosch, il a tout pigé. Ça va nous faire un sacré district attorney.

— Y a pas de doute, dit Randolph.

Arrivé dans le garage derrière Parker Center, Bosch souhaita le bonsoir aux hommes de l'OIS et gagna un parking proche pour y reprendre sa voiture. Sa journée l'avait épuisé, mais il restait encore près d'une heure de lumière. Il remonta l'autoroute en direction de Beachwood Canyon et remit son portable dans son chargeur pour appeler Rachel Walling. Elle était déjà chez lui.

— Ça va prendre un peu de temps, lui dit-il. Je remonte à Beach-wood Canyon.

— Pourquoi?

— Parce que c'est mon dossier et qu'ils sont là-haut à y bosser.

— C'est vrai que tu devrais y être.

Il ne réagit pas. Il écouta seulement son silence. Ça lui fit du bien.

— Je reviens dès que possible, dit-il enfin.

Il referma son portable au moment de quitter l'autoroute à la hauteur de Gower et quelques minutes plus tard il commença à remonter Beachwood Canyon. Près du sommet, il prit un virage au moment où deux vans venaient en sens contraire. Il reconnut l'ambulance de la morgue et, juste derrière, le van de la police scientifique avec l'échelle sur le toit. Il sentit un vide s'ouvrir en lui: ils étaient venus pour l'exhumation, il le savait. C'était bien le corps de Marie Gesto qui se trouvait dans le premier véhicule.

En arrivant au parking, il tomba sur Marcia et Jackson, les deux inspecteurs auxquels on avait confié la responsabilité de l'exhumation. Ils étaient en train d'ôter les salopettes qu'ils avaient enfilées par-dessus leurs habits et de les jeter dans le coffre de leur véhicule. Ils avaient fini pour la journée. Il se gara à côté d'eux et descendit de voiture.

— Harry, comment va Kiz? lui demanda aussitôt Marcia.

— Ils disent qu'elle va s'en sortir.

— Dieu merci!

— Tu parles d'un bordel, dit Jackson.

Bosch se contenta de hocher la tête.

— Qu'est-ce que vous avez trouvé?

— Elle, répondit Marcia. Enfin… vaudrait mieux dire qu'on a trouvé un corps. Ce sera une identification sur dossier dentaire. Parce qu'on a bien un dossier, non?

— Dans le classeur sur mon bureau.

— On va le prendre et l'emporter à Mission Road.

C'était là que se trouvait le bureau du coroner. Un légiste spécialisé en dentisterie y comparerait les radios de Marie Gesto avec celles prises sur le cadavre vers lequel Waits les avait conduits dans la matinée.

Marcia ayant refermé le coffre de la voiture, les deux inspecteurs regardèrent Bosch.

— Ça va ? demanda Jackson.

— La journée a été longue, répondit Bosch.

— Et d'après ce que j'entends, les suivantes pourraient l'être encore plus, dit Marcia. Jusqu'à ce qu'ils le coincent...

Bosch acquiesça. Ils voulaient savoir comment tout cela avait pu se produire, il le savait. Deux flics morts et une autre aux Soins intensifs ? Mais il en avait assez de raconter son histoire.

— Écoutez, dit-il. Je ne sais pas combien de temps je vais être tenu à l'écart. Je vais essayer d'être libre demain, mais il est clair que ce ne sera pas à moi de décider. Bref, si vous arrivez à une identification, j'apprécierais assez que vous me laissiez passer le coup de fil aux parents. Ça fait treize ans que je leur parle. Ils voudront que ce soit moi qui leur annonce la nouvelle. Et je veux être celui qui la leur annoncera.

— C'est entendu, Harry, dit Marcia.

— Je me suis jamais plaint de ne pas être obligé d'avertir un proche, ajouta Jackson.

Ils parlèrent encore quelques instants, puis Bosch leva la tête et regarda la lumière du jour qui faiblissait. Là-haut dans les bois, le sentier devait déjà être plongé dans une profonde obscurité. Il leur demanda s'ils n'auraient pas une lampe torche qu'il pourrait leur emprunter.

— Je vous la rapporte demain, leur promit-il, alors même que tous savaient qu'il avait toutes les chances de ne pas revenir le lendemain.

— Harry, dit Marcia, y a pas d'échelle là-haut. Les types de la police scientifique l'ont reprise.

Bosch haussa les épaules et regarda ses chaussures et son pantalon couverts de boue séchée.

— Il n'est pas impossible que je me salisse un peu, dit-il.

Marcia rouvrit le coffre en souriant et y prit une Maglite.

— Tu veux qu'on reste dans le coin? demanda-t-il en lui tendant la grosse lampe torche. Tu dérapes et tu te pètes une cheville et y aura que toi et les coyotes toute la nuit.

— Non, ça ira. De toute façon, j'ai mon portable. Sans compter que les coyotes, j'aime bien.

— Fais attention à toi là-haut.

Bosch resta planté là tandis qu'ils montaient en voiture et s'éloignaient. Puis il regarda encore une fois le ciel et emprunta le sentier qu'avait suivi Waits dans la matinée. Il ne lui fallut que cinq minutes pour retrouver l'à-pic où la fusillade avait éclaté. Il alluma la lampe torche et en promena quelques instants le faisceau sur tout le secteur. Enquêteurs de l'OIS, techniciens de la police scientifique et des services du coroner, tout le monde l'avait piétiné. Il ne restait plus rien à y découvrir. Il finit par descendre en s'aidant de la racine d'arbre dont il s'était servi pour monter dans la matinée. Deux minutes plus tard, il se retrouvait dans la dernière clairière, maintenant délimitée par un ruban jaune que la police avait tendu entre les arbres. Au centre, il découvrit un trou rectangulaire d'à peine un mètre vingt de profondeur.

Il se baissa pour passer sous le ruban jaune et pénétra sur la terre sacrée des morts que l'on cache.

Troisième partie

EN TERRE SACRÉE

19

C'était le matin. Bosch faisait du café pour Rachel et lui lorsqu'il reçut l'appel. C'était le patron, Abel Pratt.

– Harry, c'est pas la peine de venir. Je viens juste de l'apprendre.

Bosch s'y attendait à moitié.

– De la bouche de qui ? demanda-t-il.

– Ça vient du sixième étage. L'OIS n'a pas tout réglé et vu que c'est plutôt chaud avec les médias, ils veulent que vous restiez quelques jours sur la touche, jusqu'à ce qu'ils puissent voir de quel côté ça va pencher.

Bosch garda le silence. C'était au sixième étage que se trouvait l'administration. Le « ils » dont parlait Pratt était un groupe de stratèges de la direction qui se figeaient dès qu'une affaire faisait du bruit à la télé ou agitait le monde de la politique et là, c'étaient les deux qui avaient été touchés. Bosch n'était pas surpris par ce coup de fil, seulement déçu. Plus ça changeait, plus c'était la même chose.

– Avez-vous regardé les infos hier soir ? demanda Pratt.

– Non. Je ne regarde pas les infos.

– Vous feriez peut-être bien de commencer. Y a Irvin Irving qui s'étale partout pour donner son opinion sur ce merdier et c'est surtout vous qu'il a dans le collimateur. Hier soir, il a fait un petit laïus dans le Southside comme quoi vous avoir repris dans la police était l'exemple même de l'ineptie du chef de police et de la corruption morale de toute la police. Je ne sais pas ce que vous avez fait à ce mec, mais il a contre vous une dent pas possible. Corruption morale ? Il prend pas de gants.

– Ouais, bon. Ça ne m'étonnerait pas qu'il me reproche ses

hémorroïdes. Cette histoire de me mettre sur la touche, c'est à cause de lui ou des gars de l'OIS ?

— Oh, allons, Harry ! Vous croyez vraiment que je serais dans la confidence ? J'ai juste reçu un coup de fil comme quoi il fallait que je vous appelle, si vous voyez ce que je veux dire.

— Je vois, oui.

— Mais faut se dire qu'avec Irving qui vous débine comme ça, la dernière chose que pourrait faire le chef serait de vous laisser tomber : ça ferait croire à tout le monde qu'Irving a raison. Ce qui fait que moi, je vois plutôt les choses comme ça : ils préfèrent jouer réglo et tout bien caler avant de fermer le dossier. Bref, profitez bien de votre retraite forcée pour bosser et on se tient au courant.

— C'est ça, et Kiz, vous avez des nouvelles ?

— Ben, pour elle, y a pas besoin de s'inquiéter de l'assigner à résidence. C'est pas comme si elle allait filer.

— Ce n'est pas ce que je voulais dire.

— Non, non. Je sais très bien ce que vous voulez dire.

— Et… ?

C'était comme d'ôter l'étiquette d'une bouteille de bière. Ça ne s'en va jamais d'un seul coup.

— Et… oui, il se pourrait qu'elle ait des ennuis. Elle était en haut avec Olivas quand Waits a joué son va-tout. Toute la question est de savoir pourquoi elle ne l'a pas flingué quand elle en avait l'occasion. On dirait qu'elle s'est figée sur place, Harry, et ça, ça veut dire que ça pourrait lui retomber sur le nez

Bosch acquiesça. La façon dont Pratt voyait les choses côté politique lui paraissait juste, et cela l'attrista. Elle devait se battre pour rester en vie et, plus tard, il faudrait encore qu'elle se batte, cette fois pour ne pas perdre son emploi. Quel que soit son combat, il savait qu'il serait à ses côtés – jusqu'au bout.

— Bien, dit-il. Du nouveau pour Waits ?

— Rien, non ; il est toujours en cavale. Sans doute déjà au Mexique à l'heure qu'il est. Si ce type sait ce qu'il a de mieux à faire, il ne passera plus jamais la tête hors de l'eau.

Bosch n'en était pas aussi sûr, mais ne dit rien de son désaccord. Quelque chose – l'instinct – lui disait que Waits faisait profil bas, évidemment, mais qu'il était toujours dans la région. Il repensa au métro de la ligne rouge dans lequel il avait disparu et à toutes les stations qu'il y avait entre Hollywood et le centre-ville. Et se rappela la légende de Renart et du château secret.

– Harry, reprit Pratt, va falloir que j'y aille. Ça va?

– Ouais, ouais, c'est cool. Merci de m'avoir mis au courant, chef.

– Bien. Techniquement, vous êtes censé me contacter tous les jours jusqu'à ce qu'on m'avertisse que vous êtes de nouveau en actif.

– Pas de problème.

Il raccrocha. Quelques minutes plus tard, lorsque Rachel arriva dans la cuisine, il versa du café dans une tasse Thermos qu'elle avait eue en prenant livraison de sa Lexus en leasing avant d'être transférée à Los Angeles. Elle l'avait emportée avec elle la veille au soir.

Elle était tout habillée et prête à partir au boulot.

– J'ai rien ici pour le petit déjeuner, dit-il. On pourrait descendre Chez Du-par si tu as le temps.

– Non, ça ira. Faut que j'y aille.

Elle déchira un sachet de saccharine et en versa le contenu dans son café. Puis elle ouvrit le réfrigérateur et en sortit un litre de lait qu'elle avait aussi apporté la veille au soir. Elle en versa dans son café et ferma le couvercle de sa tasse.

– C'était quoi, ce coup de fil? demanda-t-elle.

– Le boss. Je viens de me faire mettre sur la touche pendant toute la durée de l'affaire.

– Ah, mon pauvre! dit-elle en s'approchant et le serrant dans ses bras.

– D'une certaine façon, c'est rien que la routine. Les médias et la politique les y obligent. Je suis censé travailler chez moi jusqu'à ce que les types de l'OIS règlent l'affaire comme il faut et m'innocentent de tout.

– Ça va aller?

– Ça va déjà.

– Qu'est-ce que tu vas faire?

– Je ne sais pas. Être de service à la maison ne signifie pas que je doive m'y trouver tout le temps. Je vais donc aller rendre visite à ma coéquipière et voir si on me laissera traîner un peu avec elle. Et après on voit, enfin... j'imagine.

– On déjeune ensemble?

– Oui, bonne idée.

Ils s'étaient vite glissés dans un confort domestique qu'il appréciait. C'était presque comme s'ils n'étaient plus obligés de parler.

– Écoute, je ne me sens pas mal, dit-il. Tu vas bosser et j'essaierai de descendre à l'heure du déjeuner. Je t'appellerai.

– D'accord. A tout à l'heure au téléphone.

Elle l'embrassa sur la joue avant de partir par la porte de la cuisine qui donnait sur l'auvent à voitures. Il lui avait dit d'y garer son véhicule les soirs où elle resterait.

Il but une tasse de café sur la terrasse de derrière en regardant le col de Cahuenga. Le ciel était encore clair après la pluie qui était tombée deux jours plus tôt. La journée s'annonçait une nouvelle fois superbe au paradis. Il décida de passer prendre son petit déjeuner tout seul Chez Du-par avant de rejoindre l'hôpital pour voir comment se portait Kiz. Il pourrait ainsi savoir ce que la presse disait des événements de la veille et apporter le journal à sa coéquipière, voire le lui lire si elle le désirait.

Il rentra dans la maison et décida de ne pas enlever le costume et la cravate qu'il avait mis avant de recevoir le coup de fil de Pratt. Boulot à la maison ou pas, il allait se conduire comme un inspecteur et en avoir l'air. Cela dit, il ouvrit quand même la penderie de sa chambre et descendit des étagères au-dessus de ses vêtements la boîte où se trouvaient les photocopies des dossiers qu'il avait faites quatre ans plus tôt, juste avant de prendre sa retraite. Il fouilla dans les piles jusqu'à ce qu'il trouve la copie du classeur Marie Gesto. Jackson et Marcia devaient avoir l'original, puisque c'étaient maintenant eux qui dirigeaient l'enquête. Il décida d'emporter la copie au cas où il aurait besoin de lire quelque chose pendant sa visite à Rider, ou si Jackson ou Marcia l'appelaient pour lui poser des questions.

Il descendit la colline en voiture, remonta vers Ventura Boulevard et le suivit, vers l'ouest, jusqu'à Studio City. Chez Du-par il acheta le *Los Angeles Times* et le *Daily News* au distributeur devant le restaurant, puis il entra et commanda du café et du pain perdu au comptoir.

Les événements de Beachwood Canyon faisaient la une des deux journaux. L'un et l'autre avaient publié des photos de Raynard Waits, les articles montant en épingle la chasse au tueur fou, la constitution d'un détachement spécial de la police et le numéro vert où appeler si jamais on repérait l'assassin. Il semblait bien que les rédacteurs aient jugé cette approche plus importante et plus vendeuse que les blessures infligées à une inspectrice et la mort de deux flics dans l'exercice de leurs fonctions.

Les articles reprenaient les informations données lors des innombrables conférences de presse de la veille, mais étaient avares de détails sur ce qui s'était vraiment produit en haut de Beachwood Canyon. A les lire, tout faisait encore l'objet d'une enquête et les renseignements étaient jalousement gardés par les autorités responsables. Les notices biographiques de l'adjoint Doolan et des policiers pris dans la fusillade étaient maigrichonnes, au mieux. Les deux victimes assassinées par Waits avaient de la famille. L'inspectrice blessée, Kizmin Rider, s'était récemment séparée d'une « amie de toujours » – ce qui, en langage codé, signifiait qu'elle était homo. Bosch ne reconnut pas les noms des journalistes et songea qu'ils étaient peut-être nouveaux à la rubrique des faits divers et n'avaient pas les sources nécessaires pour connaître les dessous de l'affaire.

Dans les pages intérieures des deux journaux, on trouvait des encadrés consacrés aux réactions des politiques à la fusillade et à l'évasion de l'assassin. L'un et l'autre quotidiens rapportaient les propos de divers gros bonnets du coin, ces derniers proclamant qu'il était encore trop tôt pour dire si l'incident de Beachwood aiderait ou gênerait la candidature de Rick O'Shea au poste de district attorney. Certes, c'était son affaire qui avait aussi mal tourné, mais les efforts désintéressés qu'il avait déployés pour aider à sauver l'inspectrice blessée, alors qu'un tueur armé se baladait dans le bois où ils se trouvaient, pouvaient être considérés comme un plus.

« Dans cette ville, disait ainsi l'un des gros bonnets, la politique a tout du cinéma : personne ne sait rien. Ce pourrait être la meilleure chose qui soit arrivée à O'Shea. Comme ce pourrait être la pire. »

Les propos de Gabriel Williams, l'adversaire d'O'Shea, étaient bien sûr abondamment repris dans les deux journaux ; pour lui l'incident était une honte impardonnable et c'était à O'Shea qu'on devait en imputer toute la faute. Bosch songea à la bande vidéo qui avait disparu et se demanda de quelle valeur elle serait pour le camp Williams. Et se dit que Corvin, le vidéographe, le savait peut-être déjà.

Dans les deux journaux, Irvin Irving y allait de ses coups de patte et s'en prenait plus particulièrement à un Bosch en qui il voyait l'incarnation même de tout ce qui clochait dans la police et de ce que lui, le conseiller municipal Irvin Irving, ferait de son mieux pour redresser. Bosch n'aurait jamais dû être repris dans la police l'année précédente et l'adjoint au chef de police qu'il était alors avait tout fait pour s'y opposer. Les deux journaux ajoutaient que Bosch, dont l'OIS évaluait encore la conduite dans cette affaire, n'avait pu être joint pour donner son opinion. Ni l'un ni l'autre ne précisant que l'OIS enquêtait systématiquement sur tout tir effectué par un policier, ce qui était présenté au lecteur paraissait inhabituel et donc suspect.

Il s'aperçut aussi que l'encadré du *Times* avait été rédigé par Keisha Russell, celle-ci ayant tenu la rubrique des faits divers pendant plusieurs années avant d'en être tellement frustrée qu'elle avait demandé à travailler dans un autre secteur. Tout laissait entendre qu'elle avait hérité de la politique. Il se demanda quel était le taux de frustration dans ce domaine. Elle avait appelé et laissé un message la veille au soir, mais à ce moment-là il n'était pas d'humeur à parler à un journaliste, même en qui il avait confiance.

Il avait toujours son numéro dans son portable. A l'époque où elle travaillait avec les flics, il avait été sa source de renseignements à diverses reprises, la dame lui donnant plusieurs fois un coup de main en retour. Il mit les journaux de côté et avala ses premières bouchées de pain perdu. Son petit déjeuner ne manquait ni de sucre ni de sirop d'érable et il savait que ça l'aiderait à se lancer à fond dans la journée.

Il en avait liquidé à peu près la moitié lorsqu'il sortit son portable et appela Keisha Russell. Elle décrocha aussitôt, sans doute parce qu'il avait caché son identité.

— Keisha, dit-il. C'est Harry Bosch.

— Harry Bosch, répéta-t-elle, tiens, tiens! Ça fait longtemps qu'on s'est pas causé.

— Vu que tu es un gros bonnet sur la scène politique...

— Et comme on dirait que la police et la politique vont entrer violemment en collision... Comment ça se fait que tu ne m'aies pas rappelée hier?

– Tu sais très bien que je ne peux pas faire de commentaires sur une enquête en cours, surtout si j'en suis l'objet. En plus de quoi mon portable était mort quand tu m'as appelé. Je n'ai eu ton message qu'en arrivant chez moi et c'était après le bouclage.

– Comment va ta collègue ? demanda-t-elle en laissant tomber les plaisanteries et prenant un ton sérieux.

– Elle s'accroche.

– Et tu t'en es sorti sans égratignures, comme on dit dans la presse ?

– Physiquement, oui.

– Mais pas politiquement.

– Voilà.

– C'est-à-dire que... c'est déjà dans le journal. Appeler pour faire des commentaires et te défendre maintenant ne va pas vraiment marcher.

– Ce n'est pas pour ça que j'appelle. Je n'aime pas voir mon nom dans les journaux.

– Ah, ça y est, je comprends. Tu veux parler, mais que ça reste entre nous. Tu veux être ma gorge profonde.

– Pas tout à fait.

Il l'entendit souffler d'agacement.

– Alors pourquoi tu m'appelles, Harry ?

– Et d'un, j'aime toujours autant entendre le son de ta voix, Keisha. Et tu le sais. Et de deux, comme tu es à la rubrique politique, tu dois avoir accès à tous les candidats. Tu sais bien... de façon à pouvoir les joindre pour avoir un commentaire rapide sur n'importe quelle question qui peut surgir dans le courant d'une journée. D'accord ? Comme la journée d'hier, par exemple ?

Elle hésita avant de répondre ; elle ne savait pas trop où il voulait en venir.

– Oui, nous sommes connus pour être capables de joindre les gens quand il y en a besoin. Tous, sauf les inspecteurs irascibles. Des fois, ceux-là peuvent poser problème.

Il sourit.

– Et voilà !

– Ce qui nous amène à la raison de ton appel.

– Exact. Je veux la ligne directe d'Irvin Irving.

Cette fois, l'hésitation fut plus longue.

— Harry, je ne peux pas te passer ce numéro. Il m'a été donné en confiance et si jamais il apprend que je l'ai…

— Oh, allons! Il te l'a donné à toi et à tous les autres journalistes qui couvrent la campagne, et tu le sais. Il ne saura jamais qui me l'a donné à moins que je le lui dise, et ça, il n'en est pas question. Et tu sais bien que tu peux me faire confiance.

— N'empêche… Je ne me sens pas très à l'aise de te le donner sans son autorisation. Si tu veux que je lui téléphone pour lui demander si…

— Il refuse de me parler, Keisha. C'est justement ça. S'il voulait, je pourrais laisser un message au QG de sa campagne… qui se trouve où, d'ailleurs?

— Dans Broxton Avenue, à Westwood. Non, Harry, je ne me sens toujours pas bien de te donner ses coordonnées.

Il attrapa vite le numéro du *Daily News* plié à la page des retombées politiques de l'affaire et lut le nom des auteurs.

— Bien, dit-il. Peut-être que Sarah Weinman ou Duane Swierczynski seront plus à l'aise pour me le donner. Ils pourraient même vouloir une reconnaissance de dette de quelqu'un qui est au cœur de l'affaire.

— D'accord, Bosch, d'accord, c'est pas la peine d'aller les voir, entendu? C'est pas vrai, ça!

— Je veux parler à Irving.

— D'accord, mais pas question de dire où tu as eu son numéro.

— Sans blague.

Elle le lui donna, il l'apprit par cœur. Et promit de la rappeler dès qu'il aurait quelque chose d'intéressant à lui donner.

— Écoute, ça n'a pas besoin d'être politique, dit-elle d'un ton pressant. Tout ce qui a un rapport avec l'affaire, OK? Je suis toujours capable d'écrire un fait divers si c'est moi qui ai dégoté le tuyau.

— C'est noté, Keisha. Merci.

Il referma son portable et laissa de quoi régler la note et le pourboire sur le comptoir. Il ressortait du restaurant lorsqu'il rouvrit son portable et y entra le numéro que la journaliste venait de lui donner. Irving décrocha au bout de six sonneries, mais sans s'identifier.

– Irvin Irving?

– Oui, qui est à l'appareil?

– Je voulais juste vous remercier de m'avoir confirmé tout ce que je pense de vous depuis toujours. Vous n'êtes qu'un opportuniste et qu'un jean-foutre. C'est ce que vous étiez dans la police et c'est ce que vous êtes encore depuis que vous l'avez quittée.

– C'est vous, Bosch? C'est vous... Harry Bosch? Qui vous a donné ce numéro?

– Un de vos gens. Faut croire que, même dans votre camp, quelqu'un n'aime pas trop le message que vous faites passer.

– Vous inquiétez pas pour ça, Bosch. Vous inquiétez de rien. Quand je serai élu, vous pourrez commencer à compter les jours avant que...

Son message délivré, Bosch referma son portable. Il se sentait bien d'avoir dit ce qu'il avait dit et de ne pas avoir à s'inquiéter qu'Irving soit un officier supérieur qui pouvait dire et faire ce qu'il voulait sans se faire remonter les bretelles par ceux qu'il insultait.

Heureux d'avoir ainsi répondu à la presse, Bosch monta dans sa voiture et gagna l'hôpital.

20

Dans le couloir qui conduisait aux Soins intensifs, Bosch croisa une femme qui venait de quitter la chambre de Kiz Rider. Il reconnut en elle l'ancienne amante de sa collègue. Ils s'étaient rencontrés brièvement et par hasard quelques années plus tôt ; il l'avait vue avec Rider au Playboy Jazz Festival du Hollywood Bowl.

Il lui adressa un signe de tête, mais elle ne s'arrêta pas pour lui parler. Il frappa un coup à la porte de la chambre de Rider et entra. Sa coéquipière avait bien meilleure mine que la veille, mais était encore loin d'avoir recouvré la santé. Elle était pleinement consciente lorsqu'il entra dans la pièce et suivit ses mouvements des yeux jusqu'à ce qu'il arrive à côté de son lit. Elle n'avait plus de tubes dans la bouche, mais, tout le côté droit de sa figure paraissant affaissé, Bosch eut peur qu'elle ait eu une attaque pendant la nuit.

– T'inquiète pas, dit-elle lentement d'une voix pâteuse. Ils m'ont anesthésié le cou et ça s'étend jusqu'à la moitié de ma figure.

Il lui serra la main.

– Bon, dit-il. Mais en dehors de ça, comment tu te sens ?

– C'est pas génial. Ça fait mal, Harry. Vraiment mal.

Il hocha la tête.

– Ouais.

– Ils vont m'opérer la main cet après-midi. Et ça aussi, ça va faire mal.

– Mais après, tu seras en bonne voie. La rééducation et tous ces trucs qui te feront du bien...

– J'espère.

Elle semblait déprimée et il ne savait pas quoi lui dire. Un jour, quelque quatorze ans plus tôt – à l'époque, il avait à peu près le même âge qu'elle maintenant –, il s'était réveillé à l'hôpital après avoir reçu une balle dans l'épaule gauche. Il se rappelait encore les douleurs fulgurantes qui le prenaient chaque fois que la morphine commençait à ne plus faire effet.

— Je t'ai apporté les journaux, dit-il. Tu veux que je te les lise?

— Oui. Rien de bon dedans, c'est ça?

— Non, rien de bon du tout.

Il lui tint la première page du *Times* en l'air pour qu'elle puisse voir la photo de Waits prise par la police. Puis il lui lut l'article principal et l'encadré. Et quand il eut terminé, il la regarda. Elle avait l'air affligée.

— Ça va?

— T'aurais dû me laisser et lui courir après, Harry.

— Qu'est-ce que tu racontes?!

— Dans les bois… T'aurais pu le coincer. Au lieu de ça, tu m'as sauvé la vie et regarde un peu la merde où tu t'es mis.

— Ça fait partie du lot, Kiz. Quand j'étais là-haut, je ne pensais qu'à une chose: comment t'emmener à l'hosto. Je me sens vraiment coupable de tout.

— Mais qu'est-ce que tu racontes? De quoi faudrait-il que tu te sentes coupable?

— De beaucoup de choses, Kiz. L'année dernière, quand j'ai lâché la retraite, je t'ai poussée à quitter le bureau du chef et à revenir avec moi. Tu n'aurais jamais atterri là-haut hier si…

— Oh, je t'en prie! Ça te f'rait rien de la fermer, bordel!

Il ne se rappelait pas l'avoir jamais entendue utiliser ce genre de langage et fit ce qu'elle lui demandait.

— Tu la boucles, reprit-elle. On arrête ça. Qu'est-ce que tu m'as apporté?

Il lui montra la copie du classeur Marie Gesto.

— Oh, rien, dit-il. Ça, c'était pour moi. Pour le lire au cas où tu aurais dormi. C'est une copie du dossier Gesto que j'ai faite quand j'ai pris ma retraite.

— Bon, mais qu'est-ce que tu vas en faire?

— Comme je t'ai dit: j'allais le lire. J'arrête pas de me dire qu'on a loupé quelque chose.

— «On»?

— Non, moi. J'ai sûrement loupé quelque chose. Y a un petit moment que j'écoute un concert de Coltrane et de Monk enregistré au Carnegie Hall. C'était là, au beau milieu des archives de Carnegie et ça y est resté pendant cinquante ans jusqu'à ce qu'un type le découvre. Ce qu'il faut voir, c'est que le type qui l'a découvert devait connaître leur façon de jouer pour comprendre ce qu'il avait sous la main.

— Le rapport avec le dossier?

Il sourit. Elle était au fond d'un lit d'hôpital avec deux blessures par balle dans le corps et elle se payait sa tête.

— Je ne sais pas. Je continue de me dire qu'il y a quelque chose là-dedans et que je suis le seul à pouvoir le trouver.

— Bonne chance, Harry. Assieds-toi sur cette chaise et lis le dossier. Je vais dormir un peu.

— D'accord, Kiz. Je ne ferai pas de bruit.

Il tira la chaise et l'approcha du lit. Il allait s'asseoir lorsqu'elle parla de nouveau.

— Je ne reviendrai pas dans la police, dit-elle.

Il la regarda. Ce n'était pas ce qu'il voulait entendre, mais il n'était pas question de s'y opposer. Pas pour l'instant en tout cas.

— Comme tu veux, Kiz.

— Sheila, ma vieille copine, vient juste de me rendre visite. Elle est venue dès qu'elle a appris la nouvelle. Elle dit qu'elle s'occupera de moi jusqu'à ce que je me sente mieux. Mais elle ne veut pas que je reprenne du service.

Il songea que cela expliquait aussi pourquoi elle n'avait pas voulu lui parler dans le couloir.

— Ç'a toujours été le point de friction entre nous, tu sais?

— Oui, je me souviens que tu m'en as parlé. Écoute, tu n'as pas à me parler de tout ça maintenant.

— Sauf qu'il n'y a pas que Sheila. C'est aussi moi. J'aurais jamais dû être flic. Je l'ai prouvé hier.

— Qu'est-ce que tu racontes?! T'es une des meilleurs flics que je connaisse!

Il vit une larme rouler sur sa joue.

— Je me suis figée, Harry. Putain, je me suis complètement figée et je l'ai laissé… me tirer dessus, quoi!

— Te fais pas ça, Kiz.

— C'est à cause de moi que ces hommes sont morts. Quand Waits s'est jeté sur Olivas, j'ai été incapable de bouger. Je me suis contentée de regarder. J'aurais dû l'abattre, mais non... je suis juste restée plantée là... Je suis restée plantée là et je l'ai laissé me tirer dessus. Au lieu de lever mon flingue, j'ai levé la main en signe de...

— Non, Kiz. Tu n'avais pas d'angle de tir. Si tu avais tiré, tu aurais pu toucher Olivas. Et après, c'était trop tard.

Comprenait-elle qu'il lui disait ce qu'il faudrait raconter aux types de l'OIS?

— Non, il faut que je regarde les choses en face, reprit-elle. J'ai...

— Kiz, si tu veux arrêter, y a pas de problème. Je te soutiendrai à cent pour cent. Mais je ne veux pas que tu cales sur l'autre truc. Tu comprends?

Elle essaya de se détourner, mais les pansements qu'elle avait autour du cou l'en empêchèrent.

— D'accord, dit-elle.

D'autres larmes se mettant à rouler sur ses joues, Bosch comprit qu'elle était bien plus profondément blessée qu'au cou et à la main.

— Tu sais que tu aurais dû monter, reprit-elle.

— Quoi?

— Là-bas, avec l'échelle... Si c'était toi qui t'étais trouvé en haut au lieu de moi, rien de tout cela ne serait arrivé. Parce que toi, tu n'aurais pas hésité. Tu lui aurais explosé la tronche comme il faut.

Il hocha la tête.

— Hors situation, personne ne peut dire comment on peut réagir.

— Oui, mais moi, je me suis figée.

— Écoute, dors un peu, Kiz. Tu prendras ta décision quand tu seras en forme. Si tu ne veux pas revenir, je comprendrai. Mais je serai toujours avec toi, Kiz. Quoi qu'il arrive et quoi que tu fasses.

Elle s'essuya le visage avec la main gauche.

— Merci, Harry, dit-elle.

Elle ferma les yeux et il la vit qui finissait par renoncer. Elle marmonna quelque chose qu'il ne put comprendre et s'endormit. Il la regarda encore quelques instants et songea à ce que ça lui ferait de ne plus l'avoir pour coéquipière. Ils travaillaient bien ensemble, comme s'ils étaient de la même famille. Elle allait lui manquer.

Mais il n'avait pas envie de penser à l'avenir, pas maintenant. Il ouvrit le classeur et décida de commencer par le passé. Depuis la première page, celle du premier rapport sur le crime.

Quelques instants plus tard, il avait tout en tête et s'apprêtait à passer aux dépositions des témoins lorsque son portable se mit à vibrer dans sa poche. Il sortit de la chambre pour répondre à l'appel dans le couloir. C'était le lieutenant Randolph de l'OIS.

— Désolé de vous tenir sur la touche pendant qu'on prend tout notre temps pour ce truc, dit-il.

— Pas de problème. Je sais pourquoi.

— Oui, y a beaucoup de pressions dans tout ça.

— Que puis-je faire pour vous, lieutenant?

— J'aurais bien aimé que vous descendiez à Parker Center et que vous jetiez un coup d'œil à une bande vidéo.

— Vous avez récupéré la bande du cameraman d'O'Shea?

Randolph ne répondit pas tout de suite.

— Oui, c'est ça, dit-il enfin, on a une bande à lui. Je ne suis pas certain qu'elle soit complète et c'est ça que je voudrais vous montrer. Vous voyez… pour que vous nous disiez ce qui pourrait manquer. Vous pouvez venir?

— J'arrive dans trois quarts d'heure.

— Parfait. Je vous attends. Comment va votre coéquipière?

Bosch se demanda si Randolph savait où il était.

— Elle s'accroche toujours. Je suis à l'hôpital, mais elle est encore un peu dans les vapes.

Il voulait faire repousser l'interrogatoire de Rider aussi loin que possible. Dans quelques jours, quand elle ne serait plus sous analgésiques et aurait toute sa tête, peut-être réfléchirait-elle à deux fois avant de raconter qu'elle s'était figée lorsque Waits avait joué son va-tout.

— Nous attendons de savoir quand nous pourrons la voir, reprit Randolph.

— Dans quelques jours, y a des chances.

— Probablement. Bon, bref, à tout à l'heure. Je vous remercie de bien vouloir venir.

Bosch referma son portable et rentra dans la chambre. Il prit le classeur sur la chaise où il l'avait laissé et jeta un coup d'œil à sa collègue. Elle dormait. Il quitta la pièce sans faire de bruit.

Il ne traîna pas en route et appela Rachel pour lui dire que le déjeuner ne poserait pas de problème étant donné qu'il serait déjà en ville. Ils tombèrent d'accord pour se payer du bon et elle promit de réserver au Water Grill pour midi. Il lui dit qu'il y serait.

Les services de l'OIS se trouvaient au troisième étage de Parker Center, complètement à l'opposé de la division des Vols et Homicides. Randolph y avait un bureau personnel avec équipement vidéo monté sur une console. Il s'était installé à son bureau pendant qu'Osani préparait l'équipement pour passer la bande. Il fit signe à Bosch de prendre le seul autre siège dans la pièce.

– Quand avez-vous récupéré cette bande? demanda Bosch.

– Elle nous a été livrée ce matin. Corvin dit avoir mis vingt-quatre heures avant de se rappeler l'avoir glissée dans une des poches dont vous me parliez. Ceci, bien sûr, après que je lui eus fait comprendre que j'avais un témoin qui l'avait vu l'y mettre.

– Et vous pensez qu'elle a été trafiquée?

– On le saura quand je l'aurai filée aux techniciens de la police scientifique mais, oui, il y a eu montage. On a retrouvé sa caméra sur la scène de crime et Osani a eu la présence d'esprit de noter le numéro affiché au compteur. Et quand on fait défiler la bande, les numéros qui s'y affichent ne correspondent pas à ceux de la caméra. Il y a deux coupures, soit à peu près deux minutes d'enregistrement. Tu nous la passes, Reggie?

Osani ayant lancé la bande, Bosch la regarda depuis le début, au moment où les enquêteurs et les techniciens se retrouvaient sur le parking du Sunset Ranch. Corvin n'ayant pas lâché Rick O'Shea d'une semelle, on avait droit à un flot ininterrompu de scènes où le candidat au poste de district attorney semblait toujours être au cœur de l'action. Même chose tandis que le groupe suivait Waits dans le bois, jusqu'à l'arrêt en haut de l'à-pic. Alors il apparut clairement qu'il y avait une coupure à l'endroit où l'on devait supposer que Corvin avait arrêté sa caméra, puis l'avait remise en marche. Toute la discussion portant sur la question de savoir s'il fallait ou ne fallait pas ôter les menottes du prisonnier avait disparu. On sautait du moment où Kiz Rider disait qu'on pouvait prendre l'échelle de la police scientifique à celui où Cafarelli revenait avec.

Osani arrêta la bande pour qu'ils puissent discuter.

— Il y a toutes les chances pour qu'il ait arrêté sa caméra pendant qu'on attendait l'échelle, dit Bosch. Ça a dû prendre dix minutes, max. Mais il n'a pas dû l'arrêter jusqu'à la fin de la discussion sur les menottes.

— Vous êtes sûr ?

— Non, c'est juste une supposition. Ce n'était pas Corvin que je regardais. C'était Waits.

— Oui.

— Désolé.

— Pas de quoi. Je ne veux pas que vous me disiez des trucs qui ne se sont pas produits.

— Un des autres témoins a-t-il confirmé mes propos ? Vous a-t-on dit avoir entendu la discussion sur les menottes ?

— Oui, Cafarelli et le technicien de la police scientifique l'ont entendue. Mais Corvin dit que non et O'Shea prétend qu'il n'y a même pas eu de discussion. Ce qui fait qu'on a deux policiers du LAPD qui disent oui et deux types de chez le district attorney qui disent non. Et pas de bande vidéo pour infirmer les uns ou les autres. Le coup classique du qui pissera plus loin que l'autre.

— Et Maury Swann ?

— C'est lui qui pourrait les départager, mais il refuse de nous parler. Il dit que c'est dans l'intérêt de son client de garder le silence.

Dans la bouche d'un avocat de la défense, ça n'avait rien de surprenant.

— Et l'autre coupure ? Vous dites qu'il y en a deux.

— Ça se peut. Vas-y, Reggie.

Osani fit repartir la bande et ils la regardèrent jusqu'à la descente avec l'échelle et l'arrivée dans la clairière, où Cafarelli s'était méthodiquement servie de la sonde à gaz pour délimiter l'emplacement du corps. Il n'y avait aucune interruption dans la bande. Corvin avait tout filmé d'un bout à l'autre, en se disant probablement qu'il ferait les coupures plus tard s'il fallait présenter le document comme pièce à conviction devant un tribunal. Ou comme documentaire de campagne.

La bande continuant à passer, ils virent le groupe revenir à l'échelle, puis Rider et Olivas grimper en haut de l'à-pic et Bosch ôter les menottes de Waits. Mais juste au moment où le prisonnier arrivait aux derniers barreaux de l'échelle et où Olivas se penchait en avant pour l'attraper, la bande s'arrêtait.

— C'est tout? demanda Bosch.

— C'est tout, répondit Randolph.

— Je me rappelle qu'après la fusillade, quand j'ai dit à Corvin de lâcher sa caméra et de monter à l'échelle pour venir aider Kiz, il l'avait à l'épaule. Et elle tournait.

— Oui, bon, sauf que quand on lui a posé des questions là-dessus, il nous a répondu qu'il pensait ne plus avoir assez de bande. Il voulait en garder un peu pour le moment où les types viendraient exhumer le corps. Ce serait pour ça qu'il aurait arrêté de filmer quand Waits montait à l'échelle.

— Et vous trouvez que ç'a un sens?

— Je ne sais pas. Et vous?

— Non. Pour moi, c'est du baratin. Il a tout filmé.

— Ce n'est qu'une opinion.

— Comme vous voudrez, dit Bosch. Mais pourquoi couper à cet endroit, toute la question est là. Qu'est-ce qu'il y avait après?

— C'est à vous de me le dire. C'est vous qui y étiez.

— Je vous ai déjà dit tout ce que je me rappelais.

— Sans doute, mais faudrait peut-être se rappeler un peu plus de choses. Vous n'êtes pas au mieux dans cette affaire.

— Qu'est-ce que vous racontez?

— Je ne vois rien sur la bande sur la question de savoir s'il fallait lui enlever les menottes ou pas. Ce que je vois, c'est Olivas en train de les lui ôter pour la descente et vous faire pareil pour la remontée.

Bosch comprit qu'il avait raison et que la bande donnait l'impression qu'il avait détaché Waits sans même en discuter avec les autres.

— O'Shea veut me piéger, dit-il.

— Je ne sais pas si quelqu'un cherche à piéger celui-ci ou celui-là. Que je vous pose une question : vous rappelez-vous avoir vu O'Shea quand ç'a commencé à chier là-haut et que Waits a pris le flingue et s'est mis à tirer?

— Non, répondit Bosch en hochant la tête. J'ai fini par terre avec Olivas sur moi. Ce qui m'inquiétait, c'était de savoir où se trouvait Waits, pas O'Shea. Bref, non, je ne sais pas où il était. Tout ce que je peux vous dire, c'est qu'il n'était pas dans le tableau. Il était quelque part derrière moi.

— C'est peut-être ça que Corvin avait sur la bande. O'Shea qui se trisse comme un péteux.

A ce mot de « péteux » que Randolph venait d'utiliser, Bosch eut comme un déclic.

Et se souvint. Du haut de l'à-pic, Waits avait traité quelqu'un — sans doute O'Shea — de « péteux ». Bosch se rappela aussi avoir entendu des bruits de cavalcade. O'Shea s'était enfui en courant.

Il réfléchit. Et d'un, O'Shea n'avait pas d'arme pour se protéger de l'homme qu'il allait mettre en prison à vie. En toute conscience, fuir ainsi n'avait rien d'inattendu ou d'inacceptable. C'était un acte d'autodéfense, pas de couardise. Cela dit, O'Shea étant candidat au plus haut poste du ministère public, s'enfuir, quelles que soient les circonstances, n'était pas du meilleur effet — surtout aux nouvelles télévisées de dix-huit heures.

— Ça y est, je me rappelle, reprit Bosch. Waits a traité quelqu'un de « péteux » parce qu'il s'enfuyait. Ce devait être O'Shea.

— Mystère résolu, dit Randolph.

Bosch se retourna vers l'écran.

— On pourrait revenir en arrière et regarder ce dernier passage encore une fois ? demanda-t-il. La dernière coupure, je veux dire...

Osani rembobina la bande et tous la regardèrent en silence à partir du moment où Waits se faisait ôter les menottes pour la deuxième fois.

— Vous pouvez arrêter juste avant la coupure ?

Osani figea l'image. Elle montrait Waits à mi-hauteur de l'échelle et Olivas en train de se pencher pour l'attraper. L'angle que faisait le corps de ce dernier était tel que son coupe-vent s'était ouvert. Bosch vit le pistolet dans son holster — hanche gauche et crosse dégagée de façon qu'Olivas puisse dégainer par un mouvement latéral en travers du corps.

Bosch se leva et s'approcha du téléviseur. Il prit un stylo et en tapota la pointe sur l'écran.

— Vous avez vu ? dit-il. On dirait que la bride du holster est ouverte.

Randolph et Osani examinèrent l'image. La bride de sécurité

était manifestement quelque chose qu'ils n'avaient pas remarqué.

— Il se peut qu'il ait voulu être prêt à tirer si jamais le prisonnier tentait quoi que ce soit, dit Osani. C'est prévu au règlement.

Ni Bosch ni Randolph ne répondirent. Qu'il n'y ait pas faute par rapport au règlement n'empêchait pas que ce soit curieux — et qu'Olivas ne puisse pas l'expliquer, vu qu'il était mort.

— Tu peux éteindre la machine, Reg, dit enfin Randolph.

— Non, vous pouvez repasser la bande une dernière fois? demanda Bosch. Juste là, quand il est sur l'échelle.

Randolph donna son accord à Osani d'un signe de tête et la bande fut rembobinée. Et repassée, Bosch essayant de se servir des images de l'écran pour prendre de l'élan et retrouver les souvenirs qu'il avait gardés du moment où Waits était arrivé en haut de l'à-pic. Il se rappela avoir levé la tête et vu Waits faire pivoter Olivas de façon que, celui-ci tournant le dos à ceux d'en bas, il n'y ait plus d'angle de tir possible sur lui. Il se rappela aussi s'être demandé où était Kiz et pourquoi elle ne réagissait pas.

Après, il y avait eu des coups de feu et Olivas qui tombait en arrière sur l'échelle et lui dégringolait dessus. Il avait levé les mains en l'air pour essayer d'amortir l'impact. Étendu par terre avec Olivas sur lui, il avait entendu d'autres coups de feu, puis les cris.

Les cris. Oubliés dans la panique et la montée d'adrénaline. Waits avait gagné le bord de l'à-pic et leur tirait dessus. Et criait. Traitait O'Shea de péteux parce qu'il courait. Mais il n'avait pas dit que ça.

Il avait dit: «Sauve-toi, espèce de péteux! Ç'a l'air de quoi, ton marché de merde maintenant?»

Bosch avait oublié la raillerie dans l'agitation et la confusion qui avaient régné lors de la fusillade, de l'évasion et des efforts déployés pour sauver Kiz Rider. Dans la montée de trouille qui avait accompagné ces instants.

Qu'est-ce que cela signifiait? Que voulait vraiment dire Waits en qualifiant l'accord de «marché de merde»?

— Qu'est-ce qu'il y a? demanda Randolph. (Bosch sortit de ses pensées et le regarda.) On dirait que vous vous rappelez quelque chose.

— Oui, je me rappelle comment j'ai failli être tué comme Olivas et Doolan. Olivas m'est tombé dessus et a joué le rôle de bouclier.

Randolph acquiesça d'un signe de tête.

Bosch avait envie de partir. Il voulait emporter sa découverte avec lui – « Ç'a l'air de quoi, ton marché de merde maintenant?» – et travailler la question. Il voulait réduire cette phrase en poussière et en passer tous les grains au microscope.

– Lieutenant, dit-il, vous avez encore besoin de moi?

– Non, pas pour l'instant.

– Alors, je vais y aller. Appelez-moi si c'est nécessaire.

Randolph le regarda d'un air entendu. Bosch se détourna.

– C'est ça, dit Randolph.

Bosch quitta le bureau de l'OIS et gagna le hall des ascenseurs. Il aurait dû vider les lieux tout de suite, mais il préféra appuyer sur le bouton de la montée.

2 I

Se rappeler ce qu'avait crié Waits changeait la donne. Pour Bosch, cela signifiait qu'il s'était passé quelque chose en haut de Beachwood Canyon – quelque chose dont il n'avait pas la moindre idée. Sa première réaction avait été de battre en retraite et de tout analyser avant de passer à l'action. Mais, le rendez-vous avec l'OIS lui ayant donné une raison de se trouver à Parker Center, il avait bien l'intention d'en profiter au maximum avant de repartir. Il entra dans la salle 503, celle de l'unité des Affaires non résolues, et gagna le box où il avait son bureau. La salle était quasiment déserte. Il jeta un coup d'œil au box que se partageaient Marcia et Jackson et vit qu'ils étaient sortis. Comme il devait passer devant la porte du bureau d'Abel Pratt pour gagner son box, il décida d'y aller carrément. Il passa la tête à la porte et découvrit son patron bien calé derrière son bureau. Il grignotait des raisins secs qu'il sortait d'une petite boîte rouge qu'on aurait dite faite pour un enfant. Il parut surpris de le voir.

– Harry, qu'est-ce que vous faites ici? lança-t-il.

– L'OIS m'a demandé de passer jeter un coup d'œil à la vidéo de l'expédition à Beachwood Canyon. La vidéo prise par le type d'O'Shea.

– On voit la fusillade?

– Pas vraiment, non. Il prétend que la caméra était éteinte.
Pratt haussa les sourcils.

– Et Randolph ne le croit pas?

– Difficile à dire. Le type a gardé la bande jusqu'à ce matin et il semblerait bien qu'elle ait été trafiquée. Randolph va demander à la police scientifique de vérifier. Bon, bref... je me suis dit que puisque j'étais ici, je pourrais aller rendre des dossiers et autres aux

Archives, histoire que ça ne traîne pas partout. Kiz en avait elle aussi et il lui faudra du temps avant de pouvoir les reprendre.

– C'est sans doute pas une mauvaise idée.

Bosch hocha la tête.

– Écoutez, reprit Pratt, la bouche pleine de raisins secs. Je viens d'avoir un coup de fil de Tim et de Rick. Ils sont en train de quitter la morgue de Mission Road. L'autopsie a été faite ce matin et ils ont confirmation de l'identité. Il s'agit bien de Marie Gesto. C'est le dossier dentaire qui a tranché.

Bosch hocha de nouveau la tête en digérant cette information définitive. Les recherches pour retrouver Marie Gesto étaient terminées.

– Donc, c'est fini, lança-t-il.

– On m'a dit que vous alliez avertir les parents. Que vous le vouliez…

– Oui. Mais je vais sans doute attendre ce soir, le moment où Dan Gesto rentrera du boulot. Ça serait mieux que le père et la mère soient ensemble.

– Comme vous voudrez. On ne dira rien ici. Je vais appeler le légiste pour lui dire de ne rien divulguer avant demain.

– Merci. Tim ou Rick vous ont-ils dit s'ils avaient la cause du décès?

– Tout indique l'étranglement manuel. Fracture de l'hyoïde, dit-il en se touchant le devant du cou au cas où Bosch aurait oublié où se trouve cet os si fragile.

Bosch n'avait jamais travaillé que sur une centaine d'homicides par étranglement, mais il ne se donna pas la peine de réagir.

– Désolé, Harry, enchaîna Pratt. Je sais que celui-là vous tenait à cœur. Quand vous avez commencé à ressortir le dossier tous les deux ou trois mois, j'ai compris que c'était important pour vous.

Bosch acquiesça d'un signe de tête, plus pour lui-même que pour Pratt. Puis il gagna son bureau en songeant à cette confirmation d'identité et en se rappelant comment, treize ans plus tôt, il s'était quasiment convaincu que le corps de Marie Gesto ne serait jamais retrouvé. Il était toujours étrange de voir comment tournaient les choses. Il commença à rassembler tous les dossiers ayant trait à l'enquête sur Waits. Marcia et Jackson avaient le classeur Marie Gesto, mais ça ne le gênait pas : il avait le sien – celui qu'il avait photocopié en douce – dans sa voiture.

Il fit le tour pour gagner le bureau de sa coéquipière et y rassembler ses dossiers sur Daniel Fitzpatrick, le prêteur sur gages que Waits disait avoir assassiné pendant les émeutes de 1992. Apercevant deux boîtes en plastique posées par terre, il en ouvrit une et découvrit qu'elle contenait les factures qu'on avait réussi à sauver de la boutique incendiée. Il se rappela que Rider lui en avait parlé. L'odeur de moisi de ces documents jadis détrempés l'assaillant, il remit vite le couvercle sur la boîte. Puis il décida de les emporter eux aussi, mais se rendit compte qu'il devrait passer deux fois devant la porte ouverte du bureau de Pratt et donnerait ainsi à ce dernier deux occasions de se demander ce qu'il fabriquait vraiment.

Il envisageait de laisser les dossiers lorsqu'il eut un coup de chance. Pratt venait de sortir de son bureau et le regardait.

– Je ne sais pas qui a décrété que les raisins secs font un bon casse-croûte, dit-il. J'ai encore faim. Vous voulez quelque chose en bas, Harry, un *doughnut* ? Autre chose ?

– Non, merci. Ça ira. Je débarrasse ces trucs et je dégage.

Il remarqua que Pratt tenait un des guides qui s'entassaient habituellement sur son bureau. Sur la couverture on lisait : *Les Antilles*.

– On se documente ? demanda-t-il.

– Oui, on voit ce qu'il y a. Avez-vous jamais entendu parler de Nevis ?

– Euh… non.

Bosch n'avait guère entendu parler des endroits sur lesquels Pratt lui posait des questions quand il se lançait dans ses recherches.

– Ils disent qu'on peut acheter une ancienne sucrerie sur quatre hectares de terrain pour moins de quatre cent mille dollars. Putain, je me ferai plus que ça rien qu'en revendant ma baraque.

C'était sans doute vrai. Bosch ne s'était jamais rendu chez lui, mais il savait que la propriété de son patron à Sun Valley était assez grande pour qu'on y élève deux ou trois chevaux. Depuis presque vingt ans qu'il y habitait, c'était maintenant une véritable mine d'or sur laquelle il était assis. Le seul problème était que, quelques semaines plus tôt, Rider, installée à son bureau, avait entendu Pratt se renseigner par téléphone sur des questions de garde d'enfant et de biens possédés en commun. Elle en avait parlé à Bosch, tous deux en déduisant que c'était un avocat spécialisé dans le droit du divorce qu'il interrogeait.

— Vous voulez fabriquer du sucre? demanda Bosch.

— Non, c'est juste que c'est ça qu'on y faisait à un moment donné. Maintenant, on l'achèterait probablement pour la remettre en état et en faire un *bed and breakfast.*

Bosch se contenta de hocher la tête. Pratt entrait dans un univers qu'il connaissait, mais qui ne l'intéressait absolument pas.

— Bon, conclut Pratt qui avait dû sentir qu'il n'avait pas de public. A bientôt. Ah oui, à propos... C'est bien que vous vous soyez mis sur votre trente et un pour l'OIS. Les trois quarts des types condamnés à travailler chez eux auraient débarqué en jean et T-shirt et plus ressemblé à des suspects qu'à des flics.

— Voilà, pas de problème, dit Bosch.

Pratt ayant quitté le bureau, il attendit trente secondes qu'il ait rejoint l'ascenseur. Alors il posa une pile de dossiers sur une des boîtes à éléments de preuve et emporta le tout dehors. Il réussit à les descendre jusqu'à sa voiture et à remonter avant que Pratt revienne de la cafétéria. Il en profita pour prendre la deuxième boîte et s'éclipsa. Personne ne lui demanda ce qu'il faisait ni où il allait avec tout le matériel qu'il embarquait.

Après avoir quitté le parking privé où il avait une place réservée, il consulta sa montre et s'aperçut qu'il avait moins d'une heure à tuer avant de retrouver Rachel à déjeuner. Cela ne lui laissait pas assez de temps pour rentrer chez lui, y déposer les documents et revenir — en plus de quoi ç'aurait été perdre son temps et gaspiller de l'essence. Il songea à annuler le déjeuner pour rentrer chez lui et se remettre à étudier le dossier, mais décida de n'en rien faire: Rachel, il le savait, pouvait être de bon conseil et, qui sait? lui donner quelques idées sur ce que Waits avait voulu dire quand il s'était mis à crier pendant la fusillade.

Il pouvait aussi arriver en avance au restaurant, s'installer à une table et commencer à travailler en l'attendant. Sauf que, il le savait, cela pouvait poser un problème si jamais un client ou un serveur tombait par hasard sur une des photos de l'affaire.

La bibliothèque centrale de la ville se trouvant dans le même pâté de maisons que le restaurant, il décida de s'y rendre. Il pourrait y faire du travail d'analyse dans un des box privés avant de retrouver Rachel à l'heure convenue.

Il se gara dans le parking sous la bibliothèque, prit les dossiers des affaires Gesto et Fitzpatrick et monta dans l'ascenseur. Une fois dans l'enceinte du bâtiment tentaculaire, il se trouva un box ouvert dans une salle d'ouvrages de référence et se mit au travail. Puisqu'il avait commencé à relire les pièces du dossier Gesto dans la chambre d'hôpital de Rider, il décida de s'y tenir et d'aller jusqu'au bout de son examen.

Il feuilleta les pièces dans l'ordre où on les avait rangées dans le classeur et ne tomba sur la chronologie de l'enquête (qu'en général on classe en dernier) que tout à la fin. Il parcourut rapidement les formulaires 51 et rien dans les décisions d'enquête, les personnes interrogées ou les appels téléphoniques reçus ne lui parut avoir plus d'importance qu'au moment où on les avait consignés dans la chronologie.

Mais, soudain, il fut frappé de n'y avoir pas vu quelque chose. Il remonta vite en arrière, s'arrêta au formulaire 51 du 29 septembre 1993 et y chercha l'entrée ayant trait au coup de fil que Jerry Edgar avait reçu de Robert Saxon.

Elle avait disparu.

Il se pencha en avant comme s'il voulait étudier le document de plus près. C'était insensé. L'entrée se trouvait bien dans le dossier officiel. Sous le nom de Robert Saxon, le pseudo de Raynard Waits. L'entrée était bien en date du 29 septembre 1993, l'appel ayant été reçu à dix-huit heures quarante. Olivas l'avait découverte en étudiant le dossier et le lendemain, dans le bureau d'O'Shea, Bosch l'avait lui aussi vue de ses yeux vue. Il l'avait étudiée en sachant fort bien que cela signifiait qu'Edgar et lui avaient commis une faute qui avait donné à Waits toute liberté de tuer pendant treize ans de plus.

Mais l'entrée n'était pas dans la copie que Bosch avait faite du dossier.

Alors bordel...

Au début, il ne comprit tout simplement pas. La copie de la chronologie qu'il avait sous les yeux avait été faite quatre ans plus tôt, au moment où il avait décidé de prendre sa retraite. Il avait photocopié en secret les dossiers d'un certain nombre d'affaires non résolues qui continuaient de le hanter. Ce seraient ses dossiers de retraite. Il avait prévu d'y travailler tout seul à ses heures perdues – et de les résoudre avant de laisser tomber sa mission et d'aller se promener sur une plage du Mexique, une canne à pêche dans une main et une Corona dans l'autre.

Sauf que ça n'avait pas marché comme ça. Il avait découvert que c'était avec un écusson de la police qu'on servait le mieux la mission et avait décidé de réintégrer le corps. Un des premiers dossiers qu'il avait sortis des Archives après avoir été assigné à l'unité des Affaires non résolues avec Rider avait été celui de l'affaire Gesto. Le dossier qu'il avait sorti était celui en cours, celui de l'enquête qu'on mettait à jour chaque fois que lui ou un autre travaillait dessus. Ce qu'il avait sous les yeux en était une copie qui était restée sur une étagère de sa penderie et n'avait pas été remise à jour depuis quatre ans. Mais même : comment se faisait-il qu'une entrée figurant dans un formulaire 51 versé au dossier de 1993 ne se retrouvait pas dans l'autre dossier ?

La logique n'autorisait qu'une réponse.

Quelqu'un avait trafiqué le dossier original. L'entrée où apparaissait le nom de Robert Saxon avait été ajoutée après que Bosch avait fait une copie de ce dossier. Ce qui, naturellement, laissait ouverte une fenêtre de quatre années pendant laquelle la fausse entrée avait pu être portée au dossier, mais le simple bon sens soufflait à Bosch que c'était à des jours et non à des années que la falsification remontait.

Quelques jours auparavant seulement, Fred Olivas l'avait appelé pour lui demander où se trouvait le dossier. Après en avoir pris possession, c'était ce même Olivas qui y avait découvert l'entrée Robert Saxon et en avait révélé l'existence.

Bosch feuilleta la chronologie. A chaque événement nouveau de l'enquête correspondait une page nouvelle, entièrement remplie d'entrées avec mention de l'heure. Il n'y avait qu'à la date du 29 septembre qu'on trouvait un blanc en bas de la page. Voilà qui aurait permis à Olivas d'ôter la feuille du classeur et d'y taper l'entrée Saxon avant de la remettre à sa place dans le dossier et d'ainsi préparer le terrain pour sa prétendue découverte d'un lien entre Waits et Gesto. En 1993, c'était à la machine à écrire qu'Edgar et Bosch tapaient les formulaires 51 dans la salle des inspecteurs du commissariat d'Hollywood. Maintenant tout était fait par ordinateur, mais il ne manquait pas de machines à écrire pour les flics de la vieille école, ceux qui, comme Bosch lui-même, ne voyaient pas très bien comment travailler avec un ordinateur.

Il sentit qu'un mélange de soulagement et de colère commençait à l'envahir. La culpabilité liée à la faute que prétendument il avait commise avec Edgar se fit moins lourde. Ils étaient blanchis et il allait falloir qu'il le dise à Edgar aussi tôt que possible. Mais cela, il n'arrivait pas encore à s'en persuader à cause de la fureur grandissante qu'il éprouvait d'avoir été ainsi manipulé par Olivas. Il se leva et s'éloigna du box. Sortit de la salle des ouvrages de référence et passa sous la rotonde de la grande salle où, tout là-haut sur les murs, une mosaïque circulaire racontait la fondation de la ville.

Il avait envie de crier, d'exorciser le démon, mais il garda le silence. Un gardien fila vite dans cette sorte de caverne, peut-être pour aller coincer un voleur de livres ou arrêter un exhibitionniste planqué entre les rayonnages. Bosch le regarda s'éloigner et regagna son travail.

De retour dans son box, il essaya de réfléchir à ce qui s'était passé. Olivas avait trafiqué le dossier en y tapant une entrée de deux lignes dans la chronologie de façon que lui, Bosch, croie avoir commis une énorme erreur aux premiers stades de l'enquête. Selon cette entrée, Robert Saxon avait appelé pour les informer qu'il avait vu Marie Gesto au supermarché Mayfair l'après-midi où elle avait disparu.

Ça s'arrêtait là. Ce n'était donc pas la teneur de l'appel qui comptait pour Olivas. C'était l'identité de celui qui avait passé le coup de fil. Olivas avait voulu que, d'une manière ou d'une autre, le nom de Raynard Waits figure au dossier. Mais dans quel but? Pour le culpabiliser et s'assurer ainsi la maîtrise et le contrôle de l'enquête actuelle?

Bosch rejeta cette hypothèse. La maîtrise et le contrôle des opérations, Olivas les avait déjà. Dans l'affaire Waits, c'était lui le responsable de l'enquête et que Bosch ait un droit de regard dans l'affaire Gesto n'y changeait rien. Oui, il faisait partie du voyage, mais ce n'était pas lui qui pilotait. Le pilote, c'était Olivas, et introduire le nom de Robert Saxon dans le dossier n'avait rien de nécessaire.

Il y avait une autre raison, forcément.

Bosch réfléchit encore un moment, mais n'arriva qu'à une conclusion bien faiblarde : Olivas avait besoin d'établir un lien entre Waits et Gesto. En introduisant le pseudonyme du tueur dans le dossier, il remontait treize ans en arrière et établissait fermement un lien entre Raynard Waits et Marie Gesto.

Sauf que Waits était sur le point de reconnaître qu'il avait assassiné cette dernière et qu'il n'y avait rien de plus fort qu'un aveu spontané. Il allait même conduire les autorités au corps de la victime. A côté de ces deux éléments, la présence de cette entrée dans la chronologie ne revêtait qu'une importance mineure. Et donc, pourquoi se donner la peine d'intégrer cette entrée mensongère dans la chronologie ?

En fin de compte, Bosch ne put que rester abasourdi devant le risque qu'avait pris Olivas. Il avait truqué le dossier officiel pour un gain ou une raison apparemment bien maigre. Il avait pris le risque que Bosch découvre la supercherie et lui demande des explications. Il avait couru le risque que cette même supercherie soit révélée devant une cour de justice par un avocat aussi astucieux que Maury Swann. Et tout cela, il l'avait fait en sachant qu'il n'y était pas obligé, en sachant que ce seraient ses aveux mêmes qui lieraient, et très solidement, Waits à l'affaire Gesto.

Et maintenant Olivas était mort et l'on ne pouvait plus lui demander de comptes. Il n'y avait plus personne pour dire le pourquoi de tout cela.

Sauf peut-être Raynard Waits en personne.

Ç'a l'air de quoi, ton marché de merde maintenant ?

Et peut-être aussi Rick O'Shea.

Bosch refit le tour de la question et d'un seul coup tout s'agença comme il fallait. Il comprit soudain pourquoi Olivas avait pris le risque de faire entrer le spectre de Raynard Waits dans le dossier d'enquête de Marie Gesto. Il le vit avec une clarté qui ne laissait plus place au moindre doute.

Raynard Waits n'avait pas tué Marie Gesto.

Bosch se leva d'un bond et se mit en devoir de rassembler ses dossiers. Il les prit à deux mains et traversa la salle sous la rotonde pour gagner la sortie. Les bruits de ses pas résonnèrent derrière lui comme l'écho d'une foule lancée à ses trousses. Il regarda par-dessus son épaule, mais non, il n'y avait personne dans la grande salle.

2 2

A la bibliothèque, Bosch avait perdu toute idée de l'heure. Il était en retard. Rachel s'était déjà installée et l'attendait. Elle tenait un grand menu d'une page devant elle pour cacher l'agacement qui se lisait sur son visage lorsque le garçon conduisit Bosch à sa table.

— Je m'excuse, dit celui-ci en s'asseyant.

— Ce n'est pas grave, répondit-elle, mais j'ai déjà commandé. Je ne savais plus si tu allais venir ou pas.

Elle lui tendit le menu par-dessus la table. Il le rendit aussitôt au garçon.

— Je prendrai la même chose, dit-il. Et de l'eau suffira.

Sur quoi il avala celle qu'il avait devant lui dans son verre tandis que le garçon s'éloignait. Rachel lui sourit, mais pas d'un air aimable.

— Ça ne va pas te plaire, dit-elle. Tu ferais mieux de rappeler le garçon.

— Pourquoi? J'aime bien les fruits de mer, moi.

— Sauf que j'ai commandé des sashimis. Et l'autre soir, tu m'as dit que tu aimais les fruits de mer, mais cuits.

La nouvelle l'arrêta un instant, mais il décida qu'il devait payer pour la faute qu'il avait commise en arrivant en retard.

— Tout ça finit au même endroit, dit-il en écartant le problème. Sauf que... pourquoi appellent-ils ce restau le «Water Grill» s'ils n'y font pas griller la nourriture?

— Bonne question, dit-elle.

— Laissons tomber. Faut qu'on parle. J'ai besoin de ton aide, Rachel.

— Pourquoi? Qu'est-ce qui ne va pas?

— Je ne crois pas que Raynard Waits ait tué Marie Gesto.

— Qu'est-ce que tu racontes?! C'est lui qui vous a conduits au corps. Tu es en train de me dire que ce ne serait pas celui de Marie Gesto?

— Non, non, l'identité a été confirmée aujourd'hui à l'autopsie. C'est bien le corps de Marie Gesto qui était dans cette tombe.

— Et c'est bien Waits qui vous y a conduits, non?

— Si.

— Et c'est bien encore lui qui a avoué l'avoir tuée, non?

— Si.

— L'autopsie montre-t-elle que la cause de la mort correspond à cet aveu?

— Oui, à ce que j'ai entendu dire.

— Conclusion, ce que tu racontes n'a aucun sens. Comment veux-tu que ce ne soit pas lui l'assassin, avec toutes ces preuves?

— Parce qu'il se passe des choses que nous ignorons, que j'ignore, moi. Olivas et O'Shea avaient mis un truc en route avec lui. Je ne sais pas trop de quoi il s'agit, mais c'est dans le canyon que tout a merdé.

Elle leva les mains en l'air pour lui dire d'arrêter.

— Et si tu reprenais du début? Tu ne me donnes que les faits. Pas d'hypothèses, pas de conjectures. Tu te contentes de me donner ce que tu as.

Il lui raconta toute l'histoire, en commençant par la falsification du dossier par Olivas et en terminant sur une relation détaillée de ce qui s'était passé lorsque Waits s'était mis à monter à l'échelle dans le canyon. Il lui rapporta ce que Waits avait crié à O'Shea et ce qui avait disparu sur la vidéo de l'expédition.

Cela lui prit un quart d'heure, pendant lequel on leur servit leurs plats. Bien sûr que ça arrivait vite, se dit-il. Il n'y avait rien à faire cuire! Il fut heureux d'être le seul à parler tout le temps. Cela lui donnait une excuse pour ne pas toucher au poisson cru qu'il avait devant lui.

Dès qu'il eut fini son histoire, il s'aperçut que Rachel s'était déjà mise à travailler. Elle passait tout en revue dans sa tête.

— Mettre Waits dans le dossier d'enquête n'a pas de sens, dit-elle. Ça le relie bien à l'affaire, c'est vrai, mais il y est déjà rattaché par ses aveux et le fait qu'il vous ait conduits au cadavre. Et donc, pourquoi se casser les pieds avec le dossier?

Il se pencha par-dessus la table pour lui répondre.

— Deux choses. Et d'un, Olivas pensait peut-être en avoir besoin pour me faire avaler le coup des aveux. Il ne savait absolument pas si je serais en mesure de lui casser sa baraque et il voulait des assurances. Bref, il colle Waits dans le dossier. Ce qui, moi, me met en position d'être prêt à croire à ses aveux.

— D'accord. Et le deuxièmement?

— C'est là que ça devient compliqué. Coller Waits dans le dossier me mettait certes dans cette position, mais avait aussi à voir avec l'idée de m'exclure de la partie.

Elle le regarda, mais elle ne comprenait pas ce qu'il venait de lui dire.

— Et si tu expliquais? lui dit-elle.

— C'est là qu'on quitte le domaine des faits reconnus pour passer à ce qu'ils pourraient signifier. Hypothèses, conjectures, t'appelles ça comme tu veux. Olivas a inséré cette entrée dans la chronologie et me l'a jetée à la figure. Il savait que si je la voyais et y croyais, je serais persuadé d'avoir horriblement merdé avec mon coéquipier en 93 et que je me mettrais en tête que des gens étaient morts à cause de notre erreur. Le fardeau de toutes ces femmes assassinées par Waits, ce serait moi qui le porterais.

— Bon.

— Et côté émotionnel, cela me placerait dans une relation de pure haine avec Waits. Oui, ça fait treize ans que je veux coincer le type qui a tué Marie Gesto. Mais y ajouter toutes les autres femmes et me coller leur mort sur le dos me mettrait complètement à cran quand je me retrouverais enfin devant leur assassin. De fait, cela me détournerait...

— De quoi?

— Du fait que Waits ne l'a pas tuée. Il a avoué l'avoir assassinée, mais il n'en a rien fait. Il a conclu une espèce de marché avec Olivas, et probablement avec O'Shea, pour endosser la responsabilité de ce crime parce que de toute façon il allait tomber pour les autres. J'étais tellement submergé par la haine que je me suis détourné du but à atteindre. Je ne faisais plus attention aux détails, Rachel. Tout ce que je voulais, c'était sauter par-dessus la table et étrangler ce type.

– Tu oublies quelque chose.

– Quoi?

Elle se pencha au-dessus de la table et baissa la voix pour ne pas être entendue des autres clients.

– C'est lui qui t'a conduit au cadavre. Comment aurait-il pu savoir où aller dans les bois s'il ne l'avait pas tuée? Comment a-t-il fait son compte pour vous amener directement à son cadavre?

Bosch hocha la tête. La remarque était juste, mais il se l'était déjà faite.

– Il pouvait. Il aurait pu être chapitré dans sa cellule par Olivas. Ç'aurait pu être une espèce d'astuce à la Hänsel et Gretel, une piste jalonnée de telle façon que lui seul pouvait en remarquer les repères. Je retourne au canyon cet après-midi. J'ai l'impression qu'en retraversant les lieux cette fois-ci, ces repères, je vais les trouver.

Il tendit la main, prit l'assiette vide de Rachel et l'échangea avec la sienne, à laquelle il n'avait pas touché. Elle n'éleva aucune objection.

– Tu es donc en train de me dire que toute cette expédition n'a été montée que pour te convaincre, toi, reprit-elle. Pour te persuader – alors qu'on lui avait filé toutes les informations de base sur le meurtre de Gesto et qu'il n'a fait que te les régurgiter pendant ses aveux avant de t'emmener tout aussi joyeusement que le Petit Chaperon rouge à travers bois jusqu'à l'endroit où elle était enterrée.

Il fit oui de la tête.

– Oui, c'est bien ce que je dis. Quand on ramène toute l'affaire à ça, je sais que ça semble un peu tiré par les cheveux, mais…

– Plus qu'un peu, Harry.

– Plus qu'un peu quoi?

– Plus qu'un peu tiré par les cheveux. Et d'un, d'où Olivas aurait-il tenu les détails à donner à Waits? D'où aurait-il pu savoir où Gesto était enterrée de façon à pouvoir décrire à Waits les repères à suivre? Tu n'es quand même pas en train de me dire que c'est Olivas qui a tué Marie Gesto?

Bosch fit énergiquement non de la tête. Pour lui, elle poussait un

ECHO PARK

peu trop loin la logique de l'avocat du diable et ça commençait à l'agacer.

— Non, je ne dis pas que c'est Olivas l'assassin. Ce que je dis, c'est que l'assassin a communiqué avec lui. Avec lui et avec O'Shea. Il est allé les voir et a conclu un marché avec eux.

— Harry, ça me semble un peu trop...

Elle n'acheva pas sa phrase. Elle poussait les sashimis sur l'assiette avec ses baguettes, mais n'en mangeait que très peu. Ce fut le moment que choisit le serveur pour s'approcher de la table.

— Les sashimis ne vous plaisent pas? lui demanda-t-il d'une voix tremblante.

— Non, non, je...

Elle se tut en s'apercevant qu'elle en avait une portion quasiment entière dans son assiette.

— Je ne dois pas avoir très faim, dit-elle.

— Elle ne sait pas ce qu'elle rate, ajouta Bosch en souriant. Moi, je les ai trouvés parfaits.

Le serveur ôta les assiettes de la table et leur dit qu'il allait leur apporter la carte des desserts.

— «Je les ai trouvés parfaits», répéta Walling d'un ton moqueur. Espèce de fumier.

— Je suis désolé.

Le serveur leur présenta les cartes, que l'un et l'autre lui rendirent avant de commander des cafés. Walling gardant le silence, Bosch décida d'attendre qu'elle reprenne la parole.

— Pourquoi maintenant? demanda-t-elle enfin.

Il hocha la tête.

— Je ne sais pas très bien.

— Quand as-tu ressorti le dossier et travaillé activement dessus pour la dernière fois?

— Il y a environ cinq mois de ça. La vidéo que je t'ai montrée l'autre soir... c'est la dernière fois que j'y ai travaillé. Je me préparais juste à y revenir.

— Qu'as-tu fait en dehors de ramener Garland au commissariat?

— Tout. J'ai parlé avec tout le monde. J'ai retapé encore une fois aux mêmes portes. Ce n'est qu'à la fin que j'ai ramené Garland.

— Tu crois que c'est lui qui a contacté Olivas?

— Pour qu'Olivas, voire O'Shea, puisse conclure un marché, il fallait que ce soit quelqu'un qui a le bras long. Et une masse de fric et de pouvoir. Et les Garland ont les deux.

Le serveur leur apporta le café et la note. Bosch posa sa carte de crédit sur la facture, mais le garçon était déjà reparti.

— Tu ne veux pas qu'on partage? Au moins ça? demanda Rachel. Tu n'as même pas mangé.

— Non, ça va. Écouter ce que tu as à me dire le vaut bien.

— Je parie que tu dis ça à toutes les filles.

— Non, seulement à celles qui sont agents fédéraux.

Elle hocha la tête et il vit le doute revenir lentement dans son regard.

— Quoi?

— Je ne sais pas. C'est juste que…

— Juste que quoi?

— Et si tu envisageais le problème avec les yeux de Waits?

— Oui?

— C'est vraiment tiré par les cheveux, Harry. On dirait une de ces pseudo-conspirations à la noix. On prend tous les faits après qu'ils se sont produits et on les arrange pour qu'ils appuient une théorie à dormir debout. Non, Marilyn n'est pas morte d'une overdose, ce sont les Kennedy qui se sont servis de la mafia pour la tuer. Tu vois le genre…

— Bon, alors, le point de vue de Waits?

— Tout ce que je dis, c'est ceci : pourquoi faire tout ça? Pourquoi avouer un meurtre qu'il n'a pas commis?

Bosch eut un geste dédaigneux de la main, comme s'il repoussait quelque chose de côté.

— Ça, c'est facile, Rachel. Il le fait parce qu'il n'a rien à y perdre. Il allait tomber comme l'Ensacheur d'Echo Park. Aller au procès, c'était se condamner à tous les coups à une décharge de jus de Jésus, exactement comme Olivas le lui a rappelé hier. La seule façon d'espérer garder la vie sauve était d'avouer ses crimes et donc, si l'enquêteur ou le procureur voulait qu'il en ajoute un pour faire bon poids, qu'est-ce qu'il pouvait y faire, hein? On refuse le marché? Faut pas se raconter des histoires, ils avaient le moyen de pression, ils disent à Waits de sauter, qu'est-ce qu'il peut faire d'autre que demander : « Sur qui ? »

Elle acquiesça d'un signe de tête.

— Et il y avait autre chose, ajouta Bosch. Il savait qu'on irait sur le terrain et je te parie que ça, ça lui redonnait espoir. Il savait qu'il pourrait tenter de s'évader. Dès qu'il a su qu'il allait nous piloter à travers bois, ses chances ont grandi et sa coopération avec, c'est sûr. C'était peut-être ça, sa motivation : qu'on arrive à cette expédition.

Elle acquiesça de nouveau d'un signe de tête. Mais il n'aurait su dire s'il l'avait convaincue. Ils gardèrent le silence un long moment. Le serveur revint et prit la carte de crédit de Bosch. Le repas était terminé.

— Bon, alors, qu'est-ce que tu vas faire ? lui demanda-t-elle.

— Comme je t'ai dit : prochain arrêt Beachwood Canyon. Et après, je vais trouver le type qui pourra m'expliquer tout ça.

— O'Shea ? Jamais il ne te parlera.

— Je sais. C'est pour ça que ce n'est pas à lui que je vais parler. Pas pour l'instant, en tout cas.

— Quoi ? Tu vas aller voir Waits ?

Il entendit le doute dans sa voix.

— Exactement.

— Y a longtemps qu'il a filé, Harry. Tu crois qu'il serait resté dans le coin ? Il a tué deux flics. Son espérance de vie à Los Angeles est proche de zéro. Tu crois qu'il va rester ici avec tous les gens qui portent un flingue et un écusson à ses trousses ? Et attention, avec le droit de le tuer !

Il acquiesça lentement.

— Il n'a pas bougé d'ici, dit-il avec conviction. Tout ce que tu dis est juste, mais tu oublies un truc. Le moyen de pression, maintenant, c'est lui qui l'a. C'est quand il s'est évadé que ce moyen de pression est passé de son côté. Et s'il est malin, et on dirait bien qu'il l'est, il va s'en servir. Il va rester dans le secteur et il va se servir d'O'Shea un maximum.

— En le faisant chanter ?

— Ou autre. C'est lui, Waits, qui détient la vérité. Il sait ce qui s'est passé. S'il arrive à faire croire qu'il représente un danger pour

O'Shea et toute sa machine de campagne électorale et s'il arrive à le contacter, il peut très bien le faire marcher droit.

Elle acquiesça.

– Ce que tu dis du moyen de pression est juste, dit-elle. Qu'est-ce qui se serait passé si ta grande conspiration avait fonctionné comme prévu? Waits qui porte le chapeau pour Gesto et toutes les autres et dégage à Pelican Bay ou à San Quentin pour aller purger sa peine de perpète? Les conspirateurs le tiennent enfermé dans une cellule, mais c'est lui qui a toutes les réponses... et les moyens de pression. Il représente toujours un danger pour O'Shea et toute sa machine politique. Pourquoi veux-tu que le prochain district attorney du comté de Los Angeles se mette dans une position pareille?

Le serveur rapporta la carte de crédit et la note. Bosch ajouta un pourboire et signa la facturette. C'était sûrement le déjeuner le plus cher qu'il ait jamais avalé.

Il leva les yeux sur Rachel lorsqu'il eut fini de gribouiller son nom.

– Bonne question, dit-il. Je n'en connais pas la réponse exacte, mais je dirais qu'O'Shea, Olivas ou un autre avait prévu la fin de partie. Et que c'est peut-être pour ça que Waits a décidé de leur fausser compagnie.

Elle fronça les sourcils.

– Je ne vais pas arriver à te sortir cette idée du crâne, n'est-ce pas? dit-elle.

– Pas tout de suite, non.

– Bon, ben... bonne chance. J'ai l'impression que tu vas en avoir besoin.

– Merci, Rachel.

Il se leva et elle aussi.

– Tu as donné tes clés au voiturier? lui demanda-t-elle.

– Non, je me suis garé au parking de la bibliothèque.

Cela voulait dire qu'ils allaient quitter le restaurant par des portes différentes.

– Je te verrai ce soir?

– Si je ne suis pas retenue, oui, dit-elle. Il est question qu'un dossier nous arrive du QG de Washington. Et si je t'appelais?

Il acquiesça et l'accompagna jusqu'à la porte du parking où attendaient les voituriers. Il la serra dans ses bras et lui dit au revoir.

23

Pour quitter le centre-ville, Bosch remonta Hill Street jusqu'à Caesar Chavez et prit à gauche. La voie devenant rapidement Sunset Boulevard, il la suivit jusqu'à Echo Park. Il ne s'attendait pas à voir Raynard Waits traverser à un feu rouge ou sortir d'un des bureaux de la Migra[1] qui s'alignaient le long de la rue. Il ne faisait que suivre son intuition, et son intuition lui disait qu'Echo Park était toujours à l'ordre du jour. Plus il y évoluerait, plus il prendrait la mesure de ce quartier et mieux il serait armé pour sa recherche. Mais, intuition ou pas, il était sûr d'une chose : Waits avait été arrêté alors qu'il se rendait à un endroit précis d'Echo Park et, cet endroit, il allait le trouver.

Il se gara dans la zone de stationnement interdit proche de Quintero Street et gagna le grill du Pescado Mojado à pied. Il y commanda des *camarones a la diabla* et montra la photo d'écrou de Waits à l'homme qui prit sa commande et aux clients qui faisaient la queue. Il ne récolta que les hochements de tête habituels de chacun, non, on ne savait pas, et les conversations s'arrêtèrent. Il emporta son plat de crevettes à une table et le termina rapidement.

D'Echo Park il revint chez lui pour se changer – jean et polo à la place de son costume. Puis il rejoignit Beachwood Canyon et gagna le haut de la colline. La clairière-parking au-dessous du Sunset Ranch était déserte et Bosch se demanda si l'agitation et le remue-ménage des médias n'avaient pas fait fuir les cavaliers. Il descendit de voiture, gagna le coffre arrière, en sortit un rouleau de corde de trente mètres et reprit le chemin qu'il avait suivi sur les talons de Waits.

---

1. Ou police des services de l'Immigration *(NdT)*.

Il avait à peine fait quelques pas lorsque son portable se mit à vibrer. Il s'arrêta, sortit l'appareil de son jean, jeta un œil à l'écran et s'aperçut que c'était Jerry Edgar qui l'appelait. Bosch lui avait laissé un message un peu plus tôt en revenant chez lui.

— Comment va Kiz? demanda Edgar.

— Mieux. Tu devrais aller la voir, mec. Débrouille-toi pour faire la paix avec elle et va la voir. Tu ne l'as même pas appelée hier.

— T''inquiète pas, j'irai. De fait, je pensais filer d'ici un peu plus tôt pour aller lui rendre visite. Tu y seras?

— Possible. Appelle-moi quand tu y vas et j'essaierai de te rejoindre. Mais c'est pas vraiment pour ça que je t'ai appelé. Y a deux ou trois choses que je voulais te dire. La première est que l'autopsie a confirmé l'identité. C'était bien Marie Gesto.

Edgar garda le silence un instant avant de répondre.

— Tu as parlé à ses parents?

— Pas encore, non. Dan vend des tracteurs. J'allais appeler ce soir quand il sera rentré et qu'ils seront là tous les deux.

— C'est ce que je ferais, moi aussi. Qu'est-ce qu'il y a d'autre, Harry? J'ai un mec en salle d'interrogatoire et j'allais le casser sur une accusation de meurtre avec viol.

— Désolé de t'interrompre. Je croyais que tu m'avais appelé.

— Mais je l'ai fait, mec, mais je faisais que te rappeler au plus vite au cas où ç'aurait été important.

— Ça l'est. Je me disais que ça t'intéresserait peut-être : je crois que l'entrée dans les 51 de l'affaire a été trafiquée. Je crois que quand on saura le fin mot de l'histoire, nous serons complètement dédouanés.

Cette fois, la réaction de son ancien coéquipier ne se fit pas attendre.

— Qu'est-ce que tu me dis? Que Waits ne nous a jamais appelés?

— Voilà.

— Bon, mais comment cette entrée s'est retrouvée dans la chronologie?

— Quelqu'un l'y a ajoutée. Récemment. Quelqu'un qui essayait de me faire chier.

Putain! s'écria Edgar, et Bosch entendit la colère et le soulagement dans sa voix. Je dors plus depuis que tu m'as appelé pour me dire ce truc de merde, Harry. Y a pas que toi qu'ils font chier, mec.

— C'est ce que je me disais aussi. Et c'est pour ça que j'ai appelé. Je n'ai pas encore tout compris, mais c'est vers ça que ça va. Dès que j'ai tout le tableau, je t'appelle. Et maintenant, retourne à ton interrogatoire et coince-moi ce mec comme il faut.

— Harry, tu me fais drôlement plaisir. Je rentre en salle et je vais l'écrabouiller sérieux, ce gus.

— Content de l'apprendre. Appelle-moi si tu vas voir Kiz.

— C'est entendu.

Mais Bosch savait très bien qu'Edgar ne lui disait ça que du bout des lèvres. Il n'irait pas voir Kiz, surtout pas s'il était en train de résoudre une affaire comme il le disait. Il ferma et rempocha son portable et jeta un coup d'œil autour de lui pour s'y retrouver. Il regarda en haut et en bas, du sol jusqu'aux plus hautes branches au-dessus de lui et ne remarqua aucun repère évident. Puis il se dit que Waits n'aurait pas eu besoin d'une piste à la Hänsel et Gretel sur un chemin clairement délimité. Si repères il y avait, ils devaient se trouver à la coulée de boue. Il s'y rendit.

Arrivé en haut de l'à-pic, il enroula la corde autour du tronc du chêne et fut ainsi à même de descendre en rappel le long de la paroi. Il laissa la corde sur place et une fois encore examina les lieux, du sol jusqu'aux plus hautes branches des arbres. Et ne vit rien qui aurait pu indiquer comment gagner la fosse où l'on avait retrouvé le corps de Marie Gesto. Il se mit en route vers la tombe en cherchant des entailles dans les troncs des arbres, des rubans dans les branches, tout ce dont Waits aurait pu se servir pour ouvrir la marche.

Il arriva à l'emplacement de la tombe sans avoir trouvé le moindre repère et en fut déçu. Ça contredisait la théorie qu'il avait échafaudée pour Rachel Walling. Pourtant, il était sûr d'avoir raison et refusa de croire qu'il n'y avait pas de piste balisée. Il se dit aussi que les repères avaient peut-être tous été piétinés et effacés par l'armée d'enquêteurs et de techniciens qui avait fondu sur les bois la veille.

Obstiné, il revint à l'à-pic, se tourna, regarda du côté de la tombe et tenta de se mettre dans l'état d'esprit où s'était trouvé Waits. Celui-ci n'était jamais venu à cet endroit et pourtant il avait dû choisir, et rapidement, une direction alors que tout le monde l'observait.

Comment avait-il fait?

Bosch resta immobile, à réfléchir en regardant les bois dans la direction de la tombe. Il ne bougea pas cinq minutes durant. Et obtint la réponse qu'il cherchait.

A mi-distance dans l'alignement de la tombe se dressait un grand eucalyptus. Il se divisait depuis le niveau du sol, deux troncs en pleine maturité se dressant cinq mètres au moins au-dessus de la ramure des autres arbres. Dans l'entre-deux, à quelque trois mètres du sol, se trouvait une branche qui était venue se loger à l'horizontale entre les troncs en tombant. La forme géométrique créée par les deux troncs et cette branche était une sorte de A inversé qu'on reconnaissait sans peine et qu'on n'aurait eu aucun mal à repérer en regardant vers les bois pour l'y trouver.

Bosch se dirigea vers l'eucalyptus, certain d'avoir enfin découvert le premier repère que Waits avait suivi. Arrivé devant, il regarda encore une fois dans la direction de la tombe. Et examina lentement les lieux jusqu'au moment où il découvrit une anomalie absolument évidente et unique au milieu de ce qui l'entourait. Il prit le chemin qui y conduisait.

Il s'agissait d'un jeune chêne de Californie. Vu de loin, son manque de symétrie naturelle attirait tout de suite l'attention. Parce qu'il avait perdu une de ses branches basses, l'arbre n'avait plus une ramure équilibrée. Bosch s'en approcha et là, à environ deux mètres cinquante du sol, il découvrit un rejet brisé d'une dizaine de centimètres d'épaisseur. En s'agrippant à une branche basse et en se hissant dans l'arbre, il réussit à voir la cassure de plus près et s'aperçut qu'elle n'était pas naturelle. Le rejet était très régulièrement tranché dans sa moitié supérieure. Quelqu'un l'avait scié à cet endroit et avait tiré dessus pour le casser. Bosch n'avait rien d'un spécialiste des arbres, mais il eut l'impression que la coupure et la brisure étaient récentes. Le bois était plus clair et rien n'indiquait le début d'une repousse ou d'une réparation naturelle.

Bosch se laissa retomber par terre et regarda dans les buissons autour de lui. Le bout de branche cassé avait disparu. Quelqu'un l'avait traîné quelque part pour qu'on ne le trouve pas et qu'on ne se pose pas de questions. Bosch y vit une preuve supplémentaire de ce qu'on avait bien tracé une piste à la Hänsel et Gretel pour que Waits puisse la suivre.

Il se retourna et regarda vers la clairière. Il était alors à moins de vingt mètres de la tombe et n'eut pas grand mal à découvrir ce qui, à ses yeux, constituait le dernier repère. Tout en haut du chêne qui couvrait la fosse de son ombre il y avait un nid qui ressemblait fort à celui d'un gros oiseau – une chouette ou un faucon.

Il gagna la clairière et leva la tête. Le bandeau qui, aux dires de Waits, indiquait l'emplacement de la tombe avait été enlevé par les techniciens de la police scientifique. Bosch regarda vers le haut de l'arbre, mais fut incapable de voir le nid par en dessous. Olivas avait bien préparé son coup. Il n'avait eu recours qu'à des repères qu'on ne voyait que de loin. Rien qui aurait pu attirer l'œil des gens qui marchaient dans les pas de Waits, alors même que ces trois repères pouvaient très facilement conduire ce dernier à la tombe.

Bosch baissait à nouveau les yeux sur la fosse ouverte devant lui lorsqu'il se rappela avoir remarqué des traces dans la terre le jour précédent. Il les avait alors attribuées à des bêtes qui auraient farfouillé dans la boue. Maintenant, il était clair à ses yeux qu'elles avaient été laissées par l'individu qui avait cherché l'emplacement exact de la tombe. Olivas s'était rendu sur les lieux avant eux. Et c'était pour indiquer l'itinéraire à suivre et localiser la tombe qu'il l'avait fait. Ou bien quelqu'un lui avait dit où elle se trouvait ou bien c'était le véritable assassin qui l'y avait conduit.

Bosch contemplait la fosse et agençait depuis quelques secondes le scénario dans sa tête lorsqu'il entendit des voix. Deux hommes qui bavardaient, et les voix se rapprochaient. Il écouta les deux inconnus avancer dans les buissons, le bruit de leurs pas lourds dans la boue et sur le lit de feuilles mortes. Ils venaient de la direction même qu'il avait empruntée.

Il traversa rapidement la petite clairière et se réfugia derrière le tronc massif du chêne. Il attendit et comprit rapidement que les inconnus avaient atteint la clairière.

– Juste là, dit la première voix. Elle y est restée treize ans.

– C'est pas vrai ! Ça fout les jetons.

Bosch n'osa pas jeter un œil et risquer ainsi de se dévoiler. Journalistes, flics, voire simples touristes, peu importait : il ne voulait pas qu'on le voie à cet endroit.

Les deux hommes restèrent dans la clairière et continuèrent d'échanger des propos sans importance pendant quelques instants encore. Heureusement, ni l'un ni l'autre ne s'approcha du chêne derrière lequel Bosch se cachait. Enfin celui-ci entendit la première voix lancer : «Bien, finissons le boulot et tirons-nous d'ici.»

Ils repartirent dans la direction d'où ils étaient venus. Bosch jeta enfin un œil et les aperçut juste au moment où ils disparaissaient à nouveau dans les taillis. Osani et un autre homme – un autre inspecteur de l'OIS, pensa-t-il. Il les laissa prendre de l'avance, sortit de derrière l'arbre et traversa la clairière. Puis il se cacha derrière un vieil eucalyptus et regarda les types de l'OIS gagner la paroi de la coulée de boue.

Osani et son coéquipier faisaient tellement de bruit en marchant dans les broussailles que Bosch n'eut aucun mal à retrouver et suivre le chemin qui conduisait à l'à-pic. En profitant de leur vacarme, il arriva à l'eucalyptus qui avait servi de premier repère à Waits et regarda les deux hommes commencer à mesurer la hauteur de la paroi. Ils avaient apporté une échelle et l'avaient mise à peu près au même endroit qu'eux la veille. Bosch comprit alors qu'ils procédaient au toilettage du rapport officiel. Ils prenaient les mesures qu'on avait oublié ou jugé inutile de relever. Vu les retombées politiques de l'affaire, le moindre détail était devenu nécessaire.

Osani grimpa à l'échelle jusqu'en haut, son collègue restant en bas. Puis il prit un mètre ruban attaché à sa ceinture, en déroula plusieurs longueurs et en tendit l'extrémité à son coéquipier. Les deux hommes commencèrent alors à mesurer, Osani criant les nombres tandis que son partenaire les notait dans un carnet. Bosch eut l'impression qu'ils mesuraient les distances qui séparaient l'endroit où lui-même s'était trouvé la veille de ceux où étaient Waits, Olivas et Rider. Il n'avait aucune idée de l'importance que pouvaient revêtir de telles mesures dans l'enquête.

Son téléphone se mettant à vibrer dans sa poche, il se dépêcha de l'en sortir et de l'éteindre. Juste avant que l'écran ne s'obscurcisse, il vit que le numéro qui s'affichait avait le préfixe 485 : Parker Center.

Quelques secondes plus tard, il entendit la sonnerie d'un autre portable dans la clairière où travaillaient Osani et son collègue. Il jeta un œil et vit Osani décrocher son portable de sa ceinture. Osani écouta son correspondant et regarda tout autour de lui dans les bois en pivotant complètement sur lui-même. Bosch se rabattit aussitôt derrière son arbre.

– Non, lieutenant, dit Osani. On ne le voit pas. Sa voiture est au parking, mais on ne le voit pas. En fait, on ne voit personne.

Osani écouta encore et répondit «oui» plusieurs fois avant de refermer son portable et de le remettre à sa ceinture. Puis il reprit ses mesures, les deux hommes de l'OIS ayant enfin ce dont ils avaient besoin quelques instants plus tard.

Le collègue d'Osani ayant gravi l'échelle après celui-ci, ils la remontèrent sur le replat. Ce fut alors qu'Osani remarqua la corde enroulée autour du tronc du chêne blanc au bord de l'à-pic. Il posa l'échelle par terre, s'approcha de l'arbre, ôta la corde du tronc et commença à l'enrouler en regardant vers les bois. Bosch se replia derrière un des deux troncs de l'eucalyptus.

Quelques minutes plus tard, les deux inspecteurs avaient disparu et regagnaient bruyamment la clairière-parking en portant l'échelle à deux à travers bois. Bosch gagna l'à-pic, mais attendit de ne plus les entendre avant de se servir des racines pour grimper.

Lorsqu'il arriva à la clairière, il n'y avait plus trace d'Osani et de son collègue. Il ralluma son portable et attendit que l'appareil s'initialise. Il voulait voir si la personne qui l'avait appelé de Parker Center avait laissé un message. Avant même qu'il ait pu le faire, l'appareil se mettait à vibrer dans sa main. Il vit que le numéro était celui d'une des lignes de l'unité des Affaires non résolues. Il prit l'appel.

– Bosch à l'appareil, dit-il.

– Harry, où êtes-vous?

Abel Pratt. Il y avait de l'urgence dans sa voix.

– Nulle part, répondit-il. Pourquoi?

– Où-ê-tes-vous?

Quelque chose lui fit comprendre que Pratt savait exactement où il se trouvait.

– A Beachwood Canyon. Qu'est-ce qui se passe?

– Il se passe que je viens de recevoir un appel du lieutenant Randolph de l'OIS. Il me dit qu'il y a une Mustang à votre nom garée dans le parking. Je lui ai répondu que c'était drôlement bizarre vu que Harry Bosch était de service obligatoire chez lui et censé se tenir à des milliers de kilomètres de l'enquête de Beachwood Canyon.

Bosch réfléchit à toute vitesse et trouva ce qu'il pensait être une sortie possible.

– Écoutez, je n'enquête sur rien du tout. Je cherche quelque chose. J'ai perdu ma pièce du défi dans le coin hier. C'est ça que je cherche et rien d'autre.

– Quoi?

– Ma pièce de la brigade des Vols et Homicides. Elle a dû tomber de ma poche quand j'ai descendu l'à-pic. Quand je suis rentré chez moi hier soir, je ne l'avais plus.

Tout en parlant, il avait glissé la main dans sa poche et en sortit la pièce qu'il prétendait avoir perdue. Découpée dans un métal lourd, elle avait à peu près la taille et l'épaisseur d'un jeton de casino. D'un côté on y voyait l'écusson d'or des inspecteurs et de l'autre la caricature d'un enquêteur (costume, chapeau, flingue et menton exagéré) sur fond de drapeau américain. Cette «pièce du défi» ou «jeton» était au départ une tradition dans les unités d'élite et les groupes spécialisés de l'armée. A partir du moment où il est accepté dans un tel groupe ou unité, le soldat qui la reçoit est censé l'avoir toujours sur lui. N'importe où et à n'importe quel moment, un membre de son unité peut lui demander de la lui montrer. Cette demande est souvent formulée dans un bar ou à la cantine. Si le soldat n'a pas la pièce sur lui, il est condamné à payer la note. Cette tradition avait été introduite à la brigade des Vols et Homicides depuis plusieurs années. Au moment où il était revenu de la retraite, Bosch avait reçu la sienne.

– Rien à foutre de votre jeton, Harry! s'écria Pratt d'un ton coléreux. On peut le remplacer pour dix dollars. Vous vous te-nez à l'é-cart de l'en-quête. Rentrez chez vous et restez-y jusqu'à ce que je vous fasse signe. Suis-je assez clair?

– Vous l'êtes.

– En plus de quoi, merde alors! Si vous l'aviez perdue là-haut, les mecs de la scène de crime l'auraient déjà retrouvée. Ils ont tout passé au détecteur de métaux pour les douilles.

Bosch hocha la tête.

– Ouais, comme qui dirait que j'ai oublié ce détail.

– Ouais, Harry, comme qui dirait que vous l'avez oublié. Vous vous foutez de ma gueule?

– Non, non, patron, j'ai vraiment oublié. Je m'ennuyais, alors j'ai décidé d'aller chercher ma pièce. J'ai vu les mecs de Randolph et j'ai préféré me tenir à couvert. J'ai juste pas pensé qu'ils pourraient passer mes plaques d'immatriculation à l'ordinateur central.

– Ouais, ben, ils l'ont fait. Et c'est là qu'ils m'ont appelé. J'aime pas trop les retours de flamme de ce genre, Harry. Et vous le savez.

– Je rentre chez moi tout de suite.

– Bien. Et vous y restez.

Pratt n'attendit pas la réponse de Bosch. Il coupa la communication et Bosch referma son portable. Puis il fit tourner la lourde pièce en l'air, la rattrapa dans la paume de sa main, tomba sur l'écusson et la rempocha. Et regagna sa voiture.

24

On lui avait dit de rentrer chez lui, quelque chose lui souffla de n'en rien faire. Après avoir quitté Beachwood Canyon, il s'arrêta à Saint Joseph pour voir comment se portait Kiz Rider. Elle avait encore changé de chambre. Elle avait quitté les Soins intensifs et se trouvait maintenant dans l'aile des patients ordinaires. Elle n'avait pas une chambre particulière, mais le deuxième lit de celle qu'elle occupait était vide. C'était quelque chose qu'on faisait souvent pour les flics. Elle avait encore du mal à parler et la déprime qui marquait son visage ne l'avait pas quittée. Bosch ne resta pas longtemps. Il lui transmit les vœux de prompt rétablissement de Jerry Edgar, puis il partit et rentra enfin chez lui, où il s'attaqua aux deux boîtes et aux dossiers qu'il avait rapportés de l'unité des Affaires non résolues.

Il posa les boîtes par terre dans la salle à manger, puis il étala les dossiers sur la table. Il y en avait beaucoup, il comprit qu'il avait probablement de quoi s'occuper au moins deux ou trois jours. Il s'approcha de la chaîne stéréo et l'alluma. Il savait qu'il avait déjà mis l'album Coltrane-Monk enregistré au Carnegie Hall dans la machine. Celle-ci était en mode aléatoire : la première piste qui s'afficha s'intitulant « La preuve », il y vit un bon signe et regagna la table.

Il fallait commencer par dresser l'inventaire précis de ce qu'il avait avant d'arrêter la meilleure manière de s'y prendre pour étudier les pièces. La plus importante était la photocopie du compte rendu d'enquête dans l'affaire pour laquelle Raynard Waits était poursuivi. Elle leur avait été donnée par Olivas, mais ni Bosch ni Rider ne l'avaient étudiée de près, leurs tâches et leurs priorités étant les affaires Fitzpatrick et Gesto. Devant lui, sur la table, Bosch avait aussi posé le classeur Fitzpatrick que Rider avait sorti des Archives et la photocopie du dossier Gesto qu'il avait faite en douce et déjà étudiée à fond.

Par terre enfin étaient posées les deux boîtes en plastique contenant tous les documents et pièces du mont-de-piété qu'on avait pu sauver après que le commerce de Fitzpatrick avait été incendié, puis complètement trempé par les lances à eau pendant les émeutes de 1992.

La table de la salle à manger comportait un petit tiroir. Bosch pensait qu'il était destiné à ranger les fourchettes et les couteaux, mais, la table lui servant bien plus souvent à travailler qu'à manger, il contenait maintenant des stylos et des blocs de papier grand format. Il en sortit un stylo et un bloc, décidant qu'il avait besoin de noter les aspects importants de l'enquête en cours. Quelque vingt minutes et trois feuilles arrachées plus tard, ses pensées occupaient moins d'une demi-page.

Echo Park — *arrestation* / *évasion (ligne rouge)*

Qui est Waits? Où est le château? (destination: Echo Park)
Beachwood Canyon — piège, faux aveux
Qui en profite? Pourquoi maintenant?

Il étudia ses notes pendant quelques instants. Il savait que, de fait, les deux dernières questions constituaient le point de départ de la réflexion. Si tout avait marché comme prévu, qui aurait profité des faux aveux de Waits? Waits, bien sûr, ces faux aveux lui évitant la condamnation à mort. Cela dit, le vrai gagnant n'était autre que le véritable assassin. L'affaire étant close et toutes les recherches arrêtées, il aurait échappé à la justice.

Bosch réfléchit encore une fois aux deux questions. *Qui en profite? Pourquoi maintenant?* Il les étudia avec attention, puis les inversa et réfléchit à nouveau. Et en tira une seule et unique conclusion: c'était parce qu'il n'arrêtait pas d'enquêter sur l'affaire Gesto que quelqu'un avait éprouvé le besoin de faire quelque chose. Force lui était de penser qu'il avait frappé un peu trop fort à une porte et que c'était à cause de la pression qu'il continuait d'exercer sur l'affaire que ce quelqu'un avait échafaudé tout le plan Beachwood Canyon.

Cette conclusion conduisait aussi à la réponse à donner à l'autre question posée au bas de la feuille : *Qui en profite ?* Bosch écrivit :

Anthony Garland – Hancock Park

Cela faisait treize ans que son intuition lui disait que l'assassin n'était autre que Garland. Sauf qu'en dehors de son intuition, il n'avait aucune preuve pour le relier au meurtre. Et que, n'ayant toujours pas été mis au courant de celles – à supposer qu'il y en ait – qu'on avait découvertes pendant l'exhumation et l'autopsie, il doutait fort qu'au bout de treize ans il y en eût encore dont on aurait pu se servir : ADN ou autre, il y avait peu de chances pour qu'un élément relie le meurtrier au cadavre.

Garland n'était donc suspect que dans sa théorie de la «victime de remplacement» – à savoir que c'était sa rage à l'encontre de la femme qui l'avait larguée qui l'avait poussé à en tuer une autre qui la lui rappelait. Les psy auraient parlé de «théorie hasardeuse», mais peu importait : Bosch venait de ramener sa théorie sur le devant de la scène. Faisons les comptes, se dit-il. Garland est le fils de Thomas Rex Garland, le baron du pétrole de Hancock Park. O'Shea s'est engagé dans une course électorale très disputée et l'argent est l'essence qui fait tourner le moteur. Il n'est donc pas inconcevable que quelqu'un ait approché T. Rex de manière discrète et que, une fois le marché conclu, un plan ait été élaboré. O'Shea récolte l'argent dont il a besoin pour remporter l'élection, Olivas obtient la direction de l'enquête dans le bureau d'O'Shea et Waits porte le chapeau dans l'affaire Gesto pour que le fils Garland s'en sorte.

On a souvent dit que Los Angeles est un grand soleil pour les gens de l'ombre. Bosch le savait mieux que personne. Il n'hésita pas un seul instant à croire qu'Olivas avait trempé dans la combine. Qu'un procureur aussi carriériste qu'O'Shea ait vendu son âme pour avoir une chance d'occuper le poste le plus élevé n'était pas non plus une idée qui le fit hésiter longtemps.

Sauve-toi, espèce de péteux! Ç'a l'air de quoi, ton marché de merde maintenant?

Bosch ouvrit son portable et appela Keisha Russell au *Times*. Après plusieurs sonneries, il consulta sa montre et s'aperçut qu'il était cinq heures passées de quelques minutes. Il comprit qu'elle devait être à la bourre et ne prenait sans doute pas ses appels. Il laissa un message au signal sonore et lui demanda de le rappeler.

Il était tard, il décida qu'il avait bien mérité une bière. Il gagna la cuisine, sortit une Anchor Steam du frigo et fut tout content de n'avoir pas mégoté la dernière fois qu'il avait acheté de la bière. Il emporta la canette sur la terrasse et regarda la ruée de l'heure de pointe paralyser peu à peu l'autoroute à ses pieds. La circulation ralentissant, bientôt on se traîna et le bruit incessant des klaxons de toutes sortes commença à monter vers lui. Il fut heureux de ne pas se trouver au cœur de la mêlée.

Son portable se mettant à vibrer, il le sortit de sa poche. C'était Keisha Russell qui le rappelait.

– Désolée, je revoyais l'article de demain avec la rédaction.

– J'espère que tu as orthographié mon nom comme il faut.

– En fait, tu n'es pas dans le numéro, Harry. C'est la surprise.

– Content de te l'entendre dire.

– Que peux-tu faire pour moi?

– Euh… c'était plutôt moi qui allais te poser la question.

– Évidemment. De quoi pourrait-il bien s'agir?

– Tu es bien passée au service politique, non? Cela signifie-t-il que tu surveilles les dons pour la campagne électorale?

– Oui. Et j'examine toutes les déclarations de tous les candidats. Pourquoi?

Il rentra dans la maison et baissa le son.

– Ceci devra rester entre nous, Keisha. J'aimerais savoir qui soutient la campagne de Rick O'Shea.

– O'Shea? Pourquoi ça?

– Je te le dirai dès que je pourrai. J'ai besoin du renseignement tout de suite.

– Pourquoi tu me fais toujours ce coup-là, Harry?

C'était vrai. Ce petit numéro, ils se l'étaient déjà fait bien des fois. A ceci près que Bosch respectait toujours la parole donnée quand il lui affirmait qu'il lui dirait tout dès qu'il le pourrait. Jamais il ne l'avait trahie. Bref, les protestations de Keisha n'étaient que pure plaisanterie, que prélude à sa décision de faire ce qu'il allait lui demander. Ça aussi, ça faisait partie du numéro.

– Tu le sais très bien, lui renvoya-t-il en jouant son rôle. Tu me donnes un coup de main maintenant et il y aura quelque chose pour toi quand le moment sera venu.

– Un jour, j'aimerais assez décider de la date de ce moment venu, d'accord ? Bon, une seconde.

Elle reposa le téléphone et s'absenta près d'une minute. En attendant, il resta debout devant les documents étalés sur la table de sa salle à manger. Il savait bien qu'il s'embourbait sérieux en envisageant la situation sous l'angle O'Shea-Garland. Les deux hommes étaient intouchables – pour l'instant. Fric, lois et obligation de preuve, tout les protégeait. La procédure, il ne l'ignorait pas, exigeait qu'il s'en prenne à Raynard Waits. A lui de le retrouver et de le casser.

– Bien, dit Russell en reprenant la ligne. J'ai les dernières déclarations. Qu'est-ce que tu veux savoir ?

– Ces dernières déclarations remontent à quand ?

– A la semaine dernière. Vendredi.

– Qui sont ses principaux donateurs ?

– Il n'y a personne de vraiment énorme, si c'est ça que tu veux dire. En fait, sa campagne est plutôt du style militants de base. Les trois quarts de ses donateurs sont des collègues avocats. Oui, presque tous.

Bosch songea au cabinet de Century City qui gérait les dossiers de la famille Garland et avait obtenu les injonctions du tribunal lui interdisant d'interroger Anthony Garland sur le meurtre de Gesto en l'absence d'un avocat. Ce cabinet était dirigé par Cecil Dobbs.

– Un de ces avocats s'appelle-t-il Cecil Dobbs ? demanda-t-il.

– Euh... oui, C. C. Dobbs, adresse à Century City. Il a fait un don de mille dollars.

Bosch se rappela le bonhomme dans sa collection de vidéos d'interrogatoires d'Anthony Garland.

– Et Denis Franks ?

– Denis Franks, oui. Beaucoup d'avocats de ce cabinet ont fait des dons.

– Ce qui veut dire?

– Eh bien, que la loi électorale exige qu'on donne ses adresses, personnelle et de bureau, quand on fait un don. Dobbs et Franks ont une adresse de bureau à Century City et, voyons... neuf, dix, onze autres personnes ont fourni la même adresse. Et en plus, tous ont donné mille dollars chacun. Ça représente à peu près sûrement tous les avocats du cabinet.

– Ce qui donne treize mille dollars en tout. C'est ça?

– Pour ce cabinet, oui.

Il songea à lui demander très précisément si le nom de Garland se trouvait sur la liste des donateurs. Mais il n'avait pas envie qu'elle passe des coups de fil à droite et à gauche et mette son nez dans l'enquête.

– Pas de grosses sociétés? demanda-t-il.

– Rien de première importance, non. Pourquoi tu ne me dis pas ce que tu cherches, Harry? Tu peux me faire confiance.

Il décida d'y aller franco.

– Il va falloir que tu mettes un mouchoir par-dessus jusqu'à ce que je te rappelle. Ni enquêtes ni coups de fil. Tu ne bouges pas, d'accord?

– D'accord, jusqu'à ce que tu m'appelles.

– Garland. Thomas Tex Garland, Anthony Garland, personne de ce genre sur la liste?

– Euh... non, mais... cet Anthony Garland ne serait pas le gamin que tu soupçonnais pour Marie Gesto?

Il en jura presque tout haut. Il avait espéré qu'elle ne ferait pas le lien. Une décennie plus tôt, alors qu'elle n'était qu'une enquiquineuse des faits divers, elle était tombée sur une demande de mandat de perquisition qu'il avait formulée pour fouiller le domicile d'Anthony Garland. La demande avait été rejetée pour absence de motif vraisemblable, mais elle faisait partie des archives ouvertes au public et, à cette époque, la journaliste ô combien industrieuse qu'était Keisha Russell passait au peigne fin, et systématiquement, toutes les demandes de mandats de perquisition au greffe du tribunal. Bosch avait réussi à la convaincre de ne pas écrire d'article où elle aurait fait du fils de famille un suspect dans le meurtre de Gesto, mais dix ans plus tard elle n'avait pas oublié son nom.

— Tu laisses ça tranquille, Keisha, lui dit-il.

— Qu'est-ce que tu fabriques, Harry? Raynard Waits a avoué le meurtre. Tu serais en train de me dire que c'est du bidon?

— Je ne te dis rien du tout, Keisha. Y a seulement un truc qui excite ma curiosité, c'est tout. Et maintenant, tu ne touches pas à ça. On a conclu un marché, Keisha. Tu mets un mouchoir par-dessus jusqu'à ce que je te rappelle.

— T'es pas mon patron, Harry. Comment ça se fait que tu me parles comme si tu l'étais?

— Je te demande pardon. J'ai juste pas envie que tu démarres là-dessus et que tu t'emballes. Ça pourrait foutre en l'air ce que j'ai mis en route. On a bien un marché, n'est-ce pas? Tu m'as bien dit que je pouvais te faire confiance, non?

Elle mit longtemps à répondre.

— Oui, bon, marché conclu. Et oui encore, tu peux me faire confiance. Mais si ça part dans la direction où je pense que tu vas, je veux des mises à jour et des rapports. Je ne vais pas me contenter de rester assise sur mon cul à attendre que tu m'appelles après que tu auras reconstitué tout le bazar. Je vais devenir très nerveuse si je n'ai pas de tes nouvelles, Harry. Et quand je suis nerveuse, je fais des trucs très fous, Harry. Et c'est rien à côté des coups de fil que je passe.

— Je comprends, Keisha. Des nouvelles, tu en auras.

Il referma son portable en se demandant quel nouveau bordel il venait peut-être de créer et quand tout cela reviendrait lui péter au nez. Il avait confiance en Russell, mais pas plus qu'en n'importe quel autre journaliste. Il finit sa bière et gagna la cuisine pour en prendre une autre. Il avait à peine fini de la décapsuler lorsque son portable se remit à vibrer.

C'était encore Keisha Russell.

— Harry, dit-elle, as-tu jamais entendu parler de la GO! Industries?

Et comment! La GO! Industries était le nom actuel d'une société qui avait démarré huit ans plus tôt sous l'appellation Garland Oil Industries. Le GO! du logo reposait sur des roues, le tout étant penché en avant comme s'il s'agissait d'une voiture qui fonce.

— Et tu m'en dis quoi? demanda-t-il.

— Siège en centre-ville, à l'ARCO Plazza. Douze employés de

GO! ont fait don de mille dollars chacun à la campagne d'O'Shea. Qu'est-ce que tu dis de ça, Harry?

– Que c'est bien, Keisha. Merci de m'avoir rappelé.

– O'Shea se serait fait acheter pour coller le meurtre de Gesto sur le dos de Waits? C'est ça?

Bosch grogna.

– Non, Keisha, ce n'est pas ça qui s'est passé et ce n'est pas ce qui m'intéresse. Si tu passes des coups de fil dans ce sens, tu vas foutre en l'air ce que je fais et tu pourrais nous mettre, toi, moi et d'autres, en danger. Bon, et maintenant, j'aimerais bien que tu laisses tomber jusqu'à ce que je te dise exactement ce qui se passe pour que tu puisses y aller.

Une fois encore, elle hésita avant de répondre et ce fut à cet instant précis que Bosch se demanda s'il pouvait toujours lui faire confiance. Et si son transfert des faits divers à la politique avait changé quelque chose en elle? Et si, comme chez beaucoup de gens qui travaillent dans ce domaine, son sens de l'intégrité s'était émoussé sous les assauts de la plus vieille profession du monde: la putasserie politique?

– D'accord, Harry, dit-elle. J'ai compris. J'essayais juste de te donner un coup de main. Mais n'oublie pas ce que je t'ai dit. Je veux avoir de tes nouvelles! Et vite!

– Tu en auras, Keisha. Bonne nuit.

Il referma son portable et tenta d'oublier ses inquiétudes sur la journaliste. Et repensa aux renseignements qu'il avait obtenus d'elle. Entre la GO! et le cabinet d'avocats de Cecil Dobbs, O'Shea avait reçu un minimum de vingt-cinq mille dollars de contributions à sa campagne électorale, et cela d'individus qu'on pouvait relier aux Garland. Tout cela était légal et bien ventilé, mais il n'empêche, cela indiquait assez fortement qu'il était sur la bonne voie.

Il en éprouva un très agréable émoi dans son for intérieur: il avait enfin quelque chose à creuser. Il lui fallait seulement trouver la meilleure approche. Il regagna la table de la salle à manger et contempla tous les rapports de police et documents d'archives étalés sous ses yeux. Il s'empara du dossier WAITS – ANTÉCÉDENTS et commença à lire.

25

Au regard de la police, Raynard Waits faisait un suspect assez particulier. De fait, lorsqu'ils lui avaient ordonné de se ranger sur le bas-côté à Echo Park, les policiers du LAPD avaient capturé un assassin qu'ils ne recherchaient même pas. Waits était un tueur qu'aucune force de police ou agence du maintien de l'ordre ne recherchait. Aucun classeur ou ordinateur ne contenait de dossier sur lui. Il n'y avait pas non plus le moindre profil FBI ou rapport d'antécédents le concernant auquel se référer. Les policiers tenaient un tueur et avaient dû partir de zéro.

Cette situation avait donné naissance à une approche toute différente de l'enquête pour l'inspecteur Freddy Olivas et son coéquipier Ted Colbert. L'affaire leur était tombée dessus avec une force qui les avait tout simplement emportés. On n'avait plus songé qu'à aller de l'avant, vers l'inculpation. Il n'y avait eu que peu de temps pour remonter en arrière, et peu de désir de le faire. Waits avait été arrêté en possession de sacs remplis de morceaux de corps appartenant à deux femmes assassinées. C'était du gagné d'avance et c'était cela qui avait tué tout besoin de savoir exactement quel genre d'individu on avait mis en prison et ce qui avait bien pu l'amener à se trouver dans ce van à l'heure et dans la rue où on l'avait arrêté.

Voilà pourquoi il n'y avait pas grand-chose pour aider Bosch dans le dossier de l'affaire en cours. On y trouvait des rapports d'enquête sur les tentatives d'identification des victimes et sur les efforts déployés pour rassembler les preuves matérielles à verser au dossier d'accusation.

Les renseignements concernant le passé du prévenu se résumaient à des données de base fournies par le suspect lui-même ou recueillies par Olivas et Colbert à la faveur d'enquêtes de routine sur ordinateur. Cependant, si l'on n'avait pas grand-chose sur l'individu qu'on poursuivait, ce qu'on en savait suffisait largement.

Bosch acheva la lecture de tout le dossier en vingt minutes. Son travail terminé, il se retrouva encore une fois avec moins d'une demi-page de notes sur son bloc – soit une brève chronologie qui reprenait les arrestations, aveux et utilisations des noms Raynard Waits et Robert Saxon par le suspect.

> 30/04/92 – *Daniel Fitzpatrick assassiné, Hollywood*
> 18/05/92 – *Raynard Waits, date de naiss. 03/11/71 sur permis de conduire délivré Hollywood*
> 01/02/93 – *Robert Saxon, date de naiss. 03/11/75, arrêté pour vagabondage*
> – *Identifié comme étant Raynard Waits, date de naiss. 03/11/71, sur empreinte du pouce permis de conduire*
> 09/09/93 – *Enlèvement de Marie Gesto, Hollywood*
> 11/05/06 – *Raynard Waits, date de naiss. 03/11/71 arrêté pour meurtre Echo Park*

Bosch étudia la chronologie et y remarqua deux choses qui valaient la peine de s'y arrêter. Waits n'avait pas, censément, obtenu son permis de conduire avant l'âge de vingt ans et, quel que soit le nom dont il se servait, il donnait toujours les mêmes jour et mois pour sa date de naissance. S'il avait une fois donné 1975 comme année de sa naissance afin qu'on lui accorde le statut de mineur, toutes les autres il avait déclaré l'année 71. Bosch savait qu'il s'agissait là d'une tactique fréquemment utilisée par les gens qui changent d'identité. On change de nom, mais on garde certains autres éléments pour éviter de se tromper ou ne pas oublier un renseignement de base, toutes choses qui constituent des révélations involontaires évidentes, surtout quand c'est un flic qui vous interroge.

Suite aux recherches qu'il avait menées plus tôt dans la semaine, Bosch savait qu'à la date du 3 novembre il n'y avait pas d'acte de naissance au nom de Raynard Waits ou de Robert Saxon à l'état civil du comté de Los Angeles. La conclusion qu'ils en avaient tirée, Kiz Rider et lui, était que ces deux noms étaient faux. Mais là,

Bosch envisagea que la date du 3 novembre 1971 ne soit pas fausse. Peut-être Waits, quel que soit son nom, avait-il gardé sa vraie date de naissance en changeant de nom.

Bosch concentra son attention sur le court laps de temps qui séparait le meurtre de Fitzpatrick de la date d'émission du permis de conduire délivré à Waits. Moins d'un mois s'était écoulé entre les deux événements. Il y ajouta le fait qu'à s'en tenir aux archives, Waits n'avait pas fait de demande de permis de conduire avant l'âge de vingt ans. Il semblait peu vraisemblable qu'un jeune homme élevé dans le contexte automobile de Los Angeles ait attendu aussi longtemps pour obtenir son permis. Voilà qui renforçait encore la thèse selon laquelle Raynard Waits n'était pas son vrai nom.

Il tenait quelque chose, il commençait à le sentir. Tel le surfeur qui attend le bon rouleau avant de s'élancer, il sentait arriver la vague. De fait, pensait-il, ce qu'il avait sous les yeux n'était autre que la naissance d'une identité nouvelle. Dix-huit jours après avoir assassiné Daniel Fitzpatrick en profitant des émeutes, l'homme qui avait commis cet acte était entré dans un des services délivrant des permis de conduire d'Hollywood et y avait déposé une demande. Il avait donné le nom de Raynard Waits et le 3 novembre 1971 comme date de naissance. Il lui avait alors fallu fournir un certificat de naissance, mais en trouver un n'est pas trop difficile quand on connaît les personnes qu'il faut. Surtout à Hollywood. Surtout à Los Angeles. Se procurer un certificat de naissance bidon ne présentait aucune difficulté, et pratiquement aucun risque.

Pour Bosch, l'assassinat de Fitzpatrick et ce changement d'identité étaient liés. Cela tenait du principe de cause à effet. Quelque chose dans ce meurtre avait poussé l'assassin à changer de nom. Ce qui allait à l'encontre des aveux passés par Raynard Waits deux jours plus tôt. Celui-ci avait en effet qualifié l'assassinat de Daniel Fitzpatrick de « meurtre pour le frisson » et parlé de « bonne occasion » de se laisser aller à un fantasme longtemps réprimé. Il s'était même donné beaucoup de mal pour faire de Fitzpatrick une victime choisie au hasard, simplement parce qu'elle se trouvait là.

Sauf que si ç'avait été vraiment le cas et que l'assassin n'ait effectivement eu aucun lien avec la victime, pourquoi avait-il presque aussitôt éprouvé le besoin de renaître sous une nouvelle identité?

Parce que c'était en moins de dix-huit jours que ledit assassin s'était procuré un faux certificat de naissance et un nouveau permis de conduire. Et que Raynard Waits était né.

Bosch voyait bien qu'il y avait une contradiction dans ce qu'il était en train d'examiner. Si l'assassinat de Fitzpatrick s'était déroulé comme Waits l'avait avoué, ce dernier n'aurait eu aucune raison de s'inventer aussi rapidement une autre identité. Mais ça, les faits – la date du meurtre et celle de la délivrance du permis de conduire – le contredisaient. La conclusion était évidente : un lien, il y en avait bien un. Fitzpatrick n'était pas une victime de hasard. On devait pouvoir le relier à son assassin. Et c'était pour cette raison que celui-ci avait changé de nom.

Bosch se leva et rapporta sa canette vide à la cuisine. Et décida que deux bières lui suffisaient. Il avait besoin de garder l'esprit clair et de rester au sommet de la vague. Il regagna la chaîne stéréo et y glissa le chef-d'œuvre. *Kind of Blue*. Ce morceau ne manquait jamais de l'électriser. *All Blues* était le premier titre qui passa et ce fut comme de décrocher un black-jack à une table à vingt-cinq dollars. C'était son air favori, il le laissa jouer.

De retour à la table de la salle à manger, il ouvrit le dossier Fitzpatrick et en commença la lecture. C'était Kiz Rider qui s'en était occupée, mais elle ne l'avait étudié que dans le but de se préparer à entendre les aveux de Waits. Elle n'avait pas cherché le lien caché qu'il voulait retrouver maintenant.

L'enquête sur la mort de Fitzpatrick avait été menée par deux inspecteurs affectés temporairement à la Riot Crimes Task Force. Leur travail avait été plus que léger. Ils n'avaient suivi que quelques pistes parce qu'il n'y en avait guère à suivre, c'est vrai, et parce que c'était un véritable linceul de futilité qui était tombé sur toutes les affaires liées aux émeutes. Presque tous les actes de violence associés à ces trois jours de désordres généralisés étaient le fait du hasard. On avait volé, violé et assassiné aveuglément et à volonté simplement parce que c'était possible.

Aucun témoin de l'agression n'avait été identifié. Aucun élément de preuve n'avait été retrouvé en dehors du flacon d'essence à briquet – et l'assassin y avait effacé toutes ses empreintes. Les trois quarts des dossiers du magasin avaient été détruits par le feu ou par l'eau. Le reste avait été mis dans deux boîtes et complètement ignoré. Dès le début, on avait traité l'affaire comme conduisant à une impasse. Elle avait été délaissée, puis passée aux Archives.

Le dossier d'enquête était si maigre que Bosch en termina la lecture complète en moins de vingt minutes. Notes à prendre, idées, liens à établir, rien ne lui était venu à l'esprit. Il sentit la vague refluer. Sa belle chevauchée se terminait.

Il songea à sortir une autre bière du frigo et à reprendre l'affaire le lendemain. C'est alors que la porte d'entrée s'ouvrit et que Rachel arriva avec de la nourriture à emporter des Chinese Friends. Bosch empila les dossiers sur la table et fit de la place pour manger. Rachel apporta des assiettes de la cuisine et ouvrit les emballages pendant que Bosch sortait les deux dernières Anchor du réfrigérateur.

Ils bavardèrent de choses et d'autres pendant un moment, puis il lui raconta ce qu'il avait fait depuis le déjeuner et lui dit ce qu'il avait appris. A ses commentaires réservés, il sentit que la piste qu'il avait trouvée à Beachwood Canyon ne la convainquait guère. Mais lorsqu'il lui montra la chronologie qu'il avait élaborée, elle fut vite d'accord avec ses conclusions sur le changement d'identité de l'assassin après le meurtre de Fitzpatrick. Elle fut aussi d'accord pour reconnaître que, s'ils n'avaient sans doute pas l'identité véritable de l'assassin, il n'était pas impossible qu'ils aient sa vraie date de naissance.

Bosch regarda les deux boîtes en plastique posées par terre.

– Bon, dit-il, ça vaut peut-être la peine de tenter le coup.

Elle se pencha de côté pour voir ce qu'il regardait.

– Qu'est-ce que c'est que ça? demanda-t-elle.

– Essentiellement, des fiches de dépôt du mont-de-piété. Toutes celles qu'on a pu récupérer après l'incendie. En 1992, tout était complètement trempé. Les flics les ont collées dans ces boîtes et les ont oubliées. Personne n'y a jamais mis le nez.

– Et c'est ça que tu vas faire ce soir, Harry?

Il leva les yeux et lui sourit. Et fit oui de la tête.

Quand ils eurent fini de manger, ils décidèrent de prendre une boîte chacun. Bosch suggéra de les emporter sur la terrasse de derrière à cause de l'odeur de moisi qui en monterait dès qu'ils les ouvriraient. Rachel accepta sans se faire prier. Bosch emporta les boîtes dehors et alla chercher deux cartons sous l'auvent à voitures. Enfin ils s'assirent dans des transats et se mirent au travail.

Collée sur la boîte que Bosch avait choisie se trouvait une fiche de format 9 × 13 sur laquelle on avait porté la mention MEUBLE CLASSEUR PRINCIPAL. Il enleva le couvercle et s'en servit comme d'un éventail pour chasser les odeurs qui montaient de la boîte. A l'intérieur de cette dernière il tomba surtout sur des reçus et des fiches 9 × 13 qu'on aurait dits jetés là en vrac. Il n'y avait rien de propre ni d'ordonné dans ces archives.

Et les dégâts causés par l'eau étaient sévères. Nombre de reçus s'étaient collés ensemble et, en coulant, l'encre les avait rendus illisibles. Bosch jeta un coup d'œil à Rachel et s'aperçut qu'elle se débattait avec les mêmes problèmes que lui.

— C'est pas génial, dit-elle.

— Je sais. Tu fais du mieux possible. C'est peut-être notre dernier espoir.

Il n'y avait pas d'autre façon de commencer que d'y mettre les mains à fond, tout simplement. Bosch sortit un paquet de reçus, les posa sur ses genoux et se mit à les examiner pour essayer de deviner les noms, adresses et dates de naissance de tous les clients qui avaient laissé quelque chose en dépôt chez Fitzpatrick. Dès qu'il avait fini d'examiner une fiche, il en marquait le coin supérieur au crayon rouge qu'il avait sorti du tiroir de la table de la salle à manger et la laissait tomber dans le carton qu'il avait posé de l'autre côté de son transat.

Ils avaient passé une bonne demi-heure à travailler sans parler lorsqu'il entendit le téléphone sonner dans la cuisine. Il eut envie de laisser sonner, mais il savait que c'était peut-être un appel de Hong Kong. Il se leva.

— Je ne savais même pas que tu avais un fixe, lui dit Walling.

— Peu de gens le savent, lui répondit-il.

Il décrocha à la huitième sonnerie. Ce n'était pas sa fille. C'était Abel Pratt.

— Je voulais juste vérifier, dit-il. Je suppose que si je vous ai sur votre fixe et que vous me dites que vous êtes chez vous, c'est que vous êtes vraiment chez vous.

— C'est quoi, ça? Je suis en résidence surveillée?

— Non, Harry. C'est juste que je m'inquiète pour vous.

— Écoutez, il n'y aura pas de retour de flamme à cause de moi, d'accord ? Mais être assigné à travailler chez soi ne signifie pas que je doive m'y trouver vingt-quatre heures sur vingt-quatre. J'ai vérifié auprès du syndicat.

— Je sais, je sais. Mais cela signifie que vous ne devez prendre part à aucune enquête ayant un lien avec votre travail.

— Parfait.

— Et donc, qu'est-ce que vous faites ?

— Je suis installé sur ma terrasse avec une amie. Nous buvons une bière et nous profitons de l'air du soir. Ça vous va, chef ?

— Quelqu'un que je connaîtrais ?

— Ça m'étonnerait. Elle déteste les flics.

Pratt éclata de rire et Bosch eut enfin l'impression qu'il l'avait calmé sur ce qu'il faisait.

— Bon, je vous laisse y retourner. Amusez-vous bien, Harry.

— Ça devrait pouvoir se faire si je n'étais pas constamment collé au téléphone. Je vous appellerai demain.

— Je serai au bureau.

— Et moi ici. Bonne nuit.

Il raccrocha, regarda dans le frigo s'il n'y avait pas une bière cachée ou perdue et regagna la terrasse les mains vides. Rachel l'attendait, un grand sourire sur la figure et une fiche 9 × 13 tachée à la main. Fixé à elle par un trombone se trouvait un reçu de dépôt de couleur rose.

— Je le tiens ! dit-elle.

Elle lui tendit la fiche et Bosch rentra dans la maison, où la lumière était meilleure. Il commença par lire la fiche. Écrit à l'encre bleue, le texte en avait été partiellement taché d'eau, mais restait lisible.

Client insatisfait – 12/02/92
Client s'est plaint que son bien ait été vendu avant l'expiration des 90 jours de garde. Montré reçu de dépôt et rectifié. Client s'est plaint que les week-ends et les congés ne devraient pas être inclus dans les 90 jours. A juré et claqué la porte.
                                                                DGF

Sur le reçu rose attaché à la fiche on pouvait lire le nom de Robert Foxworth, date de naissance 03/11/1971, adresse dans Fountain Avenue, à Hollywood. L'article laissé en dépôt le 8 octobre 1991 était un « médaillon de famille ». Foxworth en avait tiré quatre-vingts dollars. Le reçu comportait une case pour empreintes digitales dans le coin inférieur droit. Bosch en aperçut bien des crêtes, mais l'encre s'était effacée ou avait été comme lessivée par l'humidité accumulée dans la boîte.

— La date de naissance correspond, dit Rachel. Sans compter que le nom correspond à deux niveaux.

— Qu'est-ce que tu veux dire ?

— Qu'il a réutilisé le prénom Robert avec le nom de Saxon et qu'il a fait la même chose avec le « Fox » de Foxworth en inventant Raynard[1]. C'est peut-être de là que part toute cette histoire de Raynard. S'il s'appelle vraiment Foxworth, peut-être que lorsqu'il était enfant ses parents lui ont raconté des histoires sur ce fameux Renart.

— S'il s'appelle vraiment Foxworth, répéta Bosch. Peut-être bien que nous venons de lui découvrir un autre pseudo.

— Peut-être. En tout cas, c'est un élément que tu n'avais pas avant.

Il acquiesça d'un signe de tête et sentit l'excitation monter en lui. Rachel avait raison. Ils avaient enfin une autre approche à explorer. Il sortit son portable.

— Je passe le nom à l'ordi et on voit ce que ça donne.

Il appela le central et demanda à une opératrice de lui passer le nom à l'ordinateur avec la date de naissance qu'ils avaient découverte sur le reçu du mont-de-piété. La réponse fut qu'il n'y avait ni antécédents ni trace de permis de conduire actuel. Bosch remercia l'opératrice et raccrocha.

— Rien, dit-il. Il n'y a même pas de permis de conduire.

— Mais c'est bon, ça ! s'écria Rachel. Tu ne vois donc pas ? A l'heure qu'il est, Robert Foxworth arriverait sur ses trente-cinq ans. S'il n'y a ni antécédents ni permis de conduire, cela nous confirme encore plus qu'il a disparu de la circulation parce qu'il est mort ou a changé d'identité.

---

1. *Fox* signifie « renard » en anglais (*NdT*).

— Qu'il est devenu Raynard Waits.

Elle fit oui de la tête.

— Je devais espérer un permis de conduire avec adresse à Echo Park, dit-il. C'était peut-être un peu trop demander.

— Peut-être pas. Y a-t-il un moyen de vérifier les permis de conduire périmés dans cet État ? Robert Foxworth, si c'est son vrai nom, a probablement obtenu son permis dès qu'il a eu seize ans, en 1987. Et quand il a changé de nom la validité de ce permis devait avoir expiré[1].

Bosch envisagea l'hypothèse. Il savait que la Californie n'avait pas exigé de faire figurer l'empreinte du pouce du conducteur sur son permis avant le début des années 90. Cela signifiait que, Foxworth ayant pu obtenir le sien à la fin des années 80, il n'y aurait eu aucun moyen de le relier à sa nouvelle identité de Raynard Waits.

— Je peux vérifier demain matin auprès du DMV[2]. Ça, je ne pourrai pas le savoir par le central ce soir.

— Il y a autre chose que tu pourrais vérifier, lui dit-elle. Tu te rappelles le méchant petit profil que je t'ai établi vite fait l'autre soir ? Je te disais que ces crimes n'avaient rien d'une aberration et qu'il y était venu petit à petit.

Bosch comprit ce qu'elle voulait dire.

— Son casier de délinquant juvénile.

Elle acquiesça.

— Tu pourrais en trouver un sur Robert Foxworth, enfin… encore une fois si c'est son vrai nom. Ça non plus, tu ne pourras pas l'avoir par le central.

Elle avait raison. La législation de l'État empêchait que le casier d'un délinquant juvénile le suive dans l'âge adulte. Le nom n'avait peut-être rien donné lorsque Bosch avait appelé le central, mais cela ne voulait pas forcément dire que Foxworth n'avait rien à son casier. Comme pour les renseignements sur le permis de conduire, Bosch devrait attendre jusqu'au lendemain matin ; il pourrait alors se faire communiquer le dossier par le service des Conditionnelles.

---

1. Aux États-Unis, les permis de conduire doivent être renouvelés tous les quatre ou cinq ans, selon les États *(NdT)*.

2. Ou Department of Motor Vehicules, administration chargée de toutes les questions automobiles, permis de conduire y compris *(NdT)*.

Sauf que, ses espoirs prenant de l'ampleur, il les retint.

– Attends une minute, dit-il, ça ne va pas marcher. Ses empreintes auraient donné une correspondance. Quand ils les ont vérifiées sous le nom de Raynard Waits, il y aurait eu correspondance avec celles du jeune Robert Foxworth. Son casier n'est peut-être pas accessible, mais les empreintes, elles, restent dans l'ordinateur.

– Peut-être, mais pas forcément. Ce sont deux systèmes séparés. Deux administrations distinctes. La communication ne se fait pas toujours.

C'était vrai, mais l'hypothèse tenait plus du rêve que d'autre chose. Bosch fit redescendre l'approche délinquant juvénile au niveau du simple coup de pot. Il était plus probable que Robert Foxworth n'ait jamais eu de casier. Il commença à se dire que ce nom était une énième fausse identité à ajouter à la liste.

Rachel essaya de changer de sujet.

– Et ce « médaillon de famille » qu'il a mis au clou, qu'est-ce que t'en penses? demanda-t-elle.

– Aucune idée.

– Qu'il ait voulu le reprendre est intéressant. Ça me fait penser qu'il n'était peut-être pas volé. Qu'il aurait pu, disons... appartenir à quelqu'un de sa famille et qu'il ait eu envie de le récupérer.

– Ça expliquerait le coup des jurons et de la porte claquée.

Elle fit oui de la tête.

Il bâilla et s'aperçut brusquement à quel point il était fatigué. Il avait passé toute sa journée à courir après ce nom et toutes les incertitudes qui l'accompagnaient. L'affaire commençait à lui encombrer le cerveau. Rachel parut lire dans ses pensées.

– Harry, dit-elle, je propose qu'on arrête maintenant qu'on a pris de l'avance, et moi, une autre bière ne me ferait pas de mal.

– Je ne sais pas trop combien d'avance on a pris, mais moi aussi, une autre bière ne me ferait pas de mal, dit-il. Mais il y a un petit problème.

– Lequel?

– Y a plus de bières.

– Harry, tu invites une fille pour lui faire faire ton sale boulot et t'aider à trouver la solution à tes problèmes et tout ce que t'as à lui filer, c'est une bière et une seule? Ça va pas, ça. Et du vin, Harry? Tu as du vin?

Il hocha la tête avec tristesse.

– Mais je file au magasin tout de suite, dit-il.

– Parfait. Parce que moi, je file me coucher. Je t'attendrai dans la chambre.

– Je ne vais donc pas traîner.

– Tu prends du rouge, d'accord?

– Je m'en occupe.

Il se dépêcha de partir. Il s'était garé devant pour que Rachel puisse utiliser l'auvent à voitures si elle venait. En sortant, il remarqua un petit 4 × 4 argenté garé le long du trottoir d'en face, deux maisons plus bas. Le véhicule avait attiré son attention parce qu'il se trouvait dans une zone de stationnement interdit. Il était interdit de se garer tout le long du trottoir, le virage suivant étant trop près. En déboulant dans la courbe, une voiture aurait pu très facilement entrer en collision avec un véhicule garé à cet endroit.

Bosch regardait vers le haut de la rue lorsque le 4 × 4 démarra brusquement tous feux éteints, fonça dans le virage et disparut.

Bosch courut jusqu'à sa voiture, sauta dedans et partit vers le nord, à la poursuite du 4 × 4. Il conduisit aussi vite que la prudence le permettait. En moins de deux minutes il avait pris le virage et atteint le croisement de Mulholland Drive. Il n'y avait plus signe du 4 × 4 et celui-ci aurait pu prendre n'importe quelle direction.

– Merde! s'écria Bosch.

Il resta immobile au croisement un bon moment et réfléchit à ce qu'il venait de voir et à ce que ça pouvait signifier. Il décida que ça ne voulait rien dire ou qu'au contraire quelqu'un surveillait sa maison – et donc lui. Sauf que, pour l'instant, il ne pouvait rien y faire. Il laissa filer. Il tourna à gauche et descendit Mulholland jusqu'en bas de Cahuenga à une vitesse raisonnable. Il savait qu'il y avait un marchand de vins près de Lankershim. Il en prit la direction et tout le long du trajet vérifia dans le rétroviseur qu'on ne le suivait pas.

2 6

Obligé de travailler chez lui ou pas, le lendemain matin Bosch enfila un costume pour sortir. Il savait que cela lui donnerait un air d'autorité et d'assurance quand il affronterait les bureaucrates de l'administration. Et à neuf heures vingt sa tactique avait payé. Il tenait une piste solide. Dans les archives du DMV on avait retrouvé un permis de conduire délivré à un certain Robert Foxworth le 3 novembre 1987, soit le jour même où il avait eu seize ans et le droit de conduire. Ce permis n'avait jamais été renouvelé en Californie, mais aucun document ne prouvait que son détenteur fût décédé. Cela signifiait ou bien que Foxworth avait déménagé dans un autre État et y avait obtenu un permis, ou bien qu'il avait décidé de ne plus conduire, ou bien encore qu'il avait changé d'identité. Bosch paria pour la troisième hypothèse.

L'adresse portée sur ce document n'était autre que la piste à suivre. Foxworth y était enregistré comme résidant au Los Angeles County Department of Children and Family Services[1], 3075 Wilshire Boulevard, Los Angeles. En 1987, Robert Foxworth était logé à l'orphelinat du comté. Ou bien il n'avait plus ses parents ou bien, ceux-ci ayant été déclarés inaptes à l'élever, il avait été retiré de sa famille. Qu'il ait eu le DCFS pour adresse signifiait soit qu'il logeait dans un foyer de jeunes, soit qu'il avait été placé dans une famille d'accueil. Si Bosch le savait, c'était parce que lui-même avait eu cette adresse sur son premier permis de conduire. Lui aussi avait été un pupille du comté.

En sortant du bureau du DMV de Spring Street, il éprouva une

---

1. Équivalent de nos services de l'Assistance publique (NdT).

nouvelle montée d'énergie. Il en était enfin sorti, ce qui la veille au soir encore apparaissait comme une impasse s'étant transformé en une piste solide. Il se dirigeait vers sa voiture lorsque, son téléphone se mettant à vibrer, il répondit sans ralentir l'allure ni regarder son écran de contrôle : il espérait que ce serait Rachel et qu'il pourrait lui faire part de la bonne nouvelle.

– Harry, où êtes-vous ? Personne n'a décroché chez vous.

C'était Abel Pratt. Bosch commençait à en avoir assez de cette surveillance de tous les instants.

– Je vais voir Kiz Rider. Cela vous convient-il, chef ?

– Bien sûr, Harry, sauf que vous étiez censé m'appeler.

– Oui, une fois par jour. Et il n'est même pas dix heures du matin !

– J'exige d'avoir de vos nouvelles tous les matins.

– Comme vous voulez. Demain, c'est samedi. Il faut aussi que je vous appelle ? Et dimanche, hein ?

– Pas la peine d'exagérer. J'essaie seulement de prendre soin de vous, vous savez ?

– Bien sûr, chef. Comme vous voudrez.

– Vous avez appris la dernière, j'imagine.

Bosch pila net.

– Ils ont attrapé Waits ?

– J'aimerais bien, mais non.

– Quoi, alors ?

– C'est partout aux nouvelles. Et ici, tout le monde est énervé. Une fille s'est fait enlever dans une rue d'Hollywood cette nuit. Forcée de monter dans un van en plein Hollywood Boulevard. La division a fait installer de nouvelles caméras de surveillance l'année dernière et l'une d'elles a filmé une partie de l'enlèvement. Je n'ai pas vu la bande, mais on dit que c'est Waits. Il a changé d'allure... il se serait rasé la tête... mais ils disent que c'est lui. Il va y avoir une conférence de presse à onze heures et la bande y sera montrée.

Bosch sentit comme un coup sourd dans la poitrine. Il avait eu raison de penser que Waits n'avait pas quitté la ville, mais il aurait préféré se tromper. Alors que ces pensées lui trottaient dans la tête, il s'aperçut que pour lui l'assassin était toujours Raynard Waits. Qu'en fait il s'appelle Robert Foxworth ne changeait rien à l'affaire : pour lui, il le savait, ce serait toujours Raynard Waits.

– On a le numéro du van ? demanda-t-il.

– Non, la plaque avait été recouverte. Tout ce qu'on sait, c'est qu'il s'agit d'un Econoline blanc. Comme celui dont il s'est servi avant, mais plus ancien. Bon, écoutez, faut que j'y aille. Je voulais juste vérifier que vous étiez chez vous. J'espère que c'est le dernier jour que j'aurai à le faire. L'OIS va finir le boulot et vous pourrez réintégrer l'unité.

– Ce serait bien. Mais que je vous dise... dans ses aveux, Waits a déclaré avoir eu un autre van dans les années 90. Le détachement spécial ferait peut-être bien de demander à quelqu'un de vérifier auprès du DMV sous son nom. Ils trouveront peut-être une immatriculation qui correspond.

– Ça vaut le coup d'essayer. Je vais leur dire.

– OK.

– Ne vous éloignez pas de chez vous, Harry. Et faites mes amitiés à Kiz.

– C'est ça.

Bosch referma son portable et fut heureux d'avoir eu la présence d'esprit de lui sortir le coup de la visite à Kiz dans la minute. Cela dit, il comprenait aussi qu'il commençait à bien savoir mentir à Pratt et cela ne lui plaisait pas trop.

Il monta dans sa voiture et prit la direction de Wilshire Boulevard. L'appel de Pratt n'avait fait qu'augmenter son sentiment de l'urgence. Waits venait d'enlever une autre femme, mais rien dans son dossier n'indiquait qu'il tuait immédiatement ses victimes. Celle-ci était donc peut-être encore en vie. Il comprit qu'en coinçant Waits il pourrait la sauver.

Les bureaux du DCFS étaient noirs de monde et bruyants. Il attendit un quart d'heure au comptoir avant de pouvoir attirer l'attention d'une employée. Après avoir noté les renseignements qu'il lui donnait et les avoir entrés dans un ordinateur, elle lui apprit qu'il y avait effectivement un dossier au nom de Robert Foxworth, date de naissance 3 novembre 1971, mais que pour le consulter il devrait obtenir l'autorisation écrite du tribunal.

Bosch se contenta de sourire. Il était bien trop excité par le fait qu'il y avait toujours un dossier au nom de Foxworth pour se laisser abattre par une énième frustration. Il la remercia et lui annonça qu'il reviendrait avec le mandat.

Il ressortit, au grand soleil. Il savait qu'il était arrivé à la croisée des chemins. Tricher avec la vérité lorsque Abel Pratt l'appelait pour lui demander où il se trouvait était une chose. Mais là, faire une demande de mandat pour aller mettre son nez dans les archives du DCFS sans l'accord de sa hiérarchie, à savoir l'approbation expresse de son patron, ce serait se mettre complètement en dehors de la légalité. Ce serait se lancer dans une enquête en douce et cela pourrait lui valoir son renvoi de la police.

Il pouvait passer ce qu'il avait à Randolph de l'OIS ou au service des Fugues et les laisser suivre la piste, ou tout au contraire se lancer dans une enquête sauvage et en accepter les conséquences éventuelles. Depuis qu'il était revenu de la retraite, il se sentait moins ficelé par les règles et règlements de la police. Il l'avait déjà quittée une fois et se savait capable de recommencer si les choses s'aggravaient. La deuxième fois serait même plus facile. Il n'avait pas envie d'en arriver là, mais il pourrait le faire s'il le fallait.

Il sortit son portable et passa l'appel qui pouvait lui épargner d'avoir à choisir entre deux mauvaises solutions. Rachel Walling décrocha à la deuxième sonnerie.

– Quoi de neuf au Tactique? demanda-t-il.

– Oh, il s'y passe toujours des choses. Et toi, comment ça s'est passé? Tu sais que Waits a enlevé une autre femme la nuit dernière?

Elle avait l'habitude de poser plus d'une question à la fois, surtout quand elle était excitée. Il lui répondit qu'il avait entendu parler de l'enlèvement, puis il lui rapporta tout ce qu'il avait fait pendant la matinée.

– Bon mais et maintenant, qu'est-ce que tu vas faire?

– Je commençais à me demander si le FBI ne pourrait pas se joindre à l'enquête.

– Qu'est-ce qu'il y a dans cette affaire qui pourrait lui faire franchir le seuil fédéral?

– Tu sais bien... corruption de fonctionnaires, violations des règles sur le financement des campagnes électorales, enlèvements, cohabitation entre chiens et chats... les trucs habituels.

Elle garda son sérieux.

– Je ne sais pas, dit-elle. Entrouvre cette porte et il n'y a plus moyen de dire jusqu'où ça peut aller.

– Sauf que j'ai quelqu'un dans la place. Quelqu'un qui veillera sur moi et maintiendra l'intégrité de l'affaire.

– Tout faux! Il est probable qu'on ne me laisserait même pas m'en approcher. Ce n'est pas dans les attributions de mon service et il y aurait conflit d'intérêts.

– Quel conflit? On a déjà travaillé ensemble.

– Je te dis seulement comment ça risque d'être accueilli.

– Écoute, j'ai besoin d'un mandat. Si je sors de mon territoire pour en obtenir un, j'ai toutes les chances de ne plus pouvoir le réintégrer. Je sais que ce sera la goutte d'eau qui fera déborder le vase avec Abel Pratt, ça, c'est sûr. Mais si je peux dire que j'ai été mêlé à une enquête fédérale, cela me donnera une explication valable... une sortie. Tout ce que je veux, c'est pouvoir jeter un coup d'œil au dossier de Foxworth au DCFS. Je crois que ça nous conduira à ce qui se trame à Echo Park.

Elle garda longtemps le silence avant de parler.

– Où es-tu? demanda-t-elle enfin.

– Toujours au DCFS.

– Va te chercher un *doughnut* ou ce que tu veux. J'arrive dès que possible.

– Tu es sûre?

– Non, mais c'est quand même ce qu'on va faire.

Elle raccrocha. Bosch referma son portable et regarda autour de lui. Au lieu d'aller se prendre un *doughnut,* il gagna un distributeur de journaux et acheta le *Times* du matin. Puis il s'assit sur la bordure du bac à fleurs qui courait le long de la façade du bâtiment et chercha les articles sur Raynard Waits et l'enquête de Beachwood Canyon.

Il ne trouva aucun papier sur l'enlèvement d'Hollywood Boulevard, celui-ci s'étant produit pendant la nuit, bien après le bouclage du journal. L'affaire Waits était passée de la première page au cahier régional, mais s'étalait encore sur pas mal de colonnes. Trois articles lui étaient consacrés. Le plus important concernait la traque nationale, et pour l'instant infructueuse, du tueur en cavale. Les trois quarts des renseignements qu'on y trouvait avaient été rendus obsolètes par les événements de la nuit. La traque nationale avait été abandonnée. Waits n'avait pas quitté la ville.

Cet article qui sautait aux yeux était flanqué de deux encadrés. Le premier consistait en une mise à jour de l'enquête où l'on trouvait certains détails sur ce qui s'était passé pendant la fusillade et l'évasion, le deuxième envisageant l'affaire sous l'angle politique. Plus important pour Bosch, ce dernier papier avait été écrit par Keisha Russell. Il le parcourut rapidement pour voir si elle avait repris des éléments de leur discussion sur le financement de la campagne de Rick O'Shea. Heureusement, ce n'était pas le cas. Il sentit renaître sa confiance en elle.

Il termina sa lecture et, non, il n'y avait toujours aucun signe de Rachel. Il passa à d'autres rubriques du journal, étudia les scores d'événements sportifs dont il se moquait éperdument et lut les critiques de films qu'il n'irait jamais voir. Lorsqu'il ne lui resta plus rien à lire, il reposa le journal et se mit à faire les cent pas devant le bâtiment. Puis il commença à s'inquiéter, à craindre de perdre l'avantage que lui avaient donné ses découvertes de la matinée.

Il sortit son téléphone pour l'appeler, mais préféra passer un coup de fil à l'hôpital Saint Joseph pour voir comment allait Kiz Rider. On transféra son appel à un poste d'infirmières du troisième étage, puis on le mit en attente. C'est alors qu'il vit enfin Rachel arriver dans un véhicule fédéral. Il referma son portable, traversa le trottoir et la retrouva au moment où elle descendait de voiture.

– C'est quoi, ton plan? lui demanda-t-il en guise de bienvenue.

– Quoi? s'écria-t-elle. Pas de «comment ça va?»? Pas de «merci d'être venue»?

– Merci d'être venue. C'est quoi, ton plan?

Ils entrèrent dans le bâtiment.

– Le plan est le plan fédéral habituel. J'entre et je fais dégringoler toute la force et tout le poids du gouvernement de ce grand pays sur les épaules du responsable. J'évoque le spectre du terrorisme et il nous file le dossier.

Il s'immobilisa.

– Et t'appelles ça un plan?

– Ça nous a plutôt pas mal réussi pendant plus de cinquante ans.

Elle ne s'était même pas arrêtée, il dut se dépêcher de la rattraper.

· Comment sais-tu que ce sera un mec?

– Parce que c'en est toujours un. C'est de quel côté ?
Il lui montra le grand hall droit devant lui. Elle ne ralentit pas
l'allure.

– J'ai pas attendu quarante minutes pour ça, dit-il.

– T'as une meilleure idée ?

– J'en avais une : un mandat de recherche du gouvernement
fédéral, tu te rappelles ?

– C'est même pas la peine d'y penser, Bosch. Je te l'ai déjà dit :
tu entrouvres cette porte et on te piétinera la gueule. Mon plan est
beaucoup mieux. On entre et on sort. J'arrive à te trouver le dossier,
c'est ça qui compte. La manière n'a aucune importance.

Elle avait déjà deux pas d'avance sur lui et fonçait avec tout l'élan
du gouvernement fédéral. Il commença à y croire, mais en secret.
Elle franchit les doubles portes sous le panneau ARCHIVES avec une
autorité et une présence qu'il valait mieux ne pas mettre en question.

L'employée à laquelle il avait eu affaire était au comptoir et parlait à un autre client. Walling l'aborda sans attendre qu'elle l'invite à
parler et sortit ses papiers d'accréditation de sa poche de veste en
un geste plein d'élégance.

– FBI. J'ai besoin de voir le directeur du service pour une affaire
urgente.

L'employée la dévisagea sans avoir l'air impressionnée.

– Je m'occupe de vous dès que j'ai…

– Non, mon chou, on s'occupe de moi tout de suite. Vous allez
me chercher votre patron ou c'est moi qui le fais. Question de vie
ou de mort.

La femme fit une grimace qui semblait indiquer que jamais
encore elle n'avait eu à subir pareille grossièreté. Sans dire un mot à
l'homme ou à quiconque se trouvant devant elle, elle s'écarta du
comptoir et gagna une porte derrière une rangée de box.

Ils n'attendirent même pas une minute. L'employée repassa la
porte en marche arrière, suivie par un homme en chemise blanche à
manches courtes et cravate marron qui se porta aussitôt à la rencontre de Rachel Walling.

– Osborne, dit-il. Qu'y a-t-il à votre service ?

– Passons dans votre bureau, s'il vous plaît. L'affaire est haute-
ment confidentielle.

— Par ici, je vous prie.

Il leur montra une porte battante tout au bout du comptoir. Bosch et Walling la gagnèrent, la serrure s'en ouvrant électroniquement. Puis ils suivirent Osborne et franchirent la porte. Rachel laissa le directeur regarder ses papiers d'accréditation dès qu'il se fut assis derrière un bureau couvert de souvenirs poussiéreux des Dodgers. Un sandwich de chez Subway trônait au beau milieu du fatras.

— De quoi est-il quest...

— Monsieur Osborne, je travaille pour l'unité de Renseignement tactique de Los Angeles. Je suis sûre que vous comprenez ce que cela signifie. Je suis accompagnée par l'inspecteur Harry Bosch du LAPD ici présent. Nous travaillons sur une enquête conjointe des plus importantes et urgentes. Votre employée nous a appris l'existence d'un dossier au nom d'un certain Robert Foxworth, date de naissance 3 novembre 71. Il est vital que nous ayons la permission de le consulter immédiatement.

Osborne hocha la tête, mais ce qu'il répondit n'avait rien d'un acquiescement.

— Je comprends, dit-il. Mais ici, au DCFS, nous obéissons à des lois très précises. Des lois qui protègent les enfants. Les dossiers de nos pupilles ne sont pas accessibles au public sans une injonction du tribunal. J'ai les mains liées par...

— Monsieur Osborne, ce Robert Foxworth n'est plus un adolescent. Il a trente-quatre ans et son dossier contient des renseignements qui vont nous permettre d'endiguer une très grave menace sur cette ville. Des vies en seront épargnées, cela ne fait aucun doute.

— Je sais, mais il faut comprendre que nous ne sommes pas...

— Je comprends. Je comprends parfaitement que si nous ne pouvons pas voir ce dossier immédiatement, nous pourrions avoir à parler de pertes humaines. Et vous ne voulez pas avoir ça sur la conscience, n'est-ce pas, monsieur Osborne? Pas plus que nous d'ailleurs. C'est pour cette raison que nous jouons dans la même équipe. Je vais vous proposer un arrangement, monsieur Osborne. Nous examinons le dossier ici même, dans votre bureau et sous votre propre surveillance. En attendant, je décroche le téléphone et j'ordonne à un membre de mon équipe du Renseignement tactique de nous établir le mandat. Je m'occupe de le faire signer par un juge et de vous le faire envoyer avant la fin de ce jour ouvrable.

– Eh bien, mais… il faudrait que je fasse monter le dossier des Archives.

– Ces Archives se trouvent-elles dans ce bâtiment?

– Oui, dans les sous-sols.

– Bien, vous appelez le service et vous nous faites monter le dossier. Le temps nous est compté, monsieur.

– Bon, attendez-moi ici. Je m'en occupe personnellement.

– Merci, monsieur Osborne.

Le directeur quitta la pièce, Walling et Bosch s'asseyant dans des fauteuils devant le bureau. Rachel sourit.

– Espérons qu'il ne va pas changer d'avis, dit-elle.

– T'es vraiment bonne, lui répliqua-t-il. Je dis toujours à ma fille qu'elle pourrait convaincre un zèbre de se séparer de ses rayures. Mais toi, je te vois bien convaincre un tigre de se débarrasser des siennes.

– Si j'y arrive, tu me dois un autre déjeuner au Water Grill.

– Parfait. Mais pas de sashimis, s'il te plaît.

Ils attendirent le retour d'Osborne pendant près d'un quart d'heure. Lorsqu'il revint, il portait un dossier qui faisait presque trois centimètres d'épaisseur. Il le tendit à Walling, qui le lui prit en se levant. Bosch comprit le signal et se leva à son tour.

– On vous le rapporte dès que possible, dit-elle. Merci, monsieur Osborne.

– Minute! Vous aviez dit que vous le consulteriez ici!

Tout son élan lui revenant, Rachel se dirigeait déjà vers la porte.

– Il n'y a plus le temps, monsieur Osborne. Il faut agir. Vous aurez récupéré ce dossier demain matin.

Elle avait déjà franchi la porte. Bosch la suivit et la referma derrière lui, tandis qu'Osborne prononçait ces derniers mots:

– Et l'injonction du tribu…

En passant derrière l'employée, Walling lui demanda d'ouvrir la serrure électronique. Elle avait deux pas d'avance sur Bosch lorsqu'ils débouchèrent dans le couloir, il apprécia de marcher derrière elle et de voir comment elle se comportait. On avait de la présence et de l'autorité à revendre.

– Y a-t-il un Starbucks où on pourrait s'asseoir et regarder ce truc? demanda-t-elle. J'aimerais bien y jeter un coup d'œil avant de rentrer.

– Un Starbucks, il y en a toujours un dans le coin, dit-il.

Une fois sur le trottoir, ils prirent vers l'est et marchèrent jusqu'à un bouiboui avec un petit comptoir et quelques tabourets. C'était mieux que de chercher un Starbucks, ils y entrèrent. Pendant que Bosch commandait deux cafés au type du bar, Rachel ouvrit le dossier.

On avait à peine posé leurs cafés sur le comptoir qu'elle avait déjà une page d'avance sur lui. Ils s'assirent l'un à côté de l'autre, Walling lui passant les feuilles au fur et à mesure qu'elle en finissait la lecture. Ils travaillèrent sans rien dire ni boire leurs cafés. En commander un et le payer n'avait servi qu'à leur procurer un endroit pour travailler.

La première pièce était une copie de l'acte de naissance de Foxworth. Il était né au Queen of Angels Hospital, d'une certaine Rosemary Foxworth, née le 21 juin 54 à Philadelphie, État de Pennsylvanie, et de père inconnu. La mère habitait alors dans un appartement d'Orchid Avenue, à Hollywood. Bosch comprit que cet appartement se trouvait dans le secteur qui s'appelait maintenant le Kodak Center et faisait partie du plan de rénovation et de renaissance d'Hollywood. Tout y était verre, tapis rouges et trucs qui brillent, mais en 1971 le quartier était essentiellement patrouillé par des péripatéticiennes et des drogués.

L'acte de naissance donnait aussi le nom du médecin qui avait procédé à l'accouchement et celui de l'assistante sociale chargée du dossier.

Bosch fit les calculs. Rosemary Foxworth avait dix-sept ans lorsqu'elle avait accouché de son fils. Pas de père répertorié, disponible ni même connu. Qu'il ait été fait mention d'une assistante sociale sur l'acte signifiait que c'était le comté qui avait payé les frais d'accouchement et l'adresse du domicile ne présageait pas un bon et joyeux départ pour le petit Robert.

Tout ceci donnait une image Polaroïd qui commençait à se développer dans sa tête. Bosch devina que Rosemary Foxworth s'était enfuie de Philadelphie et avait atterri à Hollywood, où elle avait partagé une sorte de taudis-asile de nuit avec d'autres fugueuses dans son genre. Il était assez probable qu'elle ait fait le trottoir dans les environs. Et qu'elle se soit droguée. Elle avait accouché du gamin et c'était là que le comté avait fini par intervenir et le lui retirer.

Au fur et à mesure que Rachel lui passait les pièces du dossier, l'histoire prenait forme. Robert Foxworth avait été retiré à la garde de sa mère à l'âge de deux ans et aussitôt pris en charge par le DCFS. Les seize années suivantes de sa vie l'avaient vu entrer et sortir de divers foyers de jeunes et familles d'accueil. Bosch remarqua qu'au nombre des établissements où il avait été placé se trouvait le McLaren Youth Hall d'El Monte, où lui-même avait passé un certain nombre d'années dans son enfance.

Le dossier était bourré d'évaluations psychiatriques effectuées chaque année ou lors des retours fréquents de Foxworth de ses foyers d'accueil, tout cela traçant le parcours d'une vie complètement brisée. Triste, oui. Unique, non. C'était l'histoire d'un enfant ôté à son unique parent, puis également maltraité par l'institution qui l'avait enlevé. Foxworth avait flotté d'un endroit à l'autre et n'avait eu ni foyer ni famille véritables. Il n'avait probablement jamais su ce que c'est que d'être désiré ou aimé.

En lisant ces pages, Bosch sentit remonter ses souvenirs. Deux décennies avant le périple de Foxworth dans le système de l'Assistance publique, Bosch y avait accompli le sien. Il en avait réchappé avec ses propres cicatrices, mais les dommages n'avaient rien à voir avec les ravages subis par Foxworth.

La pièce que lui tendit ensuite Rachel était une copie de l'acte de décès de Rosemary Foxworth. Elle était morte le 5 mars 1986, suite à des complications dues à l'hépatite C et à la consommation de drogues. Elle s'était éteinte dans l'aile pénitentiaire du centre médical de l'université de Californie du Sud. Robert Foxworth avait quatorze ans.

— Nous y voilà, nous y voilà, dit soudain Rachel.

— Quoi?

— C'est à Echo Park qu'il a effectué son plus long séjour en famille d'accueil. Et les gens chez qui il était placé? Harlan et Janet Saxon.

— Adresse?

— 710 Figueroa Lane. Il y est resté de 83 à 87. Presque quatre années complètes. Il devait les trouver bien et eux lui rendre son affection.

Bosch se pencha pour regarder le document étalé devant elle.

— Il habitait à Figueroa Terrace, soit à quelques rues de là, quand il a été arrêté avec les cadavres, fit-il remarquer. Si les flics l'avaient suivi une minute de plus, ils auraient trouvé sa baraque!

— Si c'est bien là qu'il allait.

— C'est forcément le cas.

Elle lui tendit la feuille et passa à la pièce suivante. Bosch se leva et s'écarta du comptoir. Il avait assez lu de trucs comme ça : c'était le lien avec Echo Park qu'il cherchait et maintenant il l'avait. Il était prêt à mettre un terme au travail d'archives. Pour passer à l'action.

— Harry, ces rapports de psy quand il était ado… il parlait de trucs vraiment crades.

— Comme quoi?

— Beaucoup de colère contre les femmes. Les jeunes qui couchent avec n'importe qui. Les prostituées, celles qui se droguent… Tu sais comment on peut voir ça d'un point de vue psy? Tu sais ce qu'il a fini par faire, à mon avis?

— Non et non. Quoi?

— Il n'arrêtait pas de tuer et retuer sa mère. Toutes ces femmes et filles disparues qu'ils lui ont collées sur le dos? Et celle de la nuit dernière? Pour lui, elles étaient comme sa mère. Et elle, il veut la tuer parce qu'elle l'a abandonné. Peut-être même veut-il les tuer avant qu'elles fassent la même chose qu'elle – mettre au monde un enfant.

Il hocha la tête.

— Voilà de la bonne cuisine psy, dit-il. Si on avait le temps, peut-être que tu pourrais retrouver son premier souvenir, façon Rosebud. Sauf qu'elle ne l'a pas abandonné, Rachel. C'est l'Assistance publique qui l'a pris à sa mère.

Rachel hocha la tête à son tour.

— Aucune importance, dit-elle. On parle de l'abandon comme style de vie. L'État n'avait pas d'autre choix que celui d'intervenir et de l'arracher à sa mère. Drogue, prostitution, tout le bazar. En étant une mère indigne, elle l'a abandonné à cette institution particulièrement imparfaite, où il a été piégé jusqu'à ce qu'il soit assez âgé pour voler de ses propres ailes. Dans sa tête à lui, tout ça équivaut à un abandon.

Bosch fit lentement oui de la tête. Rachel devait avoir raison, mais toute cette affaire le mettait mal à l'aise. Tout cela était trop personnel, trop proche des sentiers qu'il avait foulés lui-même. Mis à part un tournant ici ou là, Foxworth et lui avaient suivi le même chemin. C'était le sort qui condamnait Foxworth à vouloir tuer et retuer sa mère. Un psy de la police lui avait dit un jour qu'il était condamné à résoudre indéfiniment le meurtre de sa mère.

– Qu'est-ce qu'il y a? lui demanda Walling.

Il la regarda. Il ne lui avait pas encore raconté sa sordide histoire. Il ne voulait pas qu'elle braque ses talents de profileuse sur lui.

– Rien, dit-il. Je réfléchissais.

– Tu as l'air d'avoir vu un fantôme, Bosch.

Il haussa les épaules. Elle referma le dossier sur le comptoir et leva enfin sa tasse pour siroter son café.

– Et maintenant? demanda-t-elle.

Il la regarda longuement avant de répondre.

– Direction Echo Park, dit-il.

– Des renforts?

– Je vais d'abord aller voir et après, j'appellerai les renforts.

Elle acquiesça.

– J'y vais avec toi.

Quatrième partie

LE CHIEN QU'ON NOURRIT

27

Ils prirent la Mustang de Bosch, qui leur donnerait au moins un peu d'incognito comparée au 4 × 4 de Walling qui sentait la bagnole de flic fédéral à plein nez. Ils roulèrent jusqu'à Echo Park, mais ne s'approchèrent pas de la maison des Saxon, au 710 Figueroa Lane. Il y avait un problème : Figueroa Lane était une petite voie en U qui partait de Figueroa Terrace d'un côté et suivait la crête sinueuse, juste en dessous de Chavez Ravine. Il n'y avait pas moyen de passer devant sans se faire remarquer. Même en Mustang. Si Waits surveillait l'arrivée de la police, il aurait l'avantage de la voir le premier.

Bosch arrêta la voiture au croisement de Beaudry Street et de Figueroa Terrace et tambourina sur le volant du bout des doigts.

— Il a bien choisi l'emplacement de son château secret, dit-il. On ne peut pas s'en approcher sans se faire repérer sur son radar. Surtout en plein jour.

Rachel acquiesça d'un signe de tête.

— C'est pour la même raison qu'on construisait les châteaux médiévaux au sommet des collines.

Bosch jeta un coup d'œil à gauche, vers le centre-ville, et découvrit les grands bâtiments qui s'élevaient au-dessus des maisons de Figueroa Terrace. L'un de ces derniers n'était autre que le siège du ministère de l'Eau et de l'Électricité, juste de l'autre côté de l'autoroute.

— J'ai une idée, dit-il.

Ils ressortirent du quartier et retournèrent au centre. Bosch pénétra dans le garage du ministère et se gara sur un emplacement réservé aux visiteurs. Il ouvrit son coffre, chercha le kit de surveillance qu'il y rangeait toujours, en sortit une paire de jumelles de grande puissance, un appareil photo et un sac de couchage enroulé.

— Tu vas prendre des photos de quoi ? lui demanda Walling.

— De rien. Mais l'appareil a une longue focale et tu pourrais avoir envie de t'en servir pendant que je prend les jumelles.

— Et le sac de couchage ?

— Il se peut qu'on soit obligés de s'allonger sur le toit. Je ne voudrais pas que ton beau costume fédéral soit sali.

— T'inquiète pas pour moi. Inquiète-toi plutôt pour toi.

— Moi, ce qui m'inquiète, c'est la fille que Waits a enlevée. Allons-y.

— Tu as remarqué que tu l'appelles toujours Waits, même maintenant que tu es sûr qu'il s'appelle Foxworth ? lui demanda-t-elle alors que l'ascenseur les emmenait.

— J'ai remarqué, oui. C'est sans doute parce que, au moment où nous étions face à face, il s'appelait encore Waits. Et Waits, il l'était encore quand il a commencé à tirer. Ça lui aura collé à la peau.

Elle hocha la tête et n'ajouta rien, mais il se dit qu'elle devait avoir un point de vue psychologique sur la question.

Dès qu'ils furent dans l'entrée, il gagna le bureau des renseignements, montra son badge et ses accréditations et demanda à voir le chef de la sécurité en précisant à l'employé que c'était urgent.

Moins de deux minutes plus tard, un grand Noir, en pantalon gris et blazer bleu marine par-dessus une chemise blanche et une cravate, franchissait une porte et se dirigeait droit sur eux. Cette fois, Bosch et Walling lui montrèrent tous les deux leurs accréditations, l'homme semblant dûment impressionné par ce duo FBI-police locale.

— Hieronymus, dit-il en lisant la pièce d'identité de la police. On vous appelle Harry, non ?

— C'est exact.

L'homme lui tendit la main et sourit.

— Jason Edgar. Je crois que mon cousin et vous avez été coéquipiers à une époque.

Bosch sourit, moins à cause de la coïncidence que parce qu'il savait maintenant qu'il aurait son entière coopération. Il glissa le sac de couchage sous son autre bras et lui serra la main.

– C'est vrai. Il m'avait dit avoir un cousin qui travaillait au ministère de l'Eau et de l'Électricité. C'est vous qui lui donniez des renseignements sur les factures quand nous en avions besoin. Enchanté de faire votre connaissance.

– Même chose pour moi. A quoi a-t-on affaire? Si le FBI est impliqué, c'est que... on parlerait terrorisme?

Rachel leva la main en signe d'apaisement.

– Pas tout à fait, dit-elle.

– Jason, on cherche seulement un endroit d'où surveiller le quartier de l'autre côté de l'autoroute, à Echo Park. Il y a une maison qui nous intéresse et on ne peut pas s'en approcher sans risquer de se faire remarquer, si vous voyez ce que je veux dire. Nous nous disions que, d'un de vos bureaux du haut ou du toit, on pourrait avoir une bonne vue et suivre un peu ce qui s'y passe.

– J'ai l'endroit exact qu'il vous faut, dit Edgar sans hésitation. Suivez-moi.

Il les entraîna vers les ascenseurs et dut se servir d'une clé pour activer le bouton du quinzième étage. En montant, il leur expliqua que le bâtiment était en rénovation étage par étage. Et les travaux en cours se déroulaient justement au quinzième. L'étage avait été désossé et, entièrement vide, attendait que l'entrepreneur vienne le reconstruire selon les plans de rénovation.

– Vous aurez tout l'espace à vous, dit-il. Vous choisissez l'angle que vous voulez pour avoir le meilleur PDV.

Bosch fit oui de la tête. PDV comme «point de vue». Cela lui dit quelque chose sur Jason Edgar.

– Où avez-vous servi? demanda-t-il.

– Dans les Marines, opération Desert Storm, tout le truc. C'est pour ça que je n'ai pas rejoint la police. J'en avais marre des zones de guerre. Mon boulot, c'est en gros du neuf heures-cinq heures, stress minimal et juste assez intéressant, si vous voyez ce que je veux dire.

Bosch ne voyait pas du tout, mais fit oui de la tête. Les portes de la cabine s'ouvrant, ils se retrouvèrent sur un plancher entièrement vide d'une façade de verre à l'autre. Edgar les conduisit vers celle qui donnait sur Echo Park.

– C'est quoi, cette affaire? demanda-t-il tandis qu'ils s'en approchaient.

Bosch savait qu'ils ne pourraient pas y couper. Il avait une réponse prête.

— Y a un endroit là-bas où on pense que se réfugient des fugueurs. On veut juste voir s'il y a quelque chose d'intéressant. Vous voyez ce que je veux dire?

— Et comment!

— Y aurait autre chose qui pourrait nous aider, dit Walling.

Bosch se tourna vers elle avec Edgar. Il était tout aussi curieux que lui.

— De quoi avez-vous besoin? demanda Edgar.

— Pourriez-vous passer cette adresse dans vos ordinateurs et nous dire qui paie l'eau et l'électricité?

— Pas de problème. Permettez que je vous installe d'abord.

Bosch adressa un signe de tête à Rachel. C'était bien vu. Cela permettrait non seulement d'écarter le très curieux Edgar un instant, mais pourrait aussi leur fournir des renseignements précieux sur la maison de Figueroa Lane.

Arrivés devant la façade nord tout en verre, Bosch et Walling regardèrent de l'autre côté de l'autoroute 101, vers Echo Park. Ils étaient plus loin du quartier de la colline qu'il ne l'avait pensé, mais le point de vue n'en demeurait pas moins bon. Il montra les repères géographiques à Rachel.

— Là-bas, c'est Fig Terrace, dit-il. Les trois maisons au-dessus dans le virage se trouvent dans Fig Lane.

Elle acquiesça. Figueroa Lane ne comportait que trois maisons. A cette distance et cette hauteur, cela faisait songer à une pensée après coup, à la découverte du promoteur qui se dit qu'on peut encore coincer trois maisons dans la colline alors même que le plan général est déjà exécuté.

— Où est le 710? demanda Rachel.

— Bonne question.

Il posa le sac de couchage, braqua les jumelles et regarda les trois maisons pour trouver l'adresse. Il finit par découvrir une poubelle noire devant celle du milieu. Quelqu'un y avait écrit 712 en grands chiffres blancs en espérant que cela découragerait les voleurs. Bosch savait que les numéros allaient en augmentant à partir du centre-ville.

— C'est la maison de droite, dit-il.

– Je l'ai.

– Alors, c'est ça, l'adresse? demanda Edgar. 710 Fig Lane?

– Figueroa Lane, le reprit Bosch.

– Pigé. Je vais voir ce que je peux vous trouver. Si jamais quelqu'un montait et vous demandait ce que vous faites ici, dites-lui seulement de m'appeler au 338. C'est mon numéro de poste.

– Merci, Jason.

– C'est comme si c'était fait.

Jason commença à regagner les ascenseurs. Bosch pensa à quelque chose et le rappela.

– Jason, dit-il, ce verre est bien pelliculé, non? On ne peut pas nous voir regarder dehors, c'est ça?

– Non, pas de problème. Vous pourriez vous mettre à poil et personne ne vous verrait. Mais n'essayez pas ça la nuit parce que là, c'est pas pareil. La lumière à l'intérieur change tout et là on verrait dedans.

Bosch acquiesça.

– Merci, répéta-t-il.

– Je vous apporte deux chaises en remontant.

– Ça serait sympa.

Edgar une fois disparu dans l'ascenseur, Walling lança:

– Bien! Au moins on va pouvoir s'asseoir à poil devant la vitre.

Bosch sourit.

– On dirait bien qu'il parlait d'expérience, dit-il.

– Espérons que non.

Il braqua les jumelles et regarda le 710 Figueroa Lane. La maison était identique aux deux autres: haut perchée dans la colline avec un escalier qui descendait au garage creusé à même la pente au rez-de-chaussée. Toit de tuiles rouges, motifs espagnols. Mais là où les deux autres maisons étaient joliment peintes et bien entretenues, le 710 donnait une impression d'abandon. La peinture rose s'était fanée. La pente entre le garage et la maison était envahie de mauvaises herbes. Aucun drapeau n'était accroché au mât planté au coin de la véranda de devant.

Bosch affina la mise au point et passa d'une fenêtre à l'autre dans l'espoir d'y trouver des signes de vie, peut-être même d'avoir la chance de voir Waits regarder dehors.

Il entendit Rachel prendre quelques photos à côté de lui. Elle avait décidé de se servir de l'appareil.

– Je ne crois pas qu'il y ait de la pellicule dedans, dit-il. Et ce n'est pas un appareil numérique.

– Ça ne fait rien. C'est juste l'habitude. Et je ne m'attendais pas à ce qu'un dinosaure comme toi ait un appareil numérique.

Il sourit derrière ses jumelles. Il essaya de lui répondre quelque chose, puis laissa filer et se concentra de nouveau sur la maison. Elle était d'un style qu'on voyait souvent dans les vieux quartiers à flanc de colline. Alors que le dessin des constructions plus nouvelles épousait les contours du paysage, les maisons en pente de Figueroa Lane avaient une allure plus conquérante. Au niveau de la rue, c'était dans le flanc même de la colline qu'on avait creusé pour avoir un garage. Au-dessus, la pente était en terrasses, une petite maison de plain-pied y étant érigée. C'était de cette façon que dans les années 40 et 50 on avait façonné la ville dans les montagnes et les collines à mesure que l'agglomération s'étendait dans la plaine et montait à l'assaut des pentes ainsi qu'une marée.

Bosch remarqua une petite plateforme métallique en haut de l'escalier qui montait du garage jusqu'à la véranda de devant. Il regarda encore une fois et découvrit une rampe, elle aussi en métal.

– Il y a un monte-escalier, dit-il. La personne qui habite là aujourd'hui est en fauteuil roulant.

N'apercevant aucun mouvement dans les fenêtres qu'ils pouvaient voir de leur position, il se concentra plus bas, sur le garage. On y voyait une porte d'entrée pour les piétons et une double porte de garage peinte en rose il y avait fort longtemps. La peinture, ou ce qu'il en restait, avait viré au gris et le bois s'était fendillé sous l'action du soleil qui le frappait l'après-midi. Il eut l'impression qu'un des battants faisait un angle avec le trottoir et ne fonctionnait plus. La porte pour les piétons était, elle, équipée d'une vitre, mais un store y avait été tiré. En haut des deux portes s'étirait une rangée d'impostes carrées, mais, le soleil les illuminant directement, le reflet était si aveuglant qu'il ne put voir à l'intérieur.

Bosch entendit le *ding* signalant l'arrivée de l'ascenseur et reposa les jumelles. Il se retourna et vit Jason Edgar qui leur apportait deux chaises.

– Parfait, dit-il.

Il en prit une et la plaça devant la baie de façon à pouvoir s'y asseoir à califourchon et appuyer les bras sur le dossier – la position de surveillance classique. Rachel, elle, plaça sa chaise de façon à s'y asseoir normalement.

– Avez-vous pu jeter un coup d'œil aux archives? demanda-t-elle à Jason.

– Oui. Les consommations sont facturées à une certaine Janet Saxon, et ce depuis vingt et un ans.

– Merci.

– Pas de problème. C'est bien tout ce dont vous avez besoin pour l'instant, non?

Bosch le regarda.

– Jerry, vous... non, je veux dire, Jason... vous nous avez beaucoup aidés. Nous apprécions. Nous allons sans doute rester ici un moment, puis nous filerons. Vous nous dites où ranger ces chaises?

– Euh... vous n'aurez qu'à signaler votre départ au type dans l'entrée. Il me fera passer le message. Et laissez les chaises ici. Je m'en occuperai.

– Ce sera fait. Merci.

– Bonne chance. J'espère que vous les coincerez.

Après leur avoir serré la main, Edgar regagna l'ascenseur. Bosch et Walling recommencèrent à surveiller la maison de Figueroa Lane, Bosch demandant à Rachel si elle ne préférait pas qu'ils se relaient. Elle répondit que non. Il lui demanda encore si elle n'avait pas envie de prendre les jumelles, elle lui répondit qu'elle continuerait avec l'appareil photo. De fait, le téléobjectif offrait un meilleur grossissement que les jumelles.

Vingt minutes s'écoulèrent sans qu'il se produise quoi que ce soit dans la maison. Bosch passait sans arrêt de la bâtisse au garage, puis il décida d'explorer les buissons épais qui poussaient sur la crête au-dessus, histoire de voir s'il n'y aurait pas un endroit d'où ils pourraient surveiller tout cela de plus près. C'est alors que Walling se mit à parler d'un ton excité.

– Harry, le garage! dit-elle.

Il abaissa ses jumelles et fit le point sur le garage. Le soleil étant passé derrière un nuage et la rangée d'impostes en haut des deux portes n'étant plus aveuglante, il vit ce que Rachel avait découvert. A travers les vitres de la porte qui semblait fonctionner encore, on apercevait l'arrière d'une camionnette de couleur blanche.

– J'ai entendu dire qu'il s'est servi d'un van blanc pour enlever la fille la nuit dernière, dit-elle.

– Moi aussi. C'est signalé dans l'avis de recherche.

Lui aussi était excité : il y avait un van de couleur blanche dans la maison où avait vécu Raynard Waits !

– On y est ! s'écria-t-il. Il est forcément là-bas avec la fille ! Faut y aller, Rachel !

Ils se levèrent et se précipitèrent vers l'ascenseur.

28

Ils discutèrent de la nécessité d'appeler des renforts ou pas en sortant à toute vitesse du garage du ministère. Elle était pour. Il était contre.

— Écoute, lui lança-t-il, tout ce qu'on a, c'est un van de couleur blanche. Il se peut que la fille soit dans cette maison, mais que lui n'y soit pas. En entrant en force avec toute la troupe on pourrait le perdre. Bref, pour moi, le mieux est d'aller vérifier de près. On pourra toujours appeler les renforts quand on y sera. Et seulement si c'est nécessaire.

Il trouvait son opinion certainement raisonnable, mais celle de Walling ne l'était pas moins.

— Et s'il est à l'intérieur, hein ? lui répliqua-t-elle. Toi et moi pourrions très bien tomber droit dans un piège. On a besoin d'au moins une équipe de renfort pour faire ça correctement et sans danger.

— On n'aura qu'à l'appeler quand on y sera.

— Ce sera trop tard. Je sais très bien ce que tu manigances, Harry Bosch. Tu veux ce type pour toi tout seul et tu es prêt à risquer la vie de la fille... et la nôtre... pour y arriver.

— Tu veux que je te dépose, Rachel ?

— Non, je ne veux pas que tu me déposes, Harry.

— Bien. Parce que moi, je veux que tu sois là, avec moi.

Décision prise, fin de la discussion.

Figueroa Street passait derrière le bâtiment du ministère. Bosch la prit vers l'est, fila sous l'autoroute 101, traversa Sunset et la suivit lentement vers le nord en passant sous le 110. Figueroa Street devenant Figueroa Terrace, ils roulèrent jusqu'au bout, Figueroa Lane prenant alors le relais et montant en un grand virage jusqu'à la crête de la colline. Bosch se serra contre le trottoir en continuant de monter.

— On y va à pied et on reste près de l'alignement de garages jusqu'au 710, dit-il. Si on colle au trottoir, il ne pourra pas nous voir de la maison.

— Et s'il n'y est pas? lui renvoya-t-elle. Et s'il nous attendait dans le garage?

— Ben, on fera ce qu'il faut. On commence par voir s'il est dedans ou pas et après on monte l'escalier jusqu'à la baraque.

— Toutes les baraques sont à flanc de colline, Harry. Il va quand même falloir qu'on traverse.

Ils descendirent de voiture, il regarda Walling par-dessus le toit.

— Rachel, t'es avec moi ou non?

— Je te l'ai déjà dit: je viens avec toi.

— Alors, allons-y.

Ils commencèrent à remonter le trottoir qui conduisait à la colline. Il sortit son portable et l'éteignit pour qu'il ne se mette pas à vibrer au moment où ils entreraient en douce dans la maison.

Bosch soufflait fort lorsque enfin ils arrivèrent en haut. Rachel était sur ses talons et ne semblait pas manquer d'oxygène autant que lui. Il ne fumait plus depuis des années, mais les ravages de vingt-cinq ans de cigarette avant qu'il n'arrête n'avaient pas disparu.

Ils ne virent la maison rose au bout de la rue qu'en arrivant tout en haut; ils durent alors traverser pour rejoindre les garages qui bordaient le côté est de la rue. Bosch tenait Walling par le bras et lui soufflait des choses à l'oreille.

— Je me sers de toi pour cacher mon visage, lui dit-il. Il connaît le mien, mais pas le tien.

— Ça n'a aucune importance, lui répondit-elle quand ils eurent traversé. S'il nous a vus, on peut s'attendre à ce qu'il ait compris ce qui se passe.

Bosch ignora son avertissement et commença à longer les garages construits en lisière du trottoir. Ils arrivèrent vite au 710, Bosch s'approchant des portes munies d'impostes. Il posa ses mains en coupe sur une vitre sale, regarda à l'intérieur et vit que l'espace était occupé par le van et des tas de boîtes, de tonneaux et d'autres cochonneries. Pas un mouvement, pas un bruit. Au fond du garage, il aperçut une porte fermée.

Il gagna la porte pour piétons et essaya la poignée.

– Fermé, chuchota-t-il.

Il recula d'un pas et contempla les deux portes basculantes. Rachel se tenait maintenant devant la plus éloignée et, penchée vers elle, écoutait. Elle regarda Bosch et hocha la tête. Rien. Il baissa les yeux et vit qu'il y avait une poignée au bas de chaque porte, mais aucun mécanisme de fermeture extérieure. Il s'approcha de la première porte, se pencha en avant et tenta de la remonter. Fermée de l'intérieur. Il essaya la deuxième et rencontra le même problème. La porte s'ouvrit de quelques centimètres, puis se bloqua. Au faible jeu propre à chacune des deux portes, il comprit qu'elles étaient fermées au cadenas.

Il se releva et regarda Rachel. Hocha la tête et pointa le doigt en l'air pour lui faire comprendre que le moment était venu de grimper jusqu'à la maison.

Ils gagnèrent l'escalier en ciment et commencèrent à monter sans faire de bruit. Bosch avait pris les devants et s'arrêta à quatre marches du haut. Il s'accroupit et tenta de reprendre son souffle. Puis il se tourna vers Rachel : il savait qu'ils y allaient au pif. Enfin, non… que celui qui y allait au pif, c'était lui. Il n'y avait qu'un seul moyen d'approcher de la maison et c'était d'aller directement jusqu'à la porte de devant.

Il se détourna de Rachel et examina les fenêtres l'une après l'autre. Pas un mouvement, mais il crut entendre le bruit d'une télé ou d'une radio à l'intérieur. Il sortit son arme – le petit renfort qu'il avait pris dans la penderie du couloir ce matin-là –, gravit les quatre dernières marches en la tenant au côté et gagna la véranda sans faire de bruit.

Il savait que la question du mandat de perquisition ne se posait pas. Waits avait enlevé une femme et le caractère de vie ou de mort de la situation leur permettait certainement de s'en passer et d'entrer sans frapper. Il posa la main sur la poignée et la tourna. La porte n'était pas fermée.

Il la poussa tout doucement et remarqua qu'une rampe de cinq centimètres de large avait été installée sur le seuil pour laisser passer un fauteuil roulant. La porte s'ouvrant de plus en plus, le son de la radio s'amplifia. Station évangélique – un homme y parlait d'extase proche.

Ils se glissèrent dans l'entrée. A droite, celle-ci donnait sur une salle de séjour avec coin repas au fond. En face d'eux, un passage voûté permettait d'accéder à la cuisine. Un couloir partant sur la gauche conduisait au reste de la maison. Sans regarder Rachel, il lui montra la droite : elle devrait prendre cette direction pendant qu'il irait voir dans la cuisine avant de prendre le couloir sur la gauche.

En arrivant sous la voûte, il se retourna vers Rachel et vit qu'elle traversait la salle de séjour, son arme serrée à deux mains. Il entra dans la cuisine – propre et bien rangée, sans même un plat dans l'évier. La radio était posée sur le comptoir. Le speaker racontait aux auditeurs que ceux qui ne croyaient pas seraient laissés derrière.

Il y avait un autre passage voûté qui conduisait de la cuisine à la salle à manger. Rachel l'avait pris et pointait son arme vers le haut lorsqu'elle vit Bosch et hocha de nouveau la tête.

Toujours rien.

Il n'y avait plus que le couloir qui menait aux chambres et au reste de la maison. Bosch pivota et reprit le passage voûté pour regagner l'entrée. Puis il se retourna et fut surpris de découvrir une vieille femme assise dans un fauteuil roulant juste à l'entrée du couloir. Sur ses genoux elle tenait un revolver à canon long. Mais trop lourd, semblait-il, pour qu'elle puisse le soulever avec son faible bras.

– Qui va là ? lança la femme d'une voix forte.

Elle avait tourné la tête de côté. Elle avait bien les yeux ouverts, mais regardait le plancher au lieu de Bosch. C'était son oreille qu'elle avait tournée vers lui. Il comprit qu'elle était aveugle.

Il leva son arme et la pointa sur elle.

– Madame Saxon ? dit-il. Allez-y doucement. Je m'appelle Harry Bosch. Je cherche Robert.

Un air de grande perplexité traversa le visage de la vieille dame.

– Qui ça ? demanda-t-elle.

– Robert Foxworth. Il est ici ?

– Vous vous trompez de maison, et comment osez-vous entrer sans frapper ?

– Je…

– Bobby a le droit de se servir du garage. Je lui interdis d'entrer ici. Tous ces produits chimiques, ça pue horriblement.

Bosch commença à se rapprocher d'elle, les yeux rivés sur l'arme de la vieille femme.

– Excusez-moi, madame Saxon, reprit-il. Je croyais qu'il était monté ici. Il est passé récemment?

– Il vient de temps en temps. Il monte ici pour me donner le loyer, c'est tout.

– Le loyer du garage.

Il était tout près d'elle.

– C'est ce que je dis. Qu'est-ce que vous lui voulez? Vous êtes son ami?

– Je veux juste lui parler.

Il se pencha en avant et lui prit son revolver.

– Hé là mais…! C'est ma protection.

– Il n'y a pas de danger, madame Saxon. Je vais vous le rendre. Je crois qu'il aurait besoin d'être un peu nettoyé. Et graissé. Comme ça, vous serez sûre qu'il marche quand vous en aurez vraiment besoin.

– J'en ai besoin.

– Je vais le descendre au garage et demander à Bobby de le nettoyer. Et je vous le remonte après.

– Vaudrait mieux.

Il vérifia le revolver. Il était chargé et apparemment en état de marche. Il le glissa au creux de ses reins et regarda Rachel. Elle se tenait trois pas derrière lui, dans l'entrée. Elle fit un geste de la main, comme si elle tournait une clé. Il comprit.

– Avez-vous une clé pour la porte du garage, madame Saxon? demanda-t-il.

– Non. Bobby est venu prendre la clé de secours.

– Bon, d'accord, madame Saxon. Je vais voir ça avec lui.

Il se dirigea vers la porte de devant. Rachel le rejoignit et ils sortirent de la maison. Arrivée à mi-hauteur de l'escalier qui conduisait au garage, elle l'attrapa par le bras et lui souffla:

– Il faut qu'on demande des renforts. Tout de suite!

– Vas-y si tu veux, mais moi, j'entre dans ce garage. S'il y est avec la fille, on ne peut pas attendre.

Il se dégagea de son emprise et continua de descendre. Arrivé au garage, il regarda encore une fois par les vitres du haut des portes et ne vit rien bouger à l'intérieur. Il se concentra sur la porte dans le mur du fond. Elle était toujours fermée.

Il gagna la porte pour piétons et ouvrit la lame d'un petit canif attaché à son porte-clés.

Et se mit à travailler la serrure, la lame finissant par dégager le pêne. Il fit signe à Rachel de se tenir prête et tira la porte. Qui refusa de bouger. Il essaya de nouveau et tira plus fort. Encore une fois la porte refusa de s'ouvrir.

— Il y a une serrure à l'intérieur, murmura-t-il. Ça veut dire qu'il est dedans.

— Pas forcément. Il peut être sorti par une des portes du garage.

Bosch secoua la tête.

— Elles sont fermées de l'intérieur. Toutes les portes le sont.

Elle comprit et hocha la tête.

— Qu'est-ce qu'on fait? lui demanda-t-elle en chuchotant.

Bosch réfléchit un moment, puis il lui tendit ses clés.

— Retourne chercher la voiture. Tu reviens et tu la gares ici, avec l'arrière à cet endroit, et tu ouvres le coffre.

— Qu'est-ce que tu...

— Fais-le. Allez!

Elle se mit à courir sur le trottoir en longeant les garages, traversa et disparut de la vue de Bosch en continuant de descendre la colline. Il se rapprocha de la porte basculante qu'il pensait mal fermée. Elle n'était plus à l'alignement du trottoir, il se dit que ce devait être la plus facile à forcer des deux.

Il entendit le gros moteur de la Mustang avant de la voir en haut de la côte. Rachel arrivait à toute allure. Il se serra contre le garage afin de lui laisser le maximum de place pour manœuvrer. Elle fit pratiquement un tour complet dans la rue, puis elle recula vers le garage. Le coffre était déjà ouvert, Bosch plongea tout de suite la main dedans pour attraper la corde qu'il y gardait. Elle avait disparu. Il se souvint alors qu'Osani l'avait prise après l'avoir découverte nouée autour de l'arbre, dans Beachwood Canyon.

— Merde! lança-t-il.

Il chercha rapidement dans le coffre et y trouva un bout de corde à linge plus court, dont il s'était servi pour attacher le hayon du coffre un jour qu'il avait décidé d'apporter un meuble à l'Armée du salut. Il en attacha vite une extrémité à un arceau de remorquage situé sous le pare-chocs et l'autre à la poignée fixée au bas de la porte de garage. La porte, la poignée ou la corde, quelque chose finirait par lâcher, il le savait. Ils n'avaient qu'une chance sur trois de réussir à ouvrir la porte.

Rachel était descendue de voiture.

– Qu'est-ce que tu fais? lui demanda-t-elle.

Il referma doucement le coffre.

– On va tirer dessus pour l'ouvrir, dit-il. Remonte dans la voiture et passe en marche avant. Vas-y doucement. T'y vas trop sec et c'est la corde qui pète. Allez, Rachel. Vas-y. Vite.

Elle remonta dans la voiture sans dire un mot et commença à rouler. Elle regarda dans le rétro, il tourna le doigt pour lui faire signe de continuer. La corde se tendit, il entendit la porte grogner au fur et à mesure que la traction se faisait plus forte et recula en même temps qu'il ressortait son arme.

La porte du garage lâcha d'un seul coup et s'ouvrit sur un mètre.

– Stop! cria-t-il, sachant qu'il n'y avait plus besoin de chuchoter.

Rachel arrêta de tirer, mais la corde resta tendue et la porte ouverte. Bosch s'avança rapidement, puis, profitant de son élan, passa sous la porte en roulé-boulé et se releva à l'intérieur, l'arme prête à tirer. Il balaya l'espace du regard, mais ne vit rien. Les yeux fixés sur la porte du fond, il se glissa sur le côté du van. En secoua une portière pour l'ouvrir et jeta vite un coup d'œil à l'intérieur. Le véhicule était vide.

Il se rapprocha du mur du fond en effectuant une véritable course d'obstacles au milieu de tonneaux, de rouleaux de plastique, de tas de serviettes, de balais-éponges et autres outils de laveur de vitres. La pièce sentait fort l'ammoniaque et d'autres produits chimiques, ses yeux commencèrent à pleurer.

Les gonds étant visibles, il savait que la porte du fond s'ouvrirait vers lui.

– FBI! cria Walling du dehors. On entre!

– Dégagé! lui renvoya Bosch.

Il entendit Walling passer sous la porte d'entrée, mais garda son attention fixée sur celle du fond. S'en rapprocha encore sans cesser de tendre l'oreille.

Puis, en se mettant de côté, il posa la main sur le bouton et le tourna. Ce n'était pas fermé à clé. Alors il se retourna et regarda Rachel pour la première fois. Elle était en position de tir debout, au coin de la porte. Elle lui fit un signe de tête, d'un geste rapide il ouvrit la porte et franchit le seuil.

La pièce était sans fenêtre et plongée dans l'obscurité; il n'y vit personne. Debout dans le passage comme il l'était, il comprit qu'il faisait une cible idéale et fit un rapide pas de côté en entrant. Puis il aperçut le fil d'un interrupteur qui pendait au plafond, tendit la main et tira dessus. Le fil se rompit dans sa main, mais la lumière se fit, l'ampoule faisant un saut puis se mettant à se balancer par réaction. Il venait d'entrer dans un atelier-débarras rempli de trucs et profond d'environ trois mètres. Il n'y avait personne.

– Dégagé! cria-t-il à nouveau.

Rachel entra à son tour, ils examinèrent la pièce ensemble. Sur la droite, un établi encombré de vieux bidons de peinture, d'outils pour la maison et de lampes torches. Appuyés sur le mur de gauche, quatre vieux vélos tout rouillés, des chaises pliantes et un tas de cartons aplatis. Le mur du fond était fait de blocs de ciment, où était accroché le drapeau tout poussiéreux du grand mât planté devant la terrasse. Par terre juste devant eux, un ventilateur électrique à pied dont les pales étaient couvertes de crasse et de poussière. Cela semblait indiquer que quelqu'un avait essayé de chasser l'odeur fétide de la pièce.

– Merde! s'écria Bosch à nouveau.

Il baissa son arme, fit demi-tour et passa devant Rachel pour retourner dans le garage. Elle l'y suivit.

Il hocha la tête et se frotta les yeux pour les soulager de l'irritation due aux produits chimiques. Il ne comprenait pas. Étaient-ils arrivés trop tard? La piste qu'ils suivaient était-elle complètement fausse?

– Examine le van, dit-il. Au cas où il y aurait des traces de la fille.

Elle rejoignit le van derrière lui, tandis qu'il gagnait la porte pour piétons afin de chercher ce qui ne collait pas dans sa conviction que quelqu'un se trouvait dans le garage.

Il ne pouvait pas s'être trompé. Il y avait un verrou sur la porte, cela voulait dire qu'elle ne pouvait être fermée que de l'intérieur. Il gagna les autres portes et se baissa pour en examiner les serrures. Là encore il ne s'était pas trompé. L'une et l'autre étaient fermées par des cadenas fixés sur des barres coulissantes.

Il essaya de comprendre. Les trois portes avaient été fermées de l'intérieur. Cela signifiait ou bien qu'il y avait quelqu'un à l'intérieur du garage ou bien qu'il existait une sortie qu'il n'avait pas encore découverte. Sauf que cela semblait invraisemblable : le garage étant creusé à même la colline, y trouver une sortie dans le fond n'était pas possible.

Il vérifiait le plafond en se demandant si par hasard il n'y avait pas un passage conduisant à la maison lorsque Rachel l'appela depuis le van.

– J'ai trouvé un rouleau d'adhésif, dit-elle. Et des bouts de ruban avec des cheveux collés dessus.

Bosch se dit qu'ils ne s'étaient pas trompés d'endroit. Il gagna la portière ouverte du van. Regarda Rachel à l'intérieur tout en sortant son portable. Remarqua le fauteuil roulant dans le van.

– J'appelle des renforts et l'équipe scientifique, dit-il. On l'a loupé.

Obligé de rallumer son portable, il comprit soudain quelque chose tandis que celui-ci s'initialisait. Le ventilateur à pied posé dans la pièce du fond n'était pas tourné vers les portes du garage. Si l'on avait voulu en chasser de l'air, c'est vers elles qu'on l'aurait tourné.

Il fut distrait par le bourdonnement de son portable dans sa main et regarda l'écran de contrôle. Il avait un message en attente. Il appuya sur un bouton et s'aperçut qu'il venait de louper un appel de Jerry Edgar. Il l'écouterait plus tard. Il entra le numéro du central et demanda au dispatcheur de le mettre en relation avec le détachement spécial créé pour retrouver Raynard Waits. Ce fut un officier du nom de Freeman qui décrocha.

– Inspecteur Harry Bosh à l'appareil. J'ai…

– Harry ! Arme à feu !

C'était Rachel qui venait de crier. Le temps ralentit. En moins d'une seconde, Bosch se tourna vers elle ; elle s'était plantée devant la portière du van, il vit qu'elle regardait le fond du garage derrière lui. Sans réfléchir il bondit droit sur elle, l'entoura de ses bras, la renversa sur le plancher du van et l'y maintint sous son poids. Quatre coups de feu partirent dans son dos, suivis par le vacarme des balles frappant le métal et brisant du verre. Il s'écarta de Rachel d'une roulade et se redressa, son arme à la main. Aperçut une silhouette qui se baissait dans la resserre du fond. Tira six fois dans l'entrée de la porte et sur le mur à sa droite.

– Rachel! Ça va?
– Ça va. Tu es touché?
– Je ne crois pas!
– C'était lui! Waits!

Ils marquèrent un temps d'arrêt et regardèrent la porte de la pièce du fond. Personne n'en ressortit.

– Tu l'as touché? chuchota-t-elle.
– Je ne crois pas.
– Je croyais que c'était dégagé.
– Moi aussi.

Il se releva complètement, son arme braquée sur l'ouverture. Et remarqua que la lumière à l'intérieur de la pièce était éteinte.

– J'ai laissé tomber mon portable, dit-il. Appelle les renforts.
– Attends. Il pourrait...
– Appelle les renforts! Et n'oublie pas de leur dire que je suis à l'intérieur.

Il coupa sur sa gauche et s'approcha de la porte selon un angle propre à lui donner la meilleure vue de l'intérieur de la pièce. Sauf que, sans la lumière de l'ampoule, celle-ci était plongée dans l'ombre et qu'il fut incapable d'y déceler le moindre mouvement. Il se mit à avancer à petits pas, pied droit d'abord et position de tir maintenue en permanence. Dans son dos il entendit Rachel s'identifier et demander qu'on lui passe le dispatcheur du LAPD.

Il arriva sur le seuil et fit passer son arme devant son corps afin de couvrir la partie de la pièce qu'il ne pouvait pas voir. Puis il entra et fit un pas sur la droite. Pas un mouvement, aucun signe de Waits. La pièce était vide. Il regarda le ventilateur et eut confirmation de son erreur. L'appareil était pointé vers le drapeau qui pendait au mur du fond. On ne s'était pas servi du ventilateur pour chasser l'air vicié vers l'extérieur. On s'en était servi pour faire entrer de l'air dans la pièce.

Il fit encore deux pas vers le drapeau. Tendit la main, en attrapa le bord et le déchira.

Dans le mur, à un mètre du sol, s'ouvrait un tunnel. Une demi-douzaine de blocs de ciment avait été ôtés afin de créer une ouverture d'environ deux mètres carrés, d'où partait l'excavation à même la colline.

Bosch s'accroupit pour regarder dans l'ouverture par la droite, ce qui assurait sa sécurité. Le tunnel était profond et sombre, mais il aperçut une lueur à une dizaine de mètres. Il comprit alors que le tunnel faisait un coude et que la source de lumière se trouvait après le tournant.

Il se pencha plus près et entendit quelque chose dans le tunnel. Comme un gémissement sourd. Le bruit était terrible, mais il était tout de même beau. Cela voulait dire que, malgré toutes les horreurs qu'elle avait vécues pendant la nuit, la femme qu'avait enlevée Waits était toujours en vie.

Bosch gagna l'établi et y prit la lampe torche la plus puissante. Voulu l'allumer. Les piles étaient mortes. Il en essaya une autre et n'eut droit qu'à un faisceau sans vigueur. Il faudrait que ça fasse l'affaire.

Il dirigea le faisceau dans le tunnel et eut confirmation que la première partie en était dégagée. Il fit un pas pour s'y engager.

– Harry! Attends!

Il se retourna et vit Rachel dans l'entrée.

– Les renforts arrivent! murmura-t-elle.

Bosch acquiesça d'un signe de tête.

– Elle est là. Elle est vivante.

Il se retourna vers le tunnel et y braqua de nouveau le faisceau de sa lampe. Il n'y avait toujours rien jusqu'au coude. Il éteignit pour garder de la charge, regarda Rachel par-dessus son épaule et entra dans les ténèbres.

29

Il hésita un instant à l'entrée du tunnel afin de permettre à ses yeux d'accommoder. Puis il commença à avancer. Il n'avait pas à ramper. Le tunnel était assez large pour qu'il puisse s'y déplacer accroupi. La lampe torche dans la main droite et son arme dans la gauche, il fixait la faible lueur devant lui. Les pleurs de la femme se faisaient plus insistants à mesure qu'il avançait.

Il avait fait trois mètres dans le tunnel lorsque les relents de moisi qu'il avait remarqués dehors se muèrent en puanteur de pourrissement. Si rance qu'elle fût, cette odeur n'avait rien de nouveau pour lui. Presque quarante ans plus tôt, il avait été rat de tunnel dans l'armée américaine et avait pris part à plus de cent missions dans les galeries souterraines creusées par le Vietcong. Il arrivait que l'ennemi enterre ses morts dans les murs d'argile de ces tunnels. Cela les cachait à la vue, mais l'odeur, elle, était impossible à masquer. Dès qu'elle vous entrait dans le nez, vous ne pouviez l'oublier.

Bosch savait qu'il se dirigeait vers quelque chose d'ignoble, que là, quelque part dans ce tunnel, c'étaient les victimes de Raynard Waits qui l'attendaient. C'était bien la destination qu'avait prise l'assassin la nuit où la police l'avait arrêté dans son van. Et Bosch ne pouvait s'empêcher de penser que c'était peut-être aussi la sienne. Bien des années il avait vécues et bien des kilomètres il avait parcourus, mais il avait l'impression de n'avoir jamais vraiment laissé les tunnels derrière lui et que sa vie n'avait été qu'une lente progression dans des ténèbres et des entonnoirs conduisant à une faible lueur. Il sut alors qu'il avait été, était et serait à jamais un rat de tunnel.

Les muscles de ses cuisses le brûlaient tant lui coûtaient les efforts qu'il devait faire pour avancer accroupi. De la sueur commença à lui piquer les yeux. Et là, en se rapprochant du coude dans le tunnel, il vit que la lumière changeait sans cesse et comprit que ces variations étaient causées par les ondulations d'une flamme. C'était la lumière d'une bougie.

Arrivé à un mètre cinquante du coude il ralentit, puis il s'arrêta et se reposa sur les talons en tendant l'oreille. Derrière lui, il crut entendre des sirènes. Les renforts s'étaient mis en route. Il essaya de se concentrer sur ce qu'on pouvait entendre dans le tunnel devant lui, mais seuls lui parvenaient les pleurs intermittents de la victime.

Il se redressa et se remit à avancer. Presque aussitôt la lumière s'éteignit devant lui, les gémissements de la fille prenant une urgence et une énergie nouvelles.

Il se figea. Puis il entendit un rire nerveux devant lui, suivi par la voix familière de Raynard Waits.

– C'est vous, inspecteur Bosch? Bienvenue dans mon terrier.

S'ensuivirent d'autres rires, qui s'arrêtèrent. Bosch laissa passer dix secondes. Waits ne disait toujours rien.

– Waits? lança-t-il. Laissez-la partir. Envoyez-la-moi.

– Non, non, Bosch. Elle est avec moi maintenant. Que quelqu'un entre ici et je la tue tout de suite. Je garde la dernière balle pour moi.

– Non, Waits, non. Écoutez. Vous la laissez sortir et c'est moi qui entre. On échange.

– Non, Bosch. J'aime bien la situation telle qu'elle est.

– Alors, qu'est-ce qu'on fait? Il faut qu'on parle et que vous, vous vous sauviez. Nous n'avons pas beaucoup de temps. Envoyez-moi la fille.

Quelques secondes passèrent, puis la voix reprit dans les ténèbres.

– Que je me sauve? Mais de quoi? Et pour quoi faire?

Bosch était au bord de la crampe. Il se baissa doucement pour s'asseoir, le dos appuyé à la paroi de droite du tunnel. Il était sûr que la lumière de la bougie venait de sa gauche. Et c'était vers la gauche que continurait le tunnel. Il avait toujours son arme levée, mais il avait mis les poignets en croix afin d'avoir la lampe elle aussi levée et prête.

– Il n'y a pas de sortie, reprit-il. Rendez-vous et sortez. Le marché tient toujours. Vous n'êtes pas obligé de mourir. Et la fille non plus.

– Je me fous de mourir, Bosch. C'est pour ça que je suis ici. Parce que j'en ai rien à branler. Je veux seulement mourir selon mes conditions à moi. Pas celles imposées par un autre ou par l'État. Les miennes.

Bosch remarqua que la femme s'était tue. Il se demanda ce qui s'était passé. Waits lui avait-il imposé le silence ? Venait-il de la...

– Qu'est-ce qu'il y a, Waits ? La fille va bien ?

– Elle vient de s'évanouir. Un peu trop d'excitation, j'imagine.

Il éclata de rire, puis se tut. Bosch décida qu'il fallait qu'il continue à parler. S'il se laissait prendre par la conversation, il se concentrerait moins sur la femme et ce qui était en train de se préparer à l'extérieur du tunnel.

– Je sais qui vous êtes, reprit-il calmement.

Waits ne se laissa pas prendre au piège. Bosch essaya de nouveau.

– Vous êtes Robert Foxworth. Fils de Rosemary Foxworth. Pupille du comté. Familles d'accueil et foyers de jeunes. Vous avez vécu ici, avec les Saxon. Pendant un temps vous avez été au foyer McLaren, à El Monte. Moi aussi, Robert.

Seul un long silence l'accueillit. Puis la voix reprit doucement dans les ténèbres.

– Je ne suis plus Robert Foxworth.

– Je comprends.

– Je haïssais cet endroit... McLaren... Je les haïssais tous.

– Ils l'ont fermé il y a deux ou trois ans. Un enfant y était mort.

– Qu'ils aillent se faire foutre ! Et cet endroit aussi ! Comment avez-vous retrouvé Robert Foxworth ?

Bosch sentit que la conversation prenait un certain rythme. Il comprit la clé que Waits lui donnait en parlant de Robert Foxworth comme de quelqu'un d'autre. C'était bien Raynard Waits qu'il était maintenant.

– Ça n'a pas été très difficile, répondit-il. C'est en partant de l'affaire Fitzpatrick qu'on a compris. On a retrouvé le talon de dépôt dans les archives et on a fait le rapprochement avec les dates de naissance. C'était quoi, ce médaillon de famille que vous aviez mis en dépôt ?

Le silence fut long avant que Waits réponde enfin.

— Il appartenait à Rosemary. C'était tout ce qu'il avait d'elle. Il avait été obligé de le mettre en dépôt et quand il est allé le reprendre, ce fumier de Fitzpatrick l'avait déjà vendu.

Bosch hocha la tête. Il obligeait bien Waits à répondre à ses questions, mais il ne restait plus beaucoup de temps. Il décida de revenir brusquement au présent.

— Raynard, dit-il, parlez-moi du plan. C'était quoi, le truc avec Olivas et O'Shea ?

Il n'eut droit qu'au silence. Il réessaya.

— Ils se sont servis de vous. O'Shea s'est servi de vous et il va vous laisser tomber. C'est ça que vous voulez ? Vous crevez ici dans ce trou et lui, il s'en tire à l'aise ?

Il posa la lampe torche par terre pour essuyer la sueur qui lui coulait dans les yeux. Il dut tâter le sol pour retrouver la lampe.

— Je ne peux vous donner ni O'Shea ni Olivas, dit Waits dans le noir.

Bosch ne comprit pas. S'était-il trompé ? Il reprit l'affaire du début dans sa tête.

— Avez-vous tué Marie Gesto ? demanda-t-il.

Nouveau silence qui s'éternise.

— Non, je ne l'ai pas tuée, répondit enfin Waits.

— Alors, comment ont-ils monté ce truc ? Comment pouviez-vous savoir où…

— Réfléchissez, Bosch. Ils ne sont pas idiots. Ils ne communiquaient pas directement avec moi.

Bosch hocha la tête. Il avait compris.

— Maury Swann, dit-il. C'est lui qui a monté le marché. Parlez-m'en un peu.

— Qu'est-ce qu'il y a à en dire ? C'était une mise en scène, mec. Tout ça, c'était pour que vous y croyiez. Il m'a dit que vous enquiquiniez les gens qu'il fallait pas et qu'on devait vous convaincre, vous.

— Les gens ? Quels gens ?

— Ça, il me l'a pas dit.

Et c'est Maury Swann qui a dit ça ?

— Oui, mais ça n'a aucune importance. Vous pouvez pas le toucher, lui non plus. C'est le coup de la communication entre l'avocat et son client. Vous pouvez pas y toucher. C'est confidentiel. En plus que ce serait ma parole contre la sienne. Ça ne mènerait nulle part et vous le savez.

Il le savait, effectivement. Maury Swann était un avocat retors et un membre du barreau très respecté. Et aussi un grand chouchou des médias. Il n'y aurait donc pas moyen de le coincer sur les seuls propos d'un de ses clients au criminel – et tueur en série qui plus est. Qu'O'Shea et Olivas se soient servis de lui comme intermédiaire était un coup de génie.

– Je m'en fous, reprit Bosch. Je veux savoir comment ç'a été monté. Dites-le-moi.

Encore une fois le silence fut long avant que Waits ne réponde.

– Swann est allé les voir avec l'idée de leur proposer un deal. Je m'accuse des affaires en échange de ma peau. Il a fait ça sans que j'en sache rien. S'il m'avait demandé, je lui aurais dit de pas se donner cette peine. Je préfère l'aiguille à quarante ans de cellule. Vous comprenez ça, vous. Vous êtes du genre œil pour œil, non? Et, vous me croyez si vous voulez, mais moi, j'aime assez ça en vous.

Sur quoi il s'arrêta. Bosch fut obligé de le relancer.

– Et alors? Qu'est-ce qui s'est passé?

– Un soir que j'étais en taule, on m'a conduit au parloir des avocats et je suis tombé sur Maury. Qui m'a dit qu'il y avait un deal en route. Mais il a ajouté que ça ne marcherait que si j'y ajoutais un bonus gratuit. Il fallait que je reconnaisse un meurtre que j'avais pas commis. Il m'a aussi dit qu'il y aurait une expédition sur le terrain et que je devrais conduire un inspecteur jusqu'au cadavre. Il fallait que cet inspecteur soit convaincu, et le conduire jusqu'au cadavre était la seule manière d'y arriver. Cet inspecteur, c'était vous, Bosch.

– Et vous avez dit oui.

– Quand j'ai su qu'il y aurait une expédition sur le terrain, oui, j'ai dit oui. C'est la seule raison qui m'y a poussé. Ça voulait dire lumière du jour. Et j'y voyais une chance.

– Et on vous a fait croire que cette offre, ce marché… venait directement d'Olivas et d'O'Shea?

– De qui d'autre ç'aurait pu venir?

– Maury Swann a-t-il jamais mentionné leurs noms en parlant de ce marché?

– Il m'a dit que c'était ça qu'ils voulaient que je fasse. Il a dit que ça venait d'eux. Ils refuseraient de conclure si je ne leur filais pas le bonus gratuit. Il fallait que je m'accuse pour Gesto et que je vous conduise à son cadavre, sinon y avait pas de putain de deal! Vous pigez?

Il acquiesça.

— Oui, je pige, dit-il.

Et se sentit rougir de colère. Il tenta de la canaliser, de la mettre de côté de façon à pouvoir s'en servir — mais pas maintenant.

— Comment avez-vous eu tous les détails que vous m'avez donnés pendant vos aveux?

— Swann. C'est lui qui les a eus d'eux. Il m'a dit qu'ils avaient les archives de la première enquête.

— Et il vous a dit comment trouver le corps là-haut dans les bois?

— Swann m'a dit qu'il y avait des repères. Il m'a montré des photos et m'a dit comment conduire tout le monde au cadavre. C'était facile. La veille de mes aveux, j'ai tout étudié.

Bosch garda le silence en repensant avec quelle facilité il s'était laissé emmener sur ce chemin. Ce qu'il voulait, il le voulait si fort et depuis si longtemps que ça l'avait rendu aveugle.

— Et vous, Raynard, qu'est-ce que vous étiez censé en tirer?

— Vous voulez dire… qu'est-ce qu'il y avait pour moi de leur point de vue? Ma vie, mec. Ils m'offraient la vie sauve. A prendre ou à laisser. Sauf qu'à vrai dire, moi, je m'en foutais. Je l'ai déjà dit, mec, quand Maury m'a informé qu'il y aurait une expédition sur le terrain, je me suis dit que j'avais une chance de m'évader… et d'aller visiter mon terrier de renard une dernière fois. Ça me suffisait. Je me foutais du reste. Et je me foutais de mourir en essayant.

Bosch réfléchit à ce qu'il devait faire ou demander. Il songea à prendre son portable pour appeler le district attorney ou un juge et forcer Waits à avouer par téléphone. Il reposa à nouveau la lampe torche par terre et glissa la main dans sa poche, mais se souvint qu'il avait laissé tomber son portable en bondissant sur Rachel lorsque la fusillade avait éclaté dans le garage.

— Toujours là, inspecteur?

— Toujours là. Et Marie Gesto? Swann vous a-t-il dit pourquoi vous deviez avouer son assassinat?

Waits se mit à rire.

— Y avait pas besoin. Il était assez clair que l'affaire était bien calée. Celui qui s'était payé Gesto essayait de ne plus vous avoir sur le dos.

— On vous a donné un nom?

— Non, pas de nom.

Il hocha la tête. Il n'avait rien. Rien sur O'Shea, Anthony Garland ou quelqu'un d'autre. Il regarda dans le tunnel, vers le garage. Il ne vit rien, mais il savait qu'il devait y avoir des policiers. Ils avaient aveuglé cette extrémité du tunnel pour qu'il n'y ait pas de rétroéclairage. Ils allaient arriver d'un moment à l'autre.

— Et votre fuite? demanda-t-il pour que le dialogue ne meure pas. C'était prévu ou vous vous êtes contenté d'improviser?

— Un peu des deux. J'ai vu Swann le soir avant l'expédition. Il m'a dit comment j'allais vous conduire au cadavre. Il m'a montré les photos, m'a parlé des repères dans les arbres et m'a dit comment je commencerais à les voir après l'endroit où on serait obligés de crapahuter parce qu'il y avait eu une coulée de boue. C'est là que j'ai su. J'ai su que j'avais peut-être une chance. Je lui ai demandé de les forcer à m'ôter les menottes s'il fallait crapahuter. Je lui ai dit que je ne marcherais pas dans la combine s'il fallait que je crapahute avec les mains menottées.

Bosch se rappela l'instant où O'Shea avait passé outre à l'avis d'Olivas et lui avait ordonné d'enlever les menottes du prisonnier. La mauvaise volonté d'Olivas n'avait été que comédie à son intention. De fait, tout n'avait été que comédie à son intention. Tout était bidon et il s'était fait superbement avoir.

Il entendit des hommes qui rampaient derrière lui dans le tunnel. Il alluma la torche et les vit. Le SWAT. Kevlar noir, fusils automatiques, lunettes de vision nocturne. Ils arrivaient. D'un instant à l'autre ils allaient lancer une grenade aveuglante dans le tunnel et débouler. Il éteignit la lampe. Pensa à la fille. Il savait que Waits la tuerait dès qu'ils se lanceraient.

— Vous avez vraiment été à McLaren? demanda Waits.

— Oui. C'était avant vous, mais oui, j'y ai été. J'étais au dortoir B. Comme c'était le plus près du terrain de base-ball, on y arrivait toujours les premiers à la récré et on prenait les meilleurs équipements.

C'était le détail d'un type qui devait y avoir séjourné, le meilleur qui lui était venu à l'esprit dans l'instant. Bosch avait passé l'essentiel de son existence à essayer d'oublier McLaren.

– Ouais, peut-être que vous y avez été.

– Bien sûr que j'y ai été.

– Et vous voyez où on en est? Vous avez suivi votre chemin et moi le mien et... j'ai dû nourrir le mauvais clebs.

– Que voulez-vous dire? Quel clebs?

– Vous vous rappelez pas? A McLaren ils arrêtaient pas de répéter le dicton du mec qu'a deux chiens en lui. Un bon et un méchant. Ils se battent tout le temps parce qu'il y en a qu'un qui peut être le chien alpha, celui qui commande.

– Et...?

– Et celui qui gagne est toujours celui qu'on a choisi de nourrir. J'ai dû nourrir le méchant. Et vous le bon.

Bosch ne sut que répondre. Il entendit un déclic dans son dos. Ils allaient jeter la grenade. Il se releva à toute allure en espérant qu'ils ne lui tirent pas dessus.

– Waits, dit-il. Je vais entrer.

– Non, Bosch.

– Je vais vous donner mon arme. Regardez la lumière. Là, je vous donne mon arme.

Il alluma la lampe et en fit courir le faisceau sur le coude du tunnel. Puis il avança et, une fois arrivé au tournant, tendit la main gauche dans le cône de lumière. Il tenait son arme par le canon pour que Waits voie bien qu'il n'y avait pas de menace.

– Ça y est, j'entre, reprit-il.

Il franchit le coude et avança dans la dernière partie du tunnel. Espace d'au moins quatre mètres de large, mais toujours pas assez haut pour qu'il puisse s'y tenir debout. Il se mit à genoux et balaya la pièce avec le faisceau de la lampe. Faible et ambré, celui-ci fit apparaître un tas d'os, de crânes, de cheveux et de chairs en putréfaction absolument abominable. La puanteur était si renversante qu'il dut se retenir de vomir.

Le faisceau de la lampe s'arrêta enfin sur le visage de l'homme qu'il connaissait sous le nom de Raynard Waits. Celui-ci s'était calé contre le fond de son terrier, assis sur ce qui ressemblait à un trône creusé à même l'argile et la roche. A sa gauche, la femme qu'il avait enlevée gisait inconsciente et nue sur une couverture. Waits lui braquait l'arme d'Olivas sur la tempe.

– Doucement, dit Bosch. Je vous passe mon arme. Cessez de lui faire mal, c'est tout ce que je vous demande.

Waits sourit, sachant qu'il contrôlait entièrement la situation.

– Bosch, dit-il, vous serez donc idiot jusqu'au bout.

Bosch baissa le bras et jeta son arme à droite du trône. En tendant le bras pour l'attraper, Waits décolla le canon de l'autre arme de la tempe de la femme. Bosch laissa tomber la lampe en même temps qu'il passait la main dans son dos et trouvait la crosse du revolver qu'il avait pris à la vieille femme aveugle.

Le long canon de l'arme lui donnant une visée juste, il fit feu à deux reprises, chacune de ses balles touchant Waits en pleine poitrine. Waits fut projeté en arrière contre le mur. Bosch vit ses yeux s'agrandir, puis perdre bientôt l'éclat qui sépare la vie de la mort. Le menton de l'assassin s'abaissa brusquement, tandis que sa tête retombait en avant.

Bosch rampa jusqu'à la jeune femme et vérifia son pouls. Elle était toujours vivante. Il l'enroula dans la couverture sur laquelle elle gisait, puis il appela les autres dans le tunnel.

– Ici Bosch, Vols et Homicides! cria-t-il. Dégagé! Dégagé! Raynard Waits est mort.

Un éclair puissant illumina le coude du tunnel d'entrée. La lumière fut aveuglante et Bosch savait que des hommes armés attendaient à l'autre bout.

Aucune importance, il se sentait enfin en sécurité. Il se dirigea lentement vers la lumière.

30

Après être sorti du tunnel, Bosch fut conduit hors du garage par deux officiers du SWAT équipé de masques à gaz. Il fut remis entre les mains du service des Fugues et d'autres personnes en charge du dossier. Randolph et Osani de l'OIS étaient là eux aussi, ainsi qu'Abel Pratt de l'unité des Affaires non résolues. Bosch chercha Rachel des yeux, mais ne la vit nulle part.

Ce fut ensuite au tour de la dernière victime de Waits de quitter le tunnel. La jeune femme fut portée jusqu'à une ambulance qui attendait et aussitôt emmenée au centre médical de l'université de Californie du Sud pour examen et traitement. Bosch était sûr que jamais dans son imagination il ne pourrait inventer plus horrible que ce qu'elle avait enduré. Mais la chose importante, et il le savait, était qu'elle fût toujours en vie.

Le chef du détachement spécial voulait qu'il s'installe dans un van pour lui raconter son histoire, mais Bosch lui rétorqua qu'il n'avait pas envie de se retrouver dans un espace clos. Même à l'air libre de Figueroa Lane, il n'arrivait pas à chasser l'odeur du tunnel de son nez et remarqua que les membres du détachement spécial, qui l'entouraient au début, avaient déjà presque tous reculé d'un pas ou deux. Il aperçut un tuyau d'arrosage fixé à un robinet à côté de l'escalier qui conduisait à la maison voisine du 710. Il s'en approcha, tourna le robinet et se pencha en avant en laissant courir l'eau dans ses cheveux, sur sa figure et dans son cou. Il trempa presque entièrement ses vêtements, mais il s'en moquait: l'eau en avait fait partir une bonne quantité de terre, de transpiration et de puanteur – et de toute façon il savait bien que ses habits étaient foutus.

Bob McDonald, le chef du détachement spécial, était un sergent qu'on avait fait venir de la division d'Hollywood. Heureusement, Bosch le connaissait pour y avoir travaillé par le passé et cela donna le ton à une séance cordiale de débriefing. Bosch comprit néanmoins qu'il ne s'agissait que d'une manière d'échauffement. Il allait devoir se soumettre à un interrogatoire officiel de la part de Randolph et de l'OIS avant la fin de la journée.

– Où est l'agent du FBI? demanda-t-il. Où est Rachel Walling?

– On est en train de l'interroger, répondit McDonald. On a réquisitionné la maison d'un voisin pour ça.

– Et la vieille dame en haut de l'escalier?

McDonald hocha la tête.

– Elle va bien. Elle est aveugle et en fauteuil roulant. Ils sont toujours en train de lui parler, mais il se trouve que Waits a vécu ici dans son enfance. C'était une famille d'accueil et, de son vrai nom, il s'appelle Robert Foxworth. Comme elle ne peut plus se déplacer toute seule, en gros elle reste là-haut. C'est une aide sociale du comté qui lui apporte à manger. Foxworth l'aidait financièrement en lui louant son garage. C'est là qu'il gardait ses produits pour laver les vitres. Il y gardait aussi un vieux van. Y a un monte-escalier pour fauteuil roulant dedans.

Bosch acquiesça d'un signe de tête. Il se dit que Janet Saxon n'avait sans doute aucune idée de ce que son ancien pupille faisait en réalité dans son garage.

McDonald l'ayant informé que l'heure était venue de raconter son histoire, Bosch s'exécuta et lui rapporta en détail tout ce qu'il avait fait après avoir découvert le lien entre Waits et le prêteur sur gages Fitzpatrick.

On ne lui posa pas de questions – pour l'instant. Personne ne lui demanda pourquoi il n'avait pas appelé le détachement spécial, Randolph, Pratt ou quelqu'un d'autre. On l'écouta et on se contenta d'enregistrer son récit. Bosch ne se faisait pas trop de souci. Rachel et lui avaient sauvé la fille et il avait tué le méchant. Il était sûr que ces deux réussites lui vaudraient d'être quitte de toutes ses transgressions du protocole et des règlements, et de conserver son boulot.

Il lui fallut vingt minutes pour raconter son histoire, puis McDonald annonça une pause. Au moment où le groupe se dispersait, Bosch vit que son patron attendait de pouvoir le rejoindre. Il savait que cette conversation-là ne serait pas facile.

Voyant enfin une ouverture, Pratt s'avança vers lui. Il avait l'air inquiet.

– Alors, Harry, qu'est-ce qu'il vous a raconté là-dedans ?

Bosch fut surpris de constater qu'il ne lui sautait pas à la gorge pour avoir agi de son propre chef et sans aucune autorité. Cela dit, il n'allait pas s'en plaindre. Sous forme abrégée, il lui rapporta ce que Waits lui avait appris sur la mise en scène de Beachwood Canyon.

– Il m'a dit que tout avait été orchestré par l'intermédiaire de Swann, précisa-t-il. C'est lui qui a fait part du deal d'Olivas et O'Shea à Waits. Waits n'a pas tué Gesto, mais a accepté de porter le chapeau pour son meurtre. Cela faisait partie du plan pour lui éviter la peine capitale.

– C'est tout ?

– Ça ne suffit pas ?

– Pourquoi Olivas et O'Shea auraient-ils fait un truc pareil ?

– Pour la plus vieille des raisons du monde : le fric et le pouvoir. Et ça, la famille Garland en a à revendre.

– Anthony Garland, c'est bien lui qui a obtenu l'injonction du tribunal vous écartant du dossier, n'est-ce pas ? C'était le suspect intéressant pour Gesto, non ?

– Oui, jusqu'au moment où Olivas et O'Shea se sont servis de Waits pour me convaincre que ce n'était pas lui.

– Autre chose en dehors de ce que Waits vous a dit là-dedans ?

Bosch hocha la tête.

– Pas grand-chose, non. J'ai remonté quelque vingt-cinq mille dollars de contributions à la campagne d'O'Shea jusqu'à leur source, à savoir la compagnie pétrolière de T. Rex Garland et un cabinet d'avocats travaillant pour lui. Mais tout ça était légal. Ça prouve le lien, mais rien de plus.

– Vint-cinq mille ? Ça me semble léger.

– Ça l'est. Mais ce ne sont que les sommes qu'on connaît. En creusant un peu, on devrait en trouver plus.

– Vous avez dit tout ça à McDonald et son équipe ?

– Non, seulement ce que Waits m'a raconté. Je ne leur ai pas parlé des contributions. Uniquement de ce que Waits m'a déclaré.

— Vous pensez qu'ils vont s'attaquer à Maury Swann pour ça?

Bosch réfléchit un instant avant de répondre.

— Sûrement pas. Tout ce qui s'est dit entre Waits et Swann est confidentiel. Sans compter que personne n'irait lui chercher des poux en se basant sur la parole d'un fou, et en plus d'un fou mort, comme Waits.

Pratt donna un coup de pied par terre. Il n'avait plus rien à dire ou demander.

— Écoutez, chef, je suis navré pour tout ça, reprit Bosch. J'ai pas été réglo avec vous sur ce que je faisais, le boulot à la maison et tout ça.

Pratt écarta sa remarque d'un geste de la main.

— Pas de quoi. Vous avez eu de la chance. Vous avez fini par faire du bien et par flinguer le méchant. Que voulez-vous que je dise contre ça?

Bosch le remercia d'un signe de tête.

— Et en plus, je suis en roue libre, moi, reprit Pratt. A peine trois semaines et c'est un autre patron que vous ferez suer. A lui de voir ce qu'il voudra faire de vous.

Que Kiz Rider revienne ou pas, Bosch ne voulait pas quitter l'unité. Il avait entendu dire que David Lambkin, le nouveau boss qui venait des Vols et Homicides, était un type bien. Il espérait faire encore partie des Affaires non résolues lorsque tout se serait calmé.

— Putain de Dieu! marmonna Pratt.

Bosch suivit son regard et découvrit la voiture qui venait de se garer dans le périmètre interdit, près de l'endroit où se massaient les médias et les journalistes qui se préparaient pour leurs reportages en direct et leurs échos. Rick O'Shea en descendit par la portière passager. Bosch sentit aussitôt la bile lui monter dans la gorge. Il allait se porter à sa rencontre lorsque Pratt l'attrapa par le bras.

— Doucement, Harry.

— Qu'est-ce qu'il vient foutre ici?!

— C'est son affaire, mon vieux. Il peut venir si ça lui chante. Et vous feriez mieux de rester cool. Ne lui montrez pas votre jeu, sinon vous risquez de ne jamais pouvoir l'atteindre.

— Et quoi encore? Pendant ce temps-là, il fait son numéro

devant les caméras et transforme tout ça en une énième publicité pour sa campagne ? Mon cul ! Ce que je devrais faire, c'est aller lui botter les fesses devant tout le monde !

– C'est ça, Harry, même que ça serait vraiment malin. Tout à fait subtil. Et ça aiderait un max.

Bosch se dégagea de la prise de Pratt, mais se contenta d'aller s'adosser à une des voitures de police. Il croisa les bras et garda la tête baissée pour se calmer. Il savait que Pratt avait raison.

– Éloignez-le de moi, juste ça.

– Ça risque d'être difficile, vu qu'il vient droit sur vous.

Bosch releva la tête juste au moment où O'Shea et deux types de son entourage arrivaient devant lui.

– Ça va, inspecteur Bosch ?

– Me suis jamais aussi bien porté, lui rétorqua Bosch en gardant les bras croisés sur la poitrine.

Il n'avait pas envie qu'une de ses mains se libère et s'en aille comme ça, sans le vouloir, flanquer un gnon à O'Shea.

– Je tiens à vous remercier pour tout ce que vous avez fait ici aujourd'hui. Je vous remercie d'avoir sauvé la jeune femme.

Bosch se contenta de hocher la tête en regardant par terre.

O'Shea se tourna vers les hommes qui l'accompagnaient et vers Pratt, qui était resté dans les parages au cas où il aurait eu à séparer Bosch du procureur.

– Je pourrais parler à l'inspecteur en tête à tête ?

Les petits laquais d'O'Shea s'éloignèrent. Pratt hésita jusqu'à ce que Bosch lui fasse signe que tout allait bien. Bosch et O'Shea se retrouvèrent livrés à eux-mêmes.

– Inspecteur, on vient de me briefer sur ce que Waits... ou devrais-je dire Foxworth ?... vous a révélé dans le tunnel

– Bon.

– J'espère que vous n'ajoutez pas foi à ce qu'un tueur en série confirmé a pu vous dire sur les personnes qui le poursuivaient en justice, surtout celle qui ne peut même plus être ici pour se défendre.

Bosch s'écarta de l'aile de la voiture de patrouille et laissa retomber ses bras le long de son corps. Ses mains s'étaient fermées en poings.

– C'est de votre pote Olivas que vous parlez ?

– C'est ça même. Et je vois à votre posture qu'en fait vous croyez à ce que Foxworth vous aurait déclaré.

– « M'aurait déclaré » ? Quoi ? Parce que ce serait moi qui invente ?

– C'est forcément quelqu'un.

Bosch se pencha de quelques centimètres vers lui.

– O'Shea, lui souffla-t-il à voix basse, cassez-vous, sinon je risque de vous cogner.

Le procureur recula d'un pas comme s'il avait déjà reçu un coup.

– Vous vous trompez, Bosch, lui répondit-il. Il mentait.

– Il n'a fait que confirmer ce que je savais déjà avant même d'entrer dans ce tunnel. Olivas était corrompu. C'est lui qui a ajouté l'entrée dans le dossier qui établissait un faux lien entre Raynard Waits et Gesto. C'est encore lui qui est allé sur le terrain et a tracé une piste pour que Waits puisse la suivre et nous conduire au cadavre. Et tout ça, il ne l'aurait jamais fait sans que quelqu'un le lui demande. C'était pas son genre. Il n'était pas assez malin pour ça.

O'Shea le dévisagea longuement. Ce que Bosch laissait entendre était on ne peut plus clair.

– Je n'arriverai pas à vous faire renoncer à ces conneries, n'est-ce pas ?

Bosch le regarda, puis se détourna.

– Me faire renoncer ? Ça risque pas. Et je me fous de ce que ça peut faire ou ne pas faire pour votre campagne, monsieur le procureur. Il s'agit là de faits indiscutables et je n'ai pas besoin de Foxworth ou de ce qu'il m'a raconté pour le prouver.

– Il faudra donc que j'en appelle à une autorité plus haute que la vôtre.

Bosch s'approcha de lui d'un pas. Cette fois il avait vraiment envahi son espace personnel.

– Vous sentez ça ? Cette odeur, là, sur moi ? C'est l'odeur putride de la mort ! Elle est partout sur moi, O'Shea ! Mais elle, au moins je peux la faire disparaître !

– Ce qui voudrait dire ?

– A vous de voir. Et qui serait cette autorité supérieure ? Vous allez appeler T. Rex Garland tout là-haut dans son bureau étincelant ?

O'Shea respira un grand coup et hocha la tête tant il était perdu.

– Inspecteur, dit-il, je ne sais pas ce qui vous est arrivé dans ce tunnel, mais ce que vous dites n'a pas grand sens.

Bosch hocha la tête à son tour.

– Peut-être, mais ça ne va pas tarder à en avoir. Avant les élections, ça, c'est certain.

– Aidez-moi un peu, Bosch. Qu'est-ce que j'ai loupé?

– Je ne pense pas que vous ayez loupé quoi que ce soit. Vous savez tout ça par cœur et, avant que toute cette affaire ne soit terminée, le monde entier le saura aussi. Dieu sait comment, je vais tous vous faire tomber, vous, les Garland et tous ceux qui ont joué un rôle dans cette mascarade. Vous pouvez y compter.

Ce fut au tour d'O'Shea d'avancer sur Bosch.

– Vous êtes en train de me dire que j'aurais fait tout ça... que j'aurais mis tout ça en route pour T. Rex Garland?

Bosch se mit à rire: O'Shea jouait, et jouait bien, la comédie jusqu'au bout.

– Vous êtes pas mauvais, ça, je vous l'accorde, dit-il. Pas mauvais du tout.

– T. Rex Garland est quelqu'un qui contribue de manière significative à ma campagne. Au vu de tous et de façon parfaitement légale. Comment pouvez-vous établir un lien en...

– Si c'est le cas, pourquoi ne m'avez-vous pas signalé tout cela quand je vous ai parlé de son fils l'autre jour et vous ai dit que, pour moi, il était suspect dans le meurtre de Gesto?

– Parce que ça n'aurait fait que compliquer les choses. Je n'ai jamais vu, ni même seulement parlé à aucun des Garland. T. Rex contribue à ma campagne, et alors? Ce type-là arrose tout le comté à chaque élection. Vous le signaler à ce moment-là aurait déclenché vos soupçons. Et je ne le voulais pas. Et maintenant, je vois bien que vos soupçons, j'y ai droit de toute façon.

– Les conneries que vous racontez! Vous...

– Allez-vous faire foutre, Bosch. Il n'y a pas de lien.

– Nous n'avons donc plus rien à nous dire.

– Oh que si! J'ai, moi, quelque chose à vous dire. Allez-y à fond avec vos conneries et on verra qui restera debout à la fin du parcours.

Il fit demi-tour et s'éloigna en aboyant un ordre à ses hommes : il voulait un téléphone avec une ligne sécurisée. Bosch se demanda qui recevrait le premier appel : T. Rex Garland ou le chef de police ? Il prit une décision instantanée : il allait appeler Keisha Russell et la lâcher dans la nature. Il allait lui dire qu'elle avait toute latitude pour fourrer son nez dans les contributions que Garland avait faites à la campagne d'O'Shea. Il mit la main dans sa poche, puis se rappela que son portable était toujours quelque part dans le garage. Il prit la direction de ce dernier et s'arrêta au ruban jaune maintenant tendu en travers de la porte derrière le van.

Cal Cafarelli était dans le garage, où elle dirigeait l'analyse scientifique de la scène de crime. Elle avait un masque respiratoire autour du cou. Bosch comprit tout de suite qu'elle était allée jusqu'à la scène macabre au bout du tunnel. Et qu'elle n'en serait plus jamais la même. Il lui fit signe d'approcher.

– Ça va, Cal ? lui demanda-t-il.

– Aussi bien que ça peut aller après qu'on a vu un truc pareil.

– Oui, je sais.

– On va être ici jusque tard dans la nuit. Qu'est-ce que je peux faire pour vous, Harry ?

– Avez-vous trouvé un portable quelque part dans le coin ? Je l'ai perdu quand les choses ont commencé à s'emballer.

Elle lui montra le sol, près de la roue avant du van.

– C'est pas ça, là-bas ?

Bosch regarda et vit son portable qui traînait par terre. La lumière rouge des messages clignotait. Il remarqua qu'on avait entouré l'appareil d'un cercle tracé à la craie sur le ciment. Voilà qui n'était pas bon. Il n'avait pas envie que son portable soit classé comme pièce à conviction. Il risquait de ne jamais le revoir.

– Je peux le prendre ? J'en ai besoin.

– Je suis désolée, Harry. Pas tout de suite. La scène n'a pas encore été photographiée. On commence par le tunnel. Ça va demander du temps.

– Bon alors... et si vous me le filiez ? Je m'en sers ici même et je vous le rends quand ce sera l'heure de faire les photos. On dirait que j'ai des messages qui m'attendent.

– Oh, allons, Harry !

Il savait que si elle acceptait, elle violerait au moins quatre règles sur la préservation de l'intégrité des preuves.

— Bon, d'accord. Dites-moi juste quand je pourrai le récupérer. J'espère que ce sera avant que la pile soit morte.

— C'est entendu, Harry.

Il tourna le dos au garage et vit Rachel Walling se diriger vers le ruban jaune qui délimitait le périmètre extérieur de la scène de crime. Une voiture de patrouille fédérale était garée non loin de là et un type en costume et lunettes de soleil l'attendait devant. Elle avait dû demander une voiture.

Il se hâta jusqu'au ruban en l'appelant. Elle s'arrêta et l'attendit.

— Harry, dit-elle, ça va ?

— Maintenant, oui. Et toi, Rachel ?

— Ça va. Qu'est-ce qui t'est arrivé ? lui demanda-t-elle en lui montrant ses habits mouillés.

— J'ai dû me passer au jet. Je puais. J'ai besoin de prendre une douche d'au moins deux heures. Tu t'en vas ?

— Oui. Ils ont fini avec moi, pour l'instant.

D'un signe de tête, il lui indiqua le type aux lunettes de soleil planté trois mètres derrière elle.

— T'as des ennuis ? lui demanda-t-il doucement.

— Je ne sais pas encore. Ça devrait aller. Tu as eu le méchant et tu as sauvé la fille. Je ne vois pas comment ça pourrait être mauvais.

— C'est nous deux qui avons eu le méchant et sauvé la fille, la reprit-il. Mais dans toutes les institutions et toutes les bureaucraties il y a des gens capables de transformer quelque chose de bon en un tas de merde.

Elle le regarda droit dans les yeux et acquiesça de la tête.

— Je sais, dit-elle.

Son regard le glaça et il comprit que quelque chose avait changé entre eux.

— Tu es en colère contre moi, Rachel ? lui demanda-t-il.

— En colère ? Non.

— Quoi alors ?

— Rien. Faut que j'y aille.

— Tu vas m'appeler ?

— Quand je pourrai. Au revoir, Harry.

Elle fit deux pas vers le véhicule qui l'attendait, puis elle s'arrêta et se retourna vers lui.

— C'est bien à O'Shea que tu parlais près de la voiture, non?

— Si.

— Fais attention, Harry. Si tu laisses tes émotions prendre le dessus comme tout à l'heure, O'Shea pourrait bien te plonger dans un océan de douleurs.

Il sourit légèrement.

— Tu sais ce qu'on dit de la douleur, n'est-ce pas?

— Non, quoi?

— On dit que c'est la faiblesse qui quitte le corps.

Elle hocha la tête.

— Ben ce «on» a plein de merde dans la tête, Harry. Ne t'en va pas essayer de tester cette idée à moins de ne pas pouvoir faire autrement. Au revoir, Harry.

— A plus, Rachel.

Il regarda le type aux lunettes de soleil lui soulever le ruban jaune pour qu'elle puisse passer dessous. Elle s'assit sur le siège passager et M. Lunettes-de-soleil l'emmena. Bosch savait que quelque chose avait changé dans la façon dont elle le voyait. Ce qu'il avait fait dans le garage et sa décision d'entrer dans le tunnel avaient transformé l'opinion qu'elle se faisait de lui. Il l'accepta et se dit qu'il se pouvait qu'il ne la revoie plus jamais. Et décida que ce serait une chose de plus à reprocher à O'Shea.

Il se retourna vers la scène de crime, où l'attendaient Randolph et Osani. Randolph était en train de ranger son portable.

— Encore vous! leur lança Bosch.

— On fait dans le déjà-vu, non? lui renvoya Randolph.

— En gros, oui.

— Inspecteur, il va falloir qu'on vous ramène à Parker Center et, cette fois, pour y mener un interrogatoire plus formel.

Bosch acquiesça. Il connaissait la chanson. Cette fois, ce ne serait pas pour avoir tiré dans les arbres ou dans les bois. Cette fois, ce serait différent: il avait tué quelqu'un. Ils allaient devoir vérifier tous les détails.

— Je suis prêt, dit-il.

31

Bosch avait pris place dans une salle d'interrogatoire de l'OIS de Parker Center. Randolph l'ayant autorisé à se doucher dans les vestiaires du sous-sol, il s'était changé et avait enfilé un blue-jean et un sweat noir des West Coast Choppers[1] qu'il gardait dans un casier pour les jours où, de passage en centre-ville, il aurait eu besoin de l'anonymat que confère une tenue de ce genre. En sortant du vestiaire, il avait jeté dans une poubelle son costume contaminé. Il ne lui en restait maintenant plus que deux.

Le magnéto posé sur la table étant mis en route, Osani prit plusieurs feuilles de papier et lui lut ses droits constitutionnels et la déclaration des droits du policier. Cette double protection était destinée à le préserver aussi bien en tant qu'individu qu'en tant que policier des attaques injustes de l'administration, mais il savait que, dans les situations cruciales, ni l'un ni l'autre de ces papiers ne pourrait beaucoup le protéger dans une de ces salles. Il allait devoir se débrouiller tout seul. Il informa les deux officiers qu'il avait compris ses droits et qu'il était d'accord pour qu'on le soumette à un interrogatoire.

Ce fut Randolph qui prit les choses en main. Sur sa demande, Bosch raconta encore une fois comment il avait abattu Robert Foxworth, alias Raynard Waits ; il partit de la découverte qu'il avait faite en examinant les archives conservées dans le dossier de l'affaire Fitzpatrick et termina son récit en évoquant les deux balles qu'il avait tirées dans la poitrine de Foxworth. Randolph ne lui posa que de rares questions tant qu'il n'eut pas fini son histoire. Mais après, il lui

---

1. Magasin spécialisé dans les vêtements pour motards *(NdT)*.

en posa beaucoup, et de très détaillées, sur tout ce qu'il avait fait dans le garage, puis dans le tunnel. Plus d'une fois il lui demanda en particulier pourquoi il n'avait pas suivi les conseils de prudence de l'agent du FBI Rachel Walling.

Cette question lui fit comprendre que non seulement elle avait été interrogée par l'OIS, mais qu'en plus, elle n'avait pas dû le présenter sous un jour très favorable. Il en fut très déçu, mais tenta de tenir les pensées et les sentiments qu'il nourrissait à son égard en dehors de la pièce. A Randolph, il répéta tel un mantra une phrase qui, à ses yeux, devait lui assurer la victoire, quoi que Rachel, Randolph ou un autre puissent penser de ses actes et de sa façon de suivre les procédures.

– C'était une situation de vie ou de mort. Une femme était en danger et on nous avait tiré dessus. Je ne pensais pas pouvoir attendre des renforts ou qui que ce soit. J'ai fait ce que je devais faire. J'ai pris toutes les précautions possibles et n'ai fait usage d'une force létale que lorsque ç'a été nécessaire.

Randolph passa à autre chose et centra nombre des questions suivantes sur l'échange de coups de feu avec Robert Foxworth. Il lui demanda ce qui lui était venu à l'esprit lorsque ce dernier lui avait révélé qu'il avait été le jouet d'une mise en scène destinée à lui faire croire que l'affaire Gesto était résolue. Il lui demanda ce qui lui était venu à l'esprit en découvrant les restes des victimes de Foxworth dans la pièce au bout du tunnel. Il lui demanda ce qui lui était venu à l'esprit en pressant la détente et abattant l'homme qui avait souillé, puis assassiné ces femmes.

Il répondit patiemment à chacune de ces questions, mais finit par toucher ses limites. Il y avait quelque chose de bizarre dans cet interrogatoire. C'était presque comme si Randolph travaillait sur scénario.

– Qu'est-ce qui se passe? demanda-t-il. Je vous raconte tout ça et vous… Qu'est-ce que vous me cachez?

Randolph se tourna vers Osani, puis revint sur Bosch. Se pencha en avant, les bras sur la table. Il avait la manie de faire tourner une bague en or qu'il portait à la main gauche. Bosch l'avait remarqué lors de son interrogatoire précédent. Il savait que c'était une bague de l'université de Californie du Sud. La belle affaire! Un tas de gens appartenant à la hiérarchie policière y avaient suivi des cours du soir.

Randolph se tourna encore une fois vers Osani et tendit la main pour éteindre le magnétophone – mais garda les doigts juste au-dessus des touches.

– Inspecteur Osani, lança-t-il, pourriez-vous aller nous chercher quelques bouteilles d'eau? Avec toute cette parlotte, j'ai la voix qui va lâcher. C'est probablement la même chose pour l'inspecteur Bosch. On va faire une pause jusqu'à votre retour.

Osani s'étant levé pour quitter la salle, Randolph éteignit le magnétophone, mais ne parla pas avant que la porte de la salle d'interrogatoire ne se soit refermée.

– Le problème, inspecteur Bosch, est que nous n'avons que votre parole sur tout ce qui s'est passé dans ce tunnel. La fille était inconsciente. Il n'y avait que vous et Foxworth et il n'en est pas sorti vivant.

– C'est vrai. Mais… êtes-vous en train de me dire que ma parole n'est pas acceptable?

– Non, je vous dis que votre description des événements est parfaitement acceptable, mais que la police scientifique pourrait avoir une interprétation différente de vos déclarations. Vous voyez? Cela pourrait tourner assez vite au vilain. Certaines choses pourraient donner lieu à x interprétations, dont des mauvaises. Publiques et politiques.

Bosch hocha la tête. Il ne comprenait pas ce qui se passait.

– Et alors? dit-il. Je me fous de ce que le public ou le politique peut bien penser. C'est Waits qui a forcé les choses dans le tunnel. C'était très clairement une situation où soit on tire, soit on se fait tuer, et j'ai fait ce qu'il fallait.

– Sauf qu'il n'y a personne pour corroborer vos dires.

– Et l'agent Walling, hein?

– Elle n'est pas entrée dans le tunnel. Elle vous a même averti de ne pas le faire.

– Vous savez qu'à l'hôpital de l'université de Caroline du Sud il y a une femme qui ne serait probablement plus en vie si je n'y étais pas entré, dans ce tunnel? Qu'est-ce qui se passe, lieutenant?

Randolph recommença à jouer avec sa bague. Il avait l'air de quelqu'un qui n'aime pas trop ce que son devoir lui demande de faire.

— Ça devrait suffire pour aujourd'hui, dit-il. Vous avez subi pas mal de chocs. Je vais laisser les choses ouvertes pendant quelques jours en attendant les résultats de l'équipe de médecine légale. Vous continuez de travailler chez vous. Dès que tout sera revenu en ordre, je vous ferai venir pour signer vos déclarations.

— Je vous ai demandé ce qui se passe, lieutenant.

— Et je vous l'ai dit.

— Vous ne m'en avez pas dit assez.

Randolph lâcha sa bague. Cela donna encore plus de poids à ce qu'il allait dire.

— Vous avez sauvé l'otage et bouclé l'affaire et c'est bon. Mais vous avez agi de façon téméraire et avez eu de la chance. A s'en tenir à votre version, vous avez ensuite tué un individu qui menaçait votre vie et celle d'autres personnes. Cela dit, les faits et les résultats des analyses pourraient tout aussi facilement étayer une autre interprétation, une interprétation selon laquelle, disons... vous avez abattu un homme qui essayait de se rendre. Nous le saurons dans quelques jours. Et nous vous le ferons savoir.

Bosch scruta son visage. Il savait que Randolph lui faisait passer un message assez clair dans sa formulation.

— Tout ça tourne autour d'Olivas, n'est-ce pas? dit-il. L'enterrement est prévu pour demain, le chef va y être et vous voulez qu'Olivas passe à la postérité comme un héros tué dans l'exercice de ses fonctions.

Randolph recommença à faire tourner sa bague.

— Non, inspecteur Bosch, vous vous trompez. Si Olivas était corrompu, personne ne va se mettre en quatre pour sauvegarder sa réputation.

Bosch hocha de nouveau la tête. Il avait enfin compris.

— Alors, il s'agit d'O'Shea: il a contacté une autorité supérieure. Il m'a dit qu'il le ferait. Et cette autorité est entrée en contact avec vous.

Randolph se renversa dans son fauteuil et donna l'impression de scruter le plafond pour y trouver une réponse adéquate.

— Il y a beaucoup de gens dans la police, mais aussi dans le reste de la communauté, qui pensent que Rick O'Shea ferait un bon district attorney, dit-il. Ils pensent aussi que ce serait un bon ami du LAPD.

Bosch ferma les yeux et hocha lentement la tête. Il n'en croyait pas ses oreilles.

— Son adversaire, Gabriel Williams, a fait alliance avec un groupe qui en veut aux forces de l'ordre, reprit Randolph. Ce ne serait pas la fête pour le LAPD s'il était élu.

Bosch rouvrit les yeux et le regarda fixement.

— Et vous allez faire ça? s'écria-t-il. Vous allez laisser filer ce type parce que vous pensez qu'O'Shea pourrait être un «bon ami» du LAPD?

Randolph hocha tristement la tête.

— Je ne vois pas de quoi vous parlez, inspecteur. Je ne fais que vous livrer une observation politique. Mais je sais une chose: il n'y a aucune preuve de la conspiration, réelle ou imaginaire, dont vous parlez. Si vous croyez que l'avocat de Robert Foxworth va faire autre chose que nier l'existence des conversations dont vous parlez ici, vous êtes vraiment fou. Ne soyez pas bête, inspecteur. Soyez sage. Et gardez ça pour vous.

Bosch mit un moment à se calmer.

— Qui a appelé? demanda-t-il enfin.

— Je vous demande pardon?

— Jusqu'où O'Shea est-il monté? Il n'est pas possible qu'il se soit adressé à vous directement. Il a dû monter plus haut. Qui vous a dit de m'abattre?

Randolph écarta les mains et hocha la tête.

— Inspecteur, dit-il, je ne vois vraiment pas de quoi vous parlez.

— Non, bien sûr, répondit Bosch.

Et il se leva.

— Dans ce cas-là, j'imagine que vous allez rédiger tout ça comme on vous a dit de le faire et moi, ou je signe ou je ne signe pas. C'est aussi simple que ça.

Randolph acquiesça d'un signe de tête, mais se garda d'ajouter quoi que ce soit. Bosch se pencha en avant et posa les deux mains sur la table de façon à pouvoir être plus près de son visage.

— Vous irez à l'enterrement de l'adjoint Doolan, lieutenant? lui demanda-t-il. C'est juste après qu'ils auront mis Olivas en terre.

Vous vous rappelez? Doolan, c'est le type sur lequel Waits a tiré en pleine figure. Je me disais que vous aimeriez peut-être vous rendre à la cérémonie pour expliquer à sa famille les décisions qu'il a fallu prendre et comment le type qui est derrière cette tuerie pourrait être un ami de la police et, donc, n'avoir en aucun cas à faire face aux conséquences de ses actes.

Randolph regarda le mur droit devant lui, de l'autre côté de la table. Mais ne dit toujours rien. Bosch se redressa et ouvrit la porte, faisant sursauter Osani qui se tenait debout derrière. Il n'avait aucune bouteille d'eau dans les mains. Bosch l'écarta de son chemin et quitta la salle.

Arrivé à l'ascenseur, il appuya sur le bouton d'appel. Il attendit, fit les cent pas et songea à aller exposer ses doléances au sixième étage. Il s'imagina en train de charger dans les bureaux du chef de police et d'exiger de savoir si, oui ou non, il était conscient de ce qui se faisait en son nom et sous son commandement.

Mais lorsque la porte de l'ascenseur s'ouvrit, il rejeta cette idée et appuya sur le bouton du cinquième. Il savait qu'il était impossible de comprendre complètement l'enchevêtrement byzantin de la bureaucratie et de la politique au sein de la police. S'il ne faisait pas gaffe à ses fesses, il risquait d'aller se plaindre de tout ce merdier à la personne même qui l'avait créé.

La salle de l'unité des Affaires non résolues était déserte lorsqu'il y arriva. Il était quatre heures passées de quelques minutes et la plupart des inspecteurs travaillaient dans la tranche horaire sept heures du matin-quatre heures de l'après-midi, de façon à pouvoir prendre la route pour rentrer chez eux avant les encombrements des heures de pointe. Quand il n'y avait pas de nouvelle affaire qui éclatait, ils filaient à quatre heures pile. Même un petit retard d'un quart d'heure pouvait leur coûter une heure de plus sur les autoroutes. Le seul policier à rester jusqu'à six heures était Abel Pratt et cela ne tenait qu'à un fait: en temps que chef, il devait travailler de huit heures du matin à cinq heures de l'après-midi. Tel était le règlement. Bosch lui fit un signe de la main en passant devant sa porte ouverte pour rejoindre son bureau.

Épuisé par les événements de la journée et le poids de l'arnaque policière, il se laissa tomber dans son fauteuil. Baissa les yeux et découvrit que son bureau était couvert de petits messages roses signalant des appels. Il commença à les lire. Les trois quarts provenaient de collègues de divers commissariats et divisions. Tous étaient des rappels. Bosch savait qu'on voulait le féliciter pour ses tirs ou lui dire des trucs à cet effet : dès qu'un policier tuait d'une manière irréprochable, tous les téléphones se mettaient à sonner.

Il y avait aussi plusieurs messages laissés par des journalistes, dont un de Keisha Russell. Bosch savait qu'il lui devait un coup de fil, mais il décida d'attendre d'être de retour chez lui. Il y avait encore un message d'Irene Gesto et Bosch devinait qu'elle et son mari voulaient savoir s'il y avait du nouveau dans l'enquête. Il les avait appelés la veille au soir pour leur dire que leur fille avait été retrouvée et son identité confirmée. Il glissa l'avis de message dans sa poche. Travail à la maison ou pas, il les rappellerait. Maintenant que l'autopsie était faite, ils allaient enfin pouvoir, au bout de treize années, réclamer le corps de leur fille aux autorités et le ramener chez eux. Il ne pourrait pas leur dire que l'assassin de leur fille avait été déféré à la justice, mais les aider à reprendre le corps de leur fille, il le pouvait.

Il y avait aussi un message de Jerry Edgar. Bosch se rappela que son ancien coéquipier l'avait appelé sur son portable juste avant la fusillade d'Echo Park. Celui qui avait pris le message avait écrit et souligné sur la feuille rose : *Dit que c'est important.* Bosch vérifia l'heure et remarqua que l'appel était lui aussi arrivé avant la fusillade. Ce n'était donc pas pour le féliciter d'avoir éliminé un méchant qu'il l'avait appelé. Il se dit qu'Edgar avait dû apprendre qu'il avait fait la connaissance de son cousin et voulait tailler une petite bavette à ce propos. Bosch ne s'en sentait pas pour l'instant.

Les autres messages ne l'intéressant pas, il les mit en tas et les glissa dans un tiroir de son bureau. Rien d'autre à faire, il commença à ranger les papiers et les dossiers qui traînaient. Il se demanda s'il ne fallait pas appeler la police scientifique pour voir si on ne pourrait pas lui rendre sa voiture et son portable qui se trouvaient toujours sur la scène de crime.

— Je viens juste d'apprendre la nouvelle.

Bosch releva la tête. Pratt se tenait debout à la porte de son bureau. Il était en manches de chemise, sa cravate défaite autour du cou.

— Quelle nouvelle?

— De l'OIS. Vous n'êtes toujours pas dégagé de l'obligation de travailler à la maison, Harry. Il faut que je vous renvoie chez vous.

Bosch reposa les yeux sur son bureau.

— Pour une nouvelle... Je m'en vais.

Pratt marqua un temps d'arrêt pour essayer de deviner ce qu'il y avait dans le ton qu'avait pris Bosch.

— Tout va comme vous voulez, Harry? lui demanda-t-il pour voir.

— Non, tout ne va pas comme je veux. Quand il y a arnaque, il y a arnaque et tout ne va pas comme il faut. Et de loin.

— De quoi parlez-vous? Ils vont couvrir Olivas et O'Shea?

Bosch le regarda.

— Vaudrait mieux pas que je parle de ça avec vous, chef. Je pourrais vous mettre en difficulté. Et le retour de flamme vous plairait pas.

— Ils sont sérieux à ce point?

Bosch hésita, puis répondit:

— Oui, ils sont sérieux. Ils sont prêts à me faire la peau si je ne joue pas le jeu.

Il n'alla pas plus loin. Il ne voulait pas avoir cette conversation avec son chef. Au poste qu'occupait Pratt, les loyautés allaient du haut en bas de l'échelle. Qu'il ne soit plus qu'à quelques semaines de la retraite n'avait aucune importance. Pratt devait jouer le jeu jusqu'à ce que la sonnerie retentisse.

— Mon portable est toujours là-bas et fait partie de la scène de crime, dit-il en attrapant le téléphone. Je suis juste venu passer un coup de fil et je dégage.

— Justement, je me posais des questions sur votre portable, enchaîna Pratt. Y a des collègues qu'ont essayé de vous appeler et qui disent que vous ne décrochiez pas.

— La police scientifique n'a pas voulu que je le reprenne. Ni mon portable ni ma voiture. Qu'est-ce qu'ils voulaient, ces collègues?

— Pour moi, ils voulaient vous payer un pot Chez Nat. Il se pourrait même qu'ils soient en train d'y aller.

Chez Nat était un bouiboui à l'écart d'Hollywood Boulevard. Ce n'était pas un bar à flics, mais beaucoup d'entre eux y faisaient un tour de temps en temps le soir quand ils n'étaient pas de service. Assez en tout cas pour que, depuis vingt ans ou presque, la direction y passe encore au juke-box *I Fought the Law*[1] dans la version hard des Clash. Bosch savait que s'il s'y montrait, l'hymne punk y serait lourdement et opportunément à l'honneur pour célébrer la fin de Robert Foxworth, alias Raynard Waits. *I fought the law but the law won*[2]... il pouvait presque les entendre chanter tous le refrain.

– Vous y allez? demanda-t-il à Pratt.

– Plus tard peut-être. J'ai un truc à faire d'abord.

Bosch acquiesça.

– Je ne m'en sens pas vraiment, dit-il. Je vais laisser courir.

– Comme vous voudrez. Ils comprendront.

Pratt ne bougeant toujours pas du seuil, Bosch décrocha son téléphone. Il lui avait dit qu'il avait un coup de fil à donner, il appela Jerry Edgar de façon à étayer son mensonge. Mais, le bras appuyé contre le montant de la porte, Pratt ne s'en alla pas pour autant tandis qu'il regardait la grande salle déserte. Il faisait vraiment de son mieux pour forcer Bosch à partir. Peut-être avait-il reçu des instructions de quelqu'un plus haut placé dans la hiérarchie que le lieutenant Randolph.

Edgar décrocha.

– C'est moi, Bosch. T'as appelé?

– Oui, mec, je t'ai appelé.

– C'est que j'ai été un peu occupé.

– Je sais. J'en ai entendu causer. Joli coup de feu, bonhomme. Ça va?

– Ça va, oui. T'appelais pour quoi?

– Juste un truc que tu pourrais avoir envie de savoir. Je ne sais pas si ç'a encore de l'importance.

– C'est quoi? demanda-t-il, impatient.

– Y a mon cousin Jason qu'a appelé du ministère de l'Eau. Il m'a dit qu'il t'avait vu aujourd'hui.

– Oui. C'est un chouette mec. Il nous a beaucoup aidés.

– Oui, bon, mais moi, là, je suis pas en train de vérifier s'il vous

---

1. Soit «J'ai combattu la loi» *(NdT)*.
2. Soit «J'ai combattu la loi, mais la loi a gagné» *(NdT)*.

a bien traités ou pas. Ce que j'essaie de te dire, c'est qu'il m'a appelé pour me dire qu'il y avait un truc que t'aurais peut-être envie de savoir, mais que comme t'y as pas donné ta carte de visite, ni un numéro de téléphone ou autre… Il m'a dit qu'environ cinq minutes après que toi et la nénette du FBI vous êtes partis, un autre flic est venu et a demandé à le voir. Il est allé à la réception et a demandé après le type qui venait de filer un coup de main aux flics.

Bosch se pencha en avant sur son bureau. Il était brusquement très intéressé par ce qu'Edgar était en train de lui raconter.

— Il a dit que ce type lui avait montré un écusson et qu'il suivait ton enquête et après, il y a demandé ce que vous vouliez, toi et l'agent du FBI. Mon cousin l'a emmené à l'étage où vous étiez montés et l'a conduit jusqu'à la vitre. Ils y étaient à regarder la maison d'Echo Park quand la fille et toi y êtes arrivés. Ils vous ont regardés entrer dans le garage.

— Et qu'est-ce qui s'est passé après?

— Le type a filé. Il a foncé sur l'ascenseur et il est redescendu.

— Et ton cousin a réussi à avoir son nom?

— Oui, le gars lui a dit être l'inspecteur Smith. Quand il lui a montré son écusson, comme qui dirait qu'il avait les doigts juste sur son nom.

C'était, Bosch le savait, une vieille astuce dont se servaient les inspecteurs quand ils étaient hors territoire et n'avaient pas envie qu'on connaisse leur nom. Lui aussi y avait eu recours à l'occasion.

— Un signalement?

— Oui, il m'en a donné un. Blanc, environ un mètre quatre-vingts, quatre-vingt-dix kilos. Cheveux argentés coupés court. Voyons… dans les cinquante-cinq ans et il portait un costume bleu, une chemise blanche et une cravate à rayures. Il avait un petit drapeau américain au revers de sa veste.

Ce signalement correspondait à celui d'au moins cinquante mille individus dans les environs immédiats du centre-ville. Et Bosch en avait justement un sous les yeux: Abel Pratt n'avait toujours pas bougé de l'entrée de son bureau et le regardait en haussant les sourcils d'un air interrogatif. Il ne portait pas sa veste de costume, mais Bosch la voyait accrochée à la porte derrière lui – et il y avait un petit drapeau américain au revers.

Il reposa les yeux sur son bureau.

– Il travaille tard ? demanda-t-il doucement.

– Normalement, je crois qu'il reste au boulot jusqu'à cinq heures. Mais y a des tas de gens qui sont montés pour regarder ce qui se passe à Echo Park.

– Bon, merci pour le tuyau. Je te rappelle plus tard.

Il raccrocha avant qu'Edgar ait pu ajouter quoi que ce soit. Il leva la tête et s'aperçut que Pratt le regardait toujours fixement.

– C'était quoi ? demanda ce dernier.

– Oh, juste un truc pour l'affaire Matarese. Celle qu'on a prise cette semaine. On dirait bien qu'il y aura peut-être un témoin malgré tout. Ça aidera au tribunal.

Il avait dit tout cela aussi nonchalamment que possible. Il se leva et regarda son patron.

– Mais ne vous inquiétez pas, reprit-il. Ça tiendra bien jusqu'à ce que je sois plus obligé de travailler à la maison.

– Bon. Content de l'apprendre.

32

Il avança vers Pratt. S'approcha trop de lui et envahit son espace, ce qui obligea Pratt à reculer dans son bureau et regagner son siège. C'était ce que voulait Bosch. Il lui dit au revoir et lui souhaita de passer un bon week-end. Puis il se dirigea vers la porte de la salle des inspecteurs.

L'unité des Affaires non résolues disposait de trois voitures pour ses huit inspecteurs et le patron. Ces véhicules étaient utilisés sur la base du premier arrivé premier servi, les clés étant accrochées à côté de la porte de la salle. La procédure voulait que l'inspecteur qui allait prendre une voiture inscrive son nom et l'heure approximative de son retour sur un tableau blanc effaçable fixé sous les clés. Arrivé à la porte, Bosch l'ouvrit toute grande afin d'empêcher Pratt de voir les crochets à clés. Il avait deux jeux de clés sous les yeux, il en attrapa un et fila.

Quelques minutes plus tard, il sortait du garage à l'arrière de Parker Center et prenait la direction du ministère. La folle ruée destinée à vider le centre-ville avant le coucher du soleil venant à peine de commencer, il eut vite fait de franchir les sept carrefours qui l'en séparaient. Il se gara en stationnement interdit devant la fontaine à l'entrée du bâtiment, bondit hors de sa voiture et consulta sa montre en approchant de la porte d'entrée. Il était cinq heures moins vingt.

Un gardien en uniforme arriva devant les portes et lui fit de grands signes.

– Vous n'avez pas le droit de vous ga...

– Je sais.

Bosch sortit son écusson et montra la radio attachée à la ceinture du garde.

— Vous pouvez appeler Jason Edgar avec ça ? lui demanda-t-il.

— Edgar ? Oui. Qu'est-ce que…

— Appelez-le et dites-lui que l'inspecteur Bosch l'attend devant. Il faut que je le voie aussi vite que possible. Faites-le tout de suite, s'il vous plaît.

Bosch fit demi-tour et retourna à son véhicule. Il y monta et attendit cinq minutes avant de voir Jason Edgar franchir les portes de verre. Arrivé à la voiture, celui-ci ouvrit la portière passager pour regarder à l'intérieur, pas pour s'asseoir.

— Qu'est-ce qui se passe, Harry ?

— J'ai reçu votre message. Montez.

Egard s'exécuta à contrecœur. Bosch déboîta du trottoir au moment où Edgar fermait la portière.

— Attendez une minute. Où va-t-on ? Je peux pas m'en aller comme ça !

— Ça ne devrait prendre que quelques minutes.

— Où allons-nous ?

— A Parker Center. On ne descendra même pas de voiture.

— Faut que j'avertisse, dit Edgar en prenant un émetteur-récepteur accroché à sa ceinture.

Il appela la sécurité du ministère et prévint qu'il serait hors les murs pendant une demi-heure pour une affaire de police. Il reçut confirmation et raccrocha son émetteur à sa ceinture.

— Vous auriez dû me demander d'abord, dit-il à Bosch. Mon cousin m'a dit que vous aviez l'habitude de commencer par agir et de poser les questions après.

— Il a dit ça, hein !

— Oui, il a dit ça. Qu'est-ce qu'on va faire à Parker Center ?

— Identifier le flic qui vous a parlé après mon départ tout à l'heure.

La circulation était déjà plus mauvaise. Des quantités de neuf heures/cinq heures qui prenaient de l'avance pour le retour à la maison. Les vendredis après-midi étaient particulièrement féroces. Bosch finit par réintégrer le garage de la police à cinq heures moins dix en espérant qu'ils n'arrivaient pas trop tard. Il trouva une place dans la première allée. Le garage était une structure en plein air et la place qu'ils avaient prise donnait sur San Pedro Street, entre le garage et Parker Center.

— Vous avez un portable? demanda Bosch.

— Oui.

Bosch lui donna le numéro du standard de Parker Center et lui dit de demander l'unité des Affaires non résolues. Les appels transférés du standard ne donnaient pas l'identité du correspondant. Les nom et numéro d'Edgar n'apparaîtraient pas sur les écrans des postes fixes de l'unité des Affaires non résolues.

— Je veux seulement voir si quelqu'un répondra, reprit Bosch. Si c'est le cas, demandez juste qu'on vous passe Rick Jackson. Quand on vous répondra qu'il n'est pas là, ne laissez pas de message. Dites simplement que vous l'appellerez sur son portable et raccrochez.

Quelqu'un ayant décroché, Edgar passa par toutes les étapes que Bosch venait de lui décrire. Cela fait, il regarda ce dernier.

— C'est un certain Pratt qui m'a répondu, dit-il.

— Parfait. Il est encore là.

— Ce qui veut dire quoi?

— Je voulais m'assurer qu'il n'était pas parti. Il quitte le bureau à cinq heures et quand il le fera, il traversera la rue là-bas. Je veux voir si c'est le gars qui vous a dit superviser mon enquête.

— C'est un type des Affaires internes[1]?

— Non, c'est mon patron.

Par précaution, Bosch abaissa le pare-soleil pour qu'on ne le voie pas. Ils étaient garés à une bonne trentaine de mètres du passage que Pratt emprunterait pour gagner le garage, mais Bosch ne savait pas de quel côté il partirait une fois dedans. En sa qualité de patron de la brigade, il avait le privilège de garer sa voiture personnelle dans le garage de la police et les trois quarts de ces places réservées se trouvaient au deuxième niveau. Il y avait deux escaliers et une rampe pour y accéder. S'il prenait la rampe à pied, il passerait juste devant le poste d'observation de Bosch.

Edgar posa des questions sur la fusillade d'Echo Park et Bosch lui répondit à l'aide de phrases courtes. Il ne voulait pas en parler, mais il venait juste d'arracher le type à son boulot et se devait de lui répondre d'une manière ou d'une autre. Simple courtoisie. Enfin, à cinq heures dix, il vit Pratt sortir par la porte de derrière et des-

---

1. Équivalent américain de l'IGS *(NdT)*.

cendre la rampe en passant devant la porte d'entrée de la prison. Pratt gagna San Pedro Street et commença à traverser la rue avec un groupe de directeurs d'enquête qui eux aussi rentraient chez eux.

— Bon, dit Bosch en interrompant Edgar au milieu d'une question. Vous voyez les types qui traversent la rue? Lequel d'entre eux est venu vous voir aujourd'hui?

Edgar examina le petit groupe qui traversait. Il avait une vue complètement dégagée sur Pratt, qui marchait avec un autre homme en queue de peloton.

— C'est le dernier, dit-il sans hésitation. Celui qui met ses lunettes de soleil.

Bosch regarda. Pratt venait juste de chausser ses Ray-Ban. Bosch sentit une grosse pression dans la poitrine, comme si jamais encore il n'avait éprouvé pareilles brûlures. Il garda les yeux fixés sur Pratt et le vit se séparer du groupe après avoir traversé la rue. Il se dirigeait maintenant vers l'escalier opposé.

— Et maintenant quoi? voulut savoir Edgar. Vous allez le suivre?

Bosch se rappela que Pratt lui avait dit avoir quelque chose à faire après le boulot.

— J'aimerais bien, mais je ne peux pas. Faut que je vous ramène vite fait au ministère.

— Vous inquiétez pas pour ça. Je peux rentrer à pied. Peut-être même que j'irai plus vite, vu la circulation…

Il entrouvrit la portière et se tourna pour sortir. Puis il regarda Bosch par-dessus son épaule.

— Je ne sais pas ce qui se passe, mais bonne chance, Harry. J'espère que vous allez coincer votre type.

— Merci, Jason. A bientôt, peut-être.

Après le départ d'Edgar, Bosch enclencha la marche arrière et quitta le garage. Puis il prit San Pedro Street jusqu'à Temple Avenue en se disant que c'était l'itinéraire que suivrait Pratt pour rejoindre l'autoroute. Qu'il rentre chez lui ou pas, l'autoroute était son choix le plus vraisemblable.

Il traversa Temple Avenue et se gara le long du trottoir dans une zone rouge. L'endroit lui offrait une bonne vue sur la sortie du garage.

Moins de deux minutes plus tard, un 4 × 4 argent en sortait et se dirigeait vers Temple Avenue. Jeep Commander, design rétro un peu carré. Il identifia Pratt au volant et reconnut aussitôt les dimensions et la couleur de la Commander comme étant celles du mystérieux 4 × 4 qu'il avait vu démarrer en trombe dans la rue à côté de sa maison la veille au soir.

Il se pencha sous le tableau de bord au moment où la Jeep approchait de Temple Avenue. Puis il l'entendit prendre le virage au bout de quelques secondes et se redressa derrière son volant. Pratt était déjà au feu rouge de Los Angeles Street et se préparait à tourner à droite. Bosch attendit qu'il ait effectué son virage et se lança à sa poursuite.

Pratt passa sur les voies nord très encombrées de l'autoroute 101 et entra dans la circulation qui, heure de pointe oblige, avançait au pas. Bosch descendit la rampe d'accès et se glissa dans la file cinq ou six véhicules derrière la Jeep. Il avait de la chance : la voiture de Pratt était équipée d'une antenne radio surmontée d'une boule blanche ornée d'un visage peint, un cadeau promotionnel d'une chaîne de fast-foods. Cela lui permettait de suivre la Jeep sans avoir à s'en approcher de trop près. Bosch conduisait une Crown Vic qui aurait pu avoir un néon POLICE clignotant fixé sur le toit tant elle était reconnaissable.

Lentement mais sûrement Pratt progressait vers le nord, avec Bosch à quelques voitures de distance. Lorsque l'autoroute passa devant Echo Park, Bosch leva la tête vers la crête et vit que la soirée médias battait toujours son plein dans Figueroa Lane. Il aperçut deux hélicoptères en train de tourner au-dessus de la scène de crime et se demanda si sa voiture allait être remorquée ou s'il allait pouvoir revenir sur les lieux et l'y récupérer plus tard.

Tout en conduisant, il tentait d'assembler les pièces de puzzle qu'il avait sur Pratt. Il ne faisait guère de doutes que celui-ci l'avait suivi alors qu'il était de service chez lui. Son 4 × 4 correspondait bien à celui qu'il avait vu dans sa rue la veille au soir et Pratt avait été identifié par Jason Edgar comme étant le flic qui était passé au ministère de l'Eau après lui. Il n'était pas pensable que Pratt l'ait suivi dans le seul but de savoir s'il obéissait aux règles du boulot à la maison. Il devait y avoir une autre raison et Bosch n'en voyait qu'une : l'affaire en cours.

Dès qu'il eut posé cette hypothèse, d'autres choses se mirent rapidement en place et ne firent qu'alimenter le feu qui brûlait dans son cœur. Pratt ayant raconté son anecdote sur Maury Swann plus tôt dans la semaine, il était clair que les deux hommes se connaissaient. Qu'il ait rapporté une rumeur négative sur l'avocat de la défense n'était peut-être qu'un faux-semblant destiné à se couvrir ou une tentative de prendre ses distances avec une personne dont en fait il était proche, voire avec laquelle il travaillait.

Tout aussi évident, à ses yeux, était le fait que Pratt savait parfaitement qu'il avait vu en Anthony Garland un individu auquel s'intéresser pour le meurtre de Marie Gesto. Bosch l'avait régulièrement informé de ses activités depuis qu'il avait rouvert le dossier. Pratt avait aussi été averti lorsque les avocats de Garland avaient réussi à obtenir une injonction du tribunal interdisant à Bosch de parler à leur client en l'absence d'un des leurs.

Dernier point, et peut-être le plus important, Pratt avait accès au dossier de l'enquête. Celui-ci se trouvait le plus souvent sur le bureau de Bosch. Il n'était pas impossible que ç'ait été Pratt qui y ait glissé le faux lien entre Gesto et Robert Saxon, alias Raynard Waits. Il aurait très bien pu le faire longtemps avant que ce dossier n'ait été confié à Olivas. Il aurait même très bien pu le faire de façon que ce soit Olivas lui-même qui le découvre.

Bosch comprit alors que toute la manœuvre consistant à faire avouer à Raynard Waits le meurtre de Marie Gesto et à conduire les inspecteurs à son corps aurait très bien pu naître dans le cerveau d'Abel Pratt. Ce dernier occupait en effet la position idéale pour être l'intermédiaire capable de surveiller Bosch et tous les autres protagonistes de l'affaire.

Il comprit aussi qu'avec Swann comme partie prenante de la manœuvre, Pratt n'avait besoin ni d'Olivas ni d'O'Shea. Plus il y a de gens dans une conspiration et plus il y a de chances qu'elle capote ou échoue. Swann n'avait qu'une chose à faire : dire à Waits que le procureur et l'inspecteur étaient les instigateurs. Ce faisant, il ouvrait une fausse piste à suivre par quelqu'un comme lui. Bosch sentit la culpabilité commencer à lui brûler la nuque. Tout d'un coup il voyait bien qu'il avait pu faire fausse route dans tous ses raisonnements avant la petite demi-heure qui venait de s'achever. Il pouvait s'être complètement trompé et Olivas n'avoir jamais été corrompu. Peut-être même Olivas avait-il été utilisé aussi habilement que Bosch, O'Shea n'étant coupable de rien de plus que d'une manœuvre politique – celle qui consiste à s'attribuer des mérites auxquels on n'a pas droit et à épargner le blâme à celui sur qui il devrait retomber. Peut-être O'Shea n'avait-il demandé à la hiérarchie d'intervenir que pour contenir les accusations de Bosch dans la mesure où politiquement celles-ci pouvaient être dangereuses, et pas du tout parce qu'elles auraient été vraies.

Il reprit sa théorie de bout en bout et, oui, elle tenait le coup. Il n'y avait rien qui clochait. Sauf une chose : le mobile. Pourquoi un type qui avait donné vingt-cinq ans de sa vie à la police et qui attendait avec impatience le moment de prendre sa retraite à cinquante ans aurait-il pu vouloir ainsi tout risquer sur un coup pareil ? Comment un type qui avait passé vingt-cinq ans de son existence à traquer les méchants pouvait-il avoir laissé filer un tueur ?

Pour avoir travaillé sur plus de mille affaires, Bosch savait que le mobile est souvent l'élément du crime le plus difficile à cerner. L'argent peut motiver, évidemment, et la désintégration d'un mariage jouer aussi son rôle. Mais cela n'était jamais qu'un malheureux dénominateur commun à la vie de beaucoup de gens. Cela ne pouvait pas vraiment expliquer pourquoi Abel Pratt avait franchi la ligne jaune.

Bosch frappa fort sur le volant avec la paume de la main. La question du mobile mise de côté, il se sentait gêné et s'en voulait beaucoup. Pratt l'avait manipulé dans les grandes largeurs, cette trahison était profonde et faisait mal : Pratt était son patron. Ils avaient mangé et travaillé ensemble sur des dossiers, ils s'étaient raconté des blagues et, ensemble encore, ils avaient parlé de leurs enfants. C'était vers une retraite en laquelle tout le monde voyait quelque chose de bien mérité que Pratt s'acheminait. Pour lui, le moment était enfin venu de gagner sur les deux tableaux – toucher la pension et se trouver un boulot lucratif dans la sécurité, là-bas, dans des îles où la paye est bonne et les heures peu nombreuses. C'était vers cela que tout un chacun tendait et personne ne le lui aurait reproché. C'était le paradis bleu[1], le rêve de tout policier.

Sauf que maintenant, Bosch n'était plus dupe.

– Des conneries, oui ! dit-il tout haut dans la voiture.

---

1. Ainsi nommé parce que la tenue des policiers américains est bleue (NdT).

33

Une demi-heure plus tard Pratt sortait de l'autoroute à la hauteur du col de Cahuenga. Il prit Barham Boulevard vers le nord-est et entra dans Burbank. La circulation étant encore dense, Bosch n'avait pas de mal à le suivre en gardant ses distances et son anonymat. Pratt longea l'arrière des studios Universal et passa devant ceux de la Warner Bros. Puis il tourna plusieurs fois et se rangea le long du trottoir, devant une rangée de maisons de ville de Catalina Avenue, près de Verdugo Boulevard. Bosch le dépassa rapidement, prit la première à droite et répéta deux fois l'opération. Puis il éteignit ses phares avant de tourner à droite une dernière fois pour retrouver la rangée de maisons de ville. Il se gara à son tour le long du trottoir, un demi-pâté de maisons derrière le 4 × 4 de Pratt, et se tassa sur son siège.

Et presque aussitôt il l'aperçut : sur le trottoir, il regardait à droite et à gauche avant de traverser. Sauf qu'il y mettait trop de temps. La rue était dégagée, mais il n'arrêtait pas de regarder en avant et en arrière. Ou bien il cherchait quelqu'un, ou bien il essayait de voir si on ne le suivait pas. Bosch savait qu'il n'y a rien de plus difficile au monde que de suivre un flic qui s'attend à l'être. Il se tassa encore plus sur son siège.

Pratt commença enfin à traverser la rue, sans cesser pour autant de regarder devant et derrière lui. Et quand il arriva sur le trottoir d'en face, il se retourna et monta dessus à reculons. Et fit encore quelques pas en marche arrière en regardant dans les deux directions. Et arrêta son regard sur la voiture de Bosch et s'y attarda longuement.

Bosch se figea. Il ne pensait pas que Pratt l'ait vu – il s'était bien trop baissé –, mais il se pouvait qu'il ait reconnu dans la Crown Vic une voiture banalisée de la police ou l'un des véhicules de l'unité des Affaires non résolues. Si jamais il lui prenait l'envie de descendre la rue pour vérifier, Bosch savait qu'il serait pris et n'aurait guère d'explications à lui fournir. Ni une arme à lui opposer. Pure routine, Randolph lui avait confisqué son arme de renfort aux fins d'analyse balistique suite à la fusillade avec Robert Foxworth.

Pratt se mit à marcher vers la voiture de Bosch. Celui-ci attrapa la poignée de la portière. Si besoin était, il dégagerait de la voiture et se mettrait à courir dans la direction de Verdugo Avenue, où il y avait toujours des gens et de la circulation.

Mais brusquement Pratt s'arrêta, son attention attirée par quelque chose dans son dos. Il se retourna et regarda en haut des marches de la maison de ville devant laquelle il s'était tenu quelques instants auparavant. Bosch suivit son regard et vit que la porte d'entrée de la maison était entrouverte et qu'une femme regardait dehors et lui faisait de grands signes en souriant. Elle se cachait derrière la porte, mais on voyait bien une de ses épaules dénudées. Pratt lui ayant dit quelque chose et fait signe de rentrer, la jeune femme changea d'expression. Elle fit la moue et lui tira la langue. Puis elle disparut, mais laissa la porte ouverte d'une dizaine de centimètres.

Bosch regretta de ne pas avoir son appareil photo, mais celui-ci était dans sa voiture à Echo Park. Cela dit, il n'avait pas besoin d'une preuve photographique pour savoir qu'il connaissait la femme sur le pas de la porte et que, non, ce n'était pas l'épouse de Pratt, dont il avait fait la connaissance lors d'une fête donnée récemment à la brigade, lorsque Pratt avait annoncé son départ en retraite.

Pratt regarda encore une fois dans la direction de la Crown Vic, hésita, mais finit par se retourner vers la maison. Puis il monta l'escalier, franchit la porte ouverte et la referma derrière lui. Bosch attendit et, comme il s'y attendait, vit Pratt tirer un rideau et jeter un coup d'œil dans la rue. Bosch resta baissé tandis que Pratt laissait longuement traîner son regard sur la voiture. Il ne faisait aucun doute qu'elle avait attiré son attention, mais Bosch devina que l'attrait d'une partie de jambes en l'air illicite avait fini par l'emporter sur son désir d'examiner la voiture de plus près.

Il y eut de l'agitation lorsque Pratt fut tiré en arrière et se détourna de la fenêtre, le rideau finissant par remettre en place.

Bosch se redressa aussitôt, remit la voiture en route et fit un demi-tour complet à partir du trottoir. Il prit à droite dans Verdugo Boulevard et se dirigea vers Hollywood Way. Il était évident que la Crown Vic avait été repérée. Pratt allait la rechercher activement dès qu'il serait sorti. Mais l'aéroport de Burbank n'était pas loin. Bosch se dit qu'il pourrait l'y laisser, prendre un véhicule de location et être de retour à la maison de Catalina Avenue en moins d'une demi-heure.

Tout en conduisant, il essaya de situer la femme qu'il avait vue regarder dehors à la porte de la maison. Il eut recours à quelques exercices de relaxation intellectuelle dont il s'était servi lorsque les tribunaux avaient accepté qu'on mette certains témoins sous hypnose. Il se concentra bientôt sur le nez et la bouche de la jeune femme, les parties de son corps qui avaient mis en alerte ses facultés de reconnaissance. Le résultat fut vite atteint. C'était une jeune et jolie employée qui travaillait au bout du couloir de l'unité des Affaires non résolues. Au bureau du personnel, connu de la piétaille sous le nom d'Embauche et Débauche parce que c'était un endroit où ces deux choses se produisaient. Pratt pêchait dans des eaux interdites et attendait la fin de l'heure de pointe dans un petit nid d'amour. Pas mal vu quand on en avait un et qu'on pouvait en jouir en douce. Bosch se demanda si Mme Pratt était au courant des activités hors programme de son époux.

Il entra dans l'aéroport et gagna les files du service voiturier en se disant que ce serait le plus rapide. L'homme en rouge qui lui prit la Crown Vic lui demanda quand il comptait revenir.

– Je ne sais pas, dit Bosch qui n'avait pas réfléchi à la question.

– Faut que j'écrive quelque chose sur le reçu.

– Demain, répondit Bosch. Si j'ai de la chance.

34

Il regagna Catalina Avenue en trente-cinq minutes. Il longea la rangée de maisons de ville au volant de sa Taurus de location et vit que la Jeep de Pratt était toujours garée le long du trottoir. Cette fois, il trouva une place de stationnement au nord de la maison et s'y rangea. Il se tassa encore une fois sur son siège et, tout en surveillant ce qui se passait, alluma le portable qu'il avait loué avec le véhicule. Puis il fit le numéro de Rachel Walling, mais n'eut droit qu'à sa boîte vocale. Il mit fin à l'appel sans laisser de message.

Pratt ne ressortit de la maison qu'à la nuit noire. Il se tint sous un lampadaire devant l'alignement de maisons et Bosch remarqua qu'il portait d'autres vêtements. Il avait enfilé un jean et un polo à manches longues. Ce changement vestimentaire lui fit comprendre que sa liaison avec la fille du bureau d'Embauche et Débauche allait probablement plus loin qu'une partie de jambes en l'air de temps à autre. Monsieur avait des habits chez elle.

Pratt regarda encore une fois la rue dans les deux sens, ses yeux s'attardant plus longtemps côté sud, là où la Crown Vic avait attiré son attention plus tôt. Apparemment satisfait de constater qu'elle avait disparu et que personne ne l'observait, il monta dans sa Commander et déboîta bientôt du trottoir. Il fit un demi-tour complet et prit vers le sud, en direction de Verdugo Boulevard. Puis il tourna à droite.

Bosch savait que, s'il voulait savoir s'il était suivi, Pratt ralentirait dans le boulevard et jetterait un coup d'œil dans son rétroviseur pour voir si une voiture n'allait pas déboucher de Catalina Avenue et venir dans sa direction. Il fit donc lui aussi un demi-tour complet et prit vers le nord pour rejoindre Clark Avenue. Puis il tourna à gauche et poussa le pauvre moteur de la Taurus à fond. Il traversa cinq carrefours et, arrivé dans California Street, tourna vite à gauche. C'était risqué. Pratt pouvait être déjà loin, mais Bosch devait risquer le coup. Découvrir la Crown Vic avait foutu les jetons au patron. Il devait être en alerte maximale.

Bosch ne s'était pas trompé. Au moment même où il arrivait dans Verdugo Boulevard, il vit la Commander argentée de Pratt lui passer devant le nez. Il était clair que Pratt avait ralenti dans le boulevard afin de voir si on ne le suivait pas. Bosch le laissa prendre un peu d'avance et tourna à droite pour le suivre. Pratt ne tenta plus aucune autre manœuvre d'évitement après cette première tentative destinée à casser la filature. Il resta dans Verdugo Boulevard, passa dans North Hollywood, puis il prit vers le sud, dans Cahuenga. Bosch faillit le perdre à l'embranchement, mais grilla le feu. Il était maintenant clair que Pratt ne rentrait pas chez lui – Bosch savait qu'il habitait au nord de la Vallée, soit dans la direction opposée.

Pratt filant vers Hollywood, Bosch se dit qu'il avait tout simplement l'intention de retrouver les autres membres de la brigade Chez Nat. Mais, arrivé au milieu du col de Cahuenga, il prit à droite dans Woodrow Wilson Drive, et Bosch sentit aussitôt son cœur se mettre à battre un cran plus fort. C'était vers chez lui que Pratt se dirigeait.

Woodrow Wilson Drive grimpe dans les hauteurs des Santa Monica Mountains, un virage en épingle à cheveux après l'autre. La rue est peu fréquentée, la seule manière d'y filer un véhicule étant de le faire tous feux éteints et en se tenant à un tournant de distance des stops de la voiture qu'on suit.

Ces tournants, Bosch les connaissait comme sa poche. Après avoir vécu plus de quinze ans dans Woodrow Wilson Drive, il pouvait les prendre en dormant à moitié – ce qui lui arrivait à l'occasion. Mais y filer Pratt, qui était officier de police et craignait une filature, présentait une difficulté particulière. Bosch décida de rester à deux virages de distance. Cela voulait dire qu'il perdrait de vue les stops de la Jeep de temps à autre, mais jamais très longtemps.

Arrivé à deux tournants de chez lui, il se mit en roue libre, la Taurus de location finissant par s'arrêter avant le virage. Bosch en descendit, ferma doucement sa portière et remonta la pente au petit trot en restant tout au bord de la haie qui protégeait la maison et l'atelier d'un peintre célèbre habitant près de chez lui. Il la longea jusqu'au moment où il aperçut le 4 × 4 de Pratt. Ce dernier s'était garé le long du trottoir, deux maisons avant la sienne. Il avait éteint ses phares et semblait se contenter de rester là, à observer sa maison.

Bosch la regarda et vit de la lumière aux fenêtres de la cuisine et de la salle à manger. Il aperçut aussi l'arrière d'un véhicule qui sortait de sous l'auvent à voitures. Il reconnut la Lexus et comprit que Rachel Walling était arrivée. L'idée qu'elle puisse l'attendre lui remonta le moral, mais il se méfiait de ce que Pratt pouvait avoir derrière la tête.

Il donnait l'impression de faire la même chose que la veille au soir, à savoir surveiller et essayer de déterminer si Bosch était chez lui ou pas.

Bosch entendit une voiture derrière lui. Il fit demi-tour en direction de la Taurus comme s'il faisait sa petite promenade du soir. La voiture le croisa lentement, Bosch se retournant aussitôt après pour se rabattre vers la haie. Au moment où la voiture arrivait derrière la Jeep de Pratt, ce dernier redémarra en trombe en rallumant ses phares.

Bosch repartit en courant vers la Taurus de location. Sauta dedans, déboîta du trottoir et, tout en conduisant, appuya sur la touche « rappel » de son portable de location, le téléphone de Rachel se mettant bientôt à sonner. Cette fois elle décrocha.

— Oui?

— Rachel, c'est moi, Harry. Tu es chez moi?

— Oui, je t'at...

— Sors vite. Je passe te prendre. Dépêche-toi.

— Harry, qu'est-ce qu...

— Sors et prends ton arme. Tout de suite.

Il coupa la communication et s'arrêta devant sa maison. Il vit la lumière des stops disparaître dans le virage suivant, mais il savait que c'étaient ceux de la voiture qui avait flanqué la trouille à Pratt. Celui-ci se trouvait plus loin devant.

Bosch se tourna et regarda la porte de chez lui, prêt à donner un coup de klaxon. Mais déjà Rachel arrivait.

— Ferme la porte! lui cria-t-il par la vitre ouverte, coté passager.

Rachel claqua la porte et se dépêcha de rejoindre la Taurus.

— Monte. Vite!

Elle sauta dans la voiture, Bosch démarrant avant même qu'elle ait fini de fermer sa portière.

— Qu'est-ce qui se passe? demanda-t-elle.

Il lui fit un bref résumé de la situation en filant à toute allure dans les virages qui montent vers Mulholland Drive. Il lui révéla que le manipulateur n'était autre que son patron, Abel Pratt, et que c'était lui qui avait planifié tout ce qui s'était passé dans Beachwood Canyon. Il lui dit enfin que c'était le deuxième soir d'affilée que Pratt surveillait sa maison.

— Comment le sais-tu?

— Je le sais, c'est tout. Je pourrai tout prouver plus tard. Pour l'instant, c'est un fait.

— Qu'est-ce qu'il faisait devant chez toi?

— Je ne sais pas. Il devait essayer de voir si j'y étais, enfin… j'imagine.

— Ton téléphone a sonné.

— Quand?

— Juste avant que tu m'appelles sur mon portable. Je n'ai pas répondu.

— C'était sans doute lui. Il se passe quelque chose.

Ils sortirent du dernier virage et arrivèrent au croisement à quatre stops de Mulholland. Bosch vit les feux arrière d'un gros véhicule au moment où celui-ci disparaissait sur la droite, une autre voiture montant vers le stop. C'était celle qui avait obligé Pratt à partir. Elle traversa l'intersection et fila tout droit.

— La première bagnole est sans doute celle de Pratt, reprit Bosch. Il a tourné à droite.

Arrivé au stop, Bosch tourna à droite à son tour. Mulholland Drive suit tel un serpent la ligne de crête des montagnes à travers toute la ville. Les virages y sont plus doux et moins raides que ceux de Woodrow Wilson. Cette voie est aussi plus animée, des tas de fêtards s'y attardant le soir. Il allait pouvoir suivre Pratt sans éveiller beaucoup de soupçons.

Ils eurent vite fait de rattraper la voiture qui avait tourné et eurent la confirmation qu'il s'agissait bien de la Commander de Pratt. Bosch le laissa prendre de l'avance et le suivit tout le long de la ligne de crête pendant encore dix minutes. Sous leurs yeux, les lumières de la Vallée scintillaient côté nord. La nuit était claire et l'on pouvait voir jusqu'aux formes ombreuses des montagnes à l'autre bout du tapis de lumière. Ils restèrent dans Mulholland Drive jusqu'au croisement de Laurel Canyon Boulevard et continuèrent vers l'ouest.

— J'étais venue chez toi pour te dire au revoir, dit brusquement Rachel.

— Je sais. Je comprends, lui répondit Bosch après un moment de silence.

— Je ne crois pas, non.

— Tu n'as pas aimé la façon dont je me suis comporté aujourd'hui, la manière dont je me suis attaqué à Waits. Je ne suis pas l'homme que tu croyais. J'ai déjà entendu ça, Rachel.

— Ce n'est pas ça, Harry. Personne n'est jamais l'homme qu'on croit. Ça, je peux m'en débrouiller. Mais une femme doit se sentir en sécurité quand elle est avec un homme. Et ça inclut les moments où ils ne sont pas ensemble. Comment veux-tu que je me sente en sécurité quand je vois comment tu travailles — et je l'ai vu de mes yeux vu? Que ce soit ou ne soit pas la façon dont je m'y prendrais, moi, n'a aucune importance. Ce n'est pas de flic à flic que je te parle. Ce que je suis en train de te dire, c'est que je ne me sentirais jamais à l'aise et en sécurité. C'est que tous les soirs je me demanderais si c'est le dernier où je te verrais rentrer à la maison. Et ça, je peux pas.

Bosch se rendit compte qu'il appuyait trop fort sur l'accélérateur. Les paroles de Rachel l'avaient poussé à écraser le champignon sans même qu'il en ait conscience. Il se rapprochait trop de Pratt. Il ralentit et laissa une centaine de mètres entre sa voiture et les stops de la Jeep.

— Le métier est dangereux, dit-il. Je pensais que toi plus qu'une autre pourrais le comprendre.

— Je le comprends, Harry, je le comprends. Mais ce que j'ai vu aujourd'hui, c'est de la témérité. Je ne veux pas me faire du souci pour quelqu'un qui est imprudent. Il y a déjà assez de soucis à se faire sans ça.

Bosch souffla fort et lui montra d'un geste les stops qui dansaient devant eux.

– Bien, dit-il. Nous reparlerons de ça plus tard. Pour l'instant contentons-nous de nous concentrer là-dessus.

Comme s'il répondait à un signal, Pratt prit à gauche toute dans Coldwater Canyon Drive et entama la descente vers Beverly Hills. Bosh attendit aussi longtemps qu'il pouvait avant de prendre la même direction.

– Bon, dit-il, mais je suis quand même content de t'avoir avec moi.

– Pourquoi?

– Parce que s'il finit par s'arrêter à Beverly Hills, je n'aurai pas besoin d'appeler les flics du coin vu que je suis avec un agent fédéral.

– Contente de servir à quelque chose, lui renvoya-t-elle.

– T'as ton arme avec toi?

– Toujours. Tu n'as pas la tienne?

– Elle fait partie des éléments de la scène de crime. Je ne sais pas quand je vais pouvoir la récupérer. Et c'est le deuxième flingue qu'ils me prennent cette semaine. Ça doit être un genre de record. Celui du plus grand nombre de flingues perdus dans un échange de coups de feu débridé.

Il lui coula un regard pour voir s'il commençait à lui taper sur les nerfs. Elle n'en montra rien.

– Il tourne, dit-elle.

Il concentra de nouveau son attention sur la route et vit s'allumer le clignotant gauche de la Commander. Pratt prit son tournant, Bosch poursuivant sa route. Rachel se baissa de façon à pouvoir regarder le nom de la rue par la vitre.

– Gloaming Drive, dit-elle. On est toujours dans les limites de la ville.

– Oui. Gloaming Drive redescend très bas, mais c'est une voie sans issue. J'y suis déjà allé.

La rue suivante était Stuart Lane. Bosch la prit pour faire demi-tour et remonter vers Gloaming.

– T'as une idée de l'endroit où il pourrait aller? demanda Rachel.

– Aucune, non. Chez une autre petite copine, pour ce que j'en sais.

Gloaming Drive était aussi une route de montagne en lacets,

mais là s'arrêtait la ressemblance avec Woodrow Wilson Drive. Dans Gloaming Drive les maisons coûtaient facilement un million de dollars et toutes étaient entourées de pelouses joliment entretenues et de haies si parfaitement taillées qu'aucune feuille n'en dépassait. Bosch la parcourut lentement en cherchant la Commander argentée des yeux.

– Là! s'écria Rachel en lui montrant une Jeep garée sur le terre-plein circulaire d'un vrai château de style français.

Ils descendirent de voiture et repartirent en arrière.

– West Coast Choppers? dit-elle.

Elle n'avait pas vu le devant de son sweat quand il conduisait.

– Ça m'a aidé à me fondre dans la nature au cours d'une affaire.

– Pas mal.

– Ma fille m'a vu le porter un jour. Je lui ai raconté que c'était mon dentiste qui me l'avait donné[1].

Le portail de l'allée était ouvert. La boîte à lettres en fonte ne comportait pas de nom. Bosch l'ouvrit et regarda à l'intérieur. Ils avaient de la chance: l'inconnu avait du courrier – un petit paquet de lettres entouré par un élastique. Bosch le sortit de la boîte et inclina l'enveloppe du haut vers la lumière d'un lampadaire voisin afin d'y lire l'adresse.

– Maurice... c'est la maison de Maury Swann, dit-il.

– Pas mal, la baraque, dit Rachel. J'aurais peut-être dû faire avocat de la défense.

– C'est vrai que pour travailler avec des criminels, t'aurais été géniale.

– Va te faire foutre, Harry Bosch!

Les plaisanteries s'arrêtèrent lorsque se fit entendre une voix forte provenant de derrière la haie qui longeait le terre-plein circulaire et se continuait sur le côté gauche de la maison.

– J'ai dit de sauter!

S'ensuivit un bruit d'éclaboussures, Bosch et Walling partant aussitôt dans sa direction.

---

1. En argot, *choppers* signifie «dents» *(NdT)*.

35

Bosch examina la haie dans l'espoir d'y trouver une ouverture. Il ne semblait pas y en avoir sur le devant. Lorsqu'ils se rapprochèrent, il fit signe à Rachel de suivre la haie sur la droite tandis qu'il partait sur la gauche. Il remarqua qu'elle avait sorti son arme et la tenait le long de sa jambe.

Haute d'au moins trois mètres, la haie était si épaisse qu'il ne voyait aucune lumière autour de la piscine ou dans la maison. Mais en la longeant il entendit encore des bruits d'éclaboussures et des voix, dont l'une était celle d'Abel Pratt. Ces voix étaient toutes proches.

– Je vous en prie... je ne sais pas nager. Je n'ai pas pied !

– Alors pourquoi avez-vous une piscine ? Allez, continuez de barboter.

– S'il vous plaît ! Je ne vais pas... pourquoi voulez-vous que j'en parle à quicon...

– Vous êtes avocat, et les avocats, ça aime bien jouer tous les coups possibles.

– Je vous en prie.

– Que je vous dise : si jamais j'ai même seulement l'ombre d'un soupçon que vous allez me faire un coup en vache, la prochaine fois ça ne sera plus la piscine. Ça sera le Pacifique, bordel ! Vous comprenez ?

Bosch arriva près d'une construction abritant, sur une dalle en béton, le chauffage de la piscine et la pompe du filtre. Il y avait aussi une petite ouverture dans la haie pour laisser passer un ouvrier d'entretien de la piscine. Il s'y glissa et passa sur le carrelage entourant un grand bassin ovale. Il se trouvait maintenant quelques mètres derrière Pratt qui, debout sur le bord de la piscine, regardait un homme dans l'eau. Pratt tenait dans sa main une grande perche bleue munie d'une sorte de crochet. L'appareil servait à ramener au bord tout individu en danger, mais Pratt le tenait juste hors de portée de l'homme dans l'eau. Celui-ci essayait désespérément de l'attraper, mais Pratt l'éloignait chaque fois d'un coup sec.

Il n'était pas facile de reconnaître Maury Swann en l'homme qui s'agitait dans l'eau. Toutes les lumières étant éteintes, le bassin était plongé dans l'obscurité. Swann n'avait plus ses lunettes et ses cheveux semblaient avoir glissé à l'arrière de son crâne telle une coulée de boue. Sur son crâne chauve et luisant on voyait une bande adhésive destinée à maintenir sa perruque en place.

Bosch était couvert par le bruit de la pompe. Il put ainsi se retrouver à un mètre cinquante de Pratt avant de parler.

— Qu'est-ce qui se passe, patron ? lança-t-il enfin.

Pratt abaissa vite la perche pour que Swann puisse en saisir le crochet.

— Tenez bon, Maury ! cria-t-il. Tout va bien.

Swann s'empara du crochet, Pratt se mettant aussitôt à le tirer vers le bord du bassin.

— Je vous tiens, Maury ! ajouta Pratt. Vous inquiétez pas !

— Pas la peine de me faire le coup du maître nageur, lâcha Bosch. J'ai tout entendu.

Pratt marqua une pause et regarda Swann dans l'eau. Celui-ci n'était plus qu'à un mètre du bord.

— Dans ce cas… dit Pratt en lâchant la perche et passant vite la main dans son dos, au niveau de la ceinture.

— Non ! cria Walling.

Elle aussi avait trouvé le moyen de passer au travers de la haie et, debout de l'autre côté du bassin, braquait son arme sur Pratt.

Celui-ci se figea et sembla se demander s'il allait dégainer ou pas. Bosch s'approcha dans son dos et lui arracha son arme de la ceinture.

— Harry ! cria Rachel. Je le surveille. Occupe-toi de l'avocat.

Swann était en train de couler et la perche bleue avec lui. Bosch gagna vite le bord du bassin, attrapa la perche et ramena Swann à la surface. L'avocat se mit à tousser et à cracher de l'eau. Il s'agrippa à la perche, Bosch le conduisant vers l'extrémité de la piscine où l'eau était peu profonde. Arrivée derrière Pratt, Rachel lui ordonna de mettre les mains derrière la tête.

Maury Swann était nu. Il remonta les marches du bassin en couvrant ses couilles ratatinées d'une main et tentant de remettre sa perruque de l'autre. Puis il renonça, arracha et jeta cette dernière sur le pourtour en carrelage, où elle atterrit avec un *ploc* mouillé. Il alla vers un tas de vêtements posé près d'un banc et commença à se rhabiller alors même qu'il était encore complètement trempé.

– Bon alors, qu'est-ce qui était en train de se passer, Maury? lui demanda Bosch.

– Rien qui vous concerne.

Bosch hocha la tête.

– Je vois, dit-il. Un mec vient ici pour vous flanquer à l'eau et vous regarder vous noyer, comme qui dirait que ça pourrait ressembler à un suicide ou à un accident, et vous, vous ne voulez pas qu'on se sente concerné.

– C'était juste un désaccord. Il n'essayait pas de me noyer, il voulait me faire peur, c'est tout.

– Cela voudrait-il dire que lui et vous aviez un accord avant d'avoir ce désaccord?

– Je ne répondrai pas à cette question.

– Pourquoi essayait-il de vous faire peur, Maury?

– Je ne suis pas tenu de répondre à vos questions.

– Bien, alors peut-être que nous ferions mieux de filer et de vous laisser régler ce désaccord. Peut-être que c'est ce qu'il y a de mieux à faire.

– Vous faites comme vous voulez.

– Vous savez ce que je pense? Je pense que maintenant que votre client Raynard Waits est mort, il n'y a plus qu'une personne qui puisse relier l'inspecteur Pratt aux Garland. Je crois que votre partenaire là-bas, de l'autre côté du bassin, était justement en train de se débarrasser de ce lien parce qu'il commençait à avoir la trouille. Vous seriez au fond de cette piscine si nous n'étions pas passés là par hasard.

– Vous pouvez penser et faire ce que vous voulez, mais ce que je vous dis moi, c'est que nous avions un désaccord. Il passait ici par hasard pendant que je faisais ma petite baignade nocturne et nous avons eu un désaccord.

— Je croyais que vous ne saviez pas nager, Maury. C'est pas ce que vous avez dit tout à l'heure?

— J'ai fini de parler avec vous, inspecteur. Vous pouvez quitter ma propriété tout de suite.

— Non, non, Maury, pas tout de suite. Pourquoi ne finiriez-vous pas de vous habiller pour vous joindre à nous?

Bosch le laissa se battre avec le pantalon en soie dans lequel il essayait de faire entrer ses jambes mouillées. A l'autre bout du bassin, Pratt était maintenant menotté et assis sur un banc en ciment.

— Je ne dirai plus rien avant de pouvoir parler avec un avocat, lança-t-il.

— Eh bien mais... là-bas, y en a justement un en train de s'habiller, lui répondit Bosch. Vous pourriez peut-être le prendre.

— Je ne parlerai pas, Bosch, répéta Pratt.

— Bonne décision, lança Swann. Règle numéro un : ne jamais parler aux flics.

Bosch regarda Rachel et rit presque.

— Non mais, tu le crois? lui lança-t-il. Il y a deux minutes, notre bonhomme essayait de le noyer et maintenant c'est l'autre qui lui donne des conseils juridiques gratis!

— Et de bons, précisa Swann en se dirigeant vers eux.

Bosch remarqua que ses habits collaient à son corps mouillé.

— Je n'essayais pas de le noyer, dit Pratt. J'essayais de l'aider. Mais c'est tout ce que je vais dire.

Bosch regarda Swann.

— Remontez votre braguette, Maury, et venez donc vous asseoir ici, dit-il en lui montrant une place sur le banc à côté de Pratt.

— Non, je ne pense pas, lui rétorqua Swann.

Il fit un pas vers la maison, mais Bosch en fit deux, lui barra la route et le renvoya vers le banc.

— Asseyez-vous, dit-il. Vous êtes en état d'arrestation.

— Et pour quoi donc? s'écria Swann, indigné.

— Double assassinat. Vous êtes tous les deux en état d'arrestation.

Swann rit comme s'il avait affaire à un enfant. Maintenant qu'il était rhabillé, il retrouvait un peu de sa superbe.

— Et de quels assassinats s'agirait-il?

— Ceux de l'inspecteur Fred Olivas et de l'adjoint Derek Doolan.

Swann hocha la tête, son sourire intact sur la figure.

— Je dois donc en conclure que ces accusations tombent sous le coup de la loi sur l'homicide indirect, étant donné qu'il ne manque pas de preuves pour montrer que nous n'avons pas réellement tiré les balles qui ont tué Olivas et Doolan.

— C'est toujours chouette de traiter avec un avocat, dit Bosch. Je déteste être obligé d'expliquer le droit sans arrêt.

— Dommage que le droit doive vous être expliqué à vous, inspecteur Bosch. Sachez que cette loi n'est applicable que lorsque quelqu'un est tué pendant l'exécution d'un autre crime. Si pareille condition est remplie, alors oui, les individus qui ont conspiré dans ce crime peuvent être accusés de meurtre.

Bosch acquiesça d'un signe de tête.

— Ça, je sais, dit-il. Et je vous tiens.

— Dans ce cas, ayez donc la gentillesse de me dire quel crime j'ai conspiré à commettre.

Bosch réfléchit un instant avant de répondre.

— Et si on disait parjure et entrave à la justice ? On pourrait commencer par là et passer au crime de corruption de fonctionnaire, voire à celui d'aide et protection à un individu qui s'évade alors qu'il est en détention légale.

— On pourrait aussi en finir là, le reprit Swann : je représentais mon client. Je n'ai commis aucun de ces crimes et vous n'avez pas la moindre preuve que je l'aurais fait. Arrêtez-moi et ce sera votre perte et ne vous occasionnera que de l'embarras.

Sur quoi il se leva. Et lança :

— Je vous salue tous.

Bosch avança et lui posa la main sur l'épaule.

— Asseyez-vous, bordel de merde ! Vous êtes en état d'arrestation. Je laisserai le soin au procureur de déterminer s'il y a crime indirect. Moi, ça m'est complètement égal. En ce qui me concerne, deux flics sont morts et ma coéquipière va devoir mettre fin à sa carrière à cause de vous, Maury. Bref, allez vous faire mettre.

Il regarda Pratt par-dessus son épaule et vit que celui-ci était toujours assis, affichant un petit sourire.

— C'est toujours bon d'avoir un avocat sous la main, Harry, dit Pratt. Je crois que Maury soulève un point intéressant. Vous

feriez peut-être bien d'y réfléchir avant de commettre une impru-
dence.

Bosch hocha la tête.

– Vous ne vous sortirez pas de ce truc-là, dit-il. Tant s'en faut!

Il attendit un instant, mais Pratt garda le silence.

– Je sais que c'est vous qui avez posé le piège, reprit Bosch. Tout
le truc de Beachwood Canyon, c'est vous. C'est vous qui avez
conclu l'affaire avec les Garland; après quoi vous êtes venu voir
Maury ici même, lequel Maury a passé le marché à Waits. Vous avez
trafiqué le dossier après que Waits vous a donné un pseudo à y
mettre. Il se peut que Maury soulève un point intéressant sur
l'histoire du meurtre indirect, mais avec ça nous en avons plus qu'il
faut pour vous accuser d'entrave à la justice et si j'y arrive, je vous
tiens. Fini les îles et fini la retraite, patron. Vous vous écrasez en
flammes.

Pratt baissa les yeux sur les eaux sombres de la piscine.

– Je veux les Garland et vous pouvez me les donner, reprit
Bosch.

Pratt fit non de la tête sans détourner le regard.

– Parfait, vous faites comme vous voulez, dit Bosch. Allons-y.

Il fit signe à Pratt et à Swann de se lever. Ils obéirent. Bosch
retourna Swann de façon à pouvoir lui passer les menottes. Au
moment où il le faisait, il regarda Pratt par-dessus l'épaule de l'avocat.

– Qui allez-vous appeler pour la caution quand on vous aura
coffré? Votre femme ou la fille d'Embauche et Débauche?

Pratt se rassit aussitôt comme s'il avait reçu un coup de poing
inattendu. Bosch avait gardé ce détail pour la fin. Il maintint la
pression.

– Laquelle des deux allait vous accompagner dans votre île…
dans votre plantation de canne à sucre? insista-t-il. Moi, je dirais…
comment s'appelle-t-elle déjà?

– Jessie Templeton. Et je vous ai vu me filer quand j'étais chez
elle ce soir.

– Oui, et moi, je l'ai compris. Mais dites-moi… qu'est-ce que
sait Mlle Jessie Templeton de toute cette histoire? Sera-t-elle aussi
forte que vous quand j'irai la voir après vous avoir collé en taule?

– Bosch, répondit-il, elle n'est au courant de rien. Laissez-la en dehors de tout ça. Et ma femme et mes enfants aussi.

Bosch hocha la tête.

– Ça ne marche pas comme ça, patron, vous le savez. Nous allons tout mettre sens dessus dessous et tout secouer pour voir ce qui tombe. Je vais trouver le fric que les Garland vous ont versé et j'établirai le lien avec vous, avec Maury Swann, avec tout le monde. J'espère que vous ne vous êtes pas servi de votre petite amie pour planquer le fric. Parce que si vous l'avez fait, elle tombera elle aussi.

Pratt se pencha en avant sur le banc. Bosch eut l'impression que s'il n'avait pas été menotté dans le dos, il se serait servi de ses mains pour se cacher le visage. Bosch s'acharnait sur lui comme un bûcheron sur l'arbre qu'il abat. Et l'arbre ne tenait pratiquement plus debout. Encore une petite poussée et il allait s'effondrer.

Bosch poussa Swann vers Rachel, qui le prit par un bras. Bosch se retourna vers Pratt.

– Vous avez nourri le mauvais chien, dit-il.

– Ça voudrait dire quoi ?

– Que tout le monde a le choix et que vous avez fait le mauvais. Le problème là-dedans, c'est qu'on n'est pas seul à payer pour ses bêtises. On entraîne toujours des gens dans sa chute.

Bosch gagna le bord de la piscine et regarda l'eau à ses pieds. Elle scintillait à la surface, mais était d'un noir impénétrable au-dessous. Il attendit, mais il ne fallut pas longtemps pour que l'arbre dégringole.

– Il n'y a pas besoin que Jessie soit mêlée à tout ça, ni que ma femme apprenne son existence, lança Pratt.

C'était la première offre de négociation. Pratt allait parler. Bosch donna un coup de pied dans la bordure et se retourna pour le regarder en face.

– Je ne suis pas procureur, dit-il, mais je parie qu'on pourra trouver une solution.

– Pratt ! s'écria Swann d'un ton très pressant. Vous êtes en train de faire une grosse erreur.

Bosch se pencha vers Pratt, lui palpa les poches jusqu'à ce qu'il trouve les clés de la Commander et les sorte.

– Rachel, dit-il, tu veux bien conduire maître Swann à la voiture de l'inspecteur Pratt? Ça sera mieux pour le transporter. On arrive tout de suite.

Il lui lança les clés, elle conduisit Maury vers l'ouverture dans la haie par laquelle elle était passée. Elle dut l'y pousser. Il regarda par-dessus son épaule et appela Pratt.

— Ne parlez pas à cet homme! lui cria-t-il. Vous m'entendez? Ne dites plus un mot! Sinon, vous nous envoyez droit en prison!

Il continua de lui crier des conseils en franchissant la haie. Bosch attendit d'entendre la portière se refermer sur sa voix. Puis il se tint devant Pratt et remarqua que de la sueur lui coulait depuis la racine des cheveux sur le devant de la figure.

— Je ne veux pas que Jessie ou ma famille soient mêlées à cette affaire, dit Pratt. Et je veux un marché. Pas de prison, on me permet de prendre ma retraite et de garder ma pension.

— Ça fait beaucoup pour quelqu'un qui a provoqué la mort de deux personnes.

Bosch se mit à faire les cent pas, en essayant de trouver une solution pour que tout le monde y trouve son compte. Rachel revint par l'ouverture dans la haie. Bosch la regarda et s'apprêtait à lui demander pourquoi elle avait laissé Swann sans surveillance lorsqu'elle lui lança:

— Sécurité enfants. Il ne peut pas sortir.

Bosch acquiesça d'un signe de tête et reporta son attention sur Pratt.

— Comme je vous le disais, ça fait beaucoup. Qu'est-ce que vous nous donnez en échange?

— Je peux vous donner les Garland, sans problème, répondit Pratt d'un ton désespéré. Anthony m'a emmené là-haut il y a quinze jours et m'a conduit au cadavre de la fille. Et Maury Swann, lui aussi, je peux vous le filer sur un plateau. Ce mec est aussi corrompu que...

Il n'acheva pas sa phrase.

— Que vous? lui demanda Bosch.

Pratt baissa les yeux et hocha lentement la tête.

Bosch essaya de mettre tout cela de côté afin d'avoir les idées claires sur l'offre de Pratt. Celui-ci ayant le sang de Freddy Olivas et de l'adjoint Doolan sur les mains, il ne savait pas s'il pourrait convaincre le procureur d'accepter le marché. Il ne savait même pas s'il se sentait capable de l'accepter lui-même. A ce moment-là, cependant, il était prêt à essayer si cela voulait dire atteindre le type qui avait tué Marie Gesto.

— Je ne vous promets rien, dit-il enfin. Nous irons voir le procureur.

Puis il passa à la dernière question importante.

— Et Olivas et O'Shea là-dedans ?

Pratt hocha une fois la tête.

— Ils ont le nez propre.

— Garland a versé au moins vingt-cinq mille dollars pour la campagne d'O'Shea. Et on a les preuves, lui renvoya Bosch.

— Il ne faisait que couvrir ses arrières. Si O'Shea commençait à avoir des doutes, T. Rex pouvait le garder dans le droit chemin vu que ç'avait l'air d'un pot-de-vin.

Bosch acquiesça. Et sentit la brûlure de l'humiliation en se remémorant ce qu'il avait pensé d'O'Shea et ce qu'il lui avait dit.

— Et c'est pas la seule chose sur laquelle vous vous êtes planté, ajouta Pratt.

— Ah bon ? Quoi d'autre ?

— Vous dites que c'est moi qui suis allé voir Garland avec cette offre. Je n'ai rien fait de pareil. Ce sont les Garland qui sont venus me voir, Harry.

Bosch hocha encore une fois la tête. Il ne croyait pas à ce que Pratt venait de lui dire pour la simple raison que si les Garland avaient eu l'idée d'acheter un flic, leur première offre aurait été faite à la source de leur problème – à savoir lui-même. Cela ne s'était pas produit et lui donnait confiance : le plan avait bel et bien été ourdi par un Pratt qui essayait de jongler avec sa retraite, un jugement de divorce possible, une maîtresse et Dieu seul savait quels autres secrets il pouvait encore y avoir dans sa vie. C'était lui qui était allé voir les Garland avec l'offre. Et c'était encore lui qui était allé voir Maury Swann.

— Vous n'aurez qu'à raconter tout ça au procureur, dit-il. Peut-être que ça l'intéressera.

Puis il jeta un coup d'œil à Rachel, qui acquiesça.

— Rachel, dit-il, tu emmènes Swann avec la Jeep. Moi, je prends l'inspecteur dans ma voiture. Je veux qu'ils soient séparés.

— Bonne idée, dit-elle.

Bosch fit signe à Pratt de se lever.

— Allons-y, lança-t-il.

Pratt se leva et se retrouva nez à nez avec Bosch.

— Harry, dit-il, faut d'abord que vous sachiez un truc.

— Oui, quoi?

— Personne n'était censé souffrir, d'accord? C'était le plan parfait pour que personne n'ait à pâtir de quoi que ce soit. C'est Waits… qui a tout fait tourner en eau de boudin là-haut dans les bois. S'il s'était contenté de faire ce qu'on lui avait dit, tout le monde serait encore en vie et tout le monde serait content. Même vous. Vous auriez résolu l'affaire Gesto. Fin de l'histoire. C'est comme ça que c'était censé marcher.

Bosch dut faire un effort pour réfréner sa colère.

— Joli conte de fées, dit-il. Sauf pour la partie où la princesse ne se réveille pas et celle où le véritable assassin se fait la malle, tout le monde est heureux à jamais. Vous feriez bien de vous accrocher à cette fable, patron. Qui sait si un jour vous ne finirez pas par vous en accommoder.

Sur quoi il le prit brutalement par le bras et le conduisit vers l'ouverture dans la haie.

Cinquième partie

ECHO PARK

36

A dix heures du matin le lundi suivant, Abel Pratt quittait sa voiture pour traverser la pelouse bien verte d'Echo Park et gagner un banc, où un vieil homme était assis sous les bras protecteurs de la Dame du Lac. Cinq pigeons s'étaient posés sur les épaules et les mains à la paume tournée en l'air de la statue et un sur sa tête, mais elle ne montrait aucun signe d'agacement ou de lassitude.

Pratt glissa son journal plié dans la poubelle qui débordait juste à côté de la statue et s'assit à côté du vieil homme. Il regarda les eaux calmes de Lake Echo qui s'étendait devant eux. Le vieil homme, qui tenait une canne près de son genou et portait un costume trois pièces marron avec une pochette de même couleur, fut le premier à parler.

— Je me rappelle l'époque où l'on pouvait amener sa famille ici le dimanche sans avoir à s'inquiéter d'être assassiné par les jeunes d'un gang.

Pratt s'éclaircit la gorge.

— C'est ça qui vous inquiète, monsieur Garland? Les jeunes des gangs? Que je vous donne un tuyau… C'est l'une des heures les plus sûres de la journée dans n'importe quel quartier de la ville. Les trois quarts de ces jeunes des gangs ne sortent pas du lit avant l'après-midi. C'est pour ça que lorsque nous allons les arrêter avec un mandat, nous le faisons le matin. On les attrape toujours au lit.

Garland hocha la tête d'un air approbateur.

— C'est bon à savoir. Mais ce n'est pas ça qui m'inquiète. Ce qui m'inquiète, c'est vous, inspecteur Pratt. L'affaire était réglée. Je ne m'attendais pas à vous revoir.

Pratt se pencha en avant et examina le parc. Il scruta les tables de l'autre côté du lac, celles où s'installent les vieux qui jouent aux dominos. Puis son regard glissa sur les voitures garées le long du trottoir qui longeait le parc.

— Où est Anthony? demanda-t-il.

— Il arrive. Il prend ses précautions.

Pratt hocha la tête.

— Les précautions, c'est bien, dit-il.

— Je n'aime pas cet endroit, reprit Garland. C'est plein de gros laids et vous faites partie du lot. Pourquoi sommes-nous ici?

— Minute! lança une voix derrière eux. Ne dis plus rien, Papa!

Anthony Garland s'était approché d'eux par leur angle mort. Il sortit de derrière la statue et gagna le banc au bord de l'eau. Puis il se tint devant Pratt et lui fit signe de se lever.

— Debout, dit-il.

— Qu'est-ce que ça signifie? protesta faiblement Pratt.

- Debout, c'est tout.

Pratt fit ce qu'on lui demandait, Anthony Garland sortant un petit scanner électronique de la poche de son blazer et le passant le long du corps de Pratt, de la tête aux pieds.

— Si vous avez un MST[1], ce truc va me le dire tout de suite.

— Parfait. Je me suis toujours demandé si je n'avais pas chopé une maladie sexuellement transmissible. On sait jamais avec les nanas de là-bas, à Tijuana.

Personne ne rit. Apparemment satisfait par son examen, Anthony Garland rangea son scanner. Pratt s'apprêta à se rasseoir.

— Attendez! lui ordonna Garland.

Pratt resta debout, Garland se mettant à le palper du haut en bas du corps en guise de seconde précaution.

— On peut jamais être sûr avec une ordure comme vous, cher inspecteur, dit-il.

Il descendit les mains jusqu'à la taille de Pratt.

— C'est mon arme, dit celui-ci.

Garland continua de chercher.

— Ça, c'est mon portable.

Les mains descendirent plus bas.

---

1. Soit un système de microtransmission *(NdT)*.

— Et ça, c'est mes couilles.

Garland lui palpa les deux jambes puis, enfin satisfait, dit à Pratt qu'il pouvait s'asseoir. L'inspecteur regagna sa place à côté du vieil homme.

Anthony Garland, lui, resta debout devant le banc, le dos au lac et les bras croisés sur la poitrine.

— C'est OK, dit-il.

— Bon, alors, reprit T. Rex Garland, on peut parler. De quoi s'agit-il, inspecteur Pratt? Je croyais avoir été clair avec vous: vous ne nous appelez pas, vous ne nous menacez pas et vous ne nous dites pas où être et quand y être.

— Sauf que… est-ce que vous seriez venus si je ne vous avais pas menacés?

Aucun des deux Garland ne répondant, Pratt hocha la tête avec un petit sourire satisfait.

— Je n'insiste pas, dit-il.

— Pourquoi sommes-nous ici? voulut savoir le vieil homme. Je vous ai déjà expliqué tout ça clairement: je ne veux pas que mon fils soit éclaboussé par cette histoire. Pourquoi fallait-il qu'il soit présent à ce rendez-vous?

— Eh bien parce qu'il m'a, disons… beaucoup manqué depuis notre petite balade dans les bois. Nous sommes liés, n'est-ce pas, Anthony?

Celui-ci garda le silence. Pratt poursuivit.

— Non, ce que je veux dire par là, c'est que quand un mec vous conduit à un cadavre dans les bois, normalement on se sépare pas trop. Mais là, j'ai pas eu de nouvelles d'Anthony depuis que nous sommes montés en haut de Beachwood Canyon ensemble.

— Je ne veux pas que vous parliez à mon fils, dit T. Rex Garland. Vous ne lui parlez pas. On vous a acheté et payé, inspecteur, vous comprenez? Ceci est la seule fois où vous aurez demandé à me voir. C'est moi qui vous appelle. Pas l'inverse.

Le vieil homme n'avait pas jeté un seul coup d'œil à Pratt en parlant. Il avait la tête baissée et regardait le lac. Le message était clair: Pratt ne méritait même pas son attention.

— Oui, bon, tout ça, c'était très bien, mais la situation a changé, dit Pratt. Au cas où vous n'auriez pas lu les journaux ou regardé les infos à la télé, tout a tourné en eau de boudin.

Le vieil homme resta assis, mais tendit les bras en avant, les deux mains posées sur la tête de dragon en or poli qui servait de pommeau à sa canne. Puis il parla, calmement :

— A qui la faute, hein ? Vous nous aviez dit que l'avocat et vous seriez capables d'empêcher Raynard Waits de dévier de la route tracée. Vous nous aviez dit que personne n'en pâtirait. Pour vous, c'était une opération propre. Et maintenant regardez-moi un peu à quoi vous nous avez mêlés.

Pratt mit quelques instants avant de répondre.

— Mêlés ? C'est vous qui vous êtes mêlés de cette histoire. Vous vouliez quelque chose et c'est moi qui vous l'ai fourni. Que ce soit la faute de celui-ci ou celui-là, l'essentiel est que, maintenant, j'ai besoin d'une rallonge.

T. Rex Garland hocha lentement la tête.

— On vous a versé un million de dollars.

— Que j'ai dû partager avec Maury Swann, lui répliqua Pratt.

— Vos coûts de sous-traitance ne me concernaient et ne me concernent toujours pas.

— Le paiement avait pour condition que tout se déroule sans accroc. Waits portait le chapeau, l'affaire était close. Sauf que maintenant il y a des complications et une enquête en cours à laquelle il faut faire face.

— Là encore, ça ne me concerne pas. Notre affaire à nous est close.

Pratt se pencha en avant et posa les coudes sur ses genoux.

— Pas tout à fait, T. Rex, dit-il. Et vous feriez peut-être mieux de vous sentir concerné. Parce que vous savez qui m'a rendu visite vendredi soir ? Harry Bosch, et il était accompagné par un agent du FBI. Et ils m'ont emmené voir M. Rick O'Shea. Il se trouve qu'avant que Bosch ne le dégomme, ce petit salaud de Waits lui a dit qu'il n'avait pas liquidé Marie Gesto. Ce qui vous remet Bosch aux fesses, jeune homme. Et met tout le monde aux miennes. Ils ont pratiquement tout pigé dans l'histoire… et ont fait le lien entre Maury Swann et moi. Ils ont juste besoin d'un mec qui leur remplisse les blancs, et comme ils peuvent pas toucher à Swann, ils veulent que ce mec, ce soit moi. Ils ont commencé à me mettre la pression.

Anthony Garland grogna et donna des coups de talon dans le sol avec ses escarpins de luxe.

— Putain de Dieu! s'exclama-t-il. Je savais bien que tout ce truc finirait par. .

Son père leva la main pour demander du calme.

— Bosch et le FBI n'ont pas d'importance, dit-il. Tout tourne autour de ce qu'O'Shea va faire et O'Shea, on s'en est occupés. Lui aussi a été acheté et payé. Sauf qu'il ne le sait pas encore. Une fois que je l'aurai informé de la situation, il fera ce que je lui dirai. S'il veut toujours être district attorney.

Pratt hocha la tête.

— Bosch ne laissera jamais tomber. Il n'a pas laissé tomber pendant treize ans, c'est pas maintenant qu'il va le faire.

— Alors, c'est à vous de vous en occuper. C'est votre part du deal. Je me suis occupé d'O'Shea, vous vous occupez de Bosch. Allons-y, fiston.

Sur quoi le vieil homme commença à se lever en s'appuyant sur sa canne. Son fils s'avança pour l'aider.

— Minute, minute, dit Pratt. On ne se barre pas. J'ai dit que j'avais besoin de fric et je ne rigole pas. Je m'occuperai de Bosch, mais après, il va falloir que je file et disparaisse. Et pour ça, j'ai besoin d'une rallonge.

Anthony Garland pointa un doigt furieux sur Pratt toujours assis.

— Espèce de sale merde! cria-t-il. C'est vous qui êtes venu nous voir. Tout ce bazar, c'est vous qui l'avez planifié de A à Z. Vous foncez, vous faites tuer deux personnes et vous avez le culot de revenir vers nous pour nous demander une rallonge?

Pratt haussa les épaules et ouvrit les mains.

— Ce que j'ai devant moi, c'est un choix, dit-il. Comme vous. Je peux rester sans faire de vagues et voir jusqu'où ils vont approcher de moi. Ou alors, je disparais tout de suite. Ce qu'il faut savoir, c'est qu'ils concluent toujours des marchés avec les petits poissons pour coincer les plus gros. Je ne suis qu'un petit poisson, Anthony. Le gros poisson? Moi, je dirais que c'est vous.

Il se retourna pour regarder le vieil homme et ajouta:

— Et le plus gros de tous les poissons? Je dirais que c'est vous.

T. Rex Garland acquiesça d'un signe de tête. L'homme d'affaires pragmatique qu'il était avait brusquement l'air de comprendre la gravité de la situation.

– Combien ? demanda-t-il. De combien avez-vous besoin pour
disparaître ?

Pratt n'hésita pas.

– Je veux un autre million et vous ferez une bonne affaire en me
le filant. Sans moi, ils ne peuvent pas vous toucher, ni vous ni votre
fils. Que je disparaisse et l'affaire disparaît avec moi. Bref, c'est un
million et le prix n'est pas négociable. Moins que ça et pour moi,
ça ne vaut pas le coup de filer. Je conclus un marché avec eux et je
prends mes risques.

– Et Bosch ? demanda le vieil homme. Vous nous avez dit qu'il
ne lâcherait pas. Et comme maintenant il sait que Raynard Waits
n'a pas...

– Je m'occuperai de lui avant de partir, dit Pratt en l'interrompant. Et ça, je vous le ferai pas payer.

Il mit la main dans sa poche, en sortit un morceau de papier avec
des chiffres imprimés dessus et le glissa au vieil homme en travers
du banc.

– Voilà le numéro de compte et les codes de transfert. Même
chose qu'avant.

Il se leva.

– Que je vous dise... vous en discutez entre vous. Moi, je vais au
hangar à bateaux pisser un coup. Je veux une réponse à mon retour.

Il passa devant Anthony, tout près, les deux hommes s'assassinant
d'un regard plein de haine

37

Harry Bosch observait les écrans dans le van de surveillance. Le FBI avait passé toute la nuit à installer des caméras dans huit endroits du parc. Un pan entier de l'intérieur du van était couvert d'écrans numériques montrant sous une multitude d'angles T. Rex Garland, assis sur le banc, et son fils, resté debout, qui attendaient le retour d'Abel Pratt. Les caméras avaient été placées sur quatre réverbères du parc, dans deux parterres de fleurs, dans le faux phare monté au sommet du hangar à bateaux et dans le faux pigeon perché sur la tête de la Dame du Lac.

En plus, les techniciens du Bureau avaient installé des capteurs à micro-ondes, tous braqués sur le banc. Le balayage son était renforcé par des micros directionnels planqués dans le faux pigeon, un parterre de fleurs et le journal plié que Pratt avait déposé dans la poubelle voisine. Un ingénieur du Bureau appelé Jerry Hooten était assis dans le van et, un énorme casque sur les oreilles, régulait les entrées audio pour avoir le son le plus propre possible. Bosch et les autres avaient déjà pu observer Pratt et les Garland et entendre leur conversation mot pour mot.

Les autres étaient Rachel Walling et Rick O'Shea. Le procureur était assis au centre, tous les écrans vidéo devant lui. C'était son spectacle à lui. Walling et Bosch avaient pris place à ses côtés.

O'Shea ôta son casque.

— Qu'est-ce qu'il faut en penser? demanda-t-il. Il va appeler. Je lui dis quoi?

Sur trois des écrans on voyait Pratt sur le point d'entrer dans les toilettes du parc. D'après le plan, il devait attendre d'y être seul pour appeler le van sur son portable.

Rachel descendit ses écouteurs autour de son cou, Bosch en faisant bientôt autant.

– Je ne sais pas, dit-elle. C'est à vous de décider, mais, côté aveux dans l'affaire Gesto, on n'a pas grand-chose du fils Garland.

– C'est bien ce que je pense.

– Je ne sais pas, lança Bosch à son tour. Quand Pratt a raconté comment il l'avait conduit jusqu'au corps à travers bois, Anthony n'a pas nié.

– Oui, mais il n'a rien reconnu non plus, dit Rachel.

– Sauf que si un type te parlait de retrouver un corps que tu as enterré et que tu ne savais pas de quoi il parle, pour moi, tu dirais quelque chose.

– Oui, bon, ça peut être un argument pour les jurés, dit O'Shea. Tout ce que je dis, c'est qu'il n'a toujours pas reconnu les faits. Il nous en faut plus.

Bosch le lui concéda en hochant la tête. Dans la matinée de samedi, il avait été décidé que la parole de Pratt ne suffirait pas. Son témoignage selon lequel Anthony Garland l'avait conduit au cadavre de Marie Gesto et qu'il avait, lui, accepté un pot-de-vin de T. Rex Garland ne pouvait suffire à étayer une accusation. Pratt était un flic véreux et bâtir un dossier sur son témoignage était trop risqué à un moment où les jurys nourrissaient de forts soupçons sur la conduite et l'intégrité de la police. Ils avaient besoin des aveux clairs et nets des deux Garland pour pouvoir avancer en toute confiance.

– Écoutez, reprit O'Shea, tout ce que je dis, c'est que c'est bon, mais qu'on n'y est pas encore tout à fait. Il faut qu'on ait un aveu clair de…

– Et le vieux? l'interrompit Bosch. Pour moi, Pratt a réussi à le faire chier de trouille.

– Je suis d'accord, dit Rachel. Il est cuit. Si vous leur renvoyez Pratt, dites-lui de travailler Anthony.

Comme pour répondre à un signal, un bourdonnement sourd se fit entendre : appel entrant. O'Shea, qui ne connaissait pas le matériel, leva un doigt au-dessus de la console et chercha le bouton.

– Celui-ci, dit Hooten.

O'Shea appuya sur le bouton qui permettait de recevoir l'appel du portable.

— Ici le van de surveillance, dit-il. Vous êtes sur haut-parleur.

— Comment je me suis débrouillé? demanda Pratt.

— C'est un début, répondit O'Shea. Pourquoi avez-vous mis si longtemps à appeler?

— Il fallait vraiment que je pisse un coup.

Tandis qu'O'Shea demandait à Pratt de regagner le banc et d'essayer d'obtenir plus qu'un demi-aveu d'Anthony Garland, Bosch remit son casque pour écouter ce qui se disait sur le banc.

D'après les images à l'écran, il semblait bien qu'Anthony Garland soit en train de se disputer avec son père. T. Rex avait un doigt pointé sur lui.

Bosch prit la conversation en plein milieu.

— C'est notre seule porte de sortie...

— J'ai dit non! cria le vieil homme. Tu ne peux pas faire ça et tu ne le feras pas.

Sur l'écran, Bosch vit Anthony s'éloigner de son père, puis revenir droit sur lui. On aurait presque dit qu'il était au bout d'une laisse invisible. Il se pencha vers le banc et, cette fois, ce fut lui qui braqua son doigt sur son père. Ce qu'il proféra alors fut dit si bas que les micros du FBI ne saisirent qu'un vague grondement. Bosch appuya sur ses écouteurs, mais rien à faire.

— Jerry, dit-il en lui montrant les écrans, vous pouvez travailler ça?

Hooten remit son casque pour régler les entrées audio. Mais c'était trop tard. La conversation rapprochée entre le père et le fils avait pris fin. Anthony Garland venait de se redresser devant son père et lui tournait le dos. Il regardait de l'autre côté du lac sans rien dire.

Bosch se pencha en arrière de façon à voir l'écran de surveillance qui montrait le banc du haut d'un réverbère au bord de l'eau. Pour l'instant, c'était le seul où l'on pouvait découvrir le visage d'Anthony. Bosch y vit de la rage dans ses yeux. Il l'y avait déjà vue.

Anthony serrait fort la mâchoire et hocha la tête. Et se retourna vers son père.

— Désolé, Papa, dit-il.

Sur quoi il prit le chemin du hangar à bateaux. Bosch le regarda se diriger à grandes enjambées vers la porte des toilettes. Et le vit glisser la main dans son blazer.

Bosch ôta son casque d'un coup sec.

– Anthony se dirige vers les toilettes hommes! cria-t-il. Je crois qu'il est armé!

Il se leva d'un bond et poussa Hooten de côté pour se jeter sur la portière du van. Ne sachant pas comment elle marchait, il en tripota la poignée pour essayer de l'ouvrir. Dans son dos il entendit O'Shea aboyer des ordres dans le micro de la radio.

– Tout le monde rapplique! Rassemblement! Le suspect est armé! Je répète: le suspect est armé!

Bosch réussit enfin à sortir du van et se mit à courir vers le hangar à bateaux. Mais ne vit pas trace d'Anthony. Celui-ci était déjà entré.

Bosch se trouvait de l'autre côté du parc, à plus de cent mètres du hangar. D'autres agents et enquêteurs du district attorney s'étant déployés plus près, il les vit courir eux aussi vers le hangar, armes dégainées. Au moment même où le premier homme, un agent du FBI, arrivait à la porte, des coups de feu retentirent dans les toilettes. Quatre, très rapides.

Bosch savait que l'arme de Pratt était vide. Ce n'était qu'un accessoire. Il fallait qu'il ait une arme au cas où les Garland auraient vérifié, mais, comme il était incarcéré et mis en examen, on lui avait pris les balles.

Bosch vit l'agent arrivé à la porte prendre une position de combat, crier «FBI!» et entrer. Presque aussitôt d'autres coups de feu retentirent, mais avec un bruit différent des quatre premiers. Bosch comprit que c'était l'agent qui avait tiré.

Au moment où il arrivait aux toilettes, l'agent en sortit, son arme le long de la jambe. Il parlait dans un talkie-walkie.

– Deux hommes à terre dans les toilettes, dit-il. La scène est sécurisée.

Essoufflé d'avoir couru, Bosch inspira une goulée d'air et se dirigea vers l'entrée.

– Inspecteur, dit l'agent en posant la main sur la poitrine de Bosch, c'est une scène de crime que vous avez devant vous.

Bosch l'écarta d'une poussée.

– M'en fous.

Il entra dans les toilettes et vit les corps de Pratt et de Garland sur le sol en béton sale. Pratt avait reçu deux balles dans la figure et deux autres dans la poitrine. Garland, lui, en avait pris trois dans la poitrine. Les doigts de la main droite de Pratt touchaient la manche du blazer de Garland. Des flaques de sang se répandaient déjà des deux corps et n'allaient pas tarder à se réunir.

Bosch observa la scène un instant en se concentrant sur les yeux grands ouverts d'Anthony Garland. La rage qu'il y avait vue quelques instants plus tôt avait disparu, remplacée par le regard vide de la mort.

Il ressortit des toilettes et regarda vers le banc. Le vieil homme, T. Rex Garland, s'y tenait, la tête dans les mains. Sa canne à tête de dragon en or poli était tombée dans l'herbe.

38

Tout Echo Park était fermé pour cause d'enquête. Pour la troisième fois en une semaine Bosch était interrogé sur la validité d'un tir, sauf que cette fois c'étaient les fédéraux qui posaient les questions et que son rôle n'était que secondaire dans la mesure où il n'avait pas fait feu. Quand il eut enfin terminé, il gagna un camion garé le long du trottoir qui proposait des *mariscos* à la foule de badauds se pressant de l'autre côté du cordon de sécurité. Il commanda un taco aux crevettes et un Dr Pepper et les emporta vers un des 4 × 4 du FBI. Il s'était adossé à une aile avant pour manger son déjeuner lorsque Rachel Walling s'approcha.

– Il se trouve qu'Anthony Garland avait un permis de port d'arme, dit-elle. Son travail d'agent de sécurité l'exigeait.

Elle s'adossa nonchalamment à l'aile arrière du 4 × 4, Bosch acquiesçant d'un signe de tête.

– Il aurait sans doute fallu qu'on vérifie, dit-il.

Il avala sa dernière bouchée, s'essuya la bouche avec une serviette en papier et fit de cette dernière une boule qu'il glissa dans l'emballage en aluminium du taco.

– Je me suis rappelé ton histoire, dit-elle.

– Quelle histoire?

– Celle où tu m'as dit que Garland avait flanqué une trempe à des gamins dans le champ pétrolifère.

– Et alors?

– Tu as dit qu'il avait braqué son arme sur eux.

– Exact.

Elle garda le silence. Regarda le lac. Bosch hocha la tête comme s'il n'était pas trop sûr de ce qui se passait. Elle reprit enfin la parole.

– Tu connaissais l'existence de ce permis et tu savais qu'Anthony serait armé, je me trompe?

C'était une question, mais le sens était celui d'une affirmation.

– Qu'est-ce que tu veux dire, Rachel?

– Je dis que tu savais. Tu savais depuis ce moment-là qu'Anthony était toujours armé. Tu savais que ça pourrait se produire aujourd'hui.

Il ouvrit grand les mains.

– Écoute, dit-il, cette histoire avec les gamins remonte à douze ans. Comment aurais-je pu savoir qu'il serait armé aujourd'hui?

Elle s'éloigna du 4 × 4 et se tourna vers lui.

– Combien de fois as-tu parlé avec Anthony Garland au fil des ans? Combien de fois l'as-tu fouillé à corps?

Bosch serra plus fort la boule d'aluminium dans son poing.

– Écoute, je n'ai jamais...

– Es-tu en train de me dire que pas une fois tu n'es tombé sur une arme en le fouillant? Que tu n'as jamais vérifié s'il avait un port d'arme? Que tu ne savais pas qu'il était plus que probable qu'il ait une arme... et soit ivre de rage en venant à un rendez-vous pareil? Si on avait su qu'il portait un flingue, nous n'aurions jamais organisé ce truc.

Bosch sourit d'un air désagréable et secoua la tête comme s'il n'en croyait pas ses oreilles.

– Qu'est-ce que tu disais déjà des conspirations à la noix l'autre jour? Marilyn ne serait pas morte d'une overdose, ce seraient les Kennedy qui l'auraient fait assassiner? Bosch savait qu'Anthony apporterait une arme à ce rendez-vous et qu'il commencerait à tirer? Rachel, tout ça me fait l'impression...

– Et toi, lui répliqua-t-elle en le regardant fixement, qu'est-ce que tu disais sur le fait que tu aurais été un véritable inspecteur?

– Rachel, écoute-moi. Personne n'aurait pu prévoir un coup pareil. Il n'y avait aucun...

– Prévoir, espérer, déclencher accidentellement... ça change quoi? Tu te rappelles ce que tu as dit à Pratt l'autre soir au bord de la piscine?

– Je lui ai dit beaucoup de choses.

– Tu lui as parlé des choix que nous faisons tous, lui renvoya-t-elle d'une voix teintée de tristesse.

Du doigt elle montra le hangar à bateaux de l'autre côté de la pelouse et ajouta :

– Eh bien, il faut croire que c'est le chien que, toi, tu as choisi de nourrir. J'espère que ça te rend heureux. Et j'espère que ça colle parfaitement avec les procédés du véritable inspecteur.

Elle se retourna et repartit vers le hangar et le groupe d'enquêteurs qui se pressait autour de la scène de crime.

Bosch la laissa partir et resta longtemps sans bouger. Ses paroles l'avaient transpercé comme le vacarme d'un grand huit. Grondements sourds et cris suraigus. Il serra la boule d'aluminium dans sa main et la lança vers une poubelle près du camion de *mariscos*.

Et la rata d'un bon kilomètre.

39

Kiz Rider franchit les doubles portes en fauteuil roulant. Elle trouvait cela gênant, mais c'était le règlement de l'hôpital. Bosch l'attendait avec un sourire et un bouquet de fleurs qu'il avait acheté à un vendeur posté à une sortie d'autoroute près de l'hôpital. Dès que l'infirmière lui en donna l'autorisation, Kiz se leva et quitta son fauteuil. Puis elle serra timidement Bosch dans ses bras comme si elle se sentait fragile et le remercia d'être venu la chercher pour la ramener chez elle.

– Je suis garé juste devant, dit-il.

Le bras en travers de son dos pour la soutenir, il l'accompagna jusqu'à la Mustang. Il l'aida à y monter, posa dans le coffre un sac rempli de cartes de vœux et de cadeaux qu'elle avait reçus et s'intalla au volant.

– Y a-t-il un endroit où tu veux aller d'abord ? lui demanda-t-il.

– Non, je veux juste rentrer à la maison. Je meurs d'envie de dormir dans mon lit.

– Je comprends.

Il démarra, déboîta et repartit vers l'autoroute. Ils roulèrent en silence. Lorsqu'il retrouva le 134, le vendeur était toujours posté sur la bande médiane. Rider regarda le bouquet qu'elle avait dans la main, comprit que Bosch l'avait acheté en quatrième vitesse et se mit à rire. Bosch en fit autant.

– Oh, merde, merde, merde ! Ça fait mal, dit-elle en portant la main à son cou.

– Je suis désolé.

– Pas de problème, Harry. J'ai besoin de rire.

Il acquiesça d'un signe de tête.

— Sheila va passer aujourd'hui ? demanda-t-il.

— Oui, après le travail.

— Bon.

Il hocha de nouveau la tête parce qu'il n'y avait rien d'autre à faire. Ils retombèrent dans le silence.

— Harry, dit-elle au bout de plusieurs minutes, j'ai suivi ton conseil.

— Qui était ?

— Je leur ai dit que je n'avais pas d'angle possible pour tirer. Je leur ai dit que je ne voulais pas toucher Olivas.

— C'est bien, Kiz.

Il réfléchit quelques instants.

— Ça veut dire que tu vas garder ton écusson ?

— Oui, Harry, je garde mon écusson… mais pas mon coéquipier.

Il se tourna vers elle.

— J'ai parlé au chef, reprit-elle. Quand j'aurai fini la rééducation, je remonterai bosser avec lui. J'espère que ça ne te déplaira pas.

— Moi, tout ce que tu veux faire m'ira. Tu le sais. Je suis content que tu restes.

— Moi aussi.

Plusieurs minutes s'écoulèrent encore et, lorsqu'elle reprit enfin la parole, ce fut comme si la conversation ne s'était jamais arrêtée.

— Sans compter qu'en étant au sixième, je pourrai veiller sur toi, Harry. Peut-être même te tenir à l'écart de toutes les manœuvres politiques et autres bagarres bureaucratiques. Le Seigneur m'est témoin que tu auras encore besoin de moi de temps en temps.

Il se fendit d'un large sourire. Il n'avait pas pu s'en empêcher. Il aimait bien l'idée qu'elle se trouve un étage au-dessus de lui. Et qu'elle veille sur lui et le protège.

— Ça me plaît, dit-il. Je ne crois pas avoir jamais eu d'ange gardien avant.

Remerciements

L'auteur tient à témoigner sa reconnaissance à un certain nombre de personnes qui l'ont aidé dans ses recherches et la rédaction de ce livre. Ce sont Asya Muchnick, Michael Pietsch, Jane Wood, Pamela Marshall, Shannon Byrne, Terril Lee Lankford, Jan Burke, Pam Wilson, Jerry Hooten et Ken Delavigne. D'une grande aide m'ont aussi été Linda Connelly, Jane Davis, Maryelizabeth Capps, Carolyn Chriss, Dan Daly, Roger Mills et Gerald Chaleff. Un grand merci également au sergent Bob McDonald et aux inspecteurs Tim Marcia, Rick Jackson et David Lambkin du Los Angeles Police Department.

Les Égouts de Los Angeles
Prix Calibre 38, 1993
Seuil, 1993, nouvelle édition, 2000
et « Points », n° P 19

La Glace noire
Seuil, 1995
et « Points », n° P 269

La Blonde en béton
Prix Calibre 38, 1996
Seuil, 1996
et « Points », n° P 390

Le Poète
Prix Mystère, 1998
Seuil, 1997
et « Points », n° P 534

Le Cadavre dans la Rolls
Seuil, 1998
et « Points », n° P 646

Créance de sang
Grand Prix de littérature policière, 1999
Seuil, 1999
et « Points », n° P 835

Le Dernier Coyote
Seuil, 1999
et « Points », n° P 781

La lune était noire
Seuil, 2000
et « Points », n° P 876

L'Envol des anges
Seuil, 2000
et « Points », n° P 989

L'Oiseau des ténèbres
Seuil, 2001
et « Points », n° P 1042

Wonderland Avenue
Seuil, 2002
et « Points », n° P 1088

Darling Lilly
Seuil, 2003
et « Points », n° P 1230

Lumière morte
Seuil, 2003
et « Points », n° P 1271

Los Angeles River
Seuil, 2004
et « Points », n° P 1359

Deuil interdit
Seuil, 2005
et « Points », n° P 1476

La Défense Lincoln
Seuil, 2006
et « Points », n° P 1690

Chroniques du crime
Seuil, 2006

RÉALISATION: PAO ÉDITIONS DU SEUIL
IMPRESSION: S.-N. FIRMIN-DIDOT AU MESNIL-SUR-L'ESTRÉE
DÉPÔT LÉGAL: MAI 2007
N° D'ÉDITEUR : 48084 - N° D'IMPRIMEUR : 84872
IMPRIMÉ EN FRANCE